Elizabeth Camden

DIE GRENZEN DER WAHRHEIT

Elizabeth Camden

DIE GRENZEN DER WAHRHEIT

francke

Über die Autorin:
Elizabeth Camden ist Historikerin. Die Woche über arbeitet sie als Bibliothekarin, an den Wochenenden schreibt sie historische Romane. Zusammen mit ihrem Mann lebt sie in der Nähe von Orlando.

Bibliografische Information der Deutschen Nationalbibliothek
Die Deutsche Nationalbibliothek verzeichnet diese Publikation in der Deutschen Nationalbibliografie; detaillierte bibliografische Daten sind im Internet über http://dnb.ddb.de abrufbar.

ISBN 978-3-86827-663-3

Originally published in English under the title
Beyond All Dreams
by Bethany House, a division of Baker Publishing Group,
Grand Rapids, Michigan, 49516, USA.

Deutsch von Julian Müller
Umschlagbilder: © iStockphoto.com / BackyardProduction
© iStockphoto.com / Retro Atelier
Umschlaggestaltung: Verlag der Francke-Buchhandlung GmbH /
Christian Heinritz
Satz: Verlag der Francke-Buchhandlung GmbH
Printed in Czech Republic

www.francke-buch.de

KAPITEL 1

Washington, D.C.
Oktober 1897

„Hört endlich auf, euch schmutzige Bilder anzusehen. Schließlich sind wir hier in einer Bibliothek!" Anna hätte nie gedacht, dass sie diesen Satz jemals würde sagen müssen, noch dazu mit ernster Miene. Aber die Jungen waren kurz davor, in der Library of Congress Hausverbot zu bekommen, es sei denn, sie ging dazwischen.

„Aber das sind doch medizinische Abbildungen", gab Jack Wilkerson vom Lesetisch zurück. „Wir bilden uns nur weiter, Miss O'Brien."

Gab es etwas Frustrierenderes als fünfzehnjährige Lausbuben? Die Regierung beschäftigte Hunderte von Waisenkindern als Dienstboten im Kapitol, wo sie Besorgungen erledigten und den Kongressabgeordneten zu Diensten waren, ansonsten aber leider kaum beaufsichtigt wurden. Eine Gruppe von ihnen war in der Bibliothek zu einer regelrechten Plage geworden und nun hatte Anna sie dabei erwischt, wie sie Anatomiebücher nach Abbildungen von nackten Körpern durchforsteten.

Anna spürte das instinktive Verlangen, diese elternlosen Kinder zu beschützen. Sie war schließlich selbst Waise und eine Bibliothek war ein wunderbarer Zufluchtsort vor der grausamen Welt. Anna versammelte die Jungen um den einzigen Arbeitstisch im Kartenraum, der mit Atlanten, Kartenständern und Globen gefüllt war.

„Ihr habt euch angehört wie ein Rudel lachender Hyänen", schimpfte sie. „Seid froh, dass ich euch Sack und Asche erspare. Eine Entschuldigung beim Bibliotheksdirektor wird genügen."

„Wofür sind denn Sack und Asche?", wollte Jack wissen.

„Das ist eine Metapher. Erwachsene Menschen benutzen Metaphern, wenn sie Rabauken wie euch nicht den Hintern versohlen dürfen."

Einige der Jungen feixten. „Sie sind witzig, Miss O'Brien."

„Und trotzdem meine ich es ernst." Anna hoffte, dass sie nicht zu belehrend klang, aber schließlich war die Arbeit hier in der Library of Congress ihr größtes Glück. Auch nach sechs Jahren blieb sie noch manchmal zwischen den Regalen stehen und staunte über die unermesslichen Büchertürme, die links und rechts von ihr aufragten. Für Anna hatte dieser Ort etwas Magisches und Überwältigendes. Die Bücher beeindruckten und inspirierten sie. Sie enthielten das Wissen ganzer Zeitalter, einige hatten sogar die Reiche überlebt, in denen sie geschrieben worden waren. Die Bücher zu pflegen und anderen dabei zu helfen, die Geheimnisse in ihnen zu entschlüsseln, das war Annas Berufung.

Sie würde die gute alte Bibliothek vermissen. Nächsten Monat stand der Umzug in das große neue Gebäude an. Seit 1810 befand sich die Library of Congress im Kapitol und sollte einst einhunderttausend Büchern Platz bieten. Mittlerweile war der Bestand auf fast eine Million Exemplare angewachsen und der Platz reichte hinten und vorne nicht mehr.

„In der neuen Bibliothek werden noch viel schärfere Regeln gelten", warnte Anna die Jungen. „Die Lampenhalter sind vergoldet. Die Fußböden sind mit Mosaiken und Edelmetallen ausgelegt. In den Fluren Fangen zu spielen oder die Geländer hinunterzurutschen ist dort verboten. Das ist euch hoffentlich klar?"

Jack grinste und gab einem alten Globus einen mächtigen Schubs. Der antike Erdball quietschte und eierte. Anna sprang herbei, um das gefährliche Kreiseln zu stoppen.

„Jack, was ist nur in dich gefahren?"

Eigentlich sollte sie es aufgeben und dem Jungen endgültig Hausverbot erteilen. Seine Krawatte hing schief, er war am Morgen mit schlammigen Schuhen in die Bibliothek gekommen und sein Grinsen zeigte keine Spur von Reue. Aber diese schiefe Krawatte ... sie ließ Anna nicht kalt. Wie man einen Krawattenknoten band, das gehörte zu der Sorte von Dingen, die ihm ein Vater beigebracht hätte.

Anna seufzte. „Steh auf. Ich werde dir jetzt zeigen, wie man einen ordentlichen Windsor-Knoten macht."

Sie löste ihren eigenen Binder und zog ihn glatt, um die Prozedur zu demonstrieren. Anna versuchte, mit ihrer gestärkten weißen Bluse und dem dunklen Rock genauso akkurat auszusehen wie all die Männer, die im Kapitol arbeiteten.

Jack tat, als wäre es ihm egal, aber trotzdem verfolgte er jede ihrer Bewegungen genau. Die anderen Jungen reckten die Hälse. Gut möglich, dass das heute ihre wichtigste Lektion war.

Als ein Mann in Marineuniform eintrat, ertönte eine Glocke über der Tür. Seine stocksteife Haltung und autoritäre Ausstrahlung ließen den Kartenraum kleiner und gleichzeitig voller erscheinen.

„Miss Anna O'Brien?“, fragte der Offizier.

Annas Herzschlag beschleunigte sich. Sie ließ ihren halb geknoteten Binder los. Das konnte nur eins bedeuten. „Ja, Sir?“

Der Offizier reichte ihr einen Umschlag. Das Siegel aus Wachs gehörte der Navy.

„Sie werden unten im Raum für Marineangelegenheiten erwartet. Jetzt sofort.“ Er nickte kurz und verließ den Raum wieder. Anna und die Jungs blieben erstaunt und sprachlos zurück.

„So eine Uniform will ich auch“, sagte einer schließlich.

„Habt ihr seine Schuhe gesehen? Die haben geglänzt wie ein Spiegel!“

Die Jungen schwatzten wild durcheinander und Anna kämpfte mit ihren Gefühlen. Das hatte garantiert mit der Nachricht zu tun, die sie vergangene Woche an die Navy geschickt hatte. Es gab keinen anderen Grund, warum sie sonst auf sie aufmerksam geworden sein sollten.

„Was steht denn drin?“, fragte Jack.

Anna brach das Siegel und überflog die Zeilen. Sie musste lächeln. Genau, wie sie vermutet hatte.

„Ich habe in einem alten Bericht einen Fehler gefunden“, sagte sie leise. „Und weil ich dachte, dass die Navy das interessiert, habe ich das gemeldet.“

Es war aufregend, dass man dort ihre Botschaft ernst nahm, denn einen Fehler in den historischen Aufzeichnungen zu ignorieren, war für jemanden wie Anna undenkbar. Seit ihrem ersten Tag in der Bibliothek fühlte sie sich als Teil einer Jahrhunderte zurückreichenden Kette von Bibliothekaren, Archivaren und Historikern, die sich alle derselben Aufgabe verschrieben hatten: der Sammlung und Bewahrung des Wissens der gesamten Welt. Gab es ein nobleres Unterfangen in der Geschichte der Menschheit? Zukünftige Generationen verließen sich auf die Sorgfalt von Bibliothekaren. Sie sah es als ihre Aufgabe an, für Genauigkeit in den Aufzeichnungen zu sorgen. Als sie den Fehler in dem alten Bericht entdeckt hatte, wusste sie sofort, dass er so nicht stehen bleiben durfte.

„Was für ein Fehler denn?“, wollte einer der Jungen wissen.

„Ein großer“, erwiderte Anna, beließ es aber dabei. Das war zu persönlich, um es vor einer Gruppe ungestümer Knaben auszubreiten. Anna hätte eine einfache Dankeskarte bevorzugt. Mit fremden Menschen in Kontakt zu treten, war jedes Mal eine Tortur für sie.

„Ich weiß noch nicht einmal, wo der Raum für Marineangelegenheiten ist“, gab sie offen zu, während sie ihren Binder richtete.

„Aber ich!“, rief Jack und sprang auf.

Anna wagte sich nur selten aus dem in die Jahre gekommenen Kartenraum. Abgenutzte Bücher, Karten und Atlanten bildeten eine Art sicheren Kokon um sie. Unten, im Haupttrakt des Kapitols, war alles anders: Die Pracht aus Marmor und Vergoldungen gab einem das Gefühl, ein Königshaus sei zu Gast, was wohl daran lag, dass tatsächlich Königshäuser hier ein- und ausgingen, zusammen mit Senatoren, Diplomaten, Premierministern und Präsidenten. Klein gewachsene Bibliothekarinnen passten dort unten nicht ins Bild, aber angesichts der förmlichen Vorladung blieb ihr nichts anderes übrig.

Sie knotete ihren Binder und wünschte sich insgeheim, sich am Morgen noch mehr Mühe mit ihrem Äußeren gegeben zu haben. Obwohl das auch nicht viel geändert hätte. Alle ihre Kleidungsstücke waren schlicht und einfach gehalten, weil sie es nicht leiden konnte, die Aufmerksamkeit auf sich zu ziehen. Jeden Morgen drehte sie ihre langen braunen Haare zu einem akkuraten Haarknoten ein und steckte sie mit einer schlichten Onyxklemme fest, dem einzigen Schmuck, den sie besaß.

Sie sah Jack an und wünschte, sie hätte nur ein Zehntel seines Muts. „Dann los“, sagte sie.

Anna brauchte nicht lange, um zu begreifen, dass die Navy ihr keineswegs für die Entdeckung eines Fehlers in einem fünfzehn Jahre alten Bericht danken wollte.

Vielmehr wollten sie ihren Kopf auf einem Silbertablett.

„Dass Sie überhaupt die Frechheit besitzen", donnerte Lieutenant Gerald Rowland hinter seinem Mahagonischreibtisch. Der Mann mit dem Stiernacken hatte Anna bereits beim Eintreten angebrüllt.

Anna musste auf dem Teppich vor seinem Schreibtisch stehen und fühlte sich angesichts des wütenden Offiziers wie ein kleiner Spatz vor einem brüllenden Löwen. Sie räusperte sich und versuchte, etwas zu ihrer Verteidigung vorzubringen.

„Wenn sechsundfünfzig Männer mitten auf See verschwinden, sollte eine vollständige und gründliche Untersuchung des Falls erfolgen", sagte sie leise.

„Was glauben Sie, haben wir vor fünfzehn Jahren gemacht?" Lieutenant Rowland schlug so fest mit der Faust auf den Tisch, dass die Stifte und das Tintenfässchen hüpften. „Die USS *Culpeper* sank während eines der letzten Wirbelstürme in jenem Jahr und alle Mann waren verloren. Fall abgeschlossen."

Anna wusste sehr gut, was der *Culpeper* zugestoßen war. Schließlich war ihr Vater einer der Männer, die mitsamt dem Schiff verschwunden waren.

„Aber genau das ist ja das Problem", sagte sie und versuchte, sich von seinem finsteren Blick nicht einschüchtern zu lassen. „Das Schiff kann nicht dort gesunken sein, wo es laut Bericht gewesen sein soll. Ich möchte darum bitten, dass der Fall neu aufgerollt wird und die Fehler berichtigt werden."

„Kopien des Berichts wurden an alle Familien der Opfer verschickt und sie hatten eine dreimonatige Frist, um der Navy ihre Fragen zu stellen. Die ist längst verstrichen."

„Ich war damals nicht in der Lage, Fragen zu stellen. Ich war gerade mal zwölf Jahre alt, als das Schiff verschwand."

„Als das Schiff *sank*", wurde sie von Lieutenant Rowland berichtigt, „bekamen die Familien den gesetzlichen Matrosensold plus sechs Monate Gehaltsfortzahlung. Wenn Sie den Fall neu aufrollen wollen, um irgendwelche Ansprüche geltend zu machen, vergessen Sie's."

Anna reckte ihr Kinn ein Stück nach vorn. „Wie Sie sehen, stehe ich in Lohn und Brot und benötige keine Waisenrente. Ich möchte einfach nur wissen, was meinem Vater zugestoßen ist und dass die Navy den Bericht korrigiert."

„Und Sie halten sich also für schlau genug, um die ganze Expertenkommission infrage zu stellen? Was macht eine Bibliothekarin überhaupt für Karten? Karten nach dem Alphabet sortieren?"

„Unter anderem."

Anna kannte die nautischen Eigenheiten jeder Bucht, jedes Meeresarms und jedes Hafens an der Ostküste sowie die Tiefe und Befahrbarkeit jedes Hafens von Maine bis zu den Florida Keys. Sie konnte Längen- und Breitengrade im Schlaf berechnen. Schließlich war sie die Tochter eines Kartografen und das Arbeiten mit Karten lag ihr im Blut.

Vergangene Woche war Anna eine neue Karte des Wetterdienstes in die Hände gefallen, die den Kurs vergangener Wirbelstürme verfolgte. Ihre Aufmerksamkeit galt dem Sturm, der zum Untergang der *Culpeper* geführt hatte, und da hatte sie bemerkt, dass der Bericht der Navy nicht dazu passte.

„Soll ich Ihnen verraten, was das Problem war? An Bord der *Culpeper* waren Wissenschaftler und Bücherwürmer anstelle von richtigen Seeleuten", sagte Lieutenant Rowland. „Sie hätte den Sturm überstanden, wenn nicht so viele nutzlose Büchernarren im Weg herumgestanden hätten."

Annas Vater war einer dieser Wissenschaftler in der Navy gewesen, der viele Jahre seines Lebens der Kartografierung des Ozeanbodens gewidmet hatte. Mithilfe von speziellen Schleppnetzen und Thermometern hatte er die Gerätschaften herabgelassen, die Wassertiefe gemessen und Sediment vom Ozeanboden heraufgeholt. Es hatte immer Spannungen zwischen Soldaten wie Lieutenant Rowland und Wissenschaftsoffizieren wie ihrem Vater gegeben, aber die Navy schuldete es den Männern der *Culpeper*, dass der Bericht über ihren Tod korrekt war.

Lieutenant Rowland war noch nicht fertig. „Diese Wissenschaftler haben das Leben anständiger Matrosen aufs Spiel gesetzt, nur um mitten auf dem Ozean mit ihren Teströhrchen herumspielen zu können. Der Fall wird nicht neu aufgerollt und Sie hören endlich auf, die Navy mit irgendwelchen aufgewärmten Geschichten zu belästigen! Diese Angelegenheit ist beendet. Haben Sie mich verstanden?"

„Ich habe Sie verstanden, Sir."

Der Lieutenant beugte sich vor. „Was ist mit Ihrer Stimme los? Sie reden, als hätten Sie einen Klumpen Baumwolle verschluckt. Sprechen Sie gefälligst lauter!"

Anna erstarrte. Seit ihrer Kindheit war sie wegen ihrer Stimme gehänselt worden, aber zumindest konnte sie mittlerweile sprechen. Als Kind waren ihre Stimmbänder so schwer beschädigt worden, dass sie vollständig stumm gewesen war. Mit vierzehn war es dank einer Operation besser geworden, aber ihre Stimme klang nach wie vor leise und kehlig und hatte sie zur Zielscheibe für Schulhofhänseleien gemacht.

Sie räusperte sich und versuchte, etwas lauter zu sprechen. „Ich habe gehört, was Sie gesagt haben, Sir, aber ich möchte trotzdem beantragen, den Fall neu aufzurollen."

Lieutenant Rowlands Blick wurde eisig. „Frauen", sagte er verächtlich. „Es war ein Fehler der Regierung, Frauen im Kapitol überhaupt einzustellen. Sie sind neugierig, lästig und wissen nicht, wie man Befehle ausführt. Wie ich gehört habe, sind die Bibliothekarinnen in der Library of Congress nur auf Probe angestellt. Wann wird das eigentlich geprüft?"

Annas Knie wurden weich und sie war drauf und dran, sich am Schreibtisch festzuhalten. Er hatte recht. Die Bibliothek hatte vor fast einem Jahrzehnt Frauen auf Probe eingestellt, aber dieser Status war nie offiziell außer Kraft gesetzt worden.

„Ich höre?", bellte Lieutenant Rowland. „Wann wird die Festanstellung von Frauen auf den Prüfstand gestellt? Wenn Sie sich nämlich weiterhin einmischen, dann werde ich höchstpersönlich bei dieser Anhörung anwesend sein."

„Bitte nicht!", rief Anna. Jetzt war ihre Stimme laut genug. Acht der vierzig Bibliothekare in der Library of Congress waren Frauen und ihre Arbeitsplätze waren allesamt in Gefahr, wenn sie diesen Mann nicht beruhigen konnte. „Es ist keine Anhörung angesetzt", fuhr sie fort. „Unsere Anstellung scheint ohne offizielle Bestätigung in eine Festanstellung übergegangen zu sein."

„Ach ja? Dann sollten Sie lieber keine Aufmerksamkeit auf sich ziehen, indem Sie Ihre Nase in militärische Angelegenheiten stecken, die Sie einen feuchten Kehricht angehen. Ist das klar?"

Entsetzlich klar. Nicht nur Annas Arbeitsplatz stand auf dem Spiel, sondern auch das Auskommen aller acht Frauen, die in der Library of Congress angestellt waren.

„Ja, Sir", sagte sie leise.

Mit schweren Gliedern schlich sie die Treppe wieder nach oben. Sie hatte sich im Lauf der Jahre an die Anstellung als Frau gewöhnt, weil der Bibliotheksdirektor die Frauen mit demselben Respekt behandelte wie die Männer. Mr Spofford war wie ein Großvater für sie, aber er hatte die Probezeit nie offiziell in eine Festanstellung umgewandelt. Seine ganze Arbeitskraft war in das Feilschen und Schachern um Gelder, die Planung und den Bau der neuen Bibliothek geflossen, die gegenüber vom Kapitol errichtet werden sollte. Das Ganze hatte Jahrzehnte gedauert, aber jetzt war das palastartige Gebäude fast fertig. Nächsten Monat blühte ihnen die Herkulesaufgabe, mit dem gesamten Bestand in das neue Haus umzuziehen.

Als Anna den Kartenraum betrat, waren die Dienstboten längst verschwunden. Zu ihrer Überraschung stand Ainsworth Spofford am einzigen Arbeitstisch. Sein hagerer, vom Alter gebeugter Körper ließ ihn älter aussehen als seine dreiundsiebzig Jahre.

„Da sind Sie ja", sagte Mr Spofford und sah erleichtert aus. „Ich bin zu einer Sitzung mit den Ingenieuren wegen des Neubaus gerufen worden. Deswegen müssen Sie für mich an der Sitzung des Fischereiausschusses teilnehmen."

Anna zuckte zusammen. Mr Spofford fiel es leicht, bei Kongressanhörungen Auskünfte zu erteilen, aber für Anna war das jedes Mal eine Tortur.

Der Bibliotheksdirektor bemerkte ihre Unsicherheit. „Das wird eine ganz leichte Sitzung", versicherte er ihr. „Der Fischereiausschuss ist eine erbärmlich kleine Gruppe. Niemand geht zu solchen Anhörungen, keine Angst. Halten Sie sich einfach bereit, falls jemand eine unserer Karten braucht."

Mr Spofford legte ihr einen Stapel Atlanten und Karten auf die ausgestreckten Arme. Es war unwahrscheinlich, dass man ihr das Wort erteilen würde, aber allein schon die Bibliothek zu verlassen, verursachte ihr Bauchschmerzen. Und Kongressabgeordnete konnten so kompliziert sein. Sie hoffte, mit den Vertäfelungen verschmelzen zu können und vollends unsichtbar zu werden.

Mit ihrem Rock und den sperrigen Atlanten und Kartenröhren im Arm war es nicht einfach, die Treppen hinabzusteigen, aber die Fahrstühle waren den Kongressabgeordneten vorbehalten. Für eine Nation, die sich auf die Grundfesten der Demokratie gründete, war die Hierarchie im Kapitol erstaunlich. Die Kongressabgeordneten spazierten wie Prinzen durch die vergoldeten Flure, während Angestellte wie Anna hinter ihnen hertrippelten und mit Karten und allem anderen beladen waren, was diese brauchten. Anna erreichte den ersten Stock und lief durch schier unendliche Marmorflure, bis sie den richtigen Saal gefunden hatte.

Mr Spofford hatte falsch gelegen. Der Sitzungssaal war völlig überlaufen. Rings um die Eingangstür und bis weit in den Flur hinein drängten sich Zuschauer und warteten darauf, hineinzukommen. Anna zwängte sich durch die Menge und lief zur hintersten Stuhlreihe an der Wand, die für Angestellte reserviert war. Sie ergatterte den letzten freien Platz. Wie in allen Sitzungsräumen war die Gewölbedecke aufwendig bemalt und mit einem handgeschnitzten Fries versehen. Ein langer Tisch stand in der Mitte und war bereits von Kongressabgeordneten aus verschiedensten Staaten belegt.

„Was ist denn hier los?“, fragte Anna den Bediensteten neben sich im Flüsterton.

„Das ist Luke Callahans erste Sitzung, seit er degradiert wurde und nun zum Fischereiausschuss gehört“, bekam sie zur Antwort. „Alle wollen sehen, ob er tatsächlich kommt und sich der Demütigung fügt.“

Das erklärte alles. Anna hatte von der Sache mit Callahan gehört. Und zwar im wahrsten Sinne des Wortes. Vergangene Woche war der Streit im Plenarsaal bis in die oberste Etage des Kapitols zu hören gewesen. Luke Callahan war einer der charismatischsten Männer im Kongress, aber dem Sprecher des Repräsentantenhauses war er ein Dorn im Auge. Die Feindseligkeit zwischen den beiden Männern war übergekocht, und wie man hinter vorgehaltener Hand munkelte, hatte Mr Callahan versucht, Mr Jones einen Fausthieb zu verpassen, und war nur vom Sergeant at Arms aufgehalten worden. Der Sprecher hatte daraufhin genug von Mr Callahans Wutausbrüchen gehabt und ihn aus dem angesehenen Haushaltsausschuss der Vereinigten Staaten geworfen und ihn degradiert, indem er ihn in den Fischereiausschuss gesteckt hatte.

Anna freute sich insgeheim über Luke Callahans Versetzung, weil er ein ausgesprochener Gegner der Library of Congress war. Jedem, der gegen Bibliotheken stimmte, misstraute sie. Sie ließ den Blick über die hölzernen Namensschilder auf dem Tisch in der Mitte schweifen, bis sie das von Mr Callahan entdeckte.

Sein Stuhl war noch leer. Würde er auftauchen? Den Gerüchten zufolge würde er wegen seiner aufbrausenden Art die Demütigung nicht auf sich sitzen lassen. Persönlich hatte sie den Erzfeind der Bibliothek noch nicht gesehen, aber sie stellte ihn sich als schwerfälligen alten Mann vor, der nicht über die geringste Leidenschaft oder intellektuelle Neugier verfügte. Was für ein Barbar musste man sein, um sich gegen Bibliotheken einzusetzen?

Anna rutschte nervös auf ihrem Sitz hin und her, als ihr bewusst wurde, dass sie die einzige Frau im Raum war. Das störte sie immer wieder. Alles, was die Aufmerksamkeit auf sie ziehen konnte, wollte sie vermeiden, aber heute gab es kein Entkommen.

„Platz da! Platz da!", rief ein Junge und übertönte mit seiner jugendlichen Stimme den Lärm. Die Menge teilte sich. Ein Dienstbote drängelte sich durch die Tür und stampfte mit einem Amtsstab auf den Boden. „Platz da für den ehrenwerten Kongressabgeordneten aus Maine!"

Hinter dem Jungen trugen zwei Dienstboten eine Ledermappe und einen Aktenordner. Und hinter ihnen ...

Hilfe.

Mr Callahan war gar kein schwerfälliger alter Mann. Der junge Abgeordnete betrat den Sitzungssaal mit dem Selbstbewusstsein eines geborenen Anführers. Sein kastanienbraunes Haar schimmerte golden. Seine blauen Augen funkelten und er hatte den sonnengebräunten Teint eines Mannes, der die Natur liebte. Was Anna jedoch am meisten gefangen nahm, war sein Lächeln. Es war ungezwungen und mühelos, siegessicher und selbstbewusst. Seine weißen Zähne strahlten.

„Da sieh mal einer an, wer sich unters gemeine Volk mischt", stichelte ein Abgeordneter am Tisch.

„Das gemeine Volk? Im Gegenteil." Mr Callahan ließ seine Zähne blitzen und breitete die Arme aus. „Es ist mir eine Ehre, mich für die weltberühmten Fischgründe und Austernbänke dieser Nation einzusetzen. Eine ganz besondere Ehre!"

Seine gute Stimmung wurde von grollendem Gelächter und Fußstampfen erwidert. Mr Callahan lief um den Tisch, klopfte den Männern auf den Rücken und flachste mit beneidenswerter Leichtigkeit herum. Er schien vor Energie nur so zu strotzen. Nach den Abgeordneten ging er zu den Sitzbänken der Journalisten, schüttelte ihnen die Hände und begrüßte die Zeitungsreporter. Amethystbesetzte Manschettenknöpfe blitzten auf, als er sich ausstreckte, um auch in der zweiten Reihe jeden Journalisten per Handschlag zu begrüßen.

Die Manschettenknöpfe verrieten ihn. Anna riss erschrocken die Augen auf. Sie hatte diesen Mann schon oft gesehen, aber nur, wenn sie von der dritten Etage in den Lesesaal der Library of Congress hinabgeblickt hatte. Er war ein regelmäßiger Besucher und saß immer am selben Ort an einem Tisch am Fenster und las während der Mittagspause. Von der Balustrade aus hatte Anna ihn immer nur von oben gesehen, aber er trug stets dieselben Manschettenknöpfe, die beim Umblättern in der Sonne glitzerten. Erst jetzt begriff Anna, wen sie da immer gesehen hatte.

Und das war der Mann, der sich gegen jeden Gesetzentwurf stemmte, der die Library of Congress betraf? Dessen massive Hetzreden gegen das neue Gebäude einem die Schuhe auszogen? Welche Ironie, dass der stärkste Gegner der Bibliothek zugleich einer ihrer treuesten Nutzer war.

Obwohl sie es nicht wollte, schmolz ihre Abneigung gegen ihn ein wenig dahin, auch wenn Luke Callahan genau den Personentyp verkörperte, dem sie stets aus dem Weg ging. Ein Mann mit derart blendender Selbstsicherheit und Beliebtheit wusste ganz bestimmt nicht, wie es war, gehänselt zu werden oder Außenseiter zu sein. Er musste sicher nie darum bangen, ganz normal zur Schule gehen zu können. Und er hatte sich als Kind bestimmt nie die Frage gestellt, ob heute der Tag war, an dem lauter boshafte Klassenkameraden sich um einen scharten, um herauszufinden, wie sich ein heulendes stummes Mädchen anhörte.

Die Sitzung begann und Anna verdrängte die Erinnerung. Ausschusssitzungen waren meist todlangweilig und auch jetzt zogen die Stunden träge dahin, während ein Abgeordneter aus New York versuchte, die schwächelnde Austernindustrie seines Staates zu retten. „Wir weigern uns, Steuern für Austernbänke zu entrichten, die von den Abwässern aus Schmelzhütten in New Jersey in Mitleidenschaft gezogen werden. Die Abwässer vergiften die Bänke und zerstören die Uferlandschaft."

„Unmöglich. Diese Schmelzhütten können gar nicht die Gewässer von New York verpesten", erwiderte ein anderer Abgeordneter. „Die Strömung fließt ganz woanders lang."

Mr Callahan hob einen Arm und schnipste. „Das werden wir gleich haben. Eine Karte, bitte."

Das war ihr Stichwort. Anna durchsuchte nervös die Kartenröhren neben sich nach der Karte, auf der die Meeresströmungen verzeichnet waren.

„Karte!", verlangte Mr Callahan gereizt. Ihre Blicke trafen sich. Unglaublicherweise sah er sie unentwegt an und schnipste weiter. *Schnips, schnips, schnips.* Erwartete er tatsächlich, dass sie aufsprang wie ein Hund, dem man „Bei Fuß!" zugerufen hatte?

Offensichtlich ja. Die meisten Abgeordneten waren es gewohnt, dass die Leute vor ihnen einen Kratzfuß machten. Anna biss die Zähne zusammen und ging nach vorn. Sie legte die Karte vor Mr Callahan auf den Tisch und kam ihm dabei so nahe, dass sie sein nach Pinienholz duftendes Rasierwasser wahrnahm. Bevor sie wieder ging, raunte sie ihm ins Ohr: „Schnipsen funktioniert noch besser, wenn man eine Krone trägt und mit dem Zepter zeigen kann, wohin die Untertanen eilen sollen."

Ohne auf eine Antwort zu warten, kehrte sie zu ihrem Stuhl zurück und hielt den ganzen Weg über die Luft an. Hatte sie tatsächlich gerade einen Kongressabgeordneten gemaßregelt? Sie nahm still Platz und riskierte einen Blick zu Mr Callahan.

Er starrte sie verdutzt an, als wäre gerade seine Weltordnung durcheinandergeraten. Eine kleine Maus hatte es gewagt, dem gewaltigen Löwen in die Schnauze zu zwicken. Anna versuchte nicht zu grinsen, aber beim Versuch, es zu unterdrücken, verzog sie ihren Mund.

Das Erstaunen in Mr Callahans Gesicht wich allmählich einem Lächeln, das die Knie jedes Mädchens hätte weich werden lassen. Mr Callahan nickte ihr leicht zu und in seinen Augen spiegelte sich neuer Respekt.

Zu ihrem Entsetzen stand er kurz darauf auf und zeigte mit ausgestrecktem Arm, an dem der Manschettenknopf aufblitzte, auf sie. „Mein Dank geht an die wissenschaftliche Hilfskraft dieses Ausschusses, Miss ..."

Der Satz blieb unvollendet und löste einen Adrenalinschub in Anna aus. Lieber wollte sie öffentlich gesteinigt werden, als vor fremden Leuten reden zu müssen. Aber er wartete und alle Abgeordneten und alle Reporter im Raum sahen sie an. Stühle knarrten, Männer reckten die Hälse und alle Augen waren auf sie gerichtet. Am liebsten wäre Anna im Erdboden versunken.

„Anna O'Brien", murmelte sie. Die Worte reichten kaum, um ihre belegte Stimme zu lösen.

„Wie war das bitte?", fragte Mr Callahan.

Anna räusperte sich und versuchte es erneut. Aber auch jetzt klang es nur wie das Krächzen einer Kröte.

Der Bedienstete neben ihr ersparte ihr weiteres Elend. „Miss Anna O'Brien, von der Library of Congress", sagte er mit klarer und lauter Stimme.

„Miss O'Brien", säuselte Mr Callahan sanft. „Ich möchte mich für mein scharfes und unverzeihliches Benehmen entschuldigen. Die ungehobelten Wilden aus dem Norden müssen noch viel von der vornehmen Lady aus Washington lernen. Sie sind der Inbegriff von Anmut und Liebreiz angesichts meines flegelhaften Betragens. Ihr Verstand und Ihre Kompetenz sind ein heller Lichtstrahl im dunkelsten aller Nachmittage. Miss O'Brien, der amerikanische Kongress neigt in Dankbarkeit das Haupt vor Ihnen."

Gemurmel und etwas Fußstampfen quittierten seine Aussage, aber dann widmeten sich die Abgeordneten wieder ihrer Arbeit.

Alle, außer Mr Callahan, der sie immer noch mit diesem neugierigen Funkeln in den Augen beobachtete. Anna wandte gekränkt den Blick ab. Ihr wurde heiß. Auf diese Art von Aufmerksamkeit konnte sie liebend gern verzichten.

Die Sitzung zog sich noch Stunden hin, und obwohl sie es nicht wollte, wanderte ihre Aufmerksamkeit immer wieder zu dem Abgeordneten aus Maine. Er beteiligte sich rege an der Sitzung, wandte sich aber alle paar Minuten ab und lächelte ihr zu. Sein Lächeln war stets flüchtig, aber jedes Mal lief ihr ein kleiner Schauer über den Rücken. Hatte er ihr gerade zugezwinkert?

Kein Zweifel!

Anna sah weg und schäumte innerlich. Frauen, die Kongressabgeordneten schöne Augen machten, konnten deswegen sehr schnell ihre Anstellung verlieren. Das Letzte, was sie wollte, war, dass ihr ein arroganter Parlamentarier, den sie nicht einmal kannte, in der Öffentlichkeit zuzwinkerte. Zuzwinkerte! So fingen Gerüchte doch erst an!

Kaum verkündete der Sitzungshammer das Ende der Versammlung, war sie auch schon aus dem Saal geflüchtet.

KAPITEL 2

Alle Blicke waren auf Luke gerichtet, als er auf den Ausgang zusteuerte. Reporter umschwärmten ihn, überboten sich mit Fragen und verlangten nach Antworten. Nichts war spannender als der tiefe Fall eines Mächtigen und Luke Callahan war tief gestürzt. Alles, was er wollte, war, dem Reporterschwarm zu entkommen und diese Bibliothekarin zu finden, bevor sie gänzlich verschwunden sein würde.

Ihr geflüsterter Tadel hatte ihn sprachlos gemacht. War es wirklich so beleidigend, mit den Fingern zu schnipsen? Zu Hause hatte das einfach dazugehört. Bangor war um Welten von den Marmorfluren Washingtons entfernt. Luke war in der rauen Welt von Matrosen und Holzfällern aufgewachsen und dort nahm niemand an so etwas Anstoß. Trotzdem hatte es ihm imponiert, dass Miss O'Brien so viel Mut hatte, ihn offen zurechtzuweisen. Als sie auf ihren Platz zurückgekehrt war und ihn mit einer Mischung aus intelligentem Humor und gutmütiger Kampfansage angesehen hatte, war er perplex gewesen.

Sie war ein hübsches kleines Ding, hatte ein reizendes Gesicht und funkelnde braune Augen. Er wollte sie abfangen, bevor sie ihm entwischte, aber zuerst musste er durch die Traube von Reportern kommen, die ihn mit Fragen bombardierten.

„Sir, was halten Sie von dem Gesetzesvorstoß zu den Steuern, die der Sprecher des Repräsentantenhauses eingebracht hat?"

Der Vorstoß war ihm egal. Er wollte nur eins: die Bibliothekarin finden.

Ein Dienstbote duckte sich unter den Reportern durch und hielt ihm eine Karte hin. „Ein Telegramm aus Bangor, Sir."

Luke erstarrte. Seine Wählerschaft in Bangor war beträchtlich, aber nur von einer Person bekam er Telegramme. Sein Mund wurde schmal, obwohl er sich bemühte, die Anspannung nicht zu zeigen. Reporter waren wie Bluthunde. Wenn sie rochen, dass irgendetwas in Bangor nicht stimmte, würden sie sich in die Angelegenheit verbeißen und nie wieder lockerlassen.

Wo war sie nur, die kleine Bibliothekarin? Egal. Er war schlauer, als diesen leichtsinnigen Impulsen zu folgen. Seit er vor acht Jahren zum Kongressabgeordneten gewählt worden war, hatte er praktisch wie ein Mönch gelebt, um seinen Ruf zu wahren, und das Telegramm seiner Schwester war sicher ein Fingerzeig des Himmels, der ihn davor bewahren sollte, in seine wilde Vergangenheit zurückzufallen.

Er nahm das Telegramm und ging in Richtung der Rückzugsgemächer der Abgeordneten, zu denen Reporter keinen Zugang hatten. Die Wachposten traten einen Schritt beiseite, um ihn durchzulassen. Hinter ihm schlossen sie ihre Reihe sofort wieder. Die Reporter riefen ihm Fragen hinterher, die an der gewölbten Decke des Gangs widerhallten, aber Luke reagierte nicht.

Weil es im Kapitol zu wenig Büros gab, nutzten die Kongressabgeordneten die Rückzugsgemächer, um zu arbeiten, Kontakte zu pflegen oder zwischen den Sitzungen zu schlafen. Die Räumlichkeiten boten den Luxus eines Herrenklubs und rochen nach Bienenwachs, altem Leder und Macht. Die bis zum Boden reichenden Fenster waren von weinroten Samtpaneelen eingefasst und türkische Webteppiche bedeckten den Parkettboden. Farngewächse in Messingübertöpfen grenzten die Sitzgruppen voneinander ab. Kuriositäten wie die Rüstung eines spanischen Konquistadors und ein Globus von der Größe eines kleinen Ponys verliehen den Räumen Atmosphäre.

Luke hielt auf eins der Fenster zu, um in Ruhe zu lesen, was seine Schwester ihm zu sagen hatte. Er überflog die erste Zeile und knirschte verärgert mit den Zähnen.

Sein Bruder war verhaftet worden. Wieder einmal.

Luke stopfte die Karte in die Jackentasche, ohne den Rest zu lesen. Würde er jemals so viel Abstand zwischen sich und seine Familie bringen, dass deren Skandale ihn nicht mehr einholen würden? Spieler. Trunkenbolde. Frauenschläger. Man musste nur in die Familiengeschichte schauen und fand sofort eine Spur der Selbstzerstörung, die so augenfällig war, dass man sich wundern musste, wieso die Familie noch existierte. Luke würde eine Hand dafür geben, wenn er sie ein für alle Mal loswerden konnte, aber das war unmöglich.

Er liebte sie. Jeden einzelnen Taugenichts.

Eine gefährliche Schönheit umgab diese Familie. Die Callahans waren wie Kometen, deren vor Leidenschaft brennender Schweif den Nachthimmel erleuchtete, die aber dafür schnell verglühten und eine Spur der Verwüstung hinterließen. Sein Vater hatte sich bereits ins Grab gesoffen und wie es aussah, fehlte auch bei Jason nicht mehr viel.

Luke zog das Telegramm wieder hervor. Jason war gestern nach einer Prügelei mit dem Hilfssheriff verhaftet worden. Seine Schwester brauchte vierhundert Dollar, um ihn auf Kaution freizubekommen, und bat für morgen früh um einen Anruf.

Luke ging die Treppe in den Keller zur Fernsprechzentrale herunter. Einen Anruf bis nach Maine zu bekommen, bedurfte der Kooperation von einem Dutzend Telefonisten, die ihn im Fernsprechnetz die ganze Ostküste hoch bis nach Bangor durchstellten, aber für Kongressabgeordnete galten Sonderregeln. Abgesehen vom Weißen Haus hatten Anrufe aus dem Kapitol Vorrang vor allen anderen Gesprächen. Selbst wenn es um irgendeinen Hitzkopf aus Maine ging.

Luke hielt inne. Er konnte nicht gerade behaupten, von allen hitzköpfigen Impulsen geheilt zu sein. Hatte er nicht gerade noch nach oben stürzen wollen, um einer hübschen Bibliothekarin nachzustellen, die sein Interesse nur dadurch geweckt hatte, weil sie ihm schlau und witzig Paroli geboten hatte?

Und noch schlimmer als dieser Impuls war sein Wutausbruch vergangene Woche gewesen. Wieso bloß hatte er sich zu einem offenen Schreiduell im Plenarsaal hinreißen lassen? War er wirklich so dumm, sich vom Sprecher des Repräsentantenhauses derartig provozieren zu lassen? Jetzt bezahlte er den Preis dafür.

Er konnte es sich nicht leisten, diesen Impulsen zu folgen. Schließlich brauchte er den Sitz im Kongress. Zum einen, weil es ihm Spaß machte, hier zu sein, und weil er so Philip ein stabiles Zuhause geben konnte. Einer der großen Vorzüge des Lebens in Washington war, dass er seinen Neffen zu sich holen konnte. In Maine schwankte das Familienleben an einem einzigen Tag zwischen himmelhoch jauchzender Freude und alkoholgetränkter Raserei. Hier in Washington blühte sein Neffe regelrecht auf, aber wenn Luke die nächste Wahl verlor, würden sie beide wieder ins Chaos dieser Familie gestürzt werden.

Früh am nächsten Morgen zerrte Luke seinen Neffen an den Frühstückstisch, damit sie rechtzeitig für den Anruf bei Julia im Kapitol waren. Für jemanden, der in einem Haus mit drei Zimmern, ohne fließend Wasser und mit eingeöltem Pergamentpapier als Fensterersatz groß geworden war, war der opulente Frühstückssaal im Hotel Willard wie ein Palast. Eine Wand mit Rundbogenfenstern, weiße Tischdecken und aus Florida importierte Palmen, die bis an die meterhohen Decken reichten, waren der Gipfel der Eleganz und etwas ungemütlich für einen vierzehnjährigen Jungen.

Aber alles war besser, als Philip in Maine zu lassen. Hänseleien auf dem Schulhof konnten Wunden schlagen, die auf Jahre hin nicht heilten, und als uneheliches Kind einer alleinstehenden Frau hatte Philip mehr als genug davon erlitten.

Ein Kellner brachte zwei Servierteller mit Rührei, Melonenwürfeln und dampfendem Schinkenspeck.

„Du kannst meinen Speck haben“, sagte Luke, als der Kellner weg war. Er hielt Philip den Teller hin und wandte das Gesicht ab.

Philip ließ sich das nicht zweimal sagen. „Wieso das denn?“, fragte er und schlang die erste Scheibe hinunter. „Jeder liebt doch Speck.“

„Man spricht nicht mit vollem Mund.“

Luke hasste Speck, vor allem den Geruch danach. Ein Atemzug mit Speckgeruch genügte, um in ihm eine Lawine schlechter Erinnerungen auszulösen. Er sah sich sofort als Fünfzehnjährigen, der seiner Mutter half, Speck zu räuchern. An jenem Tag hatte sich sein Leben für immer verändert.

Sie waren in ihrem nagelneuen Haus, das sein Vater zu bauen begonnen hatte, nachdem auf ihrem Grundstück ein reiches Edelsteinvorkommen entdeckt worden war. Die Küche war mit poliertem Parkett ausgelegt und hatte Echtglasfenster. Auf einer Seite gab es eine große Feuerstelle, wo sie den Speck räucherten. Das ganze Haus war vom Duft des Hickoryholzes erfüllt.

„Wo ist dieser Nichtsnutz von einem Sohn?“, dröhnte sein Vater und kam in die Küche. Dabei wedelte er mit einem Stapel Papier herum. „Was soll das sein, hm? Bist du ein Mädchen?“

Luke erkannte seine Gedichte und ihm wurde speiübel. In einer

Holzfällerwelt von Dreck und Schweiß hatte Luke in den Versen von Byron, Keats und Coleridge eine Oase gefunden. Gedichte beflügelten seine Fantasie und die theatralischen Verse seiner Helden brachten ihn dazu, selbst zur Feder zu greifen.

„Das sind meine!", protestierte Luke.

Es schien, als sei Edgar Callahan gar nicht erbost, sondern amüsiert über die poetischen Versuche seines fünfzehnjährigen Buben. Er sprang zum Fenster und hielt die Seiten so, dass das Licht von draußen darauffiel. „O edle Sonne, lass abperlen die Sorgen mein im süßen Kuss des Morgentaus", las er affektiert.

Die höhnische Interpretation seiner Gedichte ließ sie überspannt und einfallslos klingen. Luke versuchte, sich die Seiten zu schnappen, aber sein Vater drehte sich weg und bog sich vor Lachen, während er versuchte, weitere Strophen in seinem spöttischen Ton vorzutragen. Lukes Brüder und seine Schwester kamen herbei und hörten mit ernsten Mienen zu.

Als Edgar Callahan schließlich die letzte Strophe des ersten Gedichts beendet hatte, wich das höhnische Grinsen einer feurigen Wut. „Bist du ein Mädchen, oder was?", bellte er. „Hast du so viel Zeit zum Faulenzen, dass du Liebesgedichte schreiben kannst?"

Sein Vater konnte mit Sicherheit ein Liebesgedicht nicht von einem Sonett, einer Elegie oder einem Epos unterscheiden. Luke hatte Monate gebraucht, um sich diesen Stil anzueignen, und er war stolz auf seine Ergebnisse. „Das ist epische Dichtung, Sir."

„Episch, ja? Das ist epischer Schrott, mehr nicht, und es gibt nur eins, was man mit Abfall macht."

Lukes Vater ging zur Feuerstelle. Luke sprang hinterher, aber der Stapel mit Gedichten lag bereits im Feuer. Die Seiten wurden schwarz und fingen an, sich zusammenzurollen und die Küche mit Rauch und Gestank zu erfüllen. Luke trat nach dem Stapel und beförderte ihn mit einigem Kleinholz aus dem Feuer. Er stampfte auf den brennenden Zetteln herum. Orangefarbene Funken zerstoben auf dem Boden.

Edgar Callahans Faust traf ihn hart am Mund und schmetterte ihn zu Boden, nachdem er mit dem Kopf gegen die Wand geknallt war. Luke rollte sich zusammen und versuchte, seinen Kopf zu schützen.

„Du willst also frische Glut auf meinem neuen Fußboden austreten, ja?“ Sein Vater schoss das brennende Kleinholz nach ihm. Luke verbarg das Gesicht, aber die glühenden Holzstücke verbrannten ihm die Handrücken. Asche brannte ihm in den Augen. Er rollte sich noch mehr zusammen und ächzte, als ihn sein Vater immer wieder in die Rippen trat.

„Aufhören!“, rief sein Bruder. Gabes gestiefelte Füße landeten mit einem dumpfen Aufschlag links und rechts neben Luke. Gabe war der Älteste und schon fast so groß wie ihr Vater. Luke blieb wie erstarrt liegen und hoffte, dass sein Bruder nicht auch noch verprügelt würde, nur weil er ihm helfen wollte.

Edgar Callahan schob Gabe beiseite, hockte sich hin und griff Luke am Kragen. Dann zerrte er ihn hoch, bis sie auf einer Augenhöhe waren.

„Versprich mir, dass du dieses blumige Geschwafel lässt“, befahl er. „Du bist ein feiner Kerl, aber dieses mädchenhafte Gewäsch werde ich in meinem Haus nicht dulden!“

Lukes Rippen schmerzten bei jedem Atemzug, aber er erwiderte den Blick seines Vaters. „Das werde ich nicht tun“, sagte er und schmeckte salziges Blut.

„Oh doch, das wirst du. Du gibst mir jetzt dein Wort, dass du aufhörst, deine Zeit mit diesem Gefasel zu verschwenden, und endlich zu einem Mann wirst, auf den ich stolz sein kann!“

Jedes Wort unterstrich er mit einem Schütteln seiner Faust an Lukes Kragen und jedes Schütteln verstärkte die Schmerzen in Lukes Brustkorb. Es wäre so einfach zu lügen und das Problem damit loszuwerden. Wenn sein Vater so betrunken war wie jetzt, erinnerte er sich hinterher meist an nichts mehr.

Aber er wollte nicht lügen. Nicht bei etwas, was ihm so wichtig war. „Ich werde weiter Gedichte schreiben ...“

„Pass auf, was du sagst“, warnte ihn sein Vater und hob die andere Faust.

„Ich höre nicht auf. Schlagen Sie mich doch. Es ist mir egal. Ich höre nicht auf.“

„Dad, los, komm“, sagte Gabe. „Fällen wir lieber die Ulme am Bach.“ Gabe zog an der Faust des Vaters und versuchte, ihn von Luke wegzuziehen. Er ließ es geschehen.

„Warum lässt du dir von deiner Mutter nicht ein Kleid nähen, wenn du Mädchenzeug schreiben willst?“, blaffte sein Vater noch, bevor er aus der Küche stürmte. Sie blieben still stehen, bis die Haustür knallte.

Luke ließ sich von Gabe aufhelfen. Zum Stehen taten ihm die Rippen zu sehr weh. Er lehnte an der Küchenwand und blutete aus dem Mund. Ihre Mutter brachte ein feuchtes Tuch und Julia sammelte die Papierschnipsel ein, die das Feuer nicht verzehrt hatte. Jason, das Nesthäkchen, saß in der Ecke und weinte.

Julia brachte ihm die Überbleibsel, auf denen man nur noch einzelne Wörter entziffern konnte. Der Gestank von Speck erfüllte den Raum und Luke konnte es nicht ertragen, die kümmerlichen Reste seiner Gedichte anzusehen. Über ein Jahr hatte er gebraucht, um sie zu schreiben. Sie hatten ihm unendlich viel bedeutet. Die Asche ließ die Augen tränen. Als er sie mit dem Ärmel abwischte, hoffte er, dass niemand dachte, er würde wegen der Gedichte weinen.

Irgendwann ignorierte er seine schmerzende Seite und stand auf. „Es geht schon“, wehrte er seine Mutter ab. Der Raum vor ihm schwankte und drehte sich, aber er biss die Zähne zusammen und war entschlossen, sich die Schmerzen nicht anmerken zu lassen.

„Sei doch nicht dumm“, sagte seine Mutter. „Dein Blut tropft überall hin.“

„Es geht schon“, wiederholte Luke.

Es musste gehen. Er erstickte das Durcheinander aus Gefühlen und sperrte sie weg, bis die Wut vergehen und verlöschen würde. Nur nicht darüber nachdenken. Der Ärger musste weg, bis er nicht mehr wehtat. Sein Temperament zu beherrschen, war der Rettungsanker in einer Welt voller Chaos und Gewalt. Morgen würde nicht der erste Tag sein, an dem er mit einem blauen Auge und geschwollener Lippe zur Schule ging, aber er würde es erhobenen Hauptes tun, und dann sollte es jemand wagen, ihn zu fragen, warum er verprügelt worden war.

Luke verdrängte die Erinnerung. Sein Vater war längst tot, und in die Vergangenheit abzutauchen, war reine Zeitverschwendung. Er lächelte traurig, während Philip sich über die verbleibenden Speckstreifen hermachte. Ein großer Dichter zu werden, diesen Traum hatte Luke längst begraben, aber die Abneigung gegen Speck war geblieben.

„Beeil dich", sagte er. „Deine Mutter wartet schon auf unseren Anruf."

ꝏ

Die Fernsprechvermittlung war in einer Ecke des gewaltigen Postraums im Keller des Kapitols. Eines Tages würde es bestimmt Telefonzellen mit mehr Privatsphäre geben, aber noch musste jeder, der telefonieren wollte, dies umringt von Hunderten von Angestellten tun, die an langen, schmalen Tischen saßen und Post sortierten.

„Ich werde zuerst mit deiner Mutter reden und dann bekommst du den Hörer", erklärte er Philip auf dem Weg zur Fernsprechzentrale.

Er konnte Fernsprecher nicht ausstehen, diese nervtötenden und seelenlosen Apparate. Mit jemandem zu sprechen, den man nicht sehen konnte, war seltsam und unpersönlich. Briefe gaben einem immerhin den Luxus der perfekten Wortwahl, um sich genau auszudrücken.

Als der Telefonist die letzte Verbindung gesteckt hatte, bat er Luke mit einem Handzeichen zu sich. Luke drückte den glänzenden Holzhörer ans Ohr und hob die Sprechmuschel an den Mund. „Julia?"

„Ja, ich bin hier." Trotz der Entfernung von siebenhundert Meilen konnte er die Anspannung in ihrer Stimme hören.

„Erzähl mir, was passiert ist."

Luke schloss die Augen und machte sich auf alles gefasst. Offensichtlich steckte Jason so tief in Schulden, dass seine Gläubiger zwei seiner preisgekrönten Pferde pfänden wollten. Er machte deswegen so einen Aufruhr, dass die Hilfssheriffs gerufen worden waren, was Jason noch mehr aus der Fassung brachte, bis er einem dieser Hilfssheriffs einen harten rechten Haken verpasst hatte. Und es würde vierhundert Dollar kosten, ihn aus dem Gefängnis herauszuboxen.

„Kannst du ihm nicht helfen?", bat Julia.

„Nein."

Dieses Mal würde er nicht bezahlen. Wenn Geld Jasons Problem lösen würde, hätte Luke mit Vergnügen die Brieftasche gezückt. Aber Geld würde nur noch mehr Öl in das Feuer gießen, das das Leben seines Bruders zerstörte.

„Bitte, Luke. Du hättest ihn sehen sollen. Sein rechtes Auge ist ganz zugeschwollen und er schämt sich so. Als er mich sah, fing er gleich an zu weinen. Ich glaube, er ist so weit. Er will sich wirklich ändern."

Luke ließ das Bild nicht kalt, aber er durfte jetzt nicht nachgeben. Jason war immer der Sanfteste von ihnen allen gewesen. Er hatte verletzte Vögel gerettet und gefangene Fische wieder ausgesetzt. Er war einfühlsam und liebevoll, außer wenn er getrunken hatte. Dann verwandelte er sich in ihren Vater.

„Dann soll er sich in der Zelle ändern." Es tat ihm weh, das zu sagen, aber das Gefängnis war vielleicht Jasons einzige Chance, trocken zu werden. Für Luke würde es immer ein Rätsel bleiben, wieso Julia und Jason sich beide der Flasche zugewandt hatten, nachdem sie hautnah miterlebt hatten, was der Alkohol aus ihrem Vater gemacht hatte. Gabriel trank auch, aber stets in Maßen. Luke stieß schon der Geruch von Rum ab, während Jason und Julia sich von ihm in seinen Bann ziehen ließen. Das war einer der Gründe, warum er ihr Philip nicht mehr anvertrauen konnte.

„Wo ist Gabriel?", fragte Luke.

„Er hat sein Rennskiff fertig gebaut und will damit nach Kanada segeln. Ich habe schon nach ihm geschickt, aber es wird Tage dauern, bis er hier ist, und selbst dann ..."

Julia brauchte den Satz nicht zu beenden. Gabe hatte das Zeug zum Architekten, Bootsbauer oder was auch immer er wollte, aber ihm stand der Sinn nach einem Zigeunerleben. Selbst wenn man ihn finden und nach Bangor zurückschleppen würde, Gabe würde mit Sicherheit nicht den Drachen zähmen, der im Leben ihres jüngsten Bruders wütete.

Vielleicht war es der Fluch, plötzlich vermögend zu sein. Schon seit Generationen waren die Callahans einfache Bauern und Holzfäller gewesen, aber dann wurde das Edelsteinvorkommen auf ihrem Land gefunden. Lukes Familie war ein klassisches Beispiel dafür, was passieren konnte, wenn jemandem ein Vermögen in die Hände fiel, der sich nicht darüber im Klaren war, was Reichtum mit Menschen machen konnte.

„Philip ist auch hier", sagte Luke. „Er möchte mit dir sprechen."

Julias Schnappen nach Luft war aus siebenhundert Meilen noch zu hören. Philip war die Trennung schon schwergefallen, aber seiner Mutter noch viel schwerer.

„Hallo, Ma“, sagte Philip in die Sprechmuschel. „Onkel Luke hat sich mit Mr Jones angelegt. Dem Sprecher des Repräsentantenhauses. „Hast du davon gehört?“

„Es war kein richtiger Kampf“, sagte Luke und beugte sich in Richtung der Sprechmuschel. „Nur ein Wortgefecht.“

Obwohl man ehrlicherweise sagen musste, dass er zum Podium gestürmt war, um Jones zur Rede zu stellen, als der Sergeant at Arms eingeschritten war und sie voneinander getrennt hatte. Wer wusste schon, was sonst noch passiert wäre?

Luke ging ein paar Schritte in den Postraum, um Philip etwas Privatsphäre zu gönnen. Das aufbrausende Temperament seines Vaters hatte er leider geerbt, aber bisher hatte er sich immer unter Kontrolle gehabt. Wieso fiel es ihm in den letzten Monaten nur so schwer, sich zu beherrschen? Immer wieder rastete er wegen Beleidigungen oder Ärgernissen aus, die er sonst unterdrückt oder ignoriert hatte.

Das war erschreckend. Schließlich sollte die Serie aus Trunkenheit und Aggression, die seine Familie schon so lange vergiftete, bei ihm enden. Eines Tages würde er sich eine Frau nehmen und eine perfekte Familie gründen. Hier würden Vernunft, Ordnung und christliche Barmherzigkeit regieren. Seine Kinder würden immer wissen, dass er sie liebte. Seine Frau würde sich nie verstecken müssen oder zusammenzucken, wenn er nach Hause kam. Koste es, was es wolle, bei ihm würde der Fluch des Alkohols enden.

An Philips Gesicht konnte er ablesen, dass das Gespräch mit seiner Mutter keinen guten Verlauf nahm. Luke ging zurück und Philip reichte ihm eifrig den Hörer. Julia am anderen Ende weinte.

„Wir tun das Richtige“, sagte Luke. „Das weißt du, oder?“

Julia seufzte. „Ich weiß. Es ist nur so schwer.“

Das war ein weiterer Grund, warum er Fernsprechapparate hasste. Sie waren ein reines Folterinstrument für die geschundene Seele seiner hübschen Schwester.

„Hab dich lieb“, sagte er. „Und du tust das Richtige, damit Philip einen guten Start ins Leben bekommt. Ich werde dich nicht enttäuschen.“

Er reichte dem Telefonisten den Hörer und stellte sich vor, wie die

Leitung nach Bangor in die Länge gezogen wurde und schließlich riss. Mit Bangor war er fertig. Seine Zukunft lag in Washington: Regeln, Vernunft, Ordnung. Der Skandal wegen seiner Konfrontation mit dem Sprecher würde ihn in der nächsten Wahl verletzlich machen. Er musste seinen Ruf wiederherstellen und das bedeutete einiges an Arbeit. Und an Informationsbeschaffung. Wenn er Jones Korruption nachweisen konnte, würde sich sein Stand im Kongress wieder festigen.

Da fiel ihm eine aufgeweckte, scharfsinnige Bibliothekarin ein. Miss O'Brien hatte sicher den Mut, durch einen Sumpf aus Zahlen und Daten zu waten, um etwas zu finden, womit er Jones von seinem hohen Ross holen konnte.

Seine Mundwinkel gingen nach oben. Er würde ab sofort die Impulse unterdrücken, die ihn gestern kurz geblendet hatten, und sich wie ein vollkommener Gentleman verhalten. Er brauchte Miss O'Briens Hilfe und er würde sie bekommen.

KAPITEL 3

Es war kalt geworden und Anna fror noch von der Straßenbahnfahrt. Kaum war sie im Kartenraum angekommen, zog sie die Handschuhe aus und griff nach dem kleinen Eichenkästchen an der Tür. Mit tauben Fingern überflog sie die Fragen auf den kleinen Karten, die ihr weitergeleitet worden waren. Dies war der schönste Teil ihrer Morgenroutine. Die Fragen bestimmten, womit sie ihren Tag verbringen würde, und ihr Kopf war schon dabei, verschiedene Lösungen durchzuspielen.

„Hallo, Miss O'Brien", ertönte eine Stimme aus einer Ecke des Kartenraums.

Anna erschrak so sehr, dass sie die Karten fallen ließ. Das Letzte, mit dem sie gerechnet hatte, war ein Mann, der auf ihrem Stuhl saß, die Füße in Stiefeln auf den Schreibtisch gelegt.

Es war der unausstehliche Kongressabgeordnete von gestern. Die Sonne, die ins Fenster hereinstrahlte, ließ seine Haare fast goldfarben aussehen. Anna wurde tiefrot und hockte sich hin, um die Karten einzusammeln.

„Was machen Sie hier?" Es gefiel ihr gar nicht, dass jemand so in ihren Zufluchtsort eindrang. Sie sortierte die Karten und versuchte, ihren Unmut zu verbergen.

„Der Pförtner von der Bibliothek hat mich reingelassen."

Es war gegen die Regeln, den Kartenraum vor den eigentlichen Öffnungszeiten aufzusperren, aber Kongressabgeordneten die Stirn zu bieten war nicht einfach. Anna steckte die Karten zurück in das Kästchen und zwang sich zu einem höflichen Lächeln.

„Was kann ich für Sie tun, Sir? Wenn Sie die Karten der Austernbänke wünschen, hole ich Sie Ihnen gern."

Schweigend sah er sie an. Dann stand er auf und kam auf sie zu.

„Ihre Stimme klingt sehr ungewöhnlich", sagte er. „Sie erinnert mich an ... ich weiß nicht genau, woran. Aber so eine Stimme habe ich noch nie gehört. Bitte reden Sie weiter. Ich möchte mehr hören."

Anna erstarrte. „Welche Karten, Sir?"

Sie machte so wenig Worte wie möglich. Das war kleinkariert, aber sie wollte seine makabre Neugier, wie sich eine Speiseröhre mit Verbrennungen dritten Grades anhörte, nicht befriedigen. Der Tag, an dem das geschehen war, war der schlimmste ihres Lebens gewesen und die Erinnerung daran kramte sie nicht gern hervor. Mr Callahan legte den Kopf schief und lauschte angestrengt mit geschlossenen Augen.

„Mit so einer Stimme könnten Sie zum Theater. Kehlig und voll, wie Holzrauch an einem kühlen Herbstmorgen. Das Geheimnis einer Eva, Guinevere und Venus, alle vereint in einer zauberhaften Stimme."

Ihre Stimme klang eher wie gerührter Schotter. Anna wandte sich ab, stakste zu dem Schrank mit den Karten der Mündungsgebiete und ging vor einer Schublade in die Hocke, die nur wenige Zentimeter über dem Boden war. Die Metallrädchen des Schubkastens ratterten beim Aufziehen. Karten von den Austernbänken Neuenglands kamen zum Vorschein. Mr Callahan folgte ihr quer durch den Raum, bis er genau hinter ihr stand.

„Offensichtlich habe ich Sie mit dem verletzt, was ich gesagt habe. Das war nicht meine Absicht."

Vielleicht war sie tatsächlich etwas dünnhäutig. Sie hatte nun mal eine ungewöhnliche Stimme und durfte nicht jeden Kommentar dazu gleich persönlich nehmen. Andererseits hatte er sie bei ihrer letzten Begegnung mit bloßem Fingerschnippen herumgescheucht. Vielleicht sprangen Bauern aus Maine bei einer solchen Geste, aber sie war anders. Anna stand auf und legte die Karten auf die glatte Fläche des breiten Kartenschranks.

„Ich glaube, die hier brauchen Sie." Was machte er überhaupt hier? Normalerweise gaben die Abgeordneten ihre Wünsche auf kleinen Karten an der Informationstheke ab und dann wurden sie an den jeweiligen Bibliothekar weitergereicht. Offensichtlich fühlte er sich dazu berechtigt, dieses System zu umgehen.

Er bewegte sich keinen Zentimeter auf die Karten zu. „Der Ausschuss benötigt einen schriftlichen Bericht über die Verbreitung der Austern, Miesmuscheln und Venusmuscheln im Brackwasser. Als jüngstem Mitglied des Ausschusses ist diese wunderbare Aufgabe mir zugefallen."

„Ich verstehe." Anna versuchte ihre Schadenfreude darüber zu verbergen, dass ihm so eine untergeordnete Aufgabe zugeteilt worden war.

„Und ich delegiere sie an Sie."

„Nein, tun Sie nicht."

Er zog die Augenbrauen hoch. „Worin genau besteht Ihre Aufgabe sonst, außer Kongressabgeordneten die Recherche abzunehmen?"

Diese unglaubliche Arroganz! Anna behielt ihre sachliche Miene. „Sir, Sie mögen sich für den gleißenden Mittelpunkt des Universums halten, aber für mich sind Sie nur einer von über vierhundert Leuten, denen ich behilflich bin. Außerdem sind unsere Recherchekapazitäten wegen des Umzugs in die neue Bibliothek stark eingeschränkt."

„Sie meinen dieses Monstrum nebenan?"

„Ja. Das, wogegen Sie mehrfach gestimmt haben. Die schönste Bibliothek der Welt. Ein Beitrag im Streben des Menschen gegen Unwissen, Unzivilisiertheit und Dummheit."

„Eine eklatante, vergoldete Verschwendung von Steuergeldern."

Anna unterdrückte ein Lächeln. Er war nicht der Einzige, der die Extravaganz der neuen Bibliothek kritisiert hatte, aber wohl der Kongressabgeordnete, der sich am lautstärksten darüber beschwerte.

„Ganz wie jeder andere Abgeordnete können Sie bei meinem Vorgesetzten einen Suchauftrag einreichen und er wird Sie wissen lassen, wann Sie mit einer Antwort rechnen können. Mr Spofford ist vorn im Hauptbüro. Ich muss Sie allerdings warnen, er ist ein angesehener älterer Gentleman, der auf Fingerschnippen wohl nicht besonders gern reagieren wird."

„Sie meinen so?" Der Abgeordnete hob einen Arm und ließ sein Handgelenk fliegen. *Schnips, schnips, schnips.*

„Genau so."

„An Ihrer Reaktion gestern habe ich gemerkt, dass Sie mir das übel genommen haben. Ich werde mein Bestes geben, das hier" – *schnips, schnips* – „nie wieder in Ihrer Gegenwart zu tun."

Beim Schnipsen funkelten seine smaragdbesetzten Manschettenknöpfe im Sonnenlicht. Er lachte und sein Lachen war ansteckend. Mit so einem Lächeln war es kein Wunder, dass er zu den beliebtesten Kongressabgeordneten gehörte. Sogar sie fing an, ihn zu mögen, obwohl sie das überhaupt nicht wollte.

„Smaragd? Sonst tragen Sie doch immer Amethyst."

„Nie und nimmer. Ich trage nur feinsten Turmalin aus Maine. Alles andere wäre im Büro eines Abgeordneten viel zu pompös."

Anna betrachtete die Steine neugierig. „Turmalin?"

„Gewonnen aus der Mine der Callahans im steinigen Boden vor Bangor. Es gibt ihn in Violett, Grün, Rot und sogar in Schwarz. Manchmal werden auch Steine gefunden, die außen grün und innen rosafarben sind. Die nennen wir Wassermelonen. Sehen Sie?"

Er zog einen Schlüsselring aus der Tasche. Ein Stein in der Größe eines kleinen Singvogeleis baumelte daran, und tatsächlich, dank eines weggeschnittenen Teils konnte man den von einer grünen Schale umgebenen rosafarbenen Kern sehen. Der Abgeordnete warf ihn ihr zu und sie fing den noch warmen Schlüsselbund auf.

„Wie ist das denn möglich?", fragte sie und drehte den Turmalin im Licht hin und her. Er funkelte genauso unerhört wie die Augen des Mannes, der vor ihr stand.

„Die Farbe hängt vom Verhältnis aus Eisen und Magnesium ab. Ich mache überall Werbung für die Turmalinindustrie, weil die besten Steine aus Maine kommen. Meiner Familie gehört eine vorzügliche Turmalinmine, falls Sie ein paar Stücke erwerben wollen."

Für Anna war es wahrscheinlicher, sich Flügel wachsen zu lassen und zu fliegen, als sich mit funkelnden Edelsteinen zu behängen. Sie gab ihm den Schlüsselring wieder und lenkte das Gespräch zurück auf das Geschäftliche.

„Sir, wenn Sie Recherchehilfe brauchen, füllen Sie bitte diese Karte aus und geben sie ab." Sie hielt ihm ein Kärtchen und einen Stift hin.

„Was ist das denn? Haben Sie nichts Vernünftiges zum Schreiben?"

„Das ist ein Kugelschreiber. Eine Kugel in der Spitze lässt die Tinte fließen. Die sind ganz neu."

„Ich schreibe nicht mit so einem neumodischen Firlefanz. Haben Sie keinen ordentlichen Füllfederhalter?"

Dass Menschen sich gegen Neuerungen wehrten, kam öfter vor. Annas bester Freund arbeitete im Patentamt und hatte Zugang zu den faszinierendsten Erfindungen, bevor sie sich überhaupt auf dem allgemeinen Markt etablierten. Diese neuen Kugelschreiber kleckten zwar noch zu viel, aber Anna testete gern Prototypen von neuen Erfindungen, wenn er sie ließ.

„Ich kann Ihnen auch einen Griffel und eine Tontafel holen, wenn Ihnen das lieber ist. Davon müssten ein paar im Museum herumliegen."

Er legte den Stift hin und richtete seinen rätselhaften Blick auf sie. „Ja, bitte."

„Ja bitte ... was?"

„Ich hätte gern Tontafel und Griffel. Wissen Sie, Miss O'Brien, ich mag alte Dinge. Ich sehne mich nach der Zeit, als Männer losgegangen sind und etwas gejagt haben, wenn sie Hunger hatten, und nicht nur eine Konservendose mit irgendwelchem Fleisch geöffnet haben. Ich möchte keine parfümierte Seife und ein Rinnsal aus einem Kupferrohr. Ich möchte einen gesunden Schwall Wasser aus einem kalten Wasserfall in Neuengland. Ich will kein Gekrächze aus einem Grammofon. Ich möchte ein echtes Orchester mit einer donnernden Beethoven-Symphonie. Die Technik hat uns verweichlicht. Ich bin für starke Muskeln und laute Stimmen und die Zufriedenheit nach einem harten Tag körperlicher Arbeit."

„Aber Sie tragen funkelnden Schmuck", wandte Anna ein.

„Ich trage Steine, die aus meinem Land geschlagen wurden. Trophäen, wenn man so will." Seine Augen glänzten und er strahlte vor Vitalität und Elan. Anna reichte ihm kaum bis zur Schulter. Sein Eifer war fast mit Händen zu greifen.

Sie hielt den schmalen Stift hoch. „Das ist eine Trophäe aus heutiger Zeit. Wenn Sie eine Rechercheanfrage stellen wollen, dann werden Sie dieses Werkzeug benutzen müssen."

„Miss O'Brien", sagte er schleppend und langsam. „Sie glauben doch nicht wirklich, dass ich diesen lächerlichen Wisch ausfüllen werde, oder?"

„Ich gehe davon aus, dass das eine rhetorische Frage war, auf die Sie keine wirkliche Antwort wünschen."

„Sehr schlau, ich muss schon sagen. Sie hätte ich gern in meinem Mitarbeiterstab. Oh, warten Sie ... genau das habe ich vor. Machen Sie es sich nicht zu gemütlich. Ich werde derweil die nötigen Anfragen tätigen, damit Sie von nun an der faszinierenden Welt der Austernbesteuerung zugeteilt werden."

„Verlassen Sie sich lieber nicht darauf. Wir sind mit dem bevorstehenden Umzug sehr beschäftigt und der Direktor ist ziemlich knauserig, was die Zuteilung seiner wissenschaftlichen Kräfte betrifft. Sie kriegen nicht immer Ihren Willen, gewöhnen Sie sich dran."

Er beugte sich vor und lächelte sie dabei listig an. „Oh doch, Miss O'Brien. Den kriege ich, und zwar immer."

Pfeifend verließ er den Kartenraum.

Luke ging entschlossen zum Büro des Direktors. Er würde Miss O'Briens Arbeitskraft für sich beanspruchen. Sie war genauso clever, wie er vermutet hatte. Das musste sie auch sein, wenn sie hier überhaupt angestellt werden wollte. Ihre Stimme war verführerisch und ihr Gesicht mit dem scharfen Kinn und der kleinen, schmalen Nase sehr ansprechend. In ihren Bann geschlagen hatten ihn aber die Augen. Anmutige, mandelförmige Augen, die Esprit und Intelligenz versprühten.

Nicht, dass es wichtig war, wie Miss O'Brien aussah. Er würde selbst mit einem dreiäugigen Kobold zusammenarbeiten, solange er an genügend Informationen herankam, um seinen Angriff auf den Sprecher des Repräsentantenhauses zu starten. Cornelius Jones war korrupt, dessen war er sich sicher, und es würde keine leichte Herausforderung werden, sich durch die Finanzberichte der letzten Jahrzehnte zu wühlen, um die Beweise dafür zu finden. In der Zwischenzeit hatte er nicht vor, seine neue Position im Fischereiausschuss zu vernachlässigen. Er würde jede Aufgabe zur vollsten Zufriedenheit erledigen. Und jeden Bericht fristgerecht und ausführlich einreichen.

Beziehungsweise Miss O'Brien würde das für ihn tun. Er würde nur seinen Namen daruntersetzen und die Sache als erledigt betrachten. Jones hatte eine ganze Armee von Hilfskräften, warum also nicht auch er?

Er folgte der Wegbeschreibung zum Büro des Bibliotheksdirektors. Was für ein Chaos hier herrschte: Kistenweise Bücher standen herum, schwerer Staub lag in der Luft. Der Direktor mit seinem grauen Bart und dem krummen Rücken sah so alt aus, als hätte er schon die Unabhängigkeitserklärung miterlebt. Luke sollte sich schämen, einen so alten Herrn zu belästigen, aber er brauchte seine Hilfe und war entschlossen, sie sich zu holen.

„Miss O'Brien?", fragte Mr Spofford, als Luke seine Bitte vorgetragen hatte. „Sicher kann sie Ihnen behilflich sein, die Fischereigebiete zu ermitteln." Der alte Bibliothekar kramte auf seinem Schreibtisch herum, der mit hohen Papierstapeln übersät war. Er hielt eine kleine Karte hoch. „Sie müssen nur dieses Formular ausfüllen und ich lasse Miss O'Brien sofort damit anfangen. Egal, was Sie benötigen."

„Ich fürchte, meine Anfrage passt nicht auf eine kleine Karteikarte", sagte er diplomatisch. Er brauchte mehr Hilfe, viel mehr Hilfe als nur bei den Fischereigebieten. Einen Krieg mit dem Sprecher des Repräsentantenhauses anzuzetteln, würde einen ganzen Stapel Karten verbrauchen. „Ich habe eine recht lange Liste mit Rechercheanliegen. Daher würde ich gern Miss O'Brien für die nächsten Wochen in Beschlag nehmen."

Mr Spofford sah schockiert aus. „Alle Bibliothekare sind derzeit mit dem bevorstehenden Umzug befasst. Sie haben nur sehr wenig Zeit."

Luke sah aus dem Fenster und betrachtete die prachtvolle neue Library of Congress durch eine Baumlücke. Das Kupferdach glänzte in der Sonne. Der Kongress hatte ein Vermögen bereitgestellt, um einen protzigen Bau zu errichten, der seinesgleichen in der Welt suchte. Luke hatte dagegen gestimmt. Keine Bibliothek brauchte importierten Marmor oder verzierte Bronzetüren. Aber seine Argumente hatten kein Gehör gefunden. Die Finanzierung der Bibliothek war gesichert und die Öffentlichkeit brannte mit jedem Tag mehr darauf, das neue Gebäude in Augenschein zu nehmen. Das bedeutete aber nicht, dass Luke in Zukunft nicht versuchen konnte, die laufenden Kosten der Bibliothek einzudämmen.

„Es ist ein Jammer, wenn die Arbeit liegen bleibt, nur damit das neue Haus in ein Prunkstück verwandelt wird, anstatt in eine vernünftige Forschungsanstalt. Wie viel haben wir für diesen Palast gleich ausgegeben? Die Abstimmung über das Haushaltsbudget der Bibliothek steht noch aus, wie Sie sicher wissen."

„Du liebe Güte, ich wollte doch nicht damit sagen, dass wir Ihre Recherche nicht schaffen würden. Nein, nein ... gewiss doch nicht. Bitte, machen Sie die Tür zu und sagen Sie mir, was Sie benötigen. Ich bin sicher, wir finden einen Weg."

Luke schloss die Tür. Wie er Miss O'Brien gesagt hatte. Wenn er etwas wollte, dann bekam er es auch.

Anna suchte gerade einige Karten zu Wassernutzungsrechten in den Dakotas heraus, als die Glocke über der Tür einen Besucher ankündigte. Sie erkannte Mr Spofford und lächelte. Gab es einen liebenswürdigeren Mann als Ainsworth Spofford? Auch wenn er jahrzehntelang um die Finanzierung, die Gestaltung und den Bau der Bibliothek gekämpft hatte, war er im Herzen doch ein Forscher und Anna spürte, dass er sich am liebsten mit einem Stapel guter Bücher in eine Ecke zurückziehen würde. Die vorläufige Anstellung der Frauen als Bibliothekarinnen erwähnte er fast nie und Anna vermutete, dass es ihm längst entfallen war. Ihr würde es ganz bestimmt nicht entfallen. Nicht nach Lieutenant Rowlands Drohung gestern.

„Miss O'Brien", sagte der alte Bibliotheksdirektor und wackelte in den Raum. „Wie ich hörte, hat Sie heute Morgen ein Kongressabgeordneter um Hilfe gebeten, aber Sie haben abgelehnt."

Anna stockte der Atem. „Ich wollte, dass er eine Recherchekarte ausfüllt", protestierte sie. „Aber er hat sich geweigert, meinen Stift zu benutzen!"

„Ich verstehe", sagte Mr Spofford und hob abwehrend eine Hand. „Bei mir wollte er auch keine Karte ausfüllen. Ich habe eine ganze Weile mit Mr Callahan zusammengesessen und eine vollständige Liste all seiner Ersuche erarbeitet. Sie ist sehr umfangreich. Daher teile ich Sie Mr Callahan zu, bis diese Recherchen zu seiner Zufriedenheit abgeschlossen sind." Er legte einen kleinen Stapel Papier auf eine Kartenhülle. Anna sah mindestens zehn handbeschriebene Seiten.

„Mit meiner ganzen Zeit? Aber es ist doch noch so viel für den Umzug zu tun."

Mr Spofford machte einen Schritt nach vorn. „Tun Sie's einfach", sagte er mit fester Stimme. „Die Fragen gehen über Kartenrecherche hinaus, aber Sie sind eine gute Bibliothekarin und werden das schaffen. Wir können es uns nicht leisten, Mr Callahan zu verprellen. Er hat gerade eine Pechsträhne, aber ich lebe schon lange genug in dieser Stadt und weiß, wie schnell sich das Blatt wenden kann, und als Feind brauchen wir ihn ganz gewiss nicht. Ich habe seine Anfragen überprüft und sie sind alle legitim. Ende der Diskussion. Haben wir uns verstanden, Miss O'Brien?"

Anna schluckte. Sie war es nicht gewohnt, auf der Arbeit Schelte zu bekommen, noch dazu von Mr Spofford.

„Ich werde mich gleich daranmachen, Sir."

„Und egal, was Sie der Navy getan haben, hören Sie damit auf."

Hatte Lieutenant Rowland bereits die ersten Hebel in Bewegung gesetzt, um ihre Anstellung aufzukündigen? „Es war nicht meine Absicht, Ärger zu machen", stammelte sie.

„Haben Sie aber." Die Schärfe in Mr Spoffords Stimme schockierte sie. „Die Navy war gestern hier und hat sich beschwert, Sie hätten den Bogen überspannt. Ich mag es nicht, von unhöflichen Marineoffizieren bedroht zu werden, verstehen Sie? Natürlich werde ich deswegen nicht die vorläufige Anstellung von Frauen überdenken, aber ich werde auch nicht gestatten, dass meine Bibliothekskräfte sich in die Angelegenheiten der Navy einmischen. Ist das klar?"

„Ja, Sir", flüsterte Anna. Mit zitternden Fingern griff sie nach dem Stapel mit Anfragen.

Am Abend an der Straßenbahnhaltestelle war sie noch immer ganz aufgelöst. In die Bahn zu kommen, war jedes Mal ein Kampf, weil Tausende Menschen zur selben Zeit Feierabend hatten. Sie hatte bereits zwei Bahnen fahren lassen müssen, aber die dritte Bahn rollte bereits auf den elektrischen, im Boden versenkten Schienen heran.

Washington war mit Sicherheit die hübscheste Stadt im ganzen Land, denn während in anderen Städten hässliche Oberleitungen die Straßenbahnen antrieben, hatte man in Washington weder Zeit noch Geld gescheut, um Stromschienen zu verlegen, die die pferdelosen Bahnen wie von Zauberhand fahren ließen. Dutzende Wartende gingen angesichts der nahenden Bahn erwartungsvoll nach vorn.

„Halte dich an mich“, sagte Gertrude Pomeroy. „Ich werde dich schon mit reinbringen.“

Anna lächelte dankbar und stellte sich hinter der älteren Dame an. Gertrude arbeitete in der Musikbibliothek und sie wohnten im selben Logierhaus. Aber was noch besser war, Gertrude war gebaut wie ein Ackerpferd und konnte Anna den Weg bahnen. Mit einer Hand auf Gertrudes Schulter wurde Anna mit in die Bahn geschoben. Sie bekamen sogar die letzten beiden freien Sitzplätze.

„So“, sagte Getrude, kaum, dass sie saßen, „und jetzt erzählst du mir, was los ist, und tu erst gar nicht so, als wäre nichts, denn ich kenne dich schon viel zu lange. Ich merke doch, wenn dich was bedrückt.“

„Ich glaube, ich habe etwas sehr Dummes getan“, gab Anna zu und schämte sich fürchterlich. Schließlich hatte sie nicht nur ihre eigene Anstellung aufs Spiel gesetzt, als sie sich mit der Navy angelegt hatte. Gertrude sah sie neugierig an, aber Anna zögerte, Lieutenant Rowlands Drohung auszusprechen. Gertrude und sie wohnten in einem Logierhaus für Frauen. Wenn die Sache herauskam, war sie am Ende der Woche in ganz Washington publik. Je weniger sie Gertrude oder sonst jemandem erzählte, desto besser. Außerdem war für ihren Ärger hauptsächlich der unmögliche Abgeordnete aus Maine verantwortlich.

„Mr Spofford hat mich getadelt, weil sich ein Abgeordneter über meine Dienste beschwert hat“, mauerte sie.

Gertrude biss sich auf die Lippen und nickte. Alle Angestellten des Kongresses wussten, wie es war, vor den Kronprinzen zu katzbuckeln, von denen jeder insgeheim davon überzeugt war, der nächste Präsident zu sein, und verlangte, dementsprechend behandelt zu werden.

„Die Männer können einen ganz schön auf Trab halten“, sagte Gertrude. „Da hilft nur Augen zu und durch. Einmal musste ich wegen einer Entlausung ein 200-Pfund-Schwein bändigen. Das war kein Spaß, aber auch das musste sein.“

Sie erreichten das Logierhaus, kurz bevor die Küche schloss. Das Abendessen war für die Mieter in O’Grady’s Logierhaus inklusive und Anna konnte es sich nicht leisten, Mahlzeiten zu verpassen, für die sie bereits bezahlt hatte.

Beinahe stolperte sie auf dem Weg nach drinnen über Mary-Margaret. „Na, dann aber schnell“, sagte diese mit einem flüchtigen Lächeln. „Heute gibt es Rindfleischeintopf.“

Der Duft von Rindfleisch und gekochtem Gemüse erfüllte den schwach beleuchteten Flur, der zum Speisesaal führte. In allen Zimmern in den oberen Etagen wohnten Frauen, die für die Behörden arbeiteten. In Washington war es üblich, dass Frauen für die Büroarbeit angestellt wurden, und fast alle Frauen hier im Haus waren entweder unverheiratete Fräulein oder Witwen. Wenn doch eine Frau heiratete, wurde sie ziemlich schnell aus ihrer Anstellung herausgedrängt, um Platz für eine Bedürftigere zu schaffen.

Mary-Margaret platzte in den Speisesaal, streckte die Arme aus und taumelte mit geschlossenen Augen in Richtung des langen Eichentisches.

„Gebt mir einen Teller Eintopf. Ich bin ganz blind vom Füttern der Maschine mit den vermaledeiten Lochkarten.“ Sie war nicht die Einzige, der es so ging. Mary-Margaret arbeitete mit Hunderten anderen Frauen in der Statistikbehörde und alle jammerten wegen der eintönigen Arbeit. Ein paar Frauen rutschten beiseite und machten Platz, aber niemand sprang auf, um ihr einen Teller zu holen.

Als Anna zur Anrichte ging, stellte sie erleichtert fest, dass noch mehr als genug Eintopf da war. Sie wohnte nun schon seit sechs Jahren hier und war gleich nach dem Studienabschluss am Mount Vernon College hier eingezogen. Die Zimmer waren klein, das Essen allenfalls mittelmäßig und es gab so gut wie keine Privatsphäre, aber Anna würde zur Not auch in einem Pappkarton wohnen, solange sie ihre Anstellung in der Library of Congress behielt.

„Möchten Sie noch einen Nachschlag?“, erkundigte sich Anna bei Mrs Horton, die mit am Tisch saß. Die ältere Witwe war abends nach der Büroarbeit im Landwirtschaftsministerium immer sehr erschöpft. Anna ging ihr gern einmal zur Hand. Mary-Margaret konnte für sich selbst sorgen.

Mrs Horton rutschte auf der Bank zur Seite und machte Platz für Anna. „Danke, es geht schon, Liebes.“

„Wenn du die Arbeit in der Behörde so hasst, warum kündigst du nicht und ziehst wieder nach Hause?“, fuhr Gertrude Mary-Margaret an.

„Weil ich mir dann wieder ein Zimmer mit meinen zwei kleinen Schwestern teilen muss. Nein danke! Da schlucke ich lieber Strychnin."

Anna sagte nichts, während sie die Suppe zu sich nahm. Sie teilte sich seit sechs Jahren ein Zimmer mit Mrs Horton, aber es machte ihr nichts aus. Die meisten Frauen hier leisteten sich Einzelzimmer, doch Anna hatte noch mehr Verpflichtungen. Tante Ruth zu versorgen, war ein Fass ohne Boden und legte ihr schmales Konto jeden Monat trocken. Sich ein Zimmer mit Mrs Horton zu teilen bedeutete, dass Tante Ruth einigermaßen angenehm leben konnte, und das linderte die Schuldgefühle, die Tag für Tag auf Anna lasteten.

Wie üblich war der Lärm der zwanzig durcheinanderredenden Frauen im Speisesaal ohrenbetäubend. Anna beteiligte sich nur selten daran. Nicht, dass sie schüchtern war, aber sie hatte mit den anderen Frauen nun einmal nicht viel gemeinsam.

Mary-Margaret hatte gerade in der Apotheke einen Tiegel mit Hautcreme gekauft, die *Büstennahrung* hieß, und ließ diese unter den begeisterten Frauen kreisen. Gertrude griff mit ihren großen Händen danach und las das Etikett laut vor.

„Die von französischen Chemikern entwickelte Creme liefert die beste Nahrung für ausgehungerte Haut und schlaffes Gewebe am Busen. Unübertroffen in Sachen Dekolletégewinn!"

„Die probiere ich heute Abend gleich aus!", rief Mary-Margaret.

Gertrude gab sie ihr weiter. „Nimm lieber viel. Dein Busen sieht so aus, als wäre er seit zehn Jahren unterernährt."

„Ich mache mit", sagte eine andere junge Frau. „Wenn ich einen Mann finde, kann ich endlich aufhören, Tag für Tag Adressen auf Umschläge zu schreiben."

Die Blicke von Anna und Gertrude trafen sich. Sie beide liebten ihre Arbeit, aber das traf offensichtlich nicht auf alle Frauen hier zu. Ihr schlechtes Gewissen meldete sich. Die größte Errungenschaft im Leben von Gertrude Pomeroy war ihre Berufung zur Bibliotheksleiterin der Musikbibliothek in der Library of Congress. Gertrudes Eltern hatten ihr eingetrichtert: Wer aussieht wie eine Kartoffel, sollte sich lieber erst gar keine Hoffnung auf eine Hochzeit machen. Sie hatten ihre Liebe zur Musik gefördert, damit sie einmal damit ihren Lebensunterhalt verdienen konnte. Anna fand es grausam, einem

Kind einzureden, es verdiene keine Liebe, nur weil es nicht hübsch war, aber immerhin liebte Gertrude ihre Arbeit. Wenn die Navy ihren Willen bekam, würden Frauen als Bibliothekarinnen bald der Vergangenheit angehören. Und all das nur, weil Anna es gewagt hatte, darum zu bitten, den alten Bericht zu korrigieren.

Später am Abend schlug Mrs Horton ihre Bettdecke zurück und seufzte. „Diese Frau macht sich gehörig was vor, wenn sie glaubt, dass ihr ‚Büstennahrung' einen Mann bescheren wird."

„Mary-Margaret?"

Mrs Horton nickte. „Ein bisschen Anstand ist viel effektiver", sagte sie und ließ sich auf die Matratze sinken.

Es war noch zu früh zum Schlafen. Anna lehnte sich ans Kopfende und rutschte hin und her, bis sie eine bequeme Position auf der klumpigen Matratze gefunden hatte. Das Zimmer hatte ein Fenster und war ansonsten schlicht eingerichtet. Zwischen den beiden schmalen Betten stand eine Frisierkommode.

Lieutenant Rowlands höhnische Worte klangen ihr immer noch im Ohr. *„Wollen Sie wissen, was das Problem war? An Bord der Culpeper waren Wissenschaftler und Bücherwürmer anstelle von richtigen Seeleuten."*

Ihr Vater war Kartograf gewesen, aber deswegen kein schlechter Seemann. Die Schachtel mit Briefen unter ihrem Bett war der Beweis für seine Liebe zur See und zur Navy. Und noch besser als die Briefe waren seine Skizzen. Er war ein begnadeter Künstler gewesen und hatte mit Kohle Bilder gemalt. Darauf zeichnete er Anna, wie sie als Kind an den exotischen Häfen spielte, wo die *Culpeper* festgemacht hatte. Wie sie an einer Kokospalme schaukelte, wie sie mit Delfinen schwamm oder an der Takelage der *Culpeper* herumkletterte. Die Zeichnungen waren ihr Fenster in sein abenteuerliches Leben als Weltreisender.

Es war Freitagabend und sie musste am nächsten Morgen nicht früh raus. „Macht es Ihnen etwas aus, wenn ich noch lese?", fragte sie Mrs Horton.

Die alte Dame lächelte und holte ihre Schlafmaske hervor. Sie wohnten nun schon so lange zusammen, dass sich eine gute Routine eingestellt hatte. Mrs Horton legte Wert auf Sauberkeit und Ruhe und das fiel Anna nicht schwer. Solange sie Licht zum Lesen hatte, konnte sie sich stundenlang beschäftigen. Anna drehte an der Kerosinlampe und stellte sie heller.

Die Gedanken an die *Culpeper* hatten sie den ganzen Tag über beschäftigt und sie wollte unbedingt die Briefe ihres Vaters noch einmal lesen. Das letzte Mal war schon Jahre her. Als sie die eingestaubte alte Schachtel unter dem Bett hervorzog, musste sie niesen.

Anna setzte sich auf den Fußboden, lehnte am Bettrahmen und fing an, die Briefe zu überfliegen. Die meisten waren kurz und so einfach geschrieben, dass ein Kind sie verstehen konnte. Neben den Zeichnungen stand meist Alltägliches darin, aber auch sanfte Ermahnungen, immer schön zu lernen und Tante Ruth zu gehorchen.

Der letzte Brief war anders. Anna zog ihn aus dem Stapel. Er war gerade einmal eine Woche vor dem Verschwinden der *Culpeper* verschickt worden und passte so gar nicht zu den anderen. Anna klappte ihn auf und las ihn zum ersten Mal mit den Augen einer Erwachsenen.

Mit jeder Zeile schnürte sich ihr der Brustkorb weiter zu. Irgendetwas stimmte mit diesem Brief ganz und gar nicht.

Als erfahrener Kartograf war ihr Vater pedantisch und übergenau. Seine volle Aufmerksamkeit galt den Details. Aber hier schien es, als würden sich die Zeilen ständig widersprechen. Anna las den Brief wieder und wieder und wurde immer verwirrter. Ihr Vater versuchte offensichtlich, ihr irgendetwas zu sagen, aber er hatte seine Mitteilung gut versteckt und Anna konnte sie einfach nicht zwischen den Zeilen herauslesen.

Eins stand jedoch fest. Die *Culpeper* war nicht im Wirbelsturm gesunken und dieser Brief war der Beweis dafür.

KAPITEL 4

Auch am nächsten Morgen ging Anna der Brief ihres Vaters nicht aus dem Kopf. Sie brauchte Hilfe, wenn sie dieses Puzzle lösen wollte, und sie wusste auch schon, wen sie fragen würde. Neville Bernhard war seit Kindheitstagen ihr bester Freund und er würde wissen, was zu tun war.

Die Seefahrerviertel von Alexandria kurz hinter der Stadtgrenze von Washington waren kein Paradies für stille, introvertierte Kinder. Daher waren Anna und Neville von den selbstbewussten, wohlerzogenen Kindern der Marineoffiziere und Schifffahrtsmagnate immer gehänselt worden. Neville litt an seltsamen Zuckungen, die ihn keine Minute des Tages in Ruhe ließen. Er blinzelte immer viel zu stark und schnell und oft spielten seine Gesichtsmuskeln verrückt. Manchmal war es so schlimm, dass ihm das Reden schwerfiel, aber immerhin konnte er reden. Und Annas Stimmbänder waren zwei Jahre lang so schwer beschädigt gewesen, dass sie keinen Ton von sich hatte geben können.

Mit vierzehn war sie operiert worden und man hatte das Narbengewebe aus der Speiseröhre entfernt, in der Hoffnung, dass ihre Stimme hinterher wiederhergestellt war. Es funktionierte nur zum Teil. Noch Monate nach der Operation konnte sie nur krächzen wie ein Ochsenfrosch, aber Neville war immer nett zu ihr gewesen, als sie das Sprechen langsam wieder lernte, während die anderen Kinder sie nur ausgelacht und gehänselt hatten.

Nach der Schule zogen sie und Neville sich oft in die Stadtbibliothek zurück. Dies war ihr Zufluchtssort. Dort konnten sie still nebeneinander sitzen und in ein anderes Jahrhundert eintauchen, auf einen anderen Kontinent, in eine andere Welt. Diese längst vergangenen Nachmittage mit Neville an ihrer Seite gehörten zu Annas liebsten Erinnerungen.

Wegen seiner Zuckungen neigten die Leute dazu, ihn zu unterschätzen. Dabei war sein Verstand scharf wie ein Skalpell. Deswegen war er ein unerlässlicher Mitarbeiter im Patentamt. Tausende von Anträgen im Jahr verstopften die Briefkästen des Patentamts und Neville prüfte die Konstruktionen auf tatsächliche Neuheiten und erkannte dank seines guten Gedächtnisses ähnliche Erfindungen oder Konstruktionsfehler.

Für den Brief ihres Vaters brauchte Anna Nevilles Spürsinn. Er würde Hinweise finden, die sie übersehen hatte. Gleich am Samstagmorgen machte sie sich auf den Weg zu ihm. Es war ein stürmischer Oktobertag und der Wind scheuchte die heruntergefallenen Blätter durch die Luft. Neville wohnte in einem Logierhaus an der F Street bei der mürrischsten Vermieterin der Welt. Mrs Norquist sah Anna immer so finster an, als wäre sie ein sündhaftes Frauenzimmer, das gekommen war, um Neville zu verführen, was natürlich völlig absurd war. Denn Neville und sie waren wie Bruder und Schwester.

Anna ließ ihm eine Nachricht aufs Zimmer bringen. *Wollen wir in die Library of Congress einbrechen?*

Zwei Minuten später kam der schlaksige Neville die Treppe heruntergesprungen. Er war so groß und dürr, dass man das Gefühl hatte, er bestünde nur aus Ellbogen und Knien. Seine strohblonden Haare fielen ihm bei jedem Schritt ins Gesicht und verdeckten seine Augen, konnten das breite Grinsen aber nicht verbergen. Anna hielt den Schlüsselbund für die Library of Congress hoch und rasselte damit zufrieden.

„Sind wir auf einer Mission oder schleichen wir einfach durch die größte Schatztruhe der Welt?“, fragte Neville.

Anna spürte den Brief in ihrer Tasche. „Eine Mission. Ich brauche dich, um ein Rätsel zu lösen.“

An normalen Tagen strömten weit über dreitausend Menschen ins Kapitol, aber samstags war es fast leer und seltsam still. Ihre Schritte hallten durch die Marmorflure, bis sie vor der Bibliothek standen.

Die Bibliothek war im Westflügel des Kapitols untergebracht und hatte einen großen Lesesaal mit Tischen, die von verzierten Bücherregalen umgeben waren. Rings um den Raum reichten noch einmal zwei Etagen mit Bücherregalen bis zu den Oberlichtern der Decke hinauf. Balkone säumten die beiden Etagen und boten einen freien Blick auf die Regale. Gab es etwas Inspirierenderes, als hier nach oben zu sehen und zu wissen, dass einen auf drei Etagen Tausende von Büchern umgaben?

Bis auf ein Dutzend Mitarbeiter, die jeweils am Wochenende Bücher für den Umzug verpackten, war die Bibliothek leer. Anna konnte hören, wie sie in den oberen Etagen ihrer Arbeit nachgingen. Entschlossen legte sie den Brief ihres Vaters auf den Tisch in der Mitte des großen Saals. „Ich muss herausfinden, was mit der USS *Culpeper* passiert ist", flüsterte sie und hörte ihr eigenes Echo in dem höhlenartigen Raum. „Ich habe Dinge in diesem Brief entdeckt, die nicht mit dem offiziellen Bericht der Navy übereinstimmen. Die sagen, die *Culpeper* sei vor den Bermudainseln bei einem späten Wirbelsturm gesunken, aber ich glaube nicht, dass das Schiff überhaupt in der Nähe der Inseln war, als es sank."

Anna zeigte auf die letzte Zeichnung ihres Vaters. „Guck dir das mal an." Darauf war Anna zu sehen, wie sie an einer Palme lehnte. Im Hintergrund stand eine Reihe einfacher Häuser. „Im Brief steht, dass er von den Bermudainseln aus schreibt, aber die Inseln waren eine britische Kolonie und diese Häuser sehen viel mehr nach spanischer Bauart aus."

Neville hörte sich die restlichen Einzelheiten an, die Anna hatten stutzig werden lassen. Er nahm den Brief und las ihn angestrengt. „Ich verstehe, was du meinst", sagte er.

Es schien, als sei in jeder Zeile, der sie sich widmeten, ein Widerspruch versteckt. Ihr Vater erwähnte, dass er den Eingeborenen zugehört hatte, die in ihrer Arawak-Sprache gesungen hatten. Anna brauchte eine Weile mit der Recherche, aber in einem Buch über die Eingeborenen von Nord-, Mittel- und Südamerika fand sie heraus, dass die Arawaken aus Kuba stammten.

Ihr Vater schrieb von exotischen Früchten, die im gemäßigten Klima der Bermudas aber gar nicht wuchsen. Er zeichnete einen Seestern, der nur in der Karibik vorkam. Ein Teil von Anna wollte gar nicht wissen, wohin die Spuren sie führten. Trotz der Überschrift, in der er die Bermudainseln nannte, deutete alles andere auf Kuba hin, mehr als tausend Seemeilen von dem Ort entfernt, den die Navy als Unglücksort bezeichnete. Der Wirbelsturm, der die Bermudas 1882 verwüstet hatte, war nie auch nur in die Nähe von Kuba gekommen.

„Die *Culpeper* ist nicht vor den Bermudainseln gesunken", sagte Anna leise. „Dem Schiff ist irgendetwas anderes zugestoßen und die Navy versucht es zu vertuschen."

Es tat ihr weh, dieses Kapitel wieder zu öffnen. Ihre Kindheit bei ihrer Tante und ihrem Onkel war alles andere als schön gewesen und sie hatte jahrelang darauf gehofft, ihr Vater würde nach seinen langen Abenteuern mit ausgebreiteten Armen und einem Sack voller Geschenke durch die Eingangstür geschritten kommen. Jahrelang hatte sie sich an diesen Traum geklammert, bis sie sich schmerzhaft eingestehen musste, dass sie keine plausiblen Gründe mehr dafür hatte, warum die *Culpeper* so lange fort war. Anna musste akzeptieren, dass ihr Vater tot war, aber sie wollte, nein, sie musste wissen, was wirklich passiert war.

„Warum gräbst du das alles jetzt wieder aus?", fragte Neville. „Du reißt dadurch den ganzen Schorf von der Wunde ab."

„Weil ich es kann", erwiderte Anna. Zu wissen, wie und wo man Antworten fand, war Annas größte Stärke, und sie liebte die Jagd.

„Anna, du erinnerst dich doch an den Sommer, als du davon überzeugt warst, dass Shakespeares Theaterstücke eigentlich aus Francis Bacons Feder stammten, oder?"

Anna musste lächeln. Sie waren sechzehn gewesen, als sie in einem Zeitungsartikel gelesen hatte, Shakespeare sei womöglich gar nicht der Autor seiner Stücke gewesen. Sofort war ihre Fantasie mit ihr durchgegangen und die beiden hatten sich in der Bibliothek auf die Jagd nach unterstützendem Beweismaterial gemacht. Sie hatten monatelang nach Hinweisen in den Theaterstücken gesucht und die Geschichte aristokratischer Rivalen im England der Tudors verfolgt, bis sie schließlich zu der Überzeugung gelangt waren, dass die verrückte Theorie, Shakespeare wäre gar nicht der Autor seiner Theaterstücke, Unsinn war und sie die einfache, langweilige Wahrheit akzeptieren mussten.

„Du musst doch zugeben, dass das ein spannender Sommer war."

„Es war herrlich", stimmte Neville zu. „Aber das beweist nur, dass deine übereifrige Fantasie sich manchmal auf sehr weit hergeholte Ideen stürzt. Die Wahrheit ist wahrscheinlich ganz simpel: Dein Vater schrieb den Brief in Kuba und schaffte es erst auf den Bermudainseln, ihn abzuschicken. Vielleicht solltest du es lieber dabei belassen. Egal, was wir finden, es bringt deinen Vater nicht zurück."

Neville meinte es gut. Keiner von ihnen hatte eine leichte Kindheit gehabt, aber dieser Brief kroch ihr unter die Haut und brachte die Erinnerungen an einen tapferen, verwegenen Kartografen wieder hoch, der über die Weltmeere gereist war, um die Welt besser zu verstehen. Ihr Vater war ein Held und sie wollte seines Vermächtnisses würdig sein.

„Mein ganzes Leben lang ziehe ich schon den Kopf ein, ducke mich und weiche aus, aber in dieser Sache werde ich das nicht tun. Ich glaube, mein Vater wollte mir in diesem Brief etwas sagen, und ich muss wissen, was es war."

Frustriert lehnte sich Anna zurück und sah nach oben zum Oberlicht. In der Etage über ihnen lehnte ein Arbeiter am Geländer und hatte ihnen ein Ohr zugewandt. Sein Gesicht war im Schatten und es hatte etwas Unheimliches, wie er direkt über ihnen schwebte.

„Beobachtet uns der Mann da etwa?", flüsterte sie Neville zu.

Neville folgte ihrem Blick. Aber als der Mann das bemerkte, stieß er sich vom Geländer ab und fuhr fort, weiter Bücher einzupacken. Annas Blick blieb auf ihn gerichtet. Mehr als ein Dutzend Mitarbeiter taten am Wochenende hier ihren Dienst, aber diesen hatte sie noch nie gesehen.

„Er hat sicher nur ein Päuschen gemacht", sagte Neville. „Deine Fantasie geht schon wieder mit dir durch."

Anna zwang sich zu entspannen. Neville hatte wahrscheinlich recht und die kleinen Hinweise hatten nichts mit einer großen Verschwörung um das Verschwinden der *Culpeper* zu tun. Sicherlich war die Wahrheit viel banaler. Aber genauso wie Anna damals der weit hergeholten Behauptung auf den Grund gehen musste, Shakespeare hätte seine eigenen Stücke gar nicht geschrieben, brauchte sie jetzt Beweise, bevor sie ihre Suche nach dem wahren Ende der *Culpeper* aufgab.

Am Montagmorgen plagte sich Anna wieder mit Luke Callahans gewaltigem Stapel an Recherchefragen. Kein Abgeordneter sollte eine Sonderbehandlung bekommen, nur weil er in Mr Spoffords Büro hereinplatzte und danach verlangte. Aber manche Leute gingen anscheinend davon aus, Sonderrechte zu haben, und Mr Callahan schien einer dieser Leute zu sein. Besonders ärgerlich dabei war, dass er stets einer der härtesten Gegner der Bibliothek gewesen war. Wieso brauchte er diese ganzen Informationen, die noch nicht einmal etwas mit der Fischerei zu tun hatten?

Anna schluckte ihren Ärger hinunter und machte sich an die Arbeit. Er wollte eine Liste mit Steuern der letzten Jahrzehnte, aufgelistet nach Staaten, Branchen und Gemeinden. Nach drei Stunden Zahlenkolonnen tat ihr der Rücken weh, die Hand schmerzte vom Schreiben und ihre Augen wollten nicht mehr. Sie brauchte unbedingt eine Pause.

Anna schlenderte zwischen den Regalen hindurch auf den Balkon, von wo aus sie die beste Aussicht ganz Washingtons genießen konnte: drei Etagen voller Bücher und den Lesesaal unter ihr. Die Bibliothek hatte etwas Heruntergekommenes, Abgenutztes an sich, was sie im neuen Gebäude vermissen würde. Sie stützte die Ellbogen auf das Geländer und atmete den vertrauten Geruch von Ledereinbänden und altem Papier ein.

Da riss sie etwas aus ihrer Träumerei.

Dort war er und er hatte es sich gemütlich gemacht in seiner üblichen Nische nahe der Fenster zum Westen. Den Kopf hatte er leicht schräg gelegt und war völlig vertieft in ein Buch. Beim Umblättern blinkte kurz einer seiner Turmalin-Manschettenknöpfe auf und dann ... Anna stockte der Atem.

Nein, das konnte unmöglich sein. Sie rutschte ans Ende des Balkons und beugte sich über das Geländer, um besser sehen zu können. Dabei kniff sie die Augen zusammen.

Er schrieb in das Buch hinein!

Anna stürzte zur Treppe. Ihre Schuhe berührten kaum die Stufen, so schnell flog sie nach unten. Diese Bücher gehörten der Nachwelt. Sie mussten vor rücksichtslosen Leuten geschützt werden, die wie Barbaren einfach ihre Kommentare an den Rand kritzelten. Es war schlimm genug, wie sich manche Dienstboten in der Bibliothek aufführten, aber von Mr Callahan durfte man wohl erwarten, dass er wusste, wie man sich hier verhielt.

Annas Rock raschelte, als sie forsch den Mittelgang entlangmarschierte. Sie näherte sich Mr Callahan von hinten, um ihn in flagranti zu erwischen. Über seine Schulter hinweg konnte sie es genau sehen. Das Buch war praktisch verstümmelt. Er hatte den Buchrücken gebrochen, damit das Buch offen blieb, und an den Rändern standen gekritzelte Kommentare. Offensichtlich hatte er sie noch gar nicht bemerkt. Sein Bleistift machte ein Geräusch wie ein Insekt, das Zellstoff zerkaut.

„Ähem", sagte sie steif.

Ohne den Kopf zu drehen, hob er eine Hand, um ihr Einhalt zu gebieten. Er besaß doch tatsächlich die Frechheit, den Satz zu Ende zu schreiben und die Seitenecke umzuknicken, bevor er das Buch zumachte und sich ihr zuwandte.

„Miss O'Brien. Sie sehen heute reichlich verdrossen aus. Wenn ich ein normaler Mann wäre, würde ich mir bei Ihrem strengen Blick womöglich in die Hosen machen."

„Sie haben in unser Buch geschrieben. Das ist streng verboten, wie Sie sicher wissen."

Er zog eine Augenbraue hoch. „Sie halten nichts davon, in Bücher zu schreiben?"

„Natürlich nicht. Ich mache auch keine Eselsohren, breche keine Buchrücken, unterstreiche nichts und misshandle auch sonst nicht Regierungseigentum."

„Ich kann Sie beruhigen, Miss O'Brien. Das Buch gehört mir." Er klemmte es sich unter den Arm, um es vor ihrem Blick zu verbergen.

„Darf ich das bitte mal sehen?" Die Sache konnte ganz einfach aus der Welt geschafft werden, aber seine Hand überdeckte den Titel und in seinem Gesicht zeigten sich erste Anzeichen von Gereiztheit.

„Erstens geht es Sie nichts an, was ich lese. Zweitens habe ich mir meinen Ruf als ehrlicher Mann hart erkämpft und ich werde ihn nicht wegen eines Buches für fünfzig Cent wieder verlieren."

„Hören Sie, ich weiß ja, dass Sie nicht viel für Bibliotheken übrig haben, aber ..."

„Wo haben Sie denn diesen Unsinn her?" Er wurde zunehmend ärgerlicher und seine Stimme nahm einen scharfen Unterton an, der die Stille des Lesesaals durchbrach. Ein Mann am Nebentisch sah schon verärgert herüber, aber das war ihre Chance, Mr Callahan zu sagen, was sie von jemandem hielt, der offensichtlich nicht im Entferntesten daran dachte, Bibliotheken zu unterstützen oder Wissen zu bewahren.

„Ihre lange Serie von Gegenstimmen gegen das Budget der Library of Congress war wohl ein deutliches Indiz."

„Das war's? Nur, weil ich vergoldete Kronleuchter und Tonnen von importiertem Marmor für eine Bibliothek für übertrieben halte? Da müssen Sie schon mehr liefern, Miss O'Brien."

„Ihre Vorliebe, in Bücher zu schreiben. Das ist unhöflich und respektlos. Und ich bin immer noch der Meinung, dass dieses Buch, das Sie da verstecken, uns gehört."

Er senkte den Kopf etwas und sah sie finster an. Immer noch lag seine Hand auf dem Buchrücken. „Das Buch gehört mir", stieß er durch die Zähne hervor.

„Beweisen Sie es."

Ohne Vorwarnung warf er ihr das Buch zu. Die Seiten flatterten auf. Nur mit Mühe fing Anna es auf. Es war mit Notizen und Unterstreichungen nur so übersät. Anna klappte den Rückendeckel auf und guckte nach dem kleinen Kärtchenfach, das jedes Buch hier hatte. Es gab keins. Genauso wenig wie eine Signatur auf dem Buchrücken.

Anna wurde rot und wollte ihm sein Buch schnell zurückgeben, konnte es sich aber nicht verkneifen nachzusehen, was ihn beim Lesen so in den Bann gezogen hatte. „Elizabeth Barrett Browning?"

Jetzt wurde er rot. „Nun kennen Sie mein Geheimnis."

Ein Blick auf die anderen Bücher auf seinem Tisch offenbarte eine wilde Lyrik-Mischung: Wordsworth, Coleridge, Byron, Keats.

„Sie sehen gar nicht aus wie ein Mann, der romantische Gedichte liest", stellte sie fest.

Luke Callahan riss das Buch wieder an sich. Dabei wurde sein Blick etwas milder. „Lyrik fängt die Unermesslichkeit und die Brillanz der menschlichen Seele ein. Nichts mache ich lieber, als mich in einem Stapel Gedichte zu verlieren."

„Oh."

Ihr Panzer bekam einen kleinen Knacks und sie musste sich kurz an einer Stuhllehne festhalten. Wieso nur löste die gemeinsame Liebe zur Literatur sofort das Gefühl von Kameradschaft aus? Es ergab eigentlich keinen Sinn, aber es zu leugnen, war, wie die Sonne vom Aufgehen abzuhalten. Vielleicht hasste er Bibliotheken, aber Lesen mochte er, und das hieß einiges.

„Aus Ihnen werde ich einfach nicht schlau", sagte sie. „Sie mögen Gedichte und ich sehe Sie hier andauernd, aber Sie lassen keine Gelegenheit aus, um die Bibliothek schlechtzureden oder unser Budget zu beschneiden."

„Nur weil ich davon überzeugt bin, dass man Steuergelder besser einsetzen kann, als noch mehr Bibliotheken zu bauen, heißt das nicht, dass ich nicht gern hier bin."

„Aber Sie beschweren sich über alles Mögliche. Über Geld für Bibliotheken, für die Armee, für Bauprojekte. Was würden Sie denn machen, wenn Sie auf einmal den Haushalt zu verantworten hätten?"

Seine Antwort kam wie aus der Pistole geschossen. „Ich würde in jedem Land der Welt eine amerikanische Botschaft errichten. Nur, wenn wir einander besser kennenlernen, werden Nationen Handel miteinander treiben und Kriege vermeiden. Aber wie sollen wir das anstellen mit nur sechs Botschaften? Wir leben in einer Welt, wo Krieg nur als verlängerter Arm der Politik gesehen wird, und ich finde das unakzeptabel. Ich bin unter Menschen groß geworden, die Gewalt immer als erste Lösung ansahen, und es scheint, dass manche Nationen sich genauso benehmen."

Sein Wechsel in ein derartig ernstes Thema kam überraschend, aber Anna beobachtete fasziniert, wie er nachdenklich aus dem Fenster sah. „Aber es muss nicht so bleiben. Ich halte die Bergpredigt Jesu für die beste Rede in der Geschichte der Menschheit, und zwar vor allem die Stelle, an der er sagte: ‚Selig sind die Friedfertigen, denn sie werden Gottes Kinder heißen.' Dieser einfache Satz ist für meine politische Karriere zum Leitstern geworden. Ich möchte, dass unsere Nation eine Nation des Friedens wird und nie wieder in einem unheilvollen Krieg versinkt." Als er sich ihr wieder zuwandte, mischte sich eine Spur von Humor in seinen Blick. „Und Botschaften sind für dieses Ziel nun mal geeigneter als vergoldete Bibliotheken."

Es machte Anna wütend, wie überzeugend er sein konnte, aber sie war noch nicht bereit aufzugeben. „Es würde Sie aber nicht umbringen, hin und wieder etwas Positives über Bibliotheken zu sagen."

Er schien nicht beleidigt zu sein. „Wissen Sie, wie ich es mit nur achtundzwanzig Jahren geschafft habe, Kongressabgeordneter zu sein? Ganz ohne politische Erfahrung?"

„Es wird Sie vielleicht schockieren, aber ich bin nicht sofort losgestürzt und habe mich über Ihre politische Biografie informiert, als wir uns kennenlernten."

Er lächelte. „Ein Jammer. Wenn Sie es getan hätten, dann wüssten Sie nämlich, dass ich ins öffentliche Bewusstsein gelangte, als ich den Einwohnern des ländlichen Maine eine Bibliothek gebaut und aus eigener Tasche bezahlt habe."

Es machte Anna sprachlos, dass ein einzelner Mann eine ganze Bibliothek bauen konnte.

„Es war aber nicht die Sorte Bibliothek, wie Sie sie kennen", fügte er hinzu. „Es gab keine Marmorflure und keine Raritätensammlung. Noch nicht einmal Bibliothekare. Ich kaufte einen ausgemusterten Eisenbahnwaggon, zog Bücherregale ein und kaufte zweitausend Bücher. Der Waggon hängt an dem Zug, der die Strecke entlang der Holzfällerlager von Maine fährt, und bringt den Menschen kostenlos Bücher. In ihrer Freizeit haben die Männer in den Lagern oft nichts zu tun, als zu trinken und Karten zu spielen. Oder sie lesen."

Annas Herz schlug schneller. Sie ahnte, was jetzt kam.

„Wie hungrige Wölfe fielen die Männer über die Bücher her. Ich bezweifle, dass es noch eine beliebtere Bibliothek im ganzen Land gibt als diesen Bücherwagen."

„Und wie haben Sie das mit der Ausleihe gemacht? Wie ermitteln Sie, welche Bücher wie oft ausgeliehen werden?"

„Das war mir egal", antwortete er. „Wenn der Zug kommt, werden die Türen aufgemacht und die Männer geben ihre Bücher zurück und nehmen sich neue. Und es interessiert mich nicht, ob die Bücher ihren Weg zurückfinden oder nicht. Die Holzfällerlager sind ein raues Pflaster. Die Zelte sind undicht und immer wieder gibt es Schlammlawinen. Ich werde keinen Mann dafür bestrafen, wenn er ein Buch beschädigt oder verliert. Alles läuft auf Vertrauensbasis. Ehrlichkeit ist mir sehr wichtig, wissen Sie. Ich habe mir geschworen, meine Wähler niemals anzulügen, und ich denke, dass ihnen das etwas bedeutet. Wenn mir jemand sagt, er hat das Buch bei einer Schlammlawine eingebüßt, dann werde ich das nicht anzweifeln."

„Einige werden bestimmt Bücher stehlen und Sie ausnutzen."

Er zuckte mit den Achseln. „Wenn ein Mann ein Buch so sehr will, dass er bereit ist, es zu stehlen, dann will ich mich nicht einmischen."

Anna blieb der Mund offen stehen. Zu ihren Pflichten gehörte es, die Bücher zu betreuen und zu beschützen, sei es vor Insektenbefall, zu feuchter Luft oder vor Langfingern. Mr Callahans Standpunkt war die reinste Ketzerei, aber er hatte auch einiges für sich.

„In meiner Kindheit waren Bücher mein einziger Zufluchtsort", fügte er hinzu. „Ich wurde in eine Familie geboren, in der die Fäuste flogen und man sich anbrüllte, aber wenn ich ein Buch aufklappte, erlebte ich Männer voller Heldenmut. Wer mich sah, der dachte, ich würde im Empfangszimmer ein Buch lesen, aber in Wirklichkeit war ich in Paris und kämpfte an der Seite der Musketiere. Oder ich war zwanzigtausend Meilen unter dem Meer oder raste in achtzig Tagen um die Welt. Bücher führten mich zum Heiligen Gral und zur Bergpredigt. Lesen zu können, war meine Befreiung, meine Magna Charta, mein Ausweg aus Hoffnungslosigkeit und Tyrannei."

Seine Redegewandtheit war ergreifend. „Wussten Sie, dass wir eine Abschrift der Magna Charta leihweise vom British Museum hier haben? Sie liegt in den Archiven."

Anna hatte seine Aufmerksamkeit geweckt. Er sprang mit leuchtenden Augen auf. „Zeigen Sie sie mir."

Er folgte ihr aus dem Lesesaal in die Mitarbeiterflure, bis sie die Raritätensammlung erreichten. Hier herrschte ein Durcheinander aus überzähligen Büchern und Dubletten. Die überschüssigen Bücher der letzten zwei Jahrzehnte hatten sich bis auf Schulterhöhe angestapelt und ließen nur einen schmalen Gang in der Mitte frei.

„Vorsicht", mahnte Anna. „Wenn Sie so einen Stapel umstoßen, werden wir lebendig begraben."

„Schön weitergehen, Miss O'Brien. Ich will das Dokument sehen." Anna verkniff sich ein Grinsen. Seine Vorfreude war deutlich herauszuhören.

„Hoffen wir mal, dass nicht Mr Ferris im Handschriftenmagazin ist“, sagte Anna über die Schulter. „Er wacht wie ein Luchs über die Rara. Das ist wohl seine einzige Freude im Leben, so viele Leute wie möglich davon abzuhalten, mit ihren gierigen Fingern auch nur in die Nähe seiner Schätze zu kommen.“

Der Flur wurde wieder breiter und Mr Callahan holte auf. „Sie hatten vorhin aber auch etwas Raubtierartiges, als Sie plötzlich auf mich zukamen. Geradezu beängstigend. Wie ein Häschen mit Reißzähnen.“

Anna versuchte, das Lachen zu unterdrücken, und es kam als ein fürchterliches Schnauben heraus, was die beiden nur zu noch mehr Lachen animierte.

„Was ist hier los?“, hörten sie plötzlich die Stimme von Mr Ferris wie aus dem Nichts.

Mr Ferris gehörte zu der Sorte pingeliger Bibliothekare, die sich ständig die Hände wuschen. Er verweigerte jedes Essen, das nicht bis zur schlaffen Unterwerfung verkocht war, und setzte jedes Mal einen verkniffenen, gequälten Gesichtsausdruck auf, wenn er mit einer der weiblichen Angestellten reden musste.

„Mr Callahan ist Kongressabgeordneter aus Maine“, erklärte Anna. „Er würde sich gern die Magna Charta ansehen.“

„Bleiben Sie. Ich möchte sie mir mit Ihnen zusammen ansehen.“ Die beiläufige Art, wie Mr Callahan die Einladung aussprach, erschreckte sie. Bisher hatte sie noch keine Gelegenheit gehabt, das berühmteste Dokument Englands zu betrachten. Die Library of Congress war eine wahre Schatzkammer voller unbezahlbarer Kleinode und die Versuchung, auf sein Angebot einzugehen, war groß. Bevor sie antworten konnte, drang Mr Ferris' näselnde Stimme dazwischen.

„Wie mir scheint, hat da jemand die traurige Geschichte von Miss Sarah Starling vergessen“, bemerkte er spitz und Annas gute Laune war von einem Augenblick auf den nächsten verflogen.

„Wer ist Sarah Starling?“, fragte Mr Callahan.

Anna trat einen Schritt von den beiden Männern zurück. Was Sarah Starling passiert war, war jeder Frau im Kapitol eine Warnung gewesen. „Sie arbeitete im Telegrafenamt im Keller“, sagte Anna. „Und sie ... wurde vor einer Weile entlassen.“

Sarah Starling hatte sich auf ein Techtelmechtel mit einem der neu gewählten Abgeordneten eingelassen. Als man sie dabei erwischt hatte, wie sie ihn in der Garderobe küsste, war sie noch am selben Tag vor die Tür gesetzt worden. Drei Monate Schulung, um den Telegrafen bedienen zu können, und dann das! Ohne Referenzen hatte Sarah keine gute Anstellung mehr finden können und war schließlich irgendwo als Garnelenputzerin gelandet. Und der Abgeordnete? Der war heute der Gouverneur von Montana.

Anna ging sicherheitshalber noch einen Schritt von Mr Callahan weg. Sie konnte sich den Luxus, seltene Manuskripte zu bewundern oder sich mit einem Kongressabgeordneten anzufreunden, nicht leisten.

„Ich muss zurück in den Kartenraum", sagte sie hastig.

„Nein, bitte bleiben Sie und sehen Sie sich die Magna Charta zusammen mit mir an." Mr Callahan blieb hart. „Ich sehe doch das Funkeln in Ihren Augen."

Mr Ferris kräuselte die Nase, als hätte er etwas Übles gerochen. Sie befand sich auf sehr dünnem Eis. Die Unterstellung, zwischen ihr und Mr Callahan würde sich eine Koketterie entwickeln, war absurd. Sie waren so unterschiedlich wie Tag und Nacht, aber Anna konnte sich keinerlei Gerüchte leisten.

„Die Besteuerungspläne für Weichtiere liegen morgen früh fertig auf Ihrem Tisch", sagte Anna und wandte sich ab.

In Sarah Starlings Fußstapfen zu treten, dazu hatte sie keine Lust.

Es dauerte nicht lange, bis Mr Ferris in den Kartenraum kam. Anna beugte sich gerade über eine Karte mit den Fischereigebieten Neuenglands.

„Wie ich sehe, sind Sie mit dem Abgeordneten aus Maine recht gut bekannt", sagte Mr Ferris.

„Mr Spofford hat mich ihm für eine kurze Zeit als wissenschaftliche Mitarbeiterin zugeteilt. Das macht Ihnen hoffentlich nichts aus?"

„Doch, in der Tat."

Anna stemmte die Hände in die Hüfte. „Wenn Sie irgendwelche schmutzigen Anschuldigungen über mein Verhalten haben, dann bitte, nur raus damit.“ Es gab Zeiten, als sie sich von jedem hatte herumschubsen lassen, aber die waren ein für alle Mal vorbei.

„Wie es scheint, erledigen Sie Aufgaben für ihn, die nicht in Ihre Zuständigkeit als Kartenbibliothekarin fallen“, stellte Ferris fest. „Das finde ich doch höchst seltsam.“

„Ich bin durchaus in der Lage, allgemeine Informationen zu beschaffen, und Mr Spofford hat mich ausdrücklich darum gebeten. Die meisten allgemeinen Bibliothekare sind außerdem im neuen Gebäude und bereiten den Umzug vor.“

Mr Ferris räusperte sich. „Ich denke, Sie sollten wissen, dass Ihr Tête-à-Tête mit Mr Callahan im Lesesaal nicht unbemerkt geblieben ist. Und wie das auf Außenstehende wirkt, brauche ich Ihnen ja wohl nicht zu sagen.“

„Richtig. Das brauchen Sie mir nicht zu sagen.“

Danach ließ er sie in Ruhe und Anna blieb entnervt zurück. Sie blätterte weiter ihre Karten durch, auf der Suche nach historischen Besteuerungsgrenzen in den Fischereigebieten. Glücklicherweise beruhigte sie sich schnell. Es war viel zu spannend, sich in die übergroßen Karten der Mündungsbuchten entlang der zerfurchten Küste zu vertiefen. Hier verliefen einige der wichtigsten Schifffahrtswege des ganzen Landes und dementsprechend gut war die Küstenlinie im Lauf der Jahre dokumentiert worden. Vorsichtig blätterte Anna von einer Karte zur nächsten und das Papier wellte sich und knisterte. Auf dieser Karte war die Narragansett Bay zu sehen.

Plötzlich zog sich ihr Magen zusammen. Diese Karte hatte ihr Vater gezeichnet.

Bei ihrer Arbeit stolperte sie oft über Karten ihres Vaters und der bittersüße Schwall an Emotionen war jedes Mal derselbe. Sie fuhr lächelnd die Küstenlinie nach und blieb an den blassblauen Rauten hängen, die für Brackwasser standen. Vor ihrem inneren Auge konnte sie das dichte Seegras sehen und die salzige Luft fast riechen.

Trotzdem lieferte ihr die Karte nicht die Information, die sie suchte. Sie nahm die überdimensionale Darstellung an einer Seite und blätterte weiter. Das Rascheln des Papiers durchbrach die Stille des Kartenraums.

„Schön, dich zu sehen, Papa“, flüsterte sie.

Danach fiel es ihr schwer, sich zu konzentrieren. Sie wollte Lieutenant Rowlands Zorn nicht noch weiter anfachen, aber sie konnte doch auch die Unstimmigkeiten im Bericht über die *Culpeper* nicht ignorieren. Was hatte ihr Vater ihr nur versucht mitzuteilen? Sie kam einfach nicht darauf.

Hatte er Tante Ruth womöglich einen ähnlichen Brief geschrieben? Er hatte immer eigene Zeilen an ihren Onkel und ihre Tante beigelegt, und wenn diese Briefe noch existierten, dann gab es dort vielleicht weitere Hinweise.

Annas monatlicher Besuch bei Tante Ruth war sowieso diese Woche fällig. Die Besuche waren dem halbherzigen Versuch geschuldet, die einzige verwandtschaftliche Beziehung zu erhalten, die Anna noch hatte, obwohl Anna insgeheim vermutete, dass Tante Ruth sich nur darauf einließ, weil Anna ihr jedes Mal einen Teil ihres Lohns übergab. Tante Ruth beherrschte zahllose Tricks und Techniken, wie sie Anna wegen Onkel Henrys Tod ein schlechtes Gewissen machen konnte. Nur wenn andere dabei waren, fuhr sie ihre Krallen nicht aus, weswegen Anna meist Neville zu ihrer Tante mitschleppte. Sie ließ sich immer irgendwelche Ausreden einfallen, wie zum Beispiel die Notwendigkeit, Tante Ruths Backofen zu überprüfen. Jetzt im Oktober konnten sie sagen, dass er wegen des nahenden Winters die Dachrinnen säubern musste.

Mit etwas Glück würden sie am Ende der Woche einen Brief ihres Vaters in der Hand halten, den Neville später sicher entschlüsseln konnte.

KAPITEL 5

Das Haus von Tante Ruth lag mitten im Seefahrerviertel nur wenige Straßen vom Potomac River entfernt. Ulmen und Eichen warfen ihre Schatten auf das abgenutzte Kopfsteinpflaster. Die kalte Luft roch nach Herbst und Rauch. Unter Annas und Nevilles Schuhen knirschten Bucheckern und raschelte Laub.

„Ich muss vorsichtig sein, wenn ich nach den Briefen von Vater frage", sagte Anna. „Schließlich wirft Tante Ruth ihm vor, dass er für Mutters Tod verantwortlich ist. Sie war noch nie gut auf ihn zu sprechen."

„Deine Mutter ist doch während der Geburt gestorben. Wie soll denn dein Vater daran schuld sein?"

Anna versuchte nicht zu lachen. „Muss ich dir das wirklich erklären?"

„Vielleicht können wir den Teil überspringen", grinste Neville, wurde dann aber schnell wieder ernst. „Anna, warum tust du das? Mag sein, dass die *Culpeper* weiter südlich gesunken ist, aber ist das wirklich so wichtig?"

Anna blieb stehen. Einen Fehler in einem historischen Dokument zu ignorieren war generell sträflich, aber hier ging es um viel mehr als nur um Präzision. „Mein Vater hat mir das höchstpersönlich mal erklärt. 1707 brachte ein winziger Navigationsfehler eine ganze Flotte auf dem Weg in den Ärmelkanal vom Kurs ab. In der Nacht zerschellte die HMS *Association* auf Felsen und achthundert Matrosen starben. Unsere Karten und Berichte dürfen nicht nur gut sein, sie müssen fehlerlos sein. Und ich glaube, der von der *Culpeper* strotzt nur so vor Fehlern."

„Ja, aber hier geht es doch nicht um eine Karte, nach der sich Schiffe richten. Der alte Bericht ist nur eine historische Posse ..."

„Genug", sagte Anna und stellte sich Neville energisch in den Weg. „Wir wissen nicht, wofür dieser Bericht in der Zukunft verwendet wird, aber weil er nur wenige Monate nach dem Unglück von der Navy autorisiert wurde, wird man sich immer darauf verlassen. Wer weiß schon, wozu er einmal dient? Ich weiß, dass er voller Fehler steckt, und sie müssen ausgemerzt werden. Wenn Tante Ruth die Briefe noch hat, dann will ich sie sehen."

„Ist ja gut", sagte Neville.

Sie kamen bei Tante Ruths Haus an, einem zweistöckigen Kolonialhaus aus rötlichem Backstein mit glänzenden schwarzen Fensterläden. Einst hatte das Haus ihrem Vater gehört. Nachdem ihre Mutter gestorben war, waren Tante Ruth und Onkel Henry eingezogen, um sich um Anna zu kümmern, wenn ihr Vater zur See fuhr. Nach dem Tod ihres Vaters hatte Anna das Haus geerbt. Weil es aber voller schlimmer Erinnerungen steckte, wollte Anna nie wieder dort wohnen. Ihre Tante auf die Straße zu setzen und das Haus zu verkaufen, das brachte sie aber auch nicht übers Herz.

Tante Ruth öffnete ihnen die Tür. Sie trug einen abgenutzten Kittel, ihre grauen Haare hatte sie zu einem lockeren Haarknoten gedreht. „Oh, du hast deinen Freund mitgebracht", sagte sie wenig begeistert. „Ich hoffe, das Essen reicht."

„Keine Sorge, ich habe ein ordentliches Stück Räucherschinken dabei", sagte Anna.

Tante Ruths Augen leuchteten. „Oh, Fleisch! Ich konnte mir seit Wochen kein Fleisch mehr leisten." Eifrig nahm sie Anna das eingewickelte Päckchen ab.

Anna freute sich zu sehen, wie sich die Stimmung ihrer Tante besserte. Angesichts des heiklen Themas mit den Briefen war das eine gute Voraussetzung. Sie folgte ihrer Tante in die Küche, wo ein kleiner Topf mit Linsen auf dem Herd stand. Ein dunkles Brot, mehr Essen war nicht zu sehen. Anna brachte immer extra viel mit, wenn Neville sie begleitete, aber Ruth legte den Schinken in den Eisschrank und machte keinerlei Anstalten, ihn zu teilen.

„Ich gehe dann mal nach draußen und sehe mir die Dachrinnen an, ja?", sagte Neville.

Das würde Anna etwas Zeit verschaffen, um das Gespräch auf die Briefe zu lenken. Wenn ihr Vater geschrieben hatte, dann immer gleich zwei Briefe – einen an sie und einen mit „Erwachsenendingen" an ihre Tante.

Anna nahm ein Messer und versuchte, möglichst gleichmäßige

Scheiben vom Brot abzuschneiden. „Erinnerst du dich an die Briefe, die uns Vater geschickt hat?“

„Wie könnte ich die vergessen? Von vorne bis hinten voller Erziehungsanweisungen und Sorgen, ob es dir gut geht.“

„Hast du sie noch?“

„Ich bin doch keine Bibliothekarin, die jeden Papierschnipsel für die Nachwelt aufheben will.“

Annas Hoffnung sank. „Also hast du sie nicht mehr?“

„Natürlich nicht. Meistens habe ich sie mit dem nächsten Müll entsorgt.“

Anna setzte das Messer ab und atmete tief durch. Sie musste nur die Vergangenheit ansprechen und schon hatte sie einen empfindlichen Nerv getroffen. Der Sturm aus Verbitterung und Bedauern, der zwischen ihr und Tante Ruth ständig drohte, zog auf. Schließlich hing Onkel Henrys Wintermantel noch immer an der Küchentür, als könnte ihr Onkel jeden Augenblick wiederkommen, dabei war er schon vierzehn Jahre tot. Und das nur wegen Anna.

„Hat Papa dir eigentlich nur wegen mir geschrieben? Oder war da manchmal auch ...“ Wie konnte sie das formulieren? Sie wusste ja nicht, was ihr Vater ihr in diesem letzten Brief sagen wollte. „Der letzte Brief, den er nur eine Woche vor dem Unglück geschrieben hat, war ziemlich seltsam. Hattest du bei deinem Brief auch das Gefühl? Hat er irgendetwas besonders detailliert beschrieben?“

Mit einem lauten Knall stellte Tante Ruth den Topf mit Linsen auf dem Ofen nach hinten. „Seine Briefe waren immer gleich. Regeln, Anweisungen und ständig diese Sorge um sein kostbares Annalein. Man hatte fast das Gefühl, er würde uns nicht trauen.“

Seine Sorge war nicht ganz unbegründet gewesen. Ruth und Henry hatten nie eigene Kinder gehabt und waren nicht besonders kinderlieb. Dort aufzuwachsen, war eine einsame Angelegenheit gewesen.

Anna ließ die Schultern hängen. Sie hatte den Eindruck, je größer ihre Neugier bezüglich der *Culpeper* wurde, desto unwahrscheinlicher wurde es, mehr über ihr Schicksal herauszufinden. Ernüchtert ging sie zu der kleinen Büchse hinüber, die zwischen Mehl und Tee stand. Sie hob den Deckel und spähte hinein. Nur zwei Dollar und ein paar Münzen lagen darin. Ohne ein Wort zu sagen, griff sie in ihre Tasche und legte ein kleines Bündel Scheine in die Dose – eine unausgesprochene Routine, die sie seit Jahren pflegte. Auch wenn wenig verwandtschaftliche Nähe zwischen ihnen herrschte, nahm es Tante Ruth für selbstverständlich, dass Anna sie monatlich unterstützte.

Es gab so viel, was Anna mit diesem Geld machen könnte. Seit sie achtzehn war, träumte sie von einer eigenen Schreibmaschine. Oder einem Einzelzimmer. Nicht, dass sie ohne die beiden Sachen nicht leben konnte, aber Träumen tat gut.

„Komm, ich helfe dir beim Tischdecken", sagte Anna und holte Suppenschälchen aus dem Küchenschrank. Ihr Vater mochte vielleicht weitere Anhaltspunkte hinterlassen haben, aber in diesem Haus würde sie jedenfalls keine mehr finden.

Wie üblich ließ sich das magere Mahl nicht auf drei Leute strecken, was bedeutete, dass Anna und Neville sich hinterher noch in ein gemütliches Lokal am Ufer setzten. Die erstklassige Muschelsuppe nach Maryland-Art mit würzigen Schmortomaten und frischem Krabbenfleisch war etwas in dieser Stadt, worauf sie sich beide immer freuten.

Neville nahm den Löffel zur Hand, sobald die Schalen mit Suppe vor ihnen standen. Für einen so schlanken Mann war die Menge an Essen, die er vertilgen konnte, enorm. Anna hingegen rührte gedankenverloren in der Suppe und dachte an Onkel Henrys Mantel an der Küchentür. Vielleicht würde sie eines Tages ihre Tante besuchen und sehen, dass diese die Vergangenheit endlich hinter sich gelassen hatte, aber sie bezweifelte es. Anna seufzte.

„Du musst aufhören, Mitleid mit deiner Tante zu haben", sagte Neville und kratzte die Schüssel aus. „Als ich ihre Regenrinne sauber gemacht hatte, habe ich die Blätter zur Mülltonne gebracht. Und da lagen die Überreste von einem schönen Rippenbraten. Und Hühnerknochen. Für eine Witwe, die sich seit Wochen kein Fleisch mehr leisten kann, liegt ziemlich viel davon in ihrem Müll."

Anna rutschte auf ihrem Sitz nach hinten. Sie konnte sich das Doppelzimmer mit Mrs Horton immer gerade noch so leisten, wenn sie ihrer Tante das Geld gegeben hatte. Dass Tante Ruth es mit ihrer Armut hin und wieder etwas übertrieb, hatte sie schon vermutet, aber Rippenbraten und Hühnerknochen, alles in einer Woche? Anna schob Neville ihre Suppe hin, die sie nicht angerührt hatte.

„Hier, iss du. Ich kriege das nicht runter, weil ich mich zu sehr ärgere."

Neville griff lächelnd nach seinem Löffel. „Ich wünschte, du wärest öfter verärgert. Die Suppe schmeckt wirklich erstklassig."

Jetzt musste auch Anna lächeln. Neville munterte sie immer wieder auf, sogar gegen ihren Willen. Außerdem war es so lustig, ihm beim Hinunterschlingen der Suppe zuzusehen, dass sie gar nicht bemerkte, wie ein geschniegeltes Paar das Lokal betrat.

„Ach, wen haben wir denn da?", ertönte eine säuselnde Stimme vom anderen Ende der Gaststube. „‚Oh Romeo, Romeo!'" Neville erstarrte. Eine blonde Frau in einem kanariengelben Gehrock kam auf ihren Tisch zu. Eliza Sharpe, eine Klassenkameradin von früher.

In ihrer Schule, auf der es harmlose, aber auch boshafte Schüler gab, pendelte Eliza je nach Schulhoffreundschaften hin und her. In einem Schuljahr hatte sich Neville hoffnungslos in sie verliebt. Irgendwann war er darüber hinweg, aber nicht, ohne sich einen Spitznamen einzuhandeln, den er bis heute noch hasste.

Kaum entdeckte er die winkende Eliza, nahmen seine Muskelzuckungen zu, bis er völlig unkontrolliert heftig blinzelte. Als Anna unter dem Tisch seine Hand nahm, griff er danach wie nach einer Rettungsleine.

Bis Eliza herbeigeschlendert war, hatte er sich wieder etwas beruhigt. Sie hatte einen beleibten Gentleman am Arm. Auf ihrem frisch frisierten Haar thronte ein Hut mit leuchtend weißen Federn.

„Hallo Eliza", sagte Anna. „Was hast du denn auf dem Kopf? Einen Schmuckreiher?"

Der Schmuckreiher war wegen seiner beliebten weißen Federn fast ausgestorben und beschäftigte zurzeit den Kongress. Dort stritt man heftig über einen Gesetzesentwurf, der die Jagd auf vom Aussterben bedrohte Vögel verbieten sollte. Eliza strich mit ihren eleganten Fingern über die Federn.

„Ja, sind sie nicht entzückend?"

„Wenigstens stammen sie nicht von einem Weißkopfseeadler", murmelte Neville.

Eliza überging den Kommentar. „Seid ihr zwei denn schon verheiratet? Ach, ich hielt euch schon immer für ein wundervolles Pärchen." Sie sah auf Annas ringlose Hand. „Oh! Wohl doch nicht", stellte sie fest und beugte sich vor, um Annas Schulter zu tätscheln. „Mach dir nichts draus. Du findest sicher bald jemanden."

Wieso war die ganze Welt davon überzeugt, dass sie und Neville füreinander bestimmt waren? Sie mochte Neville wirklich gern, aber eher wie einen Bruder. Allein bei dem Gedanken, ihn zu küssen, musste sie sich das Lachen verkneifen.

Eliza schob den korpulenten Mann etwas vor. „Habt ihr schon meinen Mann kennengelernt? Walter arbeitet im Postministerium und eines Tages wird er Postminister. Walter, das sind zwei meiner alten Schulkameraden, Anna O'Brien und Neville Bernhard. Obwohl wir ihn immer nur Romeo genannt haben. Das war immer zu komisch. Er hat mich in Mathe ab und zu abgucken lassen. Weißt du noch?"

Nevilles Schwärmerei für Eliza hatte angefangen, als Anna wegen ihrer Operation einen Monat mit der Schule aussetzen musste. Ihr Platz neben Neville war schnell von Eliza Sharpe eingenommen worden, die Neville gegenüber übermäßig freundlich war. Neville, weder dumm noch blind, wusste, dass Elizas plötzliche Freundschaft nur darauf zurückzuführen war, dass er ihr in Mathematik half, aber das machte ihm nichts aus. Ohne Anna hatte er überhaupt keine Freunde mehr in der Schule und es gab keine schlimmere Folter für einen Vierzehnjährigen, als einer Meute fieser Mitschüler ganz allein gegenüberzustehen.

Als Anna nach der OP wieder in die Schule kam, musste sie sich eingestehen, ein wenig eifersüchtig auf die viele Aufmerksamkeit zu sein, die Neville Eliza schenkte. Aber alles endete mit einem Paukenschlag, als ihr Lehrer Neville dabei erwischte, wie er während einer Klausur unauffällig seinen Zettel so hielt, dass Eliza ihn lesen konnte. Mr McLaren stürmte durchs Klassenzimmer und riss Neville das Blatt aus der Hand. „Um Himmels willen, Romeo, verkaufen Sie nicht auch noch Ihre Selbstachtung für dieses Mädchen. Ab nach hinten, und zwar sofort."

Neville schämte sich mit hochrotem Kopf und rutschte auf einen freien Platz, weit weg von Elizas wandernden Augen.

Aber Mr McLaren war noch nicht fertig. „So, und nun wollen wir sehen, ob sie sich den Dolch ins Herz treibt, jetzt wo ihr Romeo fortgerissen wurde." Allgemeines Gekicher ertönte. Nur Neville zuckte vor lauter Scham.

Der Lehrer ging zu ihm und legte ihm das Blatt wieder hin. Dann fuhr er herum und fixierte Eliza. „Kein Selbstmordversuch der entzückenden Miss Sharpe? Welch eine Überraschung. Sehen Sie, Romeo, sie ist all die Mühen nicht wert. Und jetzt arbeiten Sie weiter. Und wehe, ich erwische Sie noch einmal."

Neville wollte nichts lieber, als diesen Tag aus seiner Erinnerung zu streichen, aber Eliza berichtete begeistert ihrem Mann davon.

„Und danach nannten uns alle nur noch Romeo und Julia", sagte sie. „Ich fand das irre komisch. Aber eigentlich war Neville für mich immer nur ‚Zwinki-zwinki'."

Neville wurde bleich und sogar der zukünftige Postminister schien von den Worten seiner Frau peinlich berührt zu sein.

Anna setzte ein leichtes Lächeln auf. „Wie schön, dich wiederzusehen, Eliza. Immer, wenn man glaubt, dein Köcher sei leer, findest du noch einen Pfeil."

„So, und nun komm", sagte ihr Mann und führte sie zu einem anderen Tisch.

Nevilles Zucken war wieder schlimmer geworden. Anspannung tat ihm nie gut. Er legte den Löffel vor der halb vollen Schale aus der Hand. Sie wussten beide, dass die ganze Tischdecke darunter leiden würde, wenn er mit diesem Zucken weiteraß. Neville war im Lauf der Jahre bei unzähligen Ärzten gewesen, aber niemand wusste einen Rat.

Anna und er hatten sich vor langer Zeit mit ihren Schwächen abfinden müssen. Neville würde immer ungewollt Muskelzuckungen haben und sie würde sich unter hübschen Menschen wie Eliza Sharpe niemals wohlfühlen. Aber mittlerweile machte ihr das nur noch wenig aus. Sie hatte sich in der Bibliothek ein gutes Leben aufgebaut und brauchte niemanden, der sie aushielt. Und wenn ihr Leben etwas einsam war ... Einsamkeit hatte noch niemanden umgebracht. Es hatte eine Zeit in ihrem Leben gegeben, in der sie auf einen Mann und eine eigene Familie gehofft hatte, aber dieser Wunsch ließ umso mehr nach, je älter sie wurde. Als alleinstehende Frau konnte sie zumindest weiter als Bibliothekarin arbeiten. Für sie war das nicht nur ein Weg, ihren Lebensunterhalt zu bestreiten. Für sie war diese Arbeit eine Berufung.

Ihren Vater vermisste sie auch heute noch, aber es war ein Trost für sie zu wissen, dass er stolz auf sie gewesen wäre. Sie beide wurden von demselben Eifer angetrieben: das Wissen der Welt zu sammeln und zu bewahren.

Heute hatte sie vergeblich versucht, Licht in das Dunkel um das Verschwinden der *Culpeper* zu bringen, aber das bedeutete nicht, dass sie jetzt aufgab. Schließlich war sie davon überzeugt, dass sie zumindest eines im Leben beherrschte: Antworten auf Fragen zu finden, die lieber im Verborgenen bleiben wollten.

KAPITEL 6

Mit Caesar Trammel die Straße hinabzulaufen hieß, eine Berühmtheit zu begleiten. Obwohl Luke im Abgeordnetenhaus angesehen war, wurde er von fast niemandem auf der Straße erkannt. Bei Caesar Trammel dagegen, dem ältesten Veteranen des Bürgerkriegs, der noch in der Politik aktiv war, war die Sache anders. Trammel war von Splittern einer Kanonenkugel getroffen worden und hatte dabei sein linkes Auge und sein linkes Bein eingebüßt. Seine kleine, gekrümmte Erscheinung war für alle leicht wiedererkennbar, die an diesem unerwartet warmen Samstagmorgen auf der von Bäumen und Geschäften gesäumten Straße flanierten. Luke reduzierte sein Tempo, damit der alte Veteran mit seinem Krückstock Schritt halten konnte. Eine Augenklappe verdeckte Caesar Trammels linkes Auge, aber mit dem einen Auge sah der Alte mehr als viele andere mit zweien.

„Das bedarf sorgfältigster Planung", sagte Trammel. „Jones hat genügend Stimmen, um diese fürchterliche neue Steuer durchzusetzen, aber wenn wir ausreichend Abgeordnete gewinnen können, der Abstimmung fernzubleiben, scheitert Jones am Quorum und die Abstimmung ist null und nichtig. Er wird bis zur nächsten Legislaturperiode warten müssen, bis er das Thema wieder auf die Agenda setzen kann."

Der Plan war brillant. Trammel war vielleicht der Einzige im amerikanischen Kongress, der noch schlauer war und vor allem bessere Beziehungen hatte als der Sprecher des Repräsentantenhauses. Für die Arbeiter aus Lukes Bezirk war es ungeheuer wichtig, dass die neue Steuer scheiterte, und Trammels Plan könnte die Abstimmung erfolgreich boykottieren. Danach würde Luke den Berg an Informationen auf den Tisch legen, den er von Anna O'Brien bekommen hatte. Damit würde er den Sprecher endgültig entlarven. Luke spürte das politische Ende seines Gegners näher rücken und musste lächeln.

„Sir, darf ich Ihnen die Hand schütteln?" Ein Mann in Kutscherlivree hatte Caesar Trammel erkannt und war von seiner Kutsche heruntergesprungen, um dem berühmten Veteranen zu begegnen.

Luke trat einen Schritt beiseite, um Trammel diesen Augenblick zu gönnen. So lief es oft, wenn er mit Trammel unterwegs war. Der Alte sonnte sich gern in seinem Ruhm. Luke hatte sich noch nie viel daraus gemacht. Neidisch war er nur auf eins: die lange und glückliche Ehe Trammels. Anders als bei den meisten Politikern, deren Familien weiterhin in ihren Heimatbezirken lebten, hatte Trammels Frau darauf bestanden, bei ihm in Washington zu wohnen. „Ich habe drei Jahre im Krieg ohne meine Frau zubringen müssen", hatte dieser einst geschimpft. „Solange wir beide noch atmen, werde ich keinen weiteren Abend ohne meine Frau verbringen."

Genau das war es, wonach Luke sich sehnte. Er hatte sich erst ein Mal in seinem Leben richtig verliebt. Diese wenigen Monate brannten noch immer in seiner Erinnerung. Inzwischen war er sechsunddreißig. Eigentlich hatte er nicht vorgehabt, so lange Junggeselle zu bleiben. Über die Jahre waren die innere Leere und Einsamkeit immer größer geworden. Natürlich hatte er viele Freunde, einen anstrengenden Beruf und die vielversprechende Aufgabe, seinen Neffen Philip zu erziehen, aber nach einer Frau sehnte er sich trotzdem.

Trammel gab noch einigen Schaulustigen die Hand und dann schlenderten die beiden Männer auf der schattigen Straße weiter an Geschäften und Cafés vorüber. Die regelmäßigen Unterbrechungen durch Sympathisanten und das Gewimmel der morgendlichen Einkäufer machten ihren Gang zu einem denkbar seltsamen Ort für eine politische Sitzung, aber all das war bei Weitem sicherer als das Kapitol, wo es überall unerwünschte Lauscher gab.

„Ich werde die Zahlen bald zusammenhaben, mit denen wir das Korruptionsverfahren gegen Jones anstreben können", raunte Luke Trammel ins Ohr. „Ein eindeutiger Beweis fehlt mir noch, aber ich suche weiter." Beziehungsweise Anna O'Brien würde weitersuchen und es war nur eine Frage der Zeit, bis sie fündig werden würde.

„Mir ist nur wichtig, dass die Steuerabstimmung vereitelt wird", sagte Trammel. „Welche persönliche Fehde Sie noch mit Jones austragen, ist Ihre Sache."

„Aber wenn ich Beweise für seine Korruption finde, kann ich doch sicher mit Ihrer Unterstützung rechnen …" Luke ließ den Satz unvollendet stehen. Caesar Trammel blieb stehen, legte den Kopf schief und sah ihn mit seinem einen Auge prüfend an. „Die Animositäten zwischen Ihnen und Jones sind ungewöhnlich stark. Was ist da los zwischen Ihnen beiden?"

Luke wollte nicht noch mehr skandalöse Geschichten über seine Familie verbreiten. Darum tat er so, als würde er die Dosen mit importiertem Tee im Schaufenster eines Warenhauses betrachten.

„Jones bat mich einst, für ihn zu lügen", sagte er. „Aber ich habe mich geweigert. Es war ein kleinlicher Streit, mehr nicht."

„Das hier ist mehr als ein kleinlicher Streit", erwiderte Trammel. „Wenn es einen Ausschuss zum Schrubben der Tabakflecken auf den Stufen des Kapitols gäbe, hätte Jones Sie zum Leiter gemacht. Nun sagen Sie schon. Warum können Sie sich nicht ausstehen?"

Luke starrte weiter auf die Waren. Er wollte die Ursache für den Konflikt mit Cornelius Jones nicht preisgeben.

„Als Kind sah ich einmal ein Bild von einem Löwen, der neben einem Lamm auf der Wiese lag", sagte Luke bedächtig. „Der Löwe war groß und mächtig, das Lamm klein und schwach, aber es hatte keine Angst vor dem Löwen. Das Bild war so fesselnd, dass ich sofort glauben wollte, dass das möglich war. Wenn ein Löwe und ein Lamm friedlich beieinandersitzen können, wer weiß, was zwischen mir und Cornelius Jones noch passiert?"

„Einer von Ihnen wird einen blutigen Kadaver in den Fängen haben. Fragt sich nur, wer."

Luke sagte nichts. Das Bild vom Löwen und dem Lamm hatte ihn durch seine von Gewalt geprägte Kindheit hindurchgetragen und er mochte darüber keine Scherze machen. Sein Engagement für den Pazifismus rührte aber nicht nur von einem friedlichen Gemälde. Als Sohn eines Mannes, der im Bürgerkrieg gekämpft hatte, hatte Luke die tiefen Narben miterlebt, die der Krieg in der Seele seines Vaters hinterlassen hatte. Sein Weg sollte anders verlaufen. *„Selig sind die Friedensstifter; denn sie werden Gottes Kinder heißen."*

Er wollte Friedensstifter sein und in einer Gesellschaft leben, die von gutem Urteilsvermögen und von christlicher Nächstenliebe geprägt war, nicht von fliegenden Fäusten.

Während Trammel noch immer auf eine Antwort wartete, versuchte Luke, so ehrlich wie möglich zu sein, dabei aber so viele schmerzhafte Details wie möglich außen vor zu lassen. „Ich habe vor langer Zeit gelernt, dass es manchmal mehr Mut erfordert, einem Kampf aus dem Weg zu gehen, als ihn aufzunehmen. Auf Cornelius Jones' Niveau werde ich mich nicht herablassen, selbst wenn es bedeutet, hin und wieder einen Schlag zu kassieren."

Die Besprechung mit Caesar Trammel war beendet. Luke suchte nach einem Vorwand, um sich zu entfernen. Hinter dem Schaufenster trat eine Frau an einem der Warentische in sein Blickfeld. Irgendetwas an ihr kam ihm bekannt vor. Das schlichte Kleid kaschierte ihre reizende Figur nur teilweise. Luke lächelte.

Anna O'Brien außerhalb der Bibliothek zu sehen, war wie einen Goldfisch neben seinem Glas zu erwischen. Luke hatte schlicht nicht damit gerechnet. Seltsam, aber er hatte nie darüber nachgedacht, dass sie auch ein Leben außerhalb der Bibliothek hatte. Aber nun war sie hier, mitten beim Bummeln. Sogar von hier aus konnte er ihren sehnsuchtsvollen Blick sehen, mit dem sie die Waren betrachtete.

Er entschuldigte sich und betrat den Laden. Das laute Klingeln des Türglöckchens ließ ihn zusammenzucken. Glücklicherweise war Miss O'Brien zu vertieft, um aufzusehen. Luke verkniff sich ein Grinsen und trat neben den Warenhausleiter, um leise mit ihm etwas abzusprechen.

Es war an der Zeit für einen kleinen Spaß.

Anna strich über die glänzenden Tasten der Schreibmaschine. Es war eine Remington, fünf Dollar günstiger als sonst. Annas Blick wanderte zwischen den beiden ausgestellten Schreibmaschinen hin und her. Wieso kostete das neue Modell weniger als das alte? Anna wünschte, Neville wäre hier. Er würde sofort den Unterschied erkennen. Aber als sie morgens bei seinem Logierhaus vorbeigeschaut hatte, war er nicht da gewesen. Anna war leicht angesäuert. Normalerweise verbrachten sie den Samstag immer zusammen und gerade jetzt könnte sie ihn gut gebrauchen.

Gerade wollte sie einen Verkäufer nach einem Blatt Papier fragen, um die beiden Modelle auszutesten. Aber als sie gerade ansetzen wollte, erklang vom anderen Ende des Geschäfts eine genervte Stimme.

„Bedienung!“ *Schnips, schnips, schnips.*

Anna fuhr herum. Luke Callahan stand da und schnipste. Dabei blinkten seine Manschettenknöpfe.

„Was ist mit diesem Laden los?“, beschwerte er sich und schnipste weiter. „Kommt hier mal jemand?“

Von hinten eilte ein nervöser Warenhausleiter heran. „Es tut mir leid, Sir. Ich habe nur hinten Hühnerdraht aufgestapelt.“

„Hühnerdraht! Ich bin Abgeordneter des Repräsentantenhauses der Vereinigten Staaten. Ich habe keine Zeit für Hühnerdraht!“

Dieser arrogante Schnösel. Anna beobachtete ungläubig, wie der Leiter sich bemühte, ihn zu beruhigen.

„Es ist sehr guter Hühnerdraht, Sir“, stammelte der Mann und wandte sich ab, um hinter vorgehaltener Hand zu husten.

Sie konnte das nicht länger mit ansehen. Anna trat vor. „Glauben Sie wirklich, die Welt würde stehen bleiben, damit die Bauern niederknien und Ihnen den Ring küssen können?“ Wenn er überrascht war, sie zu sehen, dann konnte er es jedenfalls gut verbergen, denn er reckte nur das Kinn nach vorn.

„Ich bin ja wohl wichtiger als irgendwelcher Hühnerdraht.“ Seine Mundwinkel zuckten und in seinen Augen saß der Schalk. Der Warenhausleiter schnaubte plötzlich vor Lachen.

„Machen Sie sich lustig über mich?“, fragte Anna und sah von einem zum andern.

„Mr Callahan ist ein geschätzter Kunde hier, Ma'am“, erklärte der Leiter schnell. „Er kauft bei uns den künstlerischen Bedarf für seinen Neffen ein. Wir betrachten ihn als Freund unseres Hauses.“ Und so wie sie grinsten und sich offensichtlich gemeinsam auf ihre Kosten amüsierten, schien das wirklich zu stimmen.

Anna war noch immer aufgebracht und weigerte sich, mitzulachen. „Und ich betrachte ihn als den lästigsten Mann im ganzen Kongress.“

„Ach kommen Sie, O'Brien. Das war doch lustig.“

Er hatte recht, aber das wollte sie nicht zugeben. Abgesehen von seinen barschen Kommandos im Fischereiausschuss hatte er sie immer respektvoll behandelt, sogar, als sie ihn fälschlicherweise beschuldigt hatte, die Bibliotheksbücher vollzuschmieren. Vielleicht war Mr Callahan genau das, was er vorgab zu sein: ein unverblümter Zeitgenosse, der sich um die gestelzten Umgangsformen in Washington nicht scherte, dabei aber kein schlechter Mensch war.

Anna ließ ihn stehen und wandte sich an den Warenhausleiter. „Können Sie mir sagen, wieso das neue Schreibmaschinenmodell weniger kostet als das alte?"

„Sicher, Ma'am. Das schlankere Modell benötigt weniger Metall und hat ein kürzeres Farbband, aber ansonsten alle Funktionen des größeren Modells."

„Jetzt sagen Sie nicht, dass Sie eins von diesen Klicker-klacker-Dingern haben möchten", warf Mr Callahan ein. „Kein getipptes Dokument wird je an die Schönheit einer klaren Handschrift heranreichen."

Obwohl er wahrscheinlich recht hatte, reckte sie ihr Kinn nach vorn. „Das ist mir egal. Ich will eine."

„Aber warum?"

Nie im Leben würde sie ihm den wahren Grund verraten. Sie hatte noch nicht einmal Neville eingeweiht und diese charmante Nervensäge von einem Abgeordneten würde es erst recht nicht erfahren. „Weil sie modern sind."

„Gott bewahre uns", murmelte er.

„Darf ich sie ausprobieren?", fragte sie den Warenhausleiter.

Kurz darauf saß sie vor dem Tisch und spannte einen Bogen Papier unter die Gummiwalze. Es war ungewohnt und aufregend. Jeden Tastendruck quittierte die Maschine mit einem befriedigenden Klacken. Mit der Anordnung der Tasten war sie noch nicht so vertraut, dass sie eine halbwegs vernünftige Schreibgeschwindigkeit erreichte, und dementsprechend lange dauerte es, bis ihr Name auf dem Papier stand.

„Sie brauchen ja ewig", zog sie Mr Callahan auf. „Erklären Sie mir mal, wieso das eine Verbesserung zu Bleistift und Papier darstellen soll."

„Ich muss nur eine Weile üben."

„Es gibt doch Dutzende von diesen fürchterlichen Ungetümen im Kapitol. Überall hört man das Klackern. Können Sie nicht dort üben?"

Sie zog die Nase kraus. „Ich möchte nicht dabei erwischt werden. Eine Schreibmaschine zu benutzen, gehört nicht zu meinen Aufgaben. Ich habe eine Freundin im Patentamt, die sagt, dass die Regierung Fingerabdrücke nehmen und genau zu einer Person zurückverfolgen kann. Es ist besser, wenn ich die Maschinen gar nicht erst anrühre."

Mr Callahan sah sie belustigt an. „Miss O'Brien, glauben Sie wirklich, dass die Regierung so sehr an Ihren alltäglichen Tätigkeiten interessiert ist, dass sie Ihre Fingerabdrücke nachverfolgt?"

Er hatte wahrscheinlich noch nie um seine Anstellung fürchten müssen, aber diesen Luxus hatte sie nicht. „Möglich ist es."

Die ganze Zeit über, während sie übte, machte er spöttische Bemerkungen, aber sie ignorierte ihn einfach. Das hier machte viel zu viel Spaß. Erst als der Leiter das Warenhaus für die Mittagspause schließen wollte, räumte sie widerwillig ihren Platz.

Mr Callahan folgte ihr nach draußen. „Also schön, O'Brien", sagte er und mischte sich mit ihr unter die Passanten. „Raus mit der Sprache. Warum wollen Sie eine Schreibmaschine? Und sparen Sie sich die Albernheit mit neuer Technologie und dergleichen. Da steckt doch mehr dahinter. Sie haben das Gerät angeschmachtet, als wäre es Ihr eigenes Kind."

Anna wurde es ganz heiß. War sie so leicht zu durchschauen? Sie tat, als würde sie die Kürbisse auf einem Verkaufswagen bewundern. „Wollten Sie noch nie etwas haben? Einfach so? Ohne Grund?"

„Ich? Doch, natürlich, aber für mich bleibt die Welt stehen und alle küssen mir den Ring, also kann ich haben, was ich will. Sie sind viel zu praktisch veranlagt für solche Schwächen."

Seine gute Laune war ansteckend. Vielleicht konnte sie ihm ja doch verraten, warum sie die Schreibmaschine haben wollte. Wenn sie einmal seine Recherchen erledigt hatte, würden sie sowieso getrennte Wege gehen und sich nie wiedersehen. Er würde ihre Demütigung nicht miterleben, falls sie ihr hochtrabendes Ziel nicht erreichte.

„Lesen Sie gern Biografien?", fragte Anna.

Er nahm einen Flaschenkürbis vom Verkaufsstand und warf ihn von einer Hand in die andere. „Im letzten Jahr habe ich die von

Lafayette, John Milton und Ferdinand Magellan gelesen. Ja, man könnte sagen, ich mag Biographien. Wieso?"

„Mir ist aufgefallen, dass nur über berühmte Leute Biografien geschrieben werden. Krieger, Könige, Prinzen. Nicht, dass ihre Geschichten es nicht wert wären, erzählt zu werden, aber es gibt andere Leute, die dabei völlig übersehen werden." Anna drückte die Fingerspitzen in die kühle, wachsartige Haut eines Kürbisses. Sie konnte den Abgeordneten nicht ansehen.

„Über wen werden Sie denn schreiben?"

Nein, das konnte sie nicht verraten. Sie legte den Kürbis wieder hin und rieb sich die Hände sauber. „Ich weiß nicht, eine Biografie eben. Vielleicht über einen ganz normalen Menschen, der die Welt ein bisschen besser gemacht hat, der aber sonst in Vergessenheit geraten würde."

„Und worauf warten Sie? Und sagen Sie nicht, dass es an der Schreibmaschine scheitert. John Milton hat *Paradise Lost* ohne Schreibmaschine geschrieben und er war sogar blind."

„Das wäre ein ziemliches Wagnis", sagte sie und seufzte frustriert. Sie bog in Richtung Haltestelle ab. Risikofreudig war sie noch nie gewesen und die Chance auf Erfolg war gering. Verschwindend gering.

„Das ganze Leben ist ein Wagnis. Was haben Sie noch für eine Ausrede?", fragte er sie und schloss zu ihr auf.

„Meine Idee ist leider nicht so leicht durchführbar", räumte sie ein.

Bald darauf erreichten sie den McPherson Square und einen der Dutzenden kleinen Parks in der Stadt. Die imposante Statue eines Bürgerkriegsgenerals auf einem Pferd beherrschte das Geschehen.

Anna setzte sich auf die flache Steinmauer, die das Denkmal umgab. „Höchstwahrscheinlich würde ich mein ganzes Herzblut und jede freie Minute in das Buch stecken und dann würde niemand es veröffentlichen. Allein es zu versuchen, ist sicher schon ein kolossaler Fehler."

„Es gibt Schlimmeres im Leben als ein paar Fehler, O'Brien." Luke Callahan stellte einen Fuß auf die Mauer. „Wer keine Fehler macht, hat nicht groß genug geträumt. Aber irgendetwas sagt mir, dass hinter diesen sittsamen Kleidern eine Träumerin steckt." Sie sollte empört sein, aber es war gar nicht seine Absicht, sie auf den Arm zu nehmen, denn er lächelte wohlwollend und sein Blick war seltsam tröstend.

„Fehler zu machen heißt zu lernen, zu wachsen, voranzukommen ... und dass man etwas will und keine Angst hat, sich nach ihm auszustrecken. Sie sind kreativ und haben der Welt etwas zu geben, selbst wenn das Ergebnis ein anderes ist, als Sie dachten. Trauen Sie sich! Machen Sie Fehler. Verlassen Sie einmal in Ihrem Leben die sichere Burg und machen Sie ein paar aufsehenerregende Fehler." Seine Stimme wurde immer lauter und zog schon die Aufmerksamkeit anderer Passanten auf sich. „Machen Sie ein paar glorreiche Fehler, die in die Geschichte eingehen. Machen Sie Fehler, die sich noch nie jemand erträumt hat! Setzen Sie sich keine Grenzen, egal, wie sonderbar. Starten Sie durch und greifen Sie nach den Sternen."

Passanten blieben stehen und starrten ihn an, aber oh, was würde sie dafür geben, ein selbstbewusster Mensch zu sein, der an einer Straßenecke so laut rief, dass es die ganze Welt hören konnte! Der seinen Träumen nachjagte, egal, wie unmöglich sie waren.

„Seien Sie mutig, O'Brien!", fuhr er fort. „Schreiben Sie Ihr Buch! Schreiben Sie es, selbst wenn niemand es veröffentlicht und Sie es zusammenrollen und in eine Flasche stecken und in den Ozean werfen müssen, damit jemand es am anderen Ende der Welt findet."

„Sie sind ja verrückt", sagte Anna und kicherte.

Er setzte sich neben sie. „Sie sagen das nur, weil Sie mich nicht kennen. Aber es ist keine Schande, Fehler zu machen oder zu scheitern. Das habe ich weiß der Himmel beides schon getan."

Es war schwer zu glauben, dass dieser ungestüme, selbstbewusste Mann bei irgendetwas gescheitert war. Annas Neugier war geweckt. „Woran sind Sie denn schon gescheitert?"

„Ich bin ein gescheiterter Dichter. Zu Hause in Bangor liegt ein fünfzehn Zentimeter dicker Papierstapel mit grauenvollen Gedichten."

„Wirklich? Das kann ich nicht glauben."

„Dass ich ein Dichter bin oder dass meine Gedichte nichts taugen?"

„Ich kann nicht glauben, dass jemand wie Sie seine Zeit damit verschwendet, schlechte Gedichte zu schreiben."

„Miss O'Brien", säuselte er. „Wenn Sie meine Gedichte lesen, würden Ihnen vor Mitleid und Verzweiflung die Tränen in die Augen steigen."

„So schlecht?"

„So schlecht." Er stupste ihren Fuß mit seinem Stiefel an. „Na los, jetzt habe ich Ihnen mein Geheimnis verraten. Über wen wollen Sie schreiben?"

Wieso fühlte sie sich so wohl in seiner Gegenwart? Im Kapitol konnte sie es sich nicht leisten, so locker mit ihm umzugehen, aber hier draußen schien alles anders. Zwischen ihnen keimte eine Art Verbundenheit auf und sie hatte irgendwie das Gefühl, ihm alles erzählen zu können.

„Sie haben die Biografie von Ferdinand Magellan gelesen", sagte sie zögerlich. „Aber wussten Sie auch, dass ihn ein Kartograf namens Estêvão Gomes auf dem Weg in den Fernen Osten begleitete? Er setzte in den gefährlichen Reisen genauso wie Magellan sein Leben aufs Spiel, aber niemand erinnert sich an ihn, weil er nur Karten zeichnete. Das würde ich gern ändern. Ich möchte ein großes, dickes Buch über das Leben der großen Kartografen schreiben. Ich weiß, das hört sich dumm an, weil niemand sich für diese Leute interessiert."

Eine Straßenbahn kam auf sie zu. Anna sah Luke Callahan an. „Ist das Ihre?"

Er schüttelte den Kopf. „Ich nehme die nächste. Lieber höre ich noch mehr über Ihr Buch."

Anna sortierte ihre Gedanken, während die Straßenbahn anhielt und Passanten ein- und ausstiegen. Sie redete nicht gern über ihre traurige Kindheit als Waisenkind. Dabei erntete sie jedes Mal nur mitleidige Blicke, und Mitleid wollte sie nicht von ihm. Aber es war unmöglich, über ihre Träume zu reden, ohne dabei ihren Vater zu erwähnen. Als die Bahn anfuhr, holte sie tief Luft.

„Mein Vater war Kartograf", sagte sie nicht ohne Stolz. „Sein Schiff sank zwar, als ich zwölf war, aber ich würde ihm nur zu gern ein Kapitel widmen. Er war einer der ersten Kartografen, die auch den Meeresboden kartografierten. Er ließ Teströhrchen und Lote bis zum Meeresboden hinab und versuchte, sichtbar zu machen, was kein Mensch sehen kann. Seine Arbeit war großartig und er hat es verdient, nicht vergessen zu werden."

Sie sah in die Ferne und suchte nach Worten. „Eines Tages, vielleicht in hundert Jahren, wird irgendjemand mein eingestaubtes altes Buch aus einem Regal ziehen und von meinem Vater lesen und erstaunt darüber sein, was er alles getan hat. Das stelle ich mir immer wieder vor, denn ich möchte nicht, dass er in Vergessenheit gerät."

„Sind Sie deswegen Bibliothekarin im Kartenraum geworden? Um Ihrem Vater näher zu sein?"

„Ja", sagte sie leise. „Ich habe mir früher immerzu Karten angeguckt und seine Reisen verfolgt. Dann habe ich mir vorgestellt, wie es dort wohl aussieht. Ich weiß, das hört sich verrückt an, aber wenn ich Karten vor mir habe, höre ich die Stimme meines Vaters, der mir hilft, sie zu verstehen. Diese Liebe zu Karten besteht bis heute. Auf diese Weise kann ich ihm immer nahe sein."

Anna hielt die Luft an und hoffte, dass er jetzt nicht laut loslachen würde. Es war sehr riskant, etwas so Persönliches und Emotionales zu offenbaren, ohne zu wissen, wie er darauf reagieren würde.

„Ich beneide Sie."

Machte er sich lustig über sie? Aber in seinem Blick war nichts Gemeines, nur Wehmut. „Sie haben Ihren Vater bewundert, das sieht man. Ich habe meinen nur gefürchtet."

Anna erbleichte angesichts dieser entsetzlichen Aussage, aber er war noch nicht fertig. „Oh, ich habe ihn natürlich auch geliebt. Es war nicht einfach. Ihre Bewunderung scheint so rein zu sein und Sie wissen gar nicht, wie sehr ich Sie darum beneide. Mein Vater war ein guter Mann, liebevoll und leidenschaftlich, und wenn er lachte, dröhnte das ganze Haus. Aber wenn er betrunken war, verwandelte er sich in Janus, den römischen Gott mit den zwei Gesichtern. Krieg und Frieden. Hoffnung und Zerstörung. Sogar meine Mutter hatte Angst vor ihm. Ich glaube, er hätte sie besser behandelt, wenn sie ihm die Stirn geboten hätte, aber sie zog sich zurück und wartete jedes Mal, bis der Sturm vorüber war. Der Rest von uns musste sehen, wie wir überlebten."

Anna war überrascht. Sie und Luke Callahan waren sich ähnlicher, als sie es für möglich gehalten hatte. Nach außen hin war er kontaktfreudig und selbstbewusst, während sie sich still im Hintergrund hielt, aber sie wussten beide, wie es war, in einer unsicheren

Welt auf sich selbst gestellt zu sein. Wie faszinierend, sich mit jemandem auf einmal verbunden zu fühlen, der so ganz anders war als sie. Geradezu aufregend.

„Ich brauche eine Frau, die keine Angst hat, mir die Stirn zu bieten“, fuhr Luke Callahan fort. „Sie muss mich herausfordern und inspirieren können. Ich möchte eine Frau, der bei einem wunderschönen Gedicht die Tränen kommen, die aber auch albernes Gewäsch erkennt. Ich brauche eine ehrliche, gottesfürchtige Ehefrau, aber auch eine, die mein Blut zum Kochen bringt und keine Angst hat, mit mir splitternackt ins Meer zu laufen.“

„Mr Callahan!“

„Nun tun Sie nicht so schulmeisterlich“, witzelte er. „Sie haben sicher *Madame Bovary* gelesen und wissen genau, was ich meine. Ich will keine Ehe ohne Feuer. Ich möchte eine Partnerin mit Verstand und guten Werten, aber auch eine heißblütige Frau, die den Abend und das heilige Ehebett kaum erwarten kann.“ Er grinste.

Anna traute ihren Ohren kaum. Sein Ton war keineswegs unanständig, nur geradeheraus und ungeniert. „*Madame Bovary* ging aber schlecht aus“, sagte sie.

„Warum müssen Sie aber auch immer das Haar in der Suppe suchen?“ Er klang verärgert, aber seine Augen lachten noch.

Sie blieben noch lange in dem kleinen Park, sprachen über Romane, Musik und Mr Callahans seltsame Angst vor der neuen Technik. „Keine elektrische Glühbirne wird je an eine Kerze in Sachen Wärme und Schönheit heranreichen“, beschwor er.

Er hatte natürlich unrecht, beteuerte aber seine Überzeugungen so wortgewandt, dass es Spaß machte, ihm zuzuhören. Vier Straßenbahnen kamen und fuhren wieder, während sie lachten und über alles Mögliche diskutierten.

Schließlich rollte die Fünf-Uhr-Bahn heran. „Ich habe es sehr genossen, aber jetzt ruft mich leider die Pflicht“, sagte Mr Callahan. „Ich habe einen vierzehnjährigen Jungen zu Hause, der sich in ein rasendes Untier verwandelt, wenn er nicht regelmäßig zu essen bekommt.“

Er machte jedoch keine Anstalten und sah sie weiter an. Erst als die Bahn zum Halten kam und sich die Türen öffneten, war der Augenblick verflogen.

Es war gleich ein wenig kühler, als er ging und sich in die Einsteigenden einreihte. Hatte sie tatsächlich gerade einen ganzen Nachmittag mit einem Kongressabgeordneten verbracht, ohne ein einziges Mal herumkommandiert und herablassend behandelt zu werden oder sich auch nur die kleinste Spur minderwertig zu fühlen?

Anna betrachtete Mr Callahan. Er sah gar nicht so viel anders aus als die anderen Fahrgäste. Seine Stiefel waren staubig, er musste dringend zum Friseur und sein Wintermantel war zerknittert, weil er das Jahr über irgendwo gelagert hatte. Er kramte in den Taschen nach einer Münze und stieg hinter einer Frau mit einem Hühnerkäfig ein. Er sah aus wie ein ganz normaler Mensch.

Als die Straßenbahn bereits wieder anrollte, streckte Mr Callahan den Kopf aus dem offenen Fenster. „Schreiben Sie Ihr Buch, O'Brien!" Seine Stimme hallte von den Gebäuden wider und sie stand an der Kreuzung und lächelte in sich hinein.

Anna sah der Straßenbahn nach. Vielleicht hatte er recht und sie sollte mutig die Feder in die Hand nehmen, aber wie sollte sie die Geschichte ihres Vaters aufschreiben, wenn sie nicht wusste, wie sie endete? Was, wenn es stimmte und die *Culpeper* nicht in der Nähe der Bermudas gesunken war, aber die Navy den wahren Ort geheim hielt? Es war nur ein Detail, aber Genauigkeit war für Anna ein Muss. Wenn sie schon ein Buch schrieb, dann eines ohne Fehler.

Früher oder später würde sie die Wahrheit über die *Culpeper* herausfinden, Navy hin oder her.

Trotz des vorübergehenden Waffenstillstands an der Haltestelle vom McPherson Square war fünf Tage später aus dem Mut machenden Mann wieder der anstrengende Abgeordnete geworden.

„O'Brien!", bellte er schon beim Eintreten in den Kartenraum. „Ich brauche die Zahlen vom Weichtierfang."

„Ich sitze drei Meter vor Ihnen, Sie müssen nicht so schreien", erwiderte Anna von hinter ihrem Bücherstapel. Genauso wenig wie man eine Lokomotive für ihr Schnaufen tadeln konnte, hatte sie aufgehört, sich an seiner direkten Art zu stören. Die dynamische, überdimensionierte Persönlichkeit gehörte nun mal zu ihm. „Hier ist Ihr Bericht."

Er überflog das Dokument und warf es ihr wieder hin. „Das ist nur der Fang vom letzten Jahr. Ich brauche mindestens die Zahlen der letzten zehn Jahre."

„Warum haben Sie das nicht gleich gesagt?", fragte sie entnervt.

„Weil ich es bis eben nicht wusste. Die Zahlen sehen mir sehr niedrig aus. Ich möchte wissen, ob das ein Trend ist oder nur ein schlechtes Jahr. Bitte bis morgen."

Seine herablassende Art wurmte sie allmählich doch. „Das war's? Ich bringe Ihnen Perlen aus dem Osten und Sie werfen mir das hin, als wäre es Abfall?"

„Sie haben mir den Fangbericht gebracht, keine Perlen." Ein leichter Anflug von einem Lächeln umspielte seine Lippen und Anna hatte das Gefühl, als wolle er sie absichtlich anstacheln. „Haben Sie schon mit Ihrer Kartografenbiografie angefangen?"

„Keine Zeit. Ich muss ein Jahrzehnt Weichtierfang aufarbeiten."

Er zwinkerte ihr zu. „Alles Ausreden, O'Brien."

„Hören Sie auf, mir zuzuzwinkern", raunte Anna, aber da spazierte er schon wieder aus der Tür und pfiff in seiner unerträglich charmanten Art vor sich hin.

Je länger Anna seine Recherchewünsche erfüllte, desto seltsamer kamen sie ihr vor. Dass er Zahlen zu Austern und Weichtieren wollte, war ja noch verständlich. Genauso die Haushaltsausgaben der vergangenen zwanzig Jahre. Aber wieso brauchte er Daten zur Moosbeere oder zu Mais? Er wollte wissen, wie hydraulische Sägewerke aufgebaut waren und wieso die Regierung sie begünstigte.

Der technische Aufbau hydraulischer Sägewerke war ihr viel zu kompliziert. Sie wandte sich an Neville im Patentamt.

Sein Arbeitsbereich sah aus wie der eines verrückten Professors, wie immer. Anna duckte sich an einem Modell eines Heißluftballons vorbei, das von der Decke herunterhing. Die Wände waren mit Blaupausen und Diagrammen zugepflastert und auch sein Schreibtisch ächzte unter Stapeln von Patentanträgen und mechanischen Modellen. Anna zog sich einen Stuhl heran, während Neville sich schon der Konstruktionszeichnung der Sägewerke widmete.

„Der Aufbau ist erstklassig", sagte Neville, „auch wenn die

Dampfzugmaschinen ihnen bald Konkurrenz machen werden. Ich kann ein paar Beispiele aus dem Patentarchiv holen, wenn das hilft."

Anna starrte auf die Zeichnung vor ihr. „Ich wüsste nur zu gern, wieso Mr Callahan all das hier braucht. Das meiste hat überhaupt nichts mit seinem Fischereiausschuss zu tun. Sägewerke? Käse? Frag mich nicht, wieso, aber der Mann will alles über die Moosbeerenernte der vergangenen dreißig Jahre wissen. Und offensichtlich hat er ziemlich viel für Elizabeth Barrett Browning und romantische Gedichte übrig."

„Weißt du, dass du jedes Mal glühst, wenn du von ihm sprichst?"

Anna nahm einen Stapel Papier und fächerte sich Luft zu. Lieber wäre ihr ein Eimer mit eiskaltem Wasser. Wie sollte sie Neville nur das Gefühlschaos erklären? Luke Callahan verkörperte die Sorte Mensch, der sie eigentlich aus dem Weg ging. Angeberisch, dreist, zu selbstsicher und jemand, der seine Untergebenen herumkommandierte, während er wie ein Pfau durch die Gänge im Kapitol stolzierte. Anna beschloss, Nevilles Kommentar zu ignorieren.

„Seine Anfragen haben überhaupt kein Muster. Ich weiß nicht, was er da wirklich sucht."

Neville blätterte konzentriert in den zehn Seiten voller Aufträge, die Mr Callahan ihr gegeben hatte. Er sagte kein Wort und las auch Annas Kommentare am Rand. Als er auf der letzten Seite angekommen war, überzog ein breites Grinsen sein Gesicht.

„Daher weht also der Wind", sagte er triumphierend.

„Was ist?"

„Ich weiß, was er will. Na komm, Anna! Siehst du das nicht? Denk doch mal nach! Wen kann Luke Callahan am allerwenigsten ausstehen?"

„Den Sprecher des Repräsentantenhauses."

„Genau. Cornelius Jones. Und woher stammt dieser Jones?"

Anna warf einen Blick auf ihre Notizen. Käse, Moosbeeren, Bauholz, Sägewerke ...

„Wisconsin?"

„Ganz genau!", sagte Neville. „Ich bin mir nicht sicher, was Callahan mit diesen ganzen Zahlen will, aber ich wette, er will diesem Sprecher auf den Zahn fühlen. Wieso würde er sich sonst so sehr dafür interessieren, wie viele Gelder gerade in die Industriezweige fließen, die in Wisconsin vertreten sind?"

Anna kniff die Augen zu und dachte nach. „Ich glaube, die Sache ist noch größer. Nächsten Monat wird Mr Jones die Steuern anheben. Der Vorstoß ist sehr umstritten und Mr Callahan scheint zu versuchen, an dem Ruf des Sprechers zu kratzen, damit die Abstimmung scheitert."

Es war besorgniserregend. Dass sie jetzt, wo die Bibliothek wegen des bevorstehenden Umzugs sowieso nur mit einem ausgedünnten Stab arbeitete, als Fußsoldatin für eine Privatfehde missbraucht wurde, konnte problematisch werden.

„Ich glaube, ich sollte das Mr Spofford lieber sagen", überlegte Anna. „Ich weiß nicht, ob es so gut ist, wenn wir in solche Grabenkämpfe verwickelt werden."

„Vorsicht", warnte Neville sie. „Callahan ist ziemlich einflussreich. Er wurde vielleicht degradiert, aber unterschätze ihn nicht. Er zieht an vielen Strippen im Regierungsviertel und du solltest ihn dir nicht ohne guten Grund zum Feind machen."

Wie konnte ein Mann, der romantische Gedichte mochte, nur so feindselig sein? Wider besseres Wissen fing sie an, Luke Callahan zu mögen. Vielleicht sogar etwas zu sehr. Und eine Frau in ihrer Lage konnte es sich nicht leisten, Gerüchten irgendwelche Nahrung zu bieten.

„Perfekt! Sehr gut, O'Brien!"

Als die Stille im Kartenraum so jäh durchbrochen wurde, bekam Anna fast einen Herzanfall. Sie fuhr herum und starrte Mr Callahan wütend an, der mit ihren jüngsten Rechercheergebnissen winkte.

„Dies ist eine Bibliothek", sagte sie und versuchte, ihren Puls zu beruhigen. „Nach Möglichkeit versuchen wir, nicht drauflloszuschreien."

Luke Callahans Besuche bedeuteten meist, dass hinterher ein neuer Stapel Aufgaben auf ihrem Tisch lag, aber vielleicht war es heute anders. Er wirkte zufrieden. Vielleicht war er hier, um ihr für ihre Arbeit zu danken und sie endlich in Ruhe zu lassen.

„Genau danach habe ich gesucht.“ Er lehnte sich mit der Hüfte an ihren Schreibtisch und kam ihr näher, als ihr lieb war. „Diese Zahlen präsentieren Sie bitte vor einem Sonderausschuss, den ich einberufen habe.“

Jedes Quäntchen Lob löste sich in Luft auf. „Ich? Nein.“

„Nein?“ Er zog eine Augenbraue hoch und sah sie an, als müsse sie jeden Augenblick ihre Meinung ändern.

„Ich rede nicht vor anderen Leuten“, sagte Anna und spürte schon bei der Vorstellung die ersten Schmerzen in der Kehle. „Ich kann Mr Spofford bitten, die Sache vorzustellen ...“

„Aber Sie haben schließlich den Fund gemacht. Sie sind die Kandidatin, die sich am besten dafür eignet.“

„Für offizielle Darstellungen ist Mr Spofford zuständig. Ich stelle nur die Daten zusammen.“

Mr Callahan nestelte an einem Manschettenknopf herum und versuchte Anna derweil niederzustarren. „Das ergibt überhaupt keinen Sinn. Was, wenn die Ausschussmitglieder Nachfragen haben?“

Anna wünschte, das Sodbrennen würde aufhören. Ihr wurde schon bei dem Gedanken daran heiß und kalt. Sie löste sich vom Schreibtisch und ging im engen Kartenraum auf und ab. „Ich kann einfach nicht in der Öffentlichkeit reden“, sagte sie und rang die Hände.

„Kann nicht oder will nicht?“

„Ich kann nicht. Mir schnürt sich sofort die Kehle zu und ich krächze wie ein Frosch.“

„Warum sind Sie eigentlich so empfindlich, was Ihre Stimme betrifft?“

Mit dieser Frage hatte sie nicht gerechnet. Ihre Hand schnellte unwillkürlich schützend an ihren Hals. Sie sah sich um und hoffte, dass niemand dieses peinliche Gespräch mithörte. Es war kein Mensch zu sehen, aber das machte es nicht minder unangenehm.

„Wie kommen Sie darauf, mich so etwas zu fragen?“

„Weil Sie mir fast den Kopf abgebissen haben, als ich Ihnen letztens ein Kompliment wegen Ihrer Stimme gemacht habe. Und Sie bedecken Ihren Hals, kaum, dass jemand etwas dazu sagt.“

Es hatte keinen Zweck, ihm auszuweichen. Ein großes Geheimnis war die Sache sowieso nicht, denn was ihr passiert war, war aktenkundig. Mr Callahan konnte es sogar nachschlagen, wenn er wollte.

„Als ich zwölf war, erlitt ich schwere Verbrennungen in der Kehle. Seitdem ist meine Stimme nicht mehr das, was sie mal war." Sie hoffte, dass er es darauf beruhen ließ, aber er beugte sich neugierig vor.

„Wie kam es denn zu den Verbrennungen?"

Allein der Gedanke daran beschwor den chemischen Geruch von Ätznatron herauf. Für den Rest ihres Lebens würde sie diesen beißenden Gestank in der Nase haben, wenn sie an jenen Abend dachte. „Ich wohnte damals bei meiner Tante und meinem Onkel, nachdem das Schiff meines Vaters gesunken war. Und ich, nun ... war nicht das einfachste Kind. Immer wenn ich wütend wurde, konnten mir schon mal schlimme Fluchwörter über die Lippen kommen."

Er zog verwundert eine Augenbraue hoch. Ja, heute war sie eine stille Person, aber als Kind? Wenn sie wütend war, konnte sie zetern wie keine Zweite und ihre Tobsuchtsanfälle hatten es in sich gehabt.

„Bei meinem Onkel galt ein striktes Verbot von Schimpfwörtern, und wenn ich eins gebraucht hatte, wusch er mir immer den Mund mit Seifenlauge aus. Eines Abends hatte er getrunken. Ich weiß nicht mehr, warum ich so wütend war, aber ich war frech zu ihm und er holte die Seife. Als er sie nicht fand, griff er nach der Flasche mit Ätznatron. Ich sah nur, wie er auf mich zukam."

Sie wusste, was in der Flasche war. Als sie einmal ihrer Tante bei der Wäsche geholfen hatte, waren ein paar Tropfen daraus auf ihren Handrücken gespritzt. Nach wenigen Sekunden hatten feuerrote Flecken auf ihrer Haut gebrannt. Anna stürzte zur Tür, aber ihr Onkel bekam sie zu fassen, riss sie hoch und trug sie zurück in den Waschraum. Anna konnte sich noch an den Geruch seiner Hand erinnern, mit der er ihr den Mund gewaltsam aufdrückte. Die Glasflasche stieß mit einem Klacken gegen ihre Zähne, die ätzende Flüssigkeit rann ihr in den Mund und in die Kehle. Dieser Gestank, dieses Brennen ... sie würgte und versuchte, alles zu erbrechen, aber er presste ihr die Hand auf den Mund, bis sie es wieder herunterschluckte. Sengender, beißender Schmerz raubte ihr die Sinne ...

Danach konnte sie sich nicht mehr an viel erinnern, außer dass ihre Kehle so sehr anschwoll, dass sie keine Luft mehr bekam und ins Krankenhaus musste. Das Reden tat weh, aber sie hatte zumindest noch eine kratzige Stimme. Innerhalb einer Woche vernarbte jedoch das ganze Gewebe in der Speiseröhre und raubte ihr nach und nach auch die letzten Töne.

„Sie mussten *Ätznatronlauge* trinken?“ Luke Callahan klang entsetzt. Er sprang so schnell auf, dass sein Stuhl mit lautem Knall nach hinten umfiel. Wie ein Löwe im Käfig lief er zwischen dem Tisch und einem Stapel Atlanten hin und her. Seine Augen sprühten. Wut? Rachegefühle? Was auch immer es war, es machte ihr Angst. Anna sah zu Boden.

„Ja“, sagte sie leise.

„Nichts verabscheue ich mehr als einen Mann, der eine Frau misshandelt. Ein Kind noch dazu! Wurde Ihr Onkel wenigstens zur Rechenschaft gezogen?“

„Er wurde zu drei Jahren Gefängnis verurteilt.“ Tante Ruth war von Anfang an nicht gerade begeistert gewesen, als sie Anna aufnahmen, aber nachdem Onkel Henry verurteilt worden war, war die Atmosphäre noch frostiger geworden. Anna stellte den umgefallenen Stuhl wieder auf. Dann hielt sie sich daran fest.

„Jedenfalls konnte ich einige Jahre überhaupt nicht sprechen, aber dann wurde ich operiert und danach wurde es besser. So wie früher hört sich meine Stimme aber trotzdem nicht an. Die Ärzte sagen, besser als jetzt wird es wohl nicht mehr werden. Ich klinge furchtbar, ich weiß.“

„Ich finde Ihre Stimme schön.“

Anna nahm sich einen Stapel Atlanten und begann, die Bücher ins Regal einzusortieren. Hauptsache, sie musste ihn nicht ansehen. Mitleid und Lügen, nur damit sie sich besser fühlte, konnten ihr gestohlen bleiben.

„Und Sie nutzen Ihre Stimme als Ausrede, um sich hier zu verschanzen und den üblichen Pflichten einer Bibliothekarin aus dem Weg zu gehen.“

Anna ließ einen Atlas fallen. „Das ist nicht wahr!“

„Ich habe schon andere Bibliothekarinnen gesehen, die etwas vor den Ausschüssen präsentiert haben. Die Frau aus der Musikabteilung, die mit den breiten Schultern ...“

„Gertrude Pomeroy?“

„Ich weiß nicht, wie sie heißt, aber sie hat über einige Mozartautografen gesprochen, die die Bibliothek erwerben wollte. Ihre Stimme klingt tadellos, Miss O'Brien, aber Sie können sich natürlich auch wunderbar dahinter verstecken."

Er konnte unausstehlich sein. Leute wie er machten sich keine Gedanken darüber, wie schwer, ja bedrohlich es für sie war, vor einer Gruppe Männer zu stehen und frei reden zu müssen.

„Manch einer braucht das Rampenlicht, aber ich nicht", sagte sie und schob den schweren Atlas mit so großem Schwung ins Regal, dass er hart an die Rückwand anschlug.

„Jeder kämpft im Leben mit Schwierigkeiten", hielt Mr Callahan dagegen. „Wer nur seine Wunden leckt und alten Kummer aufwärmt, kommt nicht vom Fleck. Es wird Zeit, dass Sie das hinter sich lassen, O'Brien. Ich brauche eine kompetente wissenschaftliche Hilfskraft für eine wichtige Sitzung und ich werde Sie nicht so einfach davonkommen lassen."

„Wieso habe ich das Gefühl, dass diese ‚wichtige Sitzung' einzig und allein dem Zweck dient, den Sprecher des Repräsentantenhauses zu diskreditieren?"

Luke Callahan blieb stehen und seine Augen wurden schmal. „Wie kommen Sie darauf?"

„Abgesehen von einigen belanglosen Fragen über Weichtiere haben alle Zahlen, die ich für Sie aufbereiten sollte, mit Industrieanlagen zu tun, die in Wisconsin angesiedelt sind. Und man kann sie auch dafür verwenden, die Abstimmung über die Steuer zu torpedieren, und jeder weiß, wie sehr sich Mr Jones dafür eingesetzt hat."

„Eine sehr schlaue Beobachtung. Ich wusste, dass ich Sie mögen würde."

Anna griff nach dem nächsten Atlas. „Und ich finde es unschicklich, wie Sie mich benutzen, um Beweismaterial für ihren Angriff auf Mr Jones zusammenzutragen."

„Ich würde es eher als clever bezeichnen", erwiderte Mr Callahan. „Vor hundert Jahren hätten die Menschen angesichts der neuen Steuer eine Revolution angezettelt. Auch jetzt gibt es Aufstände in Fabriken und Bergarbeiterlagern im ganzen Land, aber ich werde Verstand und Logik einsetzen, um die Leute von meinem Standpunkt zu überzeugen." Er hielt ihren Bericht hoch. „Und die Zahlen auf diesen Seiten werden mir als Beweismaterial dienen. Doch ich brauche noch mehr Abgeordnete, die meine Sicht teilen. Und deswegen müssen Sie vor diesem Ausschuss sprechen."

Annas Finger krallten sich um den Atlas, den sie unbewusst als Schild vor sich hielt. Sie liebte es, Menschen beim Suchen von Informationen zu begleiten. Das war ein Grund dafür, warum sie hier so gern arbeitete. Informationen waren der Motor des Fortschritts. Vielleicht war sein Vorwurf, sie würde sich hinter ihrer Stimme verstecken, um bloß ihren sicheren Kokon nicht verlassen zu müssen, gar nicht so falsch.

Eilige Schritte kündigten einen Mann an, der in der Livree eines Hotelpagen in den Kartenraum platzte. „Mr Callahan", sagte er atemlos, „ich habe Sie überall gesucht. Sie werden dringend im Hotel Willard gebraucht. Es geht um Ihren Neffen, Sir."

Der Abgeordnete wurde bleich. Der Page gab ihm einen Brief, den er aufriss und mit zitternden Händen las. Anna hatte ihn noch nie so fahrig gesehen.

„Stimmt etwas nicht?", fragte sie.

„Ich weiß es nicht." In seiner Stimme schwang Angst mit. Der Page konnte keine weitere Erhellung in die knappe Nachricht bringen, außer dass Mr Callahans Neffe irgendeine Dummheit angestellt hatte.

„Ich muss los", murmelte Mr Callahan. Hastig stopfte er die Nachricht in seine Jackentasche und eilte aus dem Kartenraum.

KAPITEL 7

Luke klammerte sich an den ledernen Halteriemen in der Straßenbahn und fragte sich, was für eine Dummheit so schlimm sein konnte, dass man ihn mitten am Tag holte. Philip sollte eigentlich in der Schule sein. Was war passiert? War er die Treppe heruntergefallen? Hatte er sich den Rücken gebrochen? Luke wurde vor Erleichterung fast schwindlig, als er ins Büro des Hotelmanagers gebracht wurde und dort Philip gesund und munter vorfand. Wie ein erwischter Schulschwänzer saß er in der Ecke.

„Ihr Neffe hat in den frisch renovierten Räumlichkeiten im ersten Stock erheblichen Schaden angerichtet", sagte Mr Gloster. „Offensichtlich dachte unser junger Michelangelo hier, er könne das Hotel mit einer selbst kreierten Freskenmalerei schmücken. Mitten an der Wand im Lagerraum."

Luke wusste, dass Philip einst ein großer Maler werden wollte. Sein ganzes Taschengeld investierte er in Stifte und Farben. Mit offenem Mund hörte Luke sich den Bericht des Hotelmanagers an. Am Vorabend war Philip in einen der neu renovierten Räume eingebrochen und hatte dort ein anonymes Wandgemälde hinterlassen. Den Zeitpunkt dafür hatte er sich genau ausgesucht. Er hatte gewartet, bis der frische Gipsputz an den Wänden war. Das war die beste Gelegenheit, um sich an einer Freskomalerei zu versuchen. Er hatte die antike Technik benutzt und die Farbe auf den noch feuchten Gips aufgetragen, damit es später leuchtete wie bei den alten Meistern.

Philip hatte also gewartet, bis Luke zu Bett gegangen war, und sich dann mit einer Laterne und seinen Farben aus dem Zimmer geschlichen. Es war nach Mitternacht gewesen und der Gips war schon halb getrocknet. Philip hatte den Gips mit reichlich Wasser angefeuchtet und sich dann daran gemacht, den heiligen Georg zu malen, wie er den Drachen zur Strecke bringt. Es hatte nicht lange gedauert, bis ihm aufgefallen war, dass er zu viel Wasser genommen hatte. Der Gips war ins Fließen geraten und am unteren Rand immer dicker geworden.

„Die ganze Wand muss abgeschlagen und neu vergipst werden", sagte Mr Gloster.

Luke sah Philip an, der wie angewurzelt auf seinem Platz saß, bleich vor Angst und mit zitternder Unterlippe. Er sah aus, als würde er sich jeden Augenblick übergeben.

„Es tut mir leid", sagte Philip. „Ich wollte doch bloß alle mit einem schönen Gemälde überraschen. Das mit dem Gips wollte ich nicht."

Mr Gloster pochte auf eine Rechnung der Handwerker. „Es wird fünfundsiebzig Dollar kosten, diese Wand abzuschlagen und wieder aufzubauen."

Wenn Luke seine Geldbörse öffnete und das Problem aus der Welt schaffte, würde Philip nichts dazulernen. „Ich bezahle das nicht", sagte er geradeheraus.

„Wollen Sie wirklich, dass wir den Jungen ins Schuldgefängnis werfen?"

„Nein, er wird das abstottern", sagte Luke. „Er muss den Wert eines Tagewerks und den gesunden Respekt vor dem Eigentum anderer Menschen lernen."

Es dauerte einige Zeit, bis sie einen angemessenen Weg gefunden hatten, wie das Hotel entschädigt werden konnte. Philip sollte jeden Tag nach der Schule für vier Stunden in der Wäscherei aushelfen, samstags den ganzen Tag. Es würde einen Monat harter Arbeit bedeuten, die Schuld abzubezahlen.

Luke behielt während der Verhandlungen seine ernste Miene, aber es fiel ihm zunehmend schwer. Das hier war ein typischer Fall von callahan'scher Grandiosität. Eines Tages würden sie alle über die Geschichte lachen, aber jetzt musste er seinen Neffen mit harter Hand führen.

Er brachte Philip zurück ins Hotelzimmer. Ihre Schritte wurden vom dicken Teppich im fünften Stock geschluckt. „Du weißt, was das bedeutet. Keine Malerei mehr, jedenfalls nicht, bis deine Schulden abbezahlt sind."

Philip blieb stehen und sah ihn entsetzt an. Mit seinen Farbflecken und Gipsspritzern passte er überhaupt nicht in den verzierten Hotelflur, wo Kristallwandleuchter die handgemalte Tapete beleuchteten.

„Das ist nicht fair", sagte er. „Ich stottere das Geld beim Hotel ab, aber ich muss malen. Versteht denn keiner, was mir das bedeutet? Ich kann nicht ohne leben. Ich kann nicht!"

Luke konnte die Verzweiflung heraushören. War er nicht genauso verzweifelt gewesen, als sein Vater versucht hatte, ihm gewaltsam das Dichten zu verbieten? Die Leidenschaften eines Heranwachsenden waren so stürmisch und ungeschliffen, so überwältigend, dass man sich nicht vorstellen konnte, wie das Leben ohne sie funktionieren sollte.

„Wie willst du deinen guten Durchschnitt in der Schule halten und die Arbeit in der Wäscherei schaffen, wenn du noch weitermalst?"

„Ich schaffe das schon", schwor Philip eifrig. „Warum vertraut mir denn niemand?"

Es gab Schlimmeres im Leben als den überbordenden Enthusiasmus eines Jugendlichen. Kombiniert mit dem Feuer der Kreativität, was sollte da noch unmöglich sein? Vielleicht bestand das einzige Vergehen darin, wenn man sich als Erwachsener dieser leidenschaftlichen Flut in den Weg stellte.

Luke schloss ihre Suite auf. „Wenn deine Noten stabil bleiben und du immer pünktlich deine Arbeit hier im Hotel ableistest, darfst du weitermalen."

Die Erleichterung in Philips Gesicht war fast zum Lachen, wenn es nicht so schmerzlich gewesen wäre. Luke dachte noch heute mit Wehmut an seinen unerfüllten Wunsch, der größte Dichter der Menschheit zu werden. Dieser Wunsch hatte ihm beides eingebracht, unfassbare Freude und unerträgliche Enttäuschung, aber er wollte die Erfahrung um nichts in der Welt missen. Er hatte Ausdauer gelernt und die ersten Erfolgserlebnisse gehabt. Er hatte einen flüchtigen Blick in eine Welt unvergleichlicher Schönheit geworfen, und auch wenn er kaum die Grenze zu literarischen Abenteuern überschritten hatte, hatte er jeden Augenblick davon genossen.

Diese glühenden Augenblicke des Triumphs und des Herzschmerzes hatten dazu beigetragen, einen Mann aus ihm zu machen. Und wenn er Philip richtig erziehen wollte, brauchte der Junge die Gelegenheit, denselben Weg zu gehen.

Anna wollte sich von den Drohungen der Navy nicht davon abhalten lassen, die Wahrheit über die *Culpeper* herauszufinden. Aber in die Archive der Navy konnte sie nicht gehen, ohne einen Flächenbrand zu entfachen, also musste sie woanders nach Hinweisen suchen. Seit drei Wochen durchforstete sie in jeder freien Minute alte Zeitungen.

Auf einer einsamen Insel wie Grand Bermuda wurde jedes einlaufende Schiff mit Begeisterung empfangen und die Zeitungen notierten Ladung und Zweck des Besuchs. Wenn die *Culpeper* 1882 irgendwo in der Nähe gewesen war, musste man davon in der *Royal Gazette* lesen können. Die Library of Congress verwahrte alte Ausgaben dieser Zeitung und so konnte Anna sie bequem durchsuchen. Wenn sie irgendetwas fand, hatte die Navy recht und sie war Opfer ihrer übereifrigen Fantasie geworden.

Die Suche blieb erfolglos. Der nächste Ort, an dem sie suchen wollte, war Kuba, wo sie selbst das Schiff ihres Vaters vermutete.

Anna ging am Samstagmorgen in die Bibliothek und verbrachte den ganzen Tag damit, die vergilbten Zeitungen aus Kuba durchzublättern. Sie hatte es sich in einer der Fensternischen im Lesesaal gemütlich gemacht und hielt die Zeitung so, dass das Licht darauf fiel. Sie sprach zwar kein Wort Spanisch, aber das Wort *Culpeper* konnte sie auch so im Text erkennen. Über ihr gingen die Arbeiter ihrer üblichen Tätigkeit am Wochenende nach und packten Bücherkisten.

„Ich wusste gar nicht, dass Sie Spanisch können."

Anna zuckte vor Schreck zusammen. Luke Callahan stand direkt hinter ihr und hatte einen Stapel Gedichtbände im Arm.

„Himmel, haben Sie mich erschreckt!"

„Darf ich mich zu Ihnen gesellen?", fragte er und lud die Bücher mit einem dumpfen Schlag auf einem Nebentisch ab. Dann zog er sich einen Stuhl heran, ohne auf ihre Antwort zu warten. „Spanisch?", fragte er erneut.

Je weniger sie ihm gegenüber über die *Culpeper* preisgab, desto besser. „Was machen Sie hier?", fragte sie ausweichend. „An einem Samstag?"

„Mein Neffe ist für ein paar Wochen zum Schuldknecht geworden und ich finde das Hotelzimmer schrecklich langweilig. Ich dachte, ich komme her und lese ein wenig, aber eigentlich würde ich mich viel lieber mit Ihnen unterhalten. Warum lesen Sie eine kubanische Zeitung?" Er nahm ihr das Blatt ab und überflog es. Auf einmal lachte er los. Offensichtlich war sein Spanisch besser als ihres.

„Hören Sie sich das an", sagte er. „Die Ausgabe ist fünfzehn Jahre alt und schon damals jammerten die Kubaner herum, sie seien zu abhängig von Spanien."

Anna kramte ihr weniges Wissen über Kuba hervor. „Glauben Sie nicht, die Kubaner haben ihre Freiheit verdient? Die Spanier beuten sie nun schon seit fast dreihundert Jahren aus."

„Ja, ich mache mir sogar einige Sorgen um Kuba und Spanien. Wenn Jones nicht so versessen darauf wäre, uns neue Steuern an den Hals zu hängen, hätte er etwas mehr Zeit, um die Revolution zu beobachten, die sich in unserem Hinterhof zusammenbraut." Verärgert ließ er die Zeitung sinken.

Anna musste das Gespräch weg von Kuba und der Zeitung lenken. „Warum bekriegen Sie und Mr Jones sich eigentlich?"

„Das wissen Sie nicht?", fragte er amüsiert. „Das pfeifen doch die Spatzen von den Dächern ... Obwohl, dafür müssten Sie meine politische Biografie gelesen haben und Sie haben ja bereits gesagt, dass Sie das nicht interessiert. Was seltsam ist. Die meisten Frauen finden mich faszinierend."

„Ich finde Sie unerträglich. Aber bitte, erzählen Sie es mir. Warum kann er Sie nicht ausstehen?"

„Vergessen Sie's, O'Brien. Das geht auch niemanden etwas an."

„Ich habe Ihnen von meiner Stimme erzählt, auch wenn das eine der schlimmsten Erinnerungen meines Lebens ist. Sie könnten sich zumindest revanchieren." Mr Callahan sah zu den Arbeitern hoch.

„Sie können uns nicht hören", sagte Anna. „Erzählen Sie. Es sei denn natürlich, Sie haben Angst."

Seine Augen leuchteten angesichts der Herausforderung. Mr Callahan zog seinen Stuhl etwas näher heran und sagte leise: „Einige Monate, nachdem ich zum ersten Mal als Abgeordneter in den Kongress gewählt worden war, gab es einen riesigen Familienskandal bei uns." Er erzählte, wie sein jüngster Bruder Jason angefangen hatte, aus Tierliebe die wilden Ziegen von den Berghängen einzufangen und als Herden in Gehegen auf dem Land der Callahans zu halten. Ein Richter hatte entschieden, dass es unzulässig war, gehufte Tiere von öffentlichem Land einzufangen, und ordnete die Freilassung der Tiere an.

„Jason war fürchterlich aufgebracht“, erzählte Mr Callahan. „Er und mein Bruder Gabriel schworen Rache. Sie malten sich ihre Gesichter blau an wie bei den alten Kelten, schlichen sich nachts auf die Ländereien des Richters und ließen sein ganzes Vieh frei.“

Anna fiel die Kinnlade herunter. „Sie haben was getan?“

„Sie ließen über zweihundert Schafe frei. Alle wussten, wer es gewesen war, und meine Brüder versuchten erst gar nicht, es zu leugnen. Sie waren stolz auf das, was sie getan hatten. Sie wurden des Diebstahls angeklagt und der Skandal erreichte sogar Washington. Jones wollte, dass ich mich in aller Öffentlichkeit von meinen Brüdern lossagte. Aber das konnte ich nicht. Er meinte, er würde das verstehen und ich solle einfach lügen und nur sagen, dass ich nichts mehr mit ihnen zu tun haben wolle. Und in ein, zwei Jahren, wenn Gras über die Sache gewachsen sei, könnte ich den Streit beilegen. Aber ich ließ mich nicht darauf ein.“

Mr Callahan sprach stolz und mit erhobenem Haupt. Wie gut musste es sich anfühlen, so starke Unterstützung zu haben? Abgesehen von der Freundschaft mit Neville war Anna seit ihrem zwölften Lebensjahr ganz auf sich allein gestellt.

„Gabe und Jason zahlen heute noch ihre Dummheit von damals ab. Deswegen haben sie nie einen Penny in der Tasche. Auch mein Vater wurde angeklagt und er hatte bis zu seinem Tod Schulden.“

„Ihr Vater hat bei der Sache mitgemacht?“

Luke grinste. „Er wollte es auf keinen Fall verpassen. Dass seine Jungs dem Richter die Stirn boten, darauf war er stolz und er malte sich das Gesicht ebenfalls blau. Mein Vater und Gabriel sind beide wie Naturgewalten, aber Jason ist anders. Er ist der freundlichste und warmherzigste Mensch, den ich kenne. Natürlich hat er auch ein wenig den Hitzkopf seines Vaters geerbt, vor allem, wenn er getrunken hat, aber ich sehe ihn immer als den Jungen, der verwundete Vögel aus dem Wald mit nach Hause gebracht und gesund gepflegt hat. Eher würde ich mir einen Arm abhacken, als ihm den Rücken zuzudrehen.“

Anna sah, wie sich seine Hände zu Fäusten ballten. Aus irgendeinem Grund machte es ihn wütend, darüber zu sprechen.

„Ehrlichkeit ist mir sehr wichtig", sagte er. „Ich bin in einem schwierigen Elternhaus aufgewachsen, wo Lügen an der Tagesordnung waren. Damals habe ich mir geschworen, dass ich, wenn ich als Mann über mein Leben selbst entscheiden kann, nie wieder lügen würde. Egal, wie schwer es mir fallen würde oder welchen Preis ich dafür würde zahlen müssen."

„Ich verstehe."

Er lächelte unsicher. „Da bin ich mir nicht so sicher. Die meisten Eltern bringen ihren Kindern bei, die Wahrheit zu sagen. Meine haben uns dazu angeleitet zu lügen. Als mein Vater zu betrunken war, um zu einer wichtigen Versammlung bei der Mine zu gehen, logen wir. Ich log, als ich in die Schule ging und der Lehrer wissen wollte, woher mein blaues Auge und die aufgesprungene Lippe stammten. Nach außen hin sah unsere Familie aus wie der Inbegriff des hart erarbeiteten Erfolgs, aber innen? Wir waren ein ruderloses Schiff und wir schufen einen Nebelschleier aus Lügen und Täuschungen. Wenn die Leute meinen Vater wirklich gekannt hätten, hätte uns keine Bank Geld geliehen, um eine Mine zum Abbau der Turmaline zu bauen. Kein Juwelier hätte unsere Steine verkauft. Lügen war ein überlebenswichtiger Baustein unseres Lebens und wir waren ziemlich gut darin."

Anna rutschte auf ihrem Sitz hin und her. „Ich verstehe nicht so recht, warum Sie mir das alles erzählen."

„Weil ich Sie mag, O'Brien."

Auf einmal fühlte sich ihr Korsett enger an und sie bekam kaum noch Luft. Das hatte er sicher nur freundschaftlich gemeint.

„Ich mag Sie und ich möchte, dass Sie verstehen, warum ich immer ehrlich sein werde, auch wenn es unangemessen oder unbequem ist. Politiker stehen oft in dem Ruf, die Wahrheit zu beschönigen, bis sie ihnen passt, aber meine Wähler wissen, dass ich, wenn ich ihnen in die Augen sehe, die Wahrheit sage. Egal was, ich werde immer die Wahrheit sagen. Immer."

Anna merkte, dass sie unbewusst die Luft angehalten hatte, und tadelte sich dafür insgeheim. Sie sog seine Nähe auf wie ein Schwamm, aber diese Art von Faszination war sehr gefährlich.

Abrupt stand sie auf und richtete den Stapel Zeitungen. Alles nur, um diesen außergewöhnlichen Mann nicht ansehen zu müssen. Je schneller sie die Zeitungen beieinander hatte, desto schneller konnte sie sich von ihm und seiner Anziehungskraft befreien. Sie hatte hart gearbeitet, um diese Anstellung zu bekommen, und sie würde sie nicht für ein kopfloses Techtelmechtel mit einem Mann aufs Spiel setzen, der in ganz anderen Kreisen verkehrte als sie.

Er griff nach ihrer Hand. „Gehen Sie nicht. Es ist doch Samstag. Bleiben Sie hier und schwelgen Sie mit mir in Shakespeare und Byron. Ein Königreich aus Wort und Vers, ein Ozean der Emotionen ..."

Anna versuchte nicht zu lachen. „Du lieber Himmel. Sie sind wirklich ein jämmerlicher Poet."

Er grinste, ließ aber ihre Hand nicht los. Anna zog sie weg und hob den ganzen Stapel Zeitungen hoch. Sie würde sie ausleihen und in der Stille ihres Zimmers im Logierhaus lesen, denn bei diesem Mann zu verweilen, brachte sie in Teufels Küche; ihre Gefühle und ihre Anstellung waren in Gefahr.

Luke machte sich in Richtung Hotel auf und dachte darüber nach, wie er mit seiner wachsenden Bewunderung für Anna O'Brien umgehen sollte. Die demütigenden Geschichten über seine Familie kamen ihm sonst nie über die Lippen, aber bei ihr fühlte er sich frei. Allein in ihrer Nähe zu sein, beruhigte ihn. Sie war praktisch veranlagt, vernünftig, pedantisch ... aber auch zauberhaft. Jemanden wie sie, die Ruhe in sein Leben brachte, konnte er gut gebrauchen. Seine ganze Familie konnte so jemanden gebrauchen. Seit er Philip unter seine Fittiche genommen hatte, versuchte er ihm beizubringen, wie man ein friedliches, verantwortungsbewusstes Leben führte. Aber Philip war ein Draufgänger, das schien in ihm angelegt zu sein. Sein verunglücktes Wandgemälde konnte durchaus mit Jasons und Gabes Streich mithalten. Luke sollte die Sache nicht auf die leichte Schulter nehmen.

Er behielt seine ernste Miene, als er die Stufen zum Willard Hotel hinaufstieg. Die prachtvolle Eingangshalle hatte nichts gemein mit der drückend heißen Wäscherei hinten am Hotel, wo Philip den ganzen Tag gearbeitet hatte. Auf dem Weg dorthin zog Luke ein zerlesenes Exemplar von *Romeo und Julia* hervor. Es gab keinen Grund, warum der Junge nicht ein wenig Kultur aufsaugen sollte, während er seine Schulden abtrug.

Kaum hatte Luke die Wäscherei betreten, wurde er von einer Hitzewelle umfangen. Eine ganze Reihe Bügeleisen standen auf einem Gestell vor dem Feuer.

Philip sah auf. Sein Hemd war nass und sein Gesicht glänzte vor Schweiß. „Gott sei Dank", sagte er und sackte etwas zusammen, während er sich eine dunkle Locke aus dem Gesicht strich. Der Junge war vierzehn und lang wie eine Bohnenstange, aber er war noch zu dünn und die körperliche Arbeit nicht gewohnt.

„Noch eine halbe Stunde", sagte Luke. Obwohl sein Neffe längst am Ende seiner Kräfte war, durfte er sich nicht aus seiner Verpflichtung stehlen. Luke ging zum einzigen Fenster und atmete etwas frische Luft.

„Ein bisschen Hilfe beim Bügeln könnte ich gut gebrauchen", grummelte Philip.

„Das verstehe ich, aber leider kommt das für mich nicht infrage." Philip sah ihn wütend an, aber Luke hielt nur das Buch hoch. „Ich habe dir das hier mitgebracht, damit du nicht den Anschluss in der Schule verlierst. Du bügelst, ich lese vor."

Philip schlurfte mit dem Bügeleisen zum Feuer, ließ sich davor auf den Boden plumpsen und ließ den Kopf hängen. „Alle in der Schule wissen Bescheid. Der Sohn von Senator Kobler hat mich gesehen, wie ich die Wäsche von der Leine geholt habe, und hat es allen erzählt. Ich fühle mich so dumm. Kein echter Maler hätte so etwas Blödes gemacht. Ich bin ein Versager und jetzt wissen es alle."

Luke hatte Mitleid. „Na und? Alle Großen in der Geschichte haben versagt."

Philip legte verwirrt den Kopf schief.

„Scheitern und Versagen gehört zum Leben dazu", sagte Luke. „Übung macht den Meister und es wird Zeiten geben, in denen du an dir selbst zweifelst und dich fragst, ob deine Kritiker nicht recht haben. Aber der größte Kritiker im Augenblick bist du selbst, Philip. Ja, dein erstes Wandgemälde war ein Desaster. Na und? Du wirst bestimmt noch ein Dutzend Mal versagen, bevor es gut wird, aber wenn es einen gibt, der es schaffen kann und sich überwindet, sich aufrappelt und immer weitermacht, dann bist du das."

Das war nicht gelogen. Philips künstlerisches Talent war noch ungeschliffen, aber zweifelsohne vorhanden. Luke drückte sich mit Schwung von der Wand ab.

„Du hast so viel Potenzial in dir, dass du nicht anders konntest, als nachts aufzustehen und die Fresken der alten Meister aufleben zu lassen. Glaubst du, ich schäme mich für dich deswegen? Ich bin stolz auf dich, Junge!" Luke konnte das Echo seiner Stimme noch im Flur hören, aber das war ihm egal. „Ich bin stolz auf deine Leidenschaft und deine Zielstrebigkeit und dass du keine Angst davor hast, Fehler zu machen."

Philip fing an zu strahlen und es tat gut, ihn wieder lächeln zu sehen, seit mehr als einer Woche. „Ich möchte, dass du dich nach den Sternen ausstreckst", fuhr Luke fort. „Du wirst stolpern und fallen, aber das gehört dazu. Du kannst aus deinen Fehlern lernen und dich immer weiterentwickeln. Du bist nicht aufzuhalten und deswegen wirst du es schaffen."

Luke lehnte sich an die Wand, verschränkte die Arme und sah Philip an. „Aber bügeln wirst du trotzdem müssen. Also los."

Mit einem breiten Lächeln nahm Philip ein Eisen vom Gestell und machte sich an das nächste Bettlaken. Luke nahm sich einen Stuhl, setzte sich ans Fenster und las vor. Es war drückend heiß im Raum, aber das tat seiner Faszination für Shakespeare keinen Abbruch. Ob er je den Tag erleben würde, an dem die Verse des Dichters den Boden unter ihm nicht mehr zum Beben brachten? Luke liebte die prachtvollen Zeilen, die Verdichtung aus Sehnsucht und Freude.

Philip schien ebenfalls ergriffen zu sein. Still hörte er sich Romeos leidenschaftlichen Monolog an. Philips Arbeitszeit war nun schon zehn Minuten überschritten, aber Luke war gerade bei der Balkonszene angekommen und konnte unmöglich aufhören zu lesen.

Endlich hatte er das Ende des zweiten Akts erreicht. Philip legte das Bügeleisen beiseite. „Nicht übel, das Stück", sagte Philip.

„Liebe auf den ersten Blick ist etwas für Dummköpfe und Trottel, aber das weißt du sicher", sagte Luke und streckte dankbar die Glieder.

„Onkel Gabe hat mir aber gesagt, dass du dich auch einmal Hals über Kopf verliebt hast", erwiderte Philip mit einem wissenden Blick.

„Deswegen sage ich es ja", schmunzelte Luke. Heute war es leicht, darüber zu lachen, aber damals hatte es ihn mit Violet Desjardins schwer erwischt. Zuerst war die Anziehung rein körperlich gewesen. Luke war damals achtzehn gewesen und Violet ein echter Hingucker mit dunkelrotem Haar und einer Taille, die selbst eine Wespe übertraf. Kaum hatten sich die beiden zum ersten Mal erblickt, flogen die Funken. Violet schien genauso verzaubert zu sein wie er.

Damals war die Sache für ihn klar gewesen: Das war Liebe auf den ersten Blick. Heute wusste er, dass es jugendliche Verliebtheit und die davongaloppierenden Hormone waren, aber dieser sorglose, benebelte Sommer gehörte zu seinen besten Erinnerungen. So lebendig hatte er sich noch nie gefühlt. Natürlich war es unmöglich, einer Frau so zu Füßen zu liegen und keine Narben davonzutragen, die ihn bis an sein Lebensende begleiten würden. Aber Luke wollte gar nicht, dass die Narben verblassten. Die Erinnerung an dieses zerstörte Paradies durfte gern in seinem Kopf bleiben.

Er hatte sich damals geschworen, erst zu heiraten, wenn eine Frau seine Leidenschaft auf dieselbe Art anfachte wie Violet. Und obwohl Anna O'Brien und Violet nicht unterschiedlicher hätten sein können, spürte er dieselbe impulsive Anziehung zu ihr, denselben süßen Schmerz. Er hatte versucht, es zu verdrängen, aber es fiel ihm immer schwerer.

Und warum auch? Was hinderte sie beide? Er und Violet, das war von Anfang an zum Scheitern verurteilt gewesen. Aber Anna? Je länger er darüber nachdachte, desto größer wurde die Überzeugung, dass sie genau diejenige war, nach der er immer gesucht hatte.

Trotzdem musste er behutsam vorgehen. Dieses Mal würde er es nicht von den Dächern pfeifen wie in Bangor. Keine endlosen, überdrehten Gedichte, keine hitzigen Appelle, noch in der Nacht durchzubrennen. Nein, Anna O'Brien war eine ganz andere Sorte Frau und er würde sie nach allen Regeln der Kunst umwerben.

„Na komm", sagte er. „Es wird spät."

„Schade, ich dachte, ich würde jetzt die Geschichte der Frau von damals hören", sagte Philip.

Luke nahm Philips Jacke und hielt ihm die Tür auf. Die kühle Luft im Hotelflur tat gut. „Da muss ich dich enttäuschen."

Philip lag ihm den ganzen Weg bis zum Hotelzimmer in den Ohren, aber Luke wollte nicht über Violet nachdenken. Er wollte Anna.

Vielleicht würde er ihr etwas zukommen lassen. Natürlich nicht so etwas Langweiliges wie Pralinen oder Blumen. Und auch nichts, was so aussah, als würde er sich für ihre Hilfe bedanken. Er musste sich etwas Einzigartiges einfallen lassen.

Drei Dinge wusste er über Anna. Sie liebte Landkarten, sie hatte eine lebendige Fantasie und sie war nicht leicht zu erobern.

Zwei Tage später fand er in einem Antiquariat in Georgetown genau das, wonach er gesucht hatte. Dieses Geschenk war so passend, als hätte ihn das Schicksal in das Geschäft geleitet. Vollauf zufrieden brachte er es an die Theke und bezahlte für das zauberhafte, drollige Etwas.

Es war an der Zeit, Anna O'Briens Verteidigungswälle abzutragen.

Als ihr ein Kongressdienstbote das Päckchen von Luke Callahan überreichte, ging Anna davon aus, dass es neue Aufgaben für sie enthielt. Sie schnitt das Paketband durch und faltete das braune Packpapier auseinander. Ihr fiel die Kinnlade herunter. Vor ihr lag eine antike, farbige Karte.

Sie war wunderschön! Eine Jahreszahl war nirgendwo vermerkt, aber die dilettantischen Umrisse der Westküste Amerikas ließen auf das späte achtzehnte Jahrhundert schließen. Irgendjemand hatte ein Eisungeheuer über den Nordpol gemalt und einen Drachen in der Karibik, der mit seinem Feueratem den Golfstrom symbolisierte. Ein Seegott wütete am Kap Horn und wirbelte das Wasser auf.

Annas Herz schlug schneller. Das war das ausgefallenste und persönlichste Geschenk, das sie je bekommen hatte. Und so aufmerksam. Die Vorstellung, dass Mr Callahan die Karte entdeckt und gleich an sie gedacht hatte ...

Anna schalt sich selbst. Das hier war eine Spende für den Kartenbestand, nichts weiter.

Die Bibliothek erhielt oft Schenkungen von Kongressabgeordneten und wohlhabenden Leuten und es war unschicklich, dass sie die Karte auch nur für einen Augenblick als ihr Eigentum betrachtet hatte. Sie würde sie im Kartenraum aufhängen lassen und eine kleine Namensplakette darunter anbringen. Mr Callahan würde als Geber im Katalog vermerkt werden und Mr Spofford würde ihm einen Dankesbrief schicken.

Trotzdem war es eine aufregende Spende und sie ging mit Sicherheit auf die Freundschaft zurück, die sich zwischen ihr und Mr Callahan in den vergangenen Wochen entwickelt hatte. Die Karte war ein echtes Prunkstück. Die Figuren waren natürlich drollig, aber dennoch treffend. Kap Horn hieß nicht zuletzt deswegen „Seemannsgrab", weil es dort so tückische Winddrift gab, und der wütende Seegott passte genau dazu. Der Drache mit seinem Feueratem verkörperte zu recht den Golfstom, eine der stärksten Ozeanströmungen der Welt.

Ihr Lächeln gefror.

Sie starrte auf den feurigen Drachen und blinzelte. Wie blind sie war! Und sie wollte die Tochter eines Kartografen sein? Wie konnte sie einen derart deutlichen Hinweis auf das Schicksal der *Culpeper* übersehen?

Im Bericht der Navy stand, dass Wrackteile des Schiffs an die Ostküste von Grand Bermuda gespült worden waren. Sie war keine Ozeanografin, aber angesichts der Kraft des Golfstroms war es doch sehr unwahrscheinlich, dass Wrackteile zurück in den Strom gedrückt worden waren.

Anna wusste genau, wo sie ihre Vermutung bestätigt finden konnte. Howard Clover, ein Experte auf dem Gebiet der Meereskunde, arbeitete im hydrografischen Institut der Navy und hatte ihren Vater gekannt. Er hatte Anna sogar die Grundkenntnisse des Bibliothekswesens beigebracht. Anna nutzte ihre Mittagspause, um sich zum Gebäude des Kriegsministeriums zu stehlen, wo das hydrografische Institut im Keller untergebracht war.

Das Gebäude war genauso imposant wie der Name der Behörde: Granitstein und Fensterverdachungen, gemeißelte Gesimse, ein Mansardendach. Innen beleuchteten verzierte Gaslüster die Wendeltreppen und die gewölbten Sandsteinflure.

Anna eilte die Treppe in den Keller hinunter. Howard zu besuchen verletzte nicht die Forderung der Navy, sich von der *Culpeper* fernzuhalten. Sie wollte nur eine wissenschaftliche Frage beantwortet wissen und Howard war der beste Mann dafür, Annas Verdacht zu bestätigen.

Die Tür zu Howards Büro stand offen. Der ganze Raum war vollgestopft mit Regalen, die Wände bedeckt mit nautischen Karten. Howard stand gerade mit einer Lupe am Tisch und beugte sich über eine Karte des Pazifiks.

„Hast du Zeit für eine kurze Frage?", sagte Anna. Howard richtete sich auf.

„Für mein Mädchen habe ich doch immer Zeit." Anna hatte sich stets Großeltern gewünscht und Howard Clover verkörperte alles, was für sie einen echten Großvater ausmachte. Er hatte immer ein Lächeln auf seinem schmalen, sorgenzerfurchten Gesicht und alles, was er sagte, schien voller Weisheit und Lebenserfahrung zu sein.

„Ich versuche, die Stärke des Golfstroms zu bestimmen", setzte Anna an.

„Kinderspiel. Einer der stärksten überhaupt."

„Gilt das auch in der Nähe der Bermudainseln?"

Howard nickte.

„Und was, wenn ein Wirbelsturm kommt?"

Howard legte die Lupe ab. Seine Augenbrauen rückten zusammen. „Hat das vielleicht mit dem Sinken eines gewissen Schiffs vor etwa fünfzehn Jahren zu tun?"

Anna trat weiter ins Büro und lehnte sich an eins der kühlen Metallregale. „Vor Kurzem ist eine neue Karte historischer Wirbelstürme herausgegeben worden. Vom Wetterdienst. Und die sagen, dass der Wirbelsturm, der die *Culpeper* zum Sinken gebracht hat, östlich der Bermudainseln verlaufen ist, nicht westlich, wie wir immer dachten. Im offiziellen Bericht der Navy steht, dass die Wrackteile auf den Bermudainseln angespült wurden. Aber das würde bedeuten, dass die Teile dem Golfstrom entgegentrieben. Das kann ich mir nicht vorstellen."

Howard verschränkte die Arme vor der Brust und dachte nach. Dann rieb er sich mit der Hand übers Kinn. „Du hast recht", sagte er. „Es wäre wahrscheinlicher, dass die Wrackteile bis nach England treiben würden. Jedenfalls nicht auf die Bermudainseln. In einem derart heftigen Wirbelsturm hat noch niemand die genauen Strömungsverhältnisse gemessen, aber ich werde einmal nachsehen, was wir schon haben. Das kann allerdings ein paar Stunden dauern. Kannst du am späten Nachmittag noch einmal vorbeikommen?"

„Ich werde hier sein", sagte Anna.

Wenn Howard ihre Mutmaßungen bestätigte, hatte sie einen weiteren Hinweis in der Hand, warum die Navy falschlag. Vor Aufregung fiel es ihr schwer, sich auf die Arbeit zu konzentrieren.

Als sie jedoch wieder bei Howard ankam, stand er schon vor seiner Bürotür. „Feierabend für heute", sagte er und zog die Tür zu. Die Schlüssel klapperten beim Zuschließen.

„Oh", sagte Anna. War er böse auf sie? Warum konnte er ihr nicht in die Augen sehen? „Kannst du mir nicht wenigstens sagen, ob du etwas über den Einfluss von Wirbelstürmen auf Meeresströmungen gefunden hast?"

Howard sah erst nach links und dann nach rechts. Einige Angestellte machten sich auf den Nachhauseweg, aber niemand schien sie zu beachten. Mit klappernden Schlüsseln sperrte Howard wieder auf.

„Komm rein, schnell", sagte er ungeduldig. „Wir haben nicht viel Zeit."

Anna folgte ihm und war überrascht, als er hinter ihr die Tür wieder zuzog. Das Klicken des Schlosses klang im dunklen Büro laut nach.

„Du musst aufhören damit", sagte Howard.

„Aufhören? Aber entweder der Wetterdienst liegt falsch oder der Navy-Bericht muss korrigiert werden. Einer von beiden hat unrecht und ich gehöre nicht zu den Menschen, die einfach so die Segel streichen."

Howard kam einen Schritt näher. „Admiral Channing war hier, keine Stunde, nachdem du gegangen warst", raunte er. „Er hatte gehört, dass du hier warst, und hat mich darauf hingewiesen, dass ich für die Navy arbeite, nicht für Bibliothekarinnen aus dem Kapitol."

Anna vergaß zu atmen. Wenn auch noch andere Offiziere der Navy wütend darüber waren, dass sie in der Angelegenheit mit der *Culpeper* herumschnüffelte, waren die Drohungen von Lieutenant

Rowland vielleicht gar keine leeren Drohungen gewesen. Und wenn Mr Spofford davon Wind bekam ...

„Ich habe doch nur eine einfache Frage gestellt", stammelte Anna. „Regierungsbehörden helfen sich gegenseitig. Wieso ist das jetzt auf einmal so schlimm?"

Howards finstere Miene hellte sich nicht auf. „In meinen dreißig Jahren, die ich für die Regierung arbeite, ist noch nie ein Admiral in mein Büro gekommen und hat mir die Leviten gelesen. Was auch immer du da tust, hör auf. Lass es einfach."

„Vielleicht könnte ich ja vorbeikommen und ein wenig recherchieren, während du in der Mittagspause bist?"

Howard seufzte. „Anna, in drei Monaten gehe ich in Pension. Das ist die einzige Unterstützung, die meine Frau und ich im Alter haben werden. Verstehst du, was ich meine?"

Er würde ihr nicht helfen können. „Ja, ich verstehe", antwortete Anna.

Sie lief allein zurück ins Kapitol. Mit der Straßenbahn wäre es schneller gegangen, aber sie brauchte Zeit, um ihre Gedanken zu ordnen. Die Navy versuchte sie einzuschüchtern. Als Kind hatte sie sich immer hingekauert und gehofft, dass es bald überstanden war. Aber diese Zeiten waren vorbei. Am Bericht der Navy stimmte etwas nicht und sie wussten es. Sie wollte ja gar keine Unruhe stiften; sie wollte nur, dass die Geschichte der *Culpeper* wahrheitsgetreu in den Büchern stand. Aber es hatte den Anschein, als hätte sie in ein Wespennest gestochen und dabei etwas zum Vorschein gebracht, das einige lieber im Dunkeln wussten.

Mit jeder weißen Granitstufe, die sie zum Kapitol emporstieg, wuchs ihre Entschlossenheit. Sie war Bibliothekarin und ihre Aufgabe bestand darin, Informationen zu beschaffen. Und wenn sich eine Tür schloss, würde sie eben nach einer anderen suchen.

„Ich finde schon einen Weg, Papa", flüsterte sie. „Ich weiß nicht wie, aber es ist noch nicht vorbei."

KAPITEL 8

Luke rutschte auf seinem Sitz hin und her und versuchte, eine einigermaßen gemütliche Sitzposition zu finden, was bei der harten Lehne fast unmöglich war. Der kleine Eichentisch und Stuhl im Plenarsaal des Repräsentantenhauses waren sozusagen sein Büro. Seit Jahren gab es Pläne, ein Gebäude neben dem Kapitol zu errichten, in dem die Kongressabgeordneten angemessene Büros beziehen konnten, aber die Gelder dafür waren in den Bibliothekspalast geflossen, der Lukes sparsame Nordstaatlerseele schmerzte. Er versuchte, den Abgeordneten aus Kentucky auszublenden, der gerade vom Rednerpult aus wortgewaltig die zunehmende Feindseligkeit zwischen Spanien und Kuba beklagte, und blätterte durch Annas jüngste Rechercheergebnisse.

Ob sie die drollige Karte mit dem Drachen schon bekommen hatte? Er stellte sich vor, wie sie begeistert das braune Päckchen auspackte, und musste schmunzeln. Die Karte würde ihre ausgefallenen Tagträume anregen. Wenn es nach ihm ging, würde er ihr noch Dutzende solcher Karten kaufen, solange sie ihr Herz erweichen konnten.

Ein Dienstbote kam in den Plenarsaal und schlängelte sich durch den breiten Halbkreis aus Tischen und Stühlen. Er lieferte Post aus. Als Luke seine erste Plenarsitzung erlebte, war er schockiert darüber gewesen, was die Abgeordneten alles noch nebenbei erledigten. Sie schrieben Briefe, ließen sich Erfrischungen kommen und einige spielten während langweiliger Debatten sogar Karten.

Luke ärgerte sich über den kleinen Stapel Briefe, den der Dienstbote ihm brachte. Als er noch im bedeutsamen Haushaltsausschuss gesessen hatte, hatte er aus dem ganzen Land zahllose Briefe bekommen. Jetzt waren es gerade einmal drei und einer stammte auch noch von seiner Schwester.

Diesen öffnete er zuerst. Während er las, kochte es in ihm allmählich hoch und er fing an, mit den Zähnen zu knirschen.

Julia schrieb, dass seine eigene Partei gegen ihn mobil mache und seine Wiederwahl infrage stelle. Sie hatte eine Karikatur aus einer Zeitung in Bangor beigelegt, auf der er mit Delfinen im Meer herumtollte, während der Strand voller trauriger Holzfäller aus Maine war, die ihre hungrigen Kinder trösteten.

Luke starrte auf das Bild und wünschte sich, den Karikaturisten zwischen die Finger zu bekommen. Verstanden sie denn nicht, wie großartig es war, nach Washington zu kommen und einen Platz im begehrten Haushaltsausschuss zu ergattern? Luke hatte sechs Jahre in Folge dort gearbeitet, während dieser arrogante Schnösel Kritzeleien eines Zweijährigen fabrizierte.

Und dann besaß Julia auch noch die Frechheit und schrieb unter den Brief: *PS: Wann darf ich mit den $400 rechnen, um unseren Bruder freizukaufen?*

Luke zerknüllte das Papier. Jason konnte von ihm aus bis ins nächste Jahrhundert im Gefängnis sitzen. Er hatte jetzt ganz andere Sorgen. Für ihn ging es darum, die nächste Wahl zu gewinnen. Er starrte finster zum Sprecher des Repräsentantenhauses hinüber, der in einer Zigarettenrauchwolke in der Mitte des Podiums saß. Cornelius Jones sah aus wie ein verwelktes Herbstblatt, das krampfhaft am Leben bleiben wollte. Kaum hatte er eine Zigarette ausgedrückt, rollte er bereits die nächste.

Luke köchelte weiter vor sich hin. Er war wütend auf Jason, wütend auf Julia und wütend auf Jones. Er war wütend auf den Abgeordneten aus Kentucky am Rednerpult, der einfach kein Ende fand. Aber am allermeisten war er wütend auf sich selbst, weil er die Beherrschung verloren hatte und dadurch aus dem wichtigsten Ausschuss in Washington geflogen war, nur weil er sich mit dem Sprecher des Repräsentantenhauses hatte anlegen müssen.

Es gab nur einen Menschen, der ihn aus dieser finsteren Stimmung retten konnte. Kaum verkündete der Sitzungshammer das Ende der Versammlung, da sprang Luke schon auf. Er umkurvte all die Abgeordneten, die noch an ihren Tischen verweilten, und stürzte nach draußen, den Flur entlang und über das westliche Treppenhaus nach oben zur Bibliothek.

„O'Brien!“, rief er schon oben am Treppenabsatz im dritten Stock. Weil die Tür zum Kartenraum offen stand, stürmte er hinein. Anna sah noch nicht einmal von ihrer Arbeit auf.

„Steht das Haus in Flammen?“, fragte sie trocken. „Wenn nicht, rede ich erst mit Ihnen, wenn Sie in einer vernünftigen Lautstärke mit mir sprechen.“

„Sie müssen für mich ein Giftrezept heraussuchen“, blaffte er. „Irgendetwas gegen das Ungeziefer, das die Stadt im Griff hat.“

„Tierisches Ungeziefer oder eher die menschliche Sorte?“

Sie sagte das so spröde, dass er sich Mühe geben musste, nicht zu grinsen. „Die Cornelius-Jones-Sorte. Es steht mir bis hierher mit diesem vertrockneten Armleuchter.“

Anna legte den Kopf schief. „Ist er wirklich so schlimm? Zumindest die Leute in Wisconsin scheinen ihn zu mögen, schließlich wählen sie ihn seit fünfundzwanzig Jahren immer wieder. Wie schlimm kann er dann wohl sein?“

„Er ruiniert das ganze Land! Ist das schlimm genug?“

Gemächlich rollte Anna ihre Karte zusammen. „Mr Callahan, was haben Ihre Wähler denn von Ihnen erwartet, als sie Sie wählten?“

Seine Antwort kam wie aus der Pistole geschossen. „Die Steuern erträglich zu halten und die Wirtschaft von Maine zu schützen.“

„Und haben Sie das getan?“

„Ja, aber Jones wirft mir in einem fort Knüppel zwischen die Beine!“

Anna stand auf und sah ihm direkt in die Augen. „Verstehen Sie nicht?“, fragte sie mit ihrer einmaligen, samtigen Stimme. „Sie tun genau das, wofür Sie die Menschen aus Maine gewählt haben. Warum sind Sie dann so wütend? Mit der Faust zu drohen, ändert nichts. Dass Sie wegen dieses Mannes derartig aus der Haut fahren, ist wenig produktiv, Herr Abgeordneter.“

Luke verschränkte die Arme und zwang sich dazu, ruhig zu atmen. Er wiegte sich auf den Füßen nach vorn und hinten und kämpfte mit seiner restlichen Wut. „Reden Sie weiter“, befahl er. „Ihre Stimme beruhigt mich.“

Anna verdrehte die Augen und sortierte weiter Kartenhüllen. „Sie haben ziemlich furchterregend ausgesehen, als Sie eben hier reingestürmt kamen.“

„Furchterregend?“

„Ja. Ihre ganzen Adern am Hals waren hervorgetreten und Ihre Stimme konnte einen das Fürchten lehren.“

Genau so hatte sein Vater oft ausgesehen. Wenn Edgar Callahan wütend war, verzerrte sich sein ganzer Hals und eine Ader auf der Stirn trat hervor und pochte. Luke wandte den Blick ab. Seine größte Angst, so groß, dass er es sich kaum einzugestehen wagte, war, so zu werden wie sein Vater. Der Keim der Wut steckte auch in ihm und er brauchte keinen Alkohol, um ihn zum Leben zu erwecken. Deswegen war er aus Bangor geradezu in die Marmorhallen Washingtons geflohen: Er wollte an der Seite von gestandenen, vernunftbetonten Männern arbeiten.

Und jetzt focht er Schreiduelle im Plenarsaal aus. Und brüllte eine liebenswerte Bibliothekarin an, nur weil er sich über seine Schwester ärgerte.

Allmählich wich die Anspannung aus seinen Gliedern. „Es tut mir leid, Miss O'Brien. Wirklich. Es war ein furchtbarer Morgen heute, aber ich hätte das nicht an Ihnen auslassen dürfen." Er sah zur Wand hinüber, wo seine Drachenkarte neben einer Karte der Bodenschätze im Dakota-Gebiet hing. Anna folgte seinem Blick.

„Danke für die Karte", sagte sie. „Antike Schätze wie diese sind für eine Bibliothek immer ein Glücksfall, aber wir könnten sie uns nie leisten, es sei denn, sie werden gespendet. Sie werden in Kürze noch ein offizielles Dankesschreiben von Mr Spofford bekommen."

„Das war ein Geschenk an Sie ... nicht an die Bibliothek."

Sie sah verwirrt aus. „Wieso sollten Sie mir so etwas schenken? Noch dazu etwas so Wertvolles?"

Er seufzte. Für eine intelligente Frau war Anna O'Brien ziemlich begriffsstutzig. Er machte ihr auf traditionelle Weise den Hof, kapierte sie das denn nicht? Er musste damit aufhören, für jedes Auftauchen bei ihr einen Vorwand zu erfinden. Es war an der Zeit, ehrlich zu sein. Er sah aus dem Fenster in den botanischen Garten, der das Kapitol säumte. „Machen Sie einen Spaziergang mit mir?"

„Nicht mit dieser Laune. Ich gehe generell nicht mit Männern spazieren, die sich mit Mordgedanken und Giftmischerei tragen."

Sie tat es schon wieder – ihn mit ihrem Witz und ihrer klaren Logik beruhigen. Sie war wie Balsam auf entzündeter Haut, fegte seinen Frust davon und ließ ihn von verrückten, unwahrscheinlichen Dingen träumen wie Herbstspaziergängen in sonnendurchfluteten Gärten. Er wollte im Klang ihrer Stimme baden, dieser weichen und doch mit einer warmen, tiefen Patinaschicht belegten Stimme. Er wollte ihr ein Buch in die Hand drücken und sie dazu bringen, ihm vorzulesen. Egal, was. Von ihm aus sogar das Telefonbuch.

„Bitte“, raunte er. „Gehen Sie mit mir spazieren.“

„Es ist noch nicht Mittagspause.“

„Die Gewächshäuser werden mittags völlig überfüllt sein. Wenn Sie jetzt mitkommen, dann zeige ich Ihnen eine neue Orchidee aus Südamerika. Sie ist orange.“

„Orange?“ Anna O’Brien schien nicht sonderlich beeindruckt, aber das war ihm egal.

„Ich wette, so eine haben Sie noch nie gesehen. Bitte, Miss O’Brien.“

Er seufzte erleichtert, als sie aufstand, um ihre Jacke zu holen.

Auf dem Weg zum Gewächshaus achtete Anna peinlichst darauf, einen angemessenen Abstand zu ihm zu halten. Das Gewächshaus wurde vom Landwirtschaftsministerium am anderen Ende der National Mall betrieben. Eigentlich sollte es die Vielfalt der Botanik in Amerika zeigen, hatte aber nach und nach auch exotische Pflanzen aus aller Welt aufgenommen.

Die orangefarbene Orchidee hatte ihre Blütenblätter abgeworfen und war eine Enttäuschung, aber Anna folgte Mr Callahan trotzdem zufrieden durch das Gewächshaus. Die warme Luft roch nach Eisenkraut, Eichenmoos und nach Sommer.

„Bitte, lassen Sie mir das Gebrüll niemals durchgehen“, sagte Mr Callahan und klang unerwartet ernst. „Ich kann es nicht leiden, wenn ich so austeile. Natürlich weiß ich, dass man das nicht macht, aber manchmal sammelt es sich in mir so an und ... explodiert einfach. Wie Überdruck in einem Kessel. Wie ich es verabscheue, wenn es in mir hochkocht!“

Der Ärger in seiner Stimme erinnerte Anna an Neville, als sie noch klein waren. Neville konnte nichts gegen die ständigen Zuckungen tun, die ihn quälten. Manchmal schlug er sich selbst oder rannte gegen eine Wand, um das Zucken abzustellen. Aber geholfen hatte es nie. Er ertrug Jahre des Selbsthasses, bevor er sich mit seinem Leiden abfinden konnte.

„Mr Callahan, Sie werden lernen müssen, sich selbst anzunehmen. Wir Menschen sind nun mal Sünder. Rein, und doch verdorben. Sind wir das nicht alle? Gott hat Ihnen den Verstand und den Ehrgeiz gegeben, das ländliche Maine hinter sich zu lassen und es bis ins Repräsentantenhaus zu schaffen, aber das macht Sie nicht wie durch Zauberhand zu einem anderen Menschen. Die Wut, die Sie von Ihrem Vater geerbt haben, ist nicht nur ein störendes Überbleibsel. Sie kann Sie warnen, wenn etwas nicht stimmt, kann ein Signal für rechtmäßige Empörung sein und Sie anspornen, für das Gute zu kämpfen. Aber sie kann Sie auch verderben. Ich glaube nicht, dass Sie jemals in der Lage sein werden, dieses Feuer in sich zu ersticken. Sie können nur lernen, es zu kontrollieren. Haben Sie nicht gesagt, dass Ihr Lieblingsvers ‚Selig sind die Friedfertigen' heißt? Vielleicht hat es seinen Grund, warum Gott Ihnen gerade diesen Text ins Herz gelegt hat."

Mr Callahan sah sie an, als wäre sie so selten und exotisch wie die Orchideen um sie herum. „Wo waren Sie nur all die Jahre?", fragte er.

Anna lächelte und sah schnell weg. Es schmeichelte ihr, wie er sie ansah, aber sie durfte sich das nicht zu Kopfe steigen lassen. Ein Mann wie er hatte sicher ein Dutzend Salonlöwinnen in Washington, die sich auf jeden Brocken Aufmerksamkeit stürzten, den er ihnen zuwarf. Anna wollte nicht bei einem Spiel mitmachen, das sie von vornherein nicht gewinnen konnte.

„Gehen wir nach draußen", schlug er vor. „Hier drin ist es mir zu voll."

Ihr kam das Gewächshaus nicht sonderlich überfüllt vor, aber sie folgte ihm nach draußen in die klare Herbstluft. Der Wind war kalt und sie zog ihren Mantel enger.

„Gehen wir dort zu den Kastanien", schlug er vor und zeigte auf die National Mall, wo einige Leute flanierten. Die Pläne sahen vor, die Bäume irgendwann zu fällen und eine lange Rasenfläche anzulegen, damit die Besucher freien Blick vom Kapitol bis zum Washington Monument hatten, aber Anna hatte da ihre Zweifel. Wie ein Schandfleck stand der Bahnhof der Potomac Train Company mitten auf der National Mall und es würde sicher Jahre dauern, den Bahnhof abzureißen und die Gleise zu verlegen. Im Augenblick konnte man unter den Bäumen immer ein ruhiges Fleckchen finden. Mr Callahan führte sie schweigend zu einer eisernen Bank unter den ausladenden Ästen. Seine Mundwinkel zeigten nach unten. Anna setzte sich und dachte über sein seltsam ernstes Schweigen nach.

„Warum haben Sie mich hier herausgebeten?", fragte sie irgendwann. „Das hatte doch sicher nichts mit dieser orangefarbenen Orchidee zu tun oder mit den Kastanien."

Zum ersten Mal machte er einen nervösen Eindruck auf sie. Er saß am anderen Ende der Bank, hatte die Ellbogen auf die Knie gestützt und starrte den Boden an.

„Bei den Franzosen gibt es einen Ausdruck, der *Coup de foudre* heißt", sagte er schließlich. „Kennen Sie ihn?"

Fremdsprachenunterricht gehörte nicht zu den Dingen, für die Tante Ruth Geld auszugeben bereit gewesen war. „Nie gehört."

„Wörtlich übersetzt heißt es so viel wie ‚Blitzschlag'", erklärte er. „Das ist der Augenblick, wo einen der Blitz trifft und sich alles verändert. Wo man unwiderruflich geprägt wird und will, dass es für den Rest seines Lebens so bleibt." Er sah ihr in die Augen. „Wir sind da viel direkter. Bei uns heißt es ‚Liebe auf den ersten Blick'."

Sein Blick war eine Mischung aus Angst und Hoffnung, als würde er auf eine Antwort von ihr warten, aber was um Himmels willen sollte sie darauf sagen? Sie hatte keine Ahnung, wohin dieses Gespräch führen sollte. Sie bemerkte nur seinen seltsamen Blick ... verletzlich und unbehaglich, während der Wind ihm durch die Haare fuhr.

„Liebe auf den ersten Blick ist ein instinktives, unkontrollierbares Gefühl", sagte er. „Man fühlt sich so unglaublich lebendig. Als müsse die Welt stillstehen, bis man durch den Raum stürmen und sich das Objekt seiner Begierde schnappen kann. Natürlich hat Liebe auf den ersten Blick nichts mit Logik zu tun und ist wahrscheinlich nur das Hirngespinst eines Wunschtraums. Nur Dichter und hoffnungslose Dummköpfe glauben daran."

„Das sehe ich auch so."

Er lachte. Die Anspannung wich aus seinem Körper und er lehnte sich zurück. „Das Problem ist“, sagte er langsam und beobachtete sie dabei, „trotz aller meiner Versuche, es zu leugnen und später zu ignorieren, traf mich dieser Blitz in dem Augenblick, als ich Sie zum ersten Mal sah.“

Anna sprang auf und traute ihren Ohren nicht. Auf einmal war ihr Mund ganz trocken und sie fing an, vor der Bank hin und her zu laufen. Ihr Blick hastete überallhin, nur nicht zu ihm.

„Und spätestens jetzt muss ich gucken, wo hinter den Bäumen Ihre Freunde sitzen, die jetzt kaum noch an sich halten können vor Lachen. Kommen Sie, wo sind sie?“

„Hier ist niemand außer uns.“ Er wurde rot, richtete sich etwas auf und rieb sich die Hände an den Beinen. „Ich warte die ganze Zeit darauf, dass dieses Gefühl nachlässt, aber es bleibt einfach da. Wissen Sie, ich war den größten Teil meines Erwachsenenlebens einsam, wie ein unbenutztes Streichholz. Und auf einmal sind Sie da und alles ist entbrannt. Nichts ist mehr, wie es war.“

„Himmel noch mal ...“ Bestimmt nahm er sie nur auf den Arm. Sie wartete darauf, dass jeden Augenblick sein Grinsen auftauchte und er ihr beichtete, dass er sich einen Spaß erlaubt hatte, aber dieser ernste, hungrige Blick blieb.

„Das ist mir schon einmal passiert ...“

Anna fuhr herum. „Tatsächlich?“

„Einmal. Erst ein einziges Mal habe ich dieses unkontrollierbare, dieses ...“, er sah zum Himmel, als würde von dort das richtige Wort kommen, „... unersättliche Feuer erlebt.“

„Wer war sie?“ Das ging sie nichts an, aber sie war trotzdem neugierig.

„Violet Desjardins. Sie war Opernsängerin, die mit ihrer Truppe in Bangor haltmachte. Ich warf einen Blick auf sie und war verloren. Wir mochten dieselben Dichter, dieselbe Musik. Sooft es ging, stahlen wir uns aus der Stadt und liefen stundenlang im Wald umher und taten nichts, als uns verwundert anzusehen. Damals fühlte es sich an wie reine Magie. Selbst heute noch verzaubert mich die Erinnerung daran ein wenig.“

Diese Sehnsucht in seinem Gesicht, die Schwermut ... Anna konnte sich nicht erinnern, Freude und Schmerz schon einmal so nah beieinander gesehen zu haben. „Was ist passiert?“, fragte sie.

Er nahm einen tiefen Atemzug und war wieder in der Gegenwart. „Nun, Violet und ich blieben an einem besonders großen Stolperstein hängen. Ich war erst achtzehn und sie war neunundzwanzig."

Anna schnappte nach Luft.

„Genau so hat auch meine Mutter reagiert", sagte er belustigt. „Bangor war noch immer eine Kleinstadt und diese Neuigkeit verbreitete sich natürlich wie ein Lauffeuer. Mein Vater drohte, mir meinen Erbteil der Turmalinmine wegzunehmen. Er war der Meinung, Violet sei nur auf unser Geld aus, aber das stimmte nicht. Außerdem war mir das Geld egal. Auch unser Altersunterschied war mir egal. Sie war wunderschön, sie liebte mich und ich war mir sicher, dass ich sie bis zu meinem letzten Atemzug lieben würde. Was machten da schon ein paar Jahre Altersunterschied? Ich machte ihr einen Heiratsantrag und ich glaube, das war der Augenblick, an dem sie Vernunft annahm. Zwei Tage später verließ sie mich."

Er zupfte einen Grashalm ab und rieb ihn zwischen seinen Handflächen. „Die Leute aus Bangor taten es als einen großen Scherz ab, aber für mich war es kein Scherz. Unsere Beziehung war etwas ganz Besonderes. Nachdem sie mir gesagt hatte, es sei aus, schleppte ich mich nach oben in mein Zimmer, schloss die Tür ab und schluchzte so sehr, dass ich kaum noch Luft bekam." Er warf den Grashalm weg und lächelte Anna an. „Sie wissen, dass ich Sie leider umbringen lassen muss, falls Sie auch nur ein Sterbenswörtchen davon verraten."

„Glauben Sie mir, ich werde dieses Gespräch ganz bestimmt für mich behalten."

„Violet versuchte es mir schonend beizubringen und sagte, ich würde ihr eines Tages dankbar sein. Natürlich behielt sie recht. Dieser Rausch des Verliebtseins ließ irgendwann nach. Ich rechne fest damit, dass das bei Ihnen auch so sein wird."

Anna erstarrte. „Und?"

„Noch nicht. Ich bin immer noch hin und weg von Ihnen, aber ich arbeite daran. Das wird bestimmt bald besser."

„Soll ich Ihnen helfen? Glauben Sie mir, ich bin kein Hauptgewinn. Das würden Sie sehr schnell merken, wenn Sie mich etwas besser kennenlernen würden."

„Genau das ist ja meine Absicht."

Anna verdrehte die Augen. Sie konnte nicht fassen, dass dieses Gespräch tatsächlich stattfand. Es war ihr peinlich und unangenehm. „Deswegen haben Sie mir also all die Rechercheaufgaben gegeben? Sie haben gehofft, dass der ständige Kontakt mit meinem unglaublichen Charme Sie schlussendlich immun dagegen macht?“

Er schüttelte den Kopf. „Ich brauchte die Zahlen und wusste, dass Sie das schaffen würden. Was den Gefühlssturm betrifft, nun, ich dachte, er würde schnell vorbeigehen, aber dem ist nicht so. Er wird immer schlimmer.“

„Oh, oh.“ Also hatte sie sich dieses Knistern zwischen ihnen doch nicht eingebildet. Sie hatte das, was sie zu ihm hinzog, unterdrückt, aber von nun an konnte sie es nicht mehr einfach ignorieren. Als plötzlich ein Eichhörnchen an ihnen vorbeihüpfte und auf der Suche nach einem verborgenen Schatz die Blätter durchwühlte, beobachtete Anna lieber das nervöse Eichhörnchen, als sich auf den charmanten und einflussreichen Mann zu konzentrieren, der neben ihr saß und ihr sein Herz ausschüttete.

„Anna“, sagte er leise, stand auf und kam auf sie zu. Sie wich zurück, bis sie gegen einen Baumstamm stieß. „Besteht denn eine kleine Möglichkeit, dass meine Gefühle erwidert werden? Ich glaube nicht mehr an Liebe auf den ersten Blick und ich kann mich damit abfinden, dass dieser Gefühlssturm nachlassen wird. Aber jetzt, wo ich Sie besser kenne, habe ich das Gefühl, Sie könnten diejenige sein, nach der ich immer gesucht habe. Und deswegen möchte ich mehr Zeit mit Ihnen verbringen, um zu sehen, ob aus diesem Blitzschlag etwas Echtes, Dauerhaftes werden kann.“

„Das geht nicht. Das würde in einem Desaster enden.“ Anna studierte die zerfurchte, graue Rinde der Kastanie. Sie drückte ihre Finger in die tiefen Rillen und fuhr mit dem Daumen auf und ab. Luke Callahan konnte sie jetzt beim besten Willen nicht ansehen.

„Wieso? Gibt es da schon jemanden?“

Da war niemand, aber sie hatte sich bereits damit abgefunden, allein zu bleiben. Wenn sie je heiratete, würde sie sofort ihre Anstellung verlieren. Nicht, dass es ihr undenkbar erschien, die Arbeit als Bibliothekarin für ein Leben als Ehefrau und Mutter aufzugeben, aber sie konnte doch keinen Politiker heiraten. Die Erwartungen an die Frau eines Abgeordneten waren für sie unerfüllbar. Gesellschaften zu geben, sich mit Senatoren und Diplomaten zu tummeln und womöglich sogar, Gott bewahre, auf Wahlkampfveranstaltungen Reden zu halten. Wenn es etwas gab, das sie an Dantes *Inferno* erinnerte, dann war es das Leben als Frau an der Seite eines Politikers.

Luke Callahan hatte zwar keineswegs um ihre Hand angehalten, aber sie konnte sich denken, wohin das hier führte. Es gab nur zwei mögliche Folgen. Entweder es blieb bei einem unglücklichen Werben, das mit verletzten Gefühlen und womöglich mit einer Kündigung endete, weil sie sich mit einem Mitglied des Abgeordnetenhauses eingelassen hatte, oder es endete in einer Ehe und den grauenhaften Pflichten, die sie als Frau eines Abgeordneten erwarteten. Egal wie es ausging, ihr gefiel weder das eine noch das andere.

„Wir sind einfach zu verschieden, Mr Callahan."

„Luke."

Anna zögerte kurz. „Wir sind zu unterschiedlich ... Luke. Wenn ich jemals einen ernsthaften Verehrer haben sollte, dann wird er so wie ich sein. Ein Bücherwurm. Still. Durchschnittlich."

„An Ihnen ist rein gar nichts durchschnittlich."

Das Stück Rinde an ihrer Hand zerbrach. Sie warf es weg und widmete sich der nächsten Furche. „Außerdem glaube ich auch nicht an Liebe auf den ersten Blick."

„Um ehrlich zu sein, war es gar nicht so sehr Ihr Anblick, sondern Ihre Stimme", sagte Luke und Anna dachte daran, wie sie ihm im Fischereiausschuss etwas ins Ohr geflüstert hatte.

„Sie meinen Liebe auf den ersten Affront?"

Er lachte kurz auf. „Ich glaube, es traf mich im Kartenraum. Als ich sah, wie Sie mit den Büchern umgingen, als seien es Reliquien. Mir war, als hätte ein Stück meiner Seele sich mit Ihrer verbunden. Anders kann ich es nicht sagen."

Das alles musste ein Scherz sein. Luke Callahan hatte doch nicht wirklich ernsthafte Absichten. Und alles, was nicht in einer Ehe endete, bedeutete den Verlust ihrer Anstellung. Allein schon Gerüchte über sie beide würden genügen, um sie ohne Arbeit und ohne Einkommen dastehen zu lassen – und ohne eine Möglichkeit, ihre Tante zu unterstützen.

„Meine Gefühle stehen fest", sagte sie und sah unentwegt auf die Rinde. „Ich empfinde nichts für Sie."

„Oh.“ Es war nur eine einzige Silbe, aber die Enttäuschung war nicht zu überhören. Das Rascheln von Kleidung signalisierte ihr, dass er auf sie zukam. Er stützte sich knapp über ihr mit der Hand am Baum ab. „Sind Sie sich sicher?“, flüsterte er. „Ich kann sehr geduldig sein, wenn Sie Zeit brauchen, um darüber nachzudenken.“

Für sie war es sicherer, so weiterzuleben wie bisher. Sie hatte eine Anstellung, die sie mochte, und Neville als guten Freund, wenn sie sich allzu einsam fühlte. Luke Callahans Hand bewegte sich nicht und die Stille wurde allmählich unerträglich.

„Ich muss nicht darüber nachdenken“, sagte sie schnell und hoffte, die leisen Zweifel zu ersticken, die sich in ihr breitmachten.

Als er sich vom Baum abdrückte, wich endlich die Anspannung aus der Situation und Anna riskierte einen Blick. Mit nach unten gerichteten Mundwinkeln zog er seine Jacke glatt.

„Nun, ich hoffe, die Gefühle lassen bald nach“, sagte er. „Die Recherchehilfe werde ich dennoch weiter in Anspruch nehmen, weil Sie so gut sind. Und da die Liebe, wie man so schön sagt, mit der Entfernung wächst, würde ich gern weiter mit Ihnen zusammenarbeiten. Derartige Gefühle kann man ja schlecht für jemanden aufrechterhalten, den man gut kennt. Also, zeigen Sie mir ruhig alle Ihre schlechten Seiten. Obwohl ich nicht begreifen kann, wieso Sie einen Mann mit derart atemberaubenden Qualitäten verschmähen.“

„Sie müssen der arroganteste Mann sein, der je geboren wurde.“

„Sehen Sie? Schon lässt Ihre Anziehungskraft etwas nach. Danke, O'Brien.“ Er zog seine Taschenuhr heraus und öffnete sie. „Ich muss zurück zum Kapitol. Eine weitere unfassbar spannende Sitzung über Weichtiere.“

Forsch schritt er davon. Anna sah nur noch seinen geraden Rücken. Sie rieb sich den Hals und wünschte sich eine Pastille, um den Schmerz zu betäuben. Aber sie hatte das Richtige getan. Wenn Luke Callahan sie wirklich kennen würde, würde er sich schämen, mit ihr zusammen gesehen zu werden. Sie war ein eher kleines, durchschnittliches Mädchen mit einer Stimme wie ein Reibeisen und dem Charakter eines Einsiedlerkrebses.

Außerdem war sie in der angesehensten Bibliothek des ganzen Landes angestellt, und wenn sie das außer Acht ließ, konnte es nur böse enden. Sarah Starling war gefeuert worden, weil sie einen Abgeordneten in der Garderobe geküsst hatte. Mit ihr würde man nicht weniger zimperlich umgehen, wenn sie unter einer Kastanie oder anderswo in der Stadt erwischt wurden.

Annas Abweisung tat ihm mehr weh, als er gedacht hatte. Als Luke am Abend nach Hause lief, war aus der schweren Enttäuschung ein körperlicher Schmerz geworden. Wie hatte er Annas Signale so missdeuten können? Sie schien doch immer aufzublühen, wenn er in den Kartenraum kam. Das hatte nichts mit Arroganz zu tun, das war einfach so. Er hatte gehofft, dass seine langen Jahre als Junggeselle endlich vorüber waren. Aber Anna hatte ihn tatsächlich wie ein lästiges Insekt weggescheucht.

Vielleicht war er einfach nur einsam, doch die düstere Stimmung hatte ihn jetzt so sehr erfasst, dass es ihm schwerfiel, die vier Treppen bis zu seinem Hotelzimmer hinaufzusteigen. Der Raum war dunkel, leer und kalt. Eines Tages wollte Luke durch eine Haustür treten und von seiner strahlenden Frau empfangen werden. Von Kinderlachen und kleinen Rabauken, die sich ihm ans Bein hängten.

Wenigstens hatte er Philip. An Abenden wie diesen musste er mit sich ringen, um nicht einfach seine Brieftasche zu öffnen und die restliche Schuld zu tilgen, die beim Hotel noch offen war. Damit könnte er sich einen ganzen Monat einsamer Abende in dieser engen Hotelsuite ersparen. Philip wurde nicht vor acht Uhr aus seinem Frondienst in der Wäscherei entlassen. Um fünf nach acht schleppte sich der Junge ins Zimmer und Luke ließ ihm keine Verschnaufpause.

„Gehen wir spazieren“, sagte er. Alles, nur nicht in diesem trostlosen Raum sitzen und über Annas Abweisung nachdenken.

Philip ließ die Schultern hängen. „Jetzt? Ich bin so müde, mir tun sogar die Knochen im Gesicht weh und morgen schreiben wir eine Arbeit in Astronomie.“

„Dann lernen wir draußen. Der Himmel ist klar und wir haben freien Eintritt ins Labor der Sterne.“

Ein kleiner Schimmer zeigte sich in Philips müden Augen und zehn Minuten später lagen sie schon auf dem Rücken im Gras vor dem Hotel und sahen in den besprenkelten Himmel.

„Was ist das da?“, fragte Luke und zeigte auf eine Ansammlung von Sternen.

„Centaurus. Der Zentaur. Obwohl die Griechen eine ziemlich wilde Fantasie gehabt haben müssen, um da einen Zentaur zu sehen.“

Luke lächelte, ließ die wilde Fantasie aber unkommentiert. Schließlich litt er selbst sein ganzes Leben schon daran. „Und was macht das Sternbild des Zentaur so besonders?“, hakte er nach.

„Alpha Centauri. Der Stern, der der Erde am nächsten ist.“

„Richtig.“

„Woher weißt du das alles eigentlich?“, fragte Philip.

„Jeder, der die Gedichte von Samuel Taylor Coleridge liest, bekommt automatisch gewisse Grundkenntnisse in Astronomie.“

Der Abend war mild und so blieben sie noch lange so liegen, sahen in den Sternenhimmel hinauf und sprachen über die griechische Mythologie. Es war schon fast Mitternacht, aber Philip war wieder wach und bei der Sache. Der Junge schien die sternenklare Nacht genauso zu genießen wie er.

„Was wolltest du eigentlich werden, als du so alt warst wie ich?“, fragte Philip und betrachtete weiter den Himmel.

„Ein großer Dichter.“

„Und?“

„Ich habe gemerkt, dass ich nicht besonders gut war.“

Philip seufzte. „Wenn ich mal kein großer Maler werde ...“ Er schluckte. „Na ja, dann eben nicht.“ Die Skepsis war nicht zu überhören.

„Sei immer ehrlich“, mahnte Luke. „Sogar wenn du Selbstgespräche führst.“

„Okay, dann bin ich ehrlich. Ich möchte so sehr Maler werden, dass ich glaube, ich müsste sterben, wenn es nicht klappt. Dann würde mir der Sinn des Lebens fehlen.“

Luke drehte sich zur Seite und stützte sich auf.

„Wenn du kein Maler sein kannst, dann richte diese Leidenschaft auf ein anderes Ziel. Du stirbst nicht. Glaubst du, ich hätte den alten Waggon in eine fahrende Bibliothek verwandelt, wenn ich die Lyrik nicht so geliebt hätte? Meine Liebe zur Lyrik war ein Geschenk Gottes. Und genau so ist es mit deiner Leidenschaft für die Kunst, auch wenn wir noch nicht wissen, was daraus einmal werden wird. Wenn du es nicht als Maler schaffst, dann vielleicht als großer Lehrer. Oder als Museumskurator. Vielleicht wirst du auch reicher Fabrikant und gründest ein Museum. Mach deinen Weg nicht eng, nur weil du meinst, Gottes Willen für dein Leben bereits zu kennen."

Es war ein Privileg, Philip aufzuziehen und durch diese heimtückischen Jahre der Pubertät zu begleiten. Luke wünschte sich einen Sohn, den er einst genauso lieben würde wie Philip. An manchen Tagen war die Sehnsucht nach einer Ehefrau so stark, dass es ihm physische Schmerzen bereitete, und er fragte sich, wie lange er noch würde warten müssen. Luke konnte nicht glauben, dass er Anna O'Briens Signale so missverstanden hatte, aber Aufgeben kam für ihn nicht infrage.

Anna und er waren so unterschiedlich wie Tag und Nacht. Sie tat nie etwas aus einem Impuls heraus und sie brauchte offensichtlich die Sicherheit ihres Kartenraums weit oben im Dachstübchen des Kapitols. Wie eine Prinzessin in einem Turm, so versteckte sie sich dort oben, umgeben von einer Burg aus Büchern und Karten.

Luke lächelte vor sich hin. Er gehörte nicht zu der Sorte Mensch, die leicht aufgab. Und wenn er etwas wollte, dann diese Mauern erklimmen und Anna O'Brien befreien.

Und er hatte schon immer bekommen, was er wollte.

KAPITEL 9

Es war beschämend, aber Anna konnte der Versuchung nicht widerstehen. Seit Luke ihr von der Opernsängerin erzählt hatte, fraß sie die Neugier auf. Und was noch schlimmer war: Anna wusste genau, wie sie an Informationen über Violet Desjardins herankam. Die größte Musikbibliothek des ganzen Landes war nebenan und sie musste nur kurz dort vorbeischauen, um an das zu kommen, was sie unbedingt sehen wollte.

„Name?", fragte Gertrude und griff nach einer neuen Karte, um Annas Recherchewunsch aufzunehmen. Anna sah sich um und hatte Angst, von dem halben Dutzend Nutzer an ihren Tischen belauscht zu werden.

„Violet Desjardins", raunte sie. „Sie war Opernsängerin. Alles, was du über sie findest, hilft mir weiter."

„Wie schreibt man das?", wollte Gertrude wissen.

„Weiß ich nicht. Ich weiß nur, dass sie vor gut zwanzig Jahren durch New England tourte. Mehr nicht."

Und dass Luke Callahan schwer in sie verliebt gewesen war. Wie sie wohl aussah? War sie eine gute Frau oder war sie nur aufs Geld aus gewesen und Lukes vernebelter Verstand hatte das nicht bemerkt?

Das Gespräch von gestern wollte noch immer nicht in ihren Kopf. Es war schmeichelnd, aufregend sogar, aber sie durfte noch nicht einmal mit dem Gedanken spielen. Wenn er die wahre Anna kennenlernte, würde er enttäuscht sein. Wie sollte sie ihm mit seinem Charme und seiner Prominenz das Wasser reichen?

Anna kehrte in den Kartenraum zurück und versuchte, sich auf ihre Arbeit zu konzentrieren. Wie es wohl war, ohne diese wilden Fantasien, die nur den kleinsten Auslöser brauchten? Wahrscheinlich würde sie dann keinen Tagträumen mehr hinterherhängen, Träumen über eine Beziehung zu einem attraktiven Kongressabgeordneten. Und sich nachts auch nicht mehr vor Angst im Bett herumwälzen, weil die Navy es auf sie abgesehen hatte, nur, weil sie einen fünfzehn Jahre alten Bericht anzweifelte.

Plötzlich ging die Tür mit einem lauten Knall auf.

„Da sind Sie ja", bellte Lieutenant Rowland. „Ich habe Sie schon überall gesucht."

Anna ballte die Hände zu Fäusten und schwor, sich nicht einschüchtern zu lassen. „Sie hätten vielleicht hier im Kartenraum anfangen sollen."

Der mürrische Lieutenant stolzierte in den Raum, zwängte sich durch den schmalen Gang und stieß dabei einen Stapel mit Atlanten um. Mit einem dumpfen Schlag knallten die Bücher zu Boden und blieben teilweise offen – mit der Buchseite nach unten liegend. Anna sprang herbei und kniete sich hin, um das Schlimmste zu verhindern. Atlanten waren sehr teuer! Lieutenant Rowland sah zu ihr herunter, als wäre sie eine Leibeigene.

„Und warum sind Sie dann nicht im Kartenraum?", herrschte er sie an. „Wieso belästigen Sie Howard Clover mit Fragen über Meeresströmungen?"

Anna erwiderte seinen Blick. „Die Bibliothekare der Regierungsbehörden helfen sich gegenseitig. Daran ist nichts Verbotenes."

„Sie stiften hier Unruhe." Er ging ebenfalls in die Hocke und sah sie finster an. Sein Blick erinnerte Anna an all die Schulhofpeiniger von früher.

„Sollte ich jetzt mein kleines Gespräch mit Mr Spofford führen? Mir scheint nämlich, dass es in dieser Bibliothek ein Problem mit vorlauten, neugierigen und widerspenstigen Frauen gibt." Lieutenant Rowland beugte sich so dicht zu ihr herüber, dass sie jede einzelne Pore auf seiner Nase sehen konnte. „Warum stochern Sie in der Vergangenheit herum und belästigen Howard Clover mit Ihrem Unsinn?"

Die Atlanten waren schwer. Mühsam stand Anna auf und wandte sich ab. Er folgte ihr zu einem Tisch, wo sie die Bücher ablegte. Seine Schuhspitzen stießen gegen ihre Röcke. „Ich warte auf eine Antwort. Oder haben Sie etwas an den Ohren?"

Anna wollte sich nicht umdrehen. Es fühlte sich so an wie damals auf dem Schulhof, als alle im Kreis um sie herumstanden und sie nur noch eins wollte: sich in Luft auflösen.

Luke schleppte sich die Treppe zum Kartenraum hoch und fühlte sich wie ein verurteilter Strafgefangener, der zu seiner eigenen Hinrichtung ging. Nach dem peinlichen Ende unter der Kastanie gestern wollte er nichts lieber, als sich verkriechen und seine Wunden lecken, aber Anna hatte die Steuerlisten, die er brauchte, und diese waren zu wichtig, als dass er auf sie verzichten könnte.

Er war überrascht, als er eine verärgerte männliche Stimme aus dem Kartenraum vernahm. Luke blieb an der offenen Tür stehen und lauschte. Jemand schien Anna gehörig den Kopf zu waschen. Hatte sie ihre Pflichten vernachlässigt, weil sie für ihn arbeitete?

„... stecken Ihre Nase in Dinge, die Sie nichts angehen. Sie halten sich wohl für schlau genug, uns infrage zu stellen, ja?“, knurrte die Stimme.

Lukes Kiefer arbeitete. Wenn er etwas nicht leiden konnte, dann Tyrannen. Das letzte Mal, als er sich von einem Tyrannen hatte einschüchtern lassen, war, als sein Vater von einer Zechtour nach Hause gekommen war und seine Mutter wegen eines Stücks verschimmelten Käses angebrüllt hatte. Am nächsten Tag hatte sie zwei blaue Augen gehabt. Von da an hatte er sich gewehrt.

Aber das bedeutete nicht, dass er sofort die Fäuste fliegen ließ. Luke atmete durch und schlenderte in den Kartenraum. Ein Mann wie ein Schrank, mit Zornesröte im Gesicht, stand vor Anna. Anna sah aus wie ein kleines, welkes Gänseblümchen.

„Warum holen Sie nicht gleich die Daumenschrauben?“, sagte Luke mit lauter Stimme. Anna und der Marineoffizier zuckten zusammen. „Oder die neunschwänzige Katze. Oder noch besser: Unten habe ich eine Gruppe mit Schulkindern gesehen, die das Kapitol besichtigen wollen. Vielleicht wollen wir uns gegen die verbünden?“

Der Offizier richtete sich auf, aber seine finstere Miene erhellte sich nicht. „Das hier ist Privatsache“, entgegnete er.

„Dann regeln Sie es nicht in einem öffentlichen Gebäude.“ Luke trat näher und senkte seine Stimme. „Und wenn Sie sich noch einmal wie ein ungehobelter Barbar aufführen, während Sie die Uniform eines Offiziers tragen, dann sorge ich dafür, dass Sie schneller unehrenhaft entlassen werden, als Sie gucken können.“

Zögernd musterte ihn der Offizier. Er versuchte offensichtlich herauszufinden, ob Luke ein hochrangiger Offizier in Zivil war, der über ihm stand, ein Funktionär oder nur ein gewöhnlicher Beamter. Luke hatte nicht die Absicht, ihn darüber aufzuklären.

Der Lieutenant warf Anna einen finsteren Blick zu. „Das hier ist noch nicht vorbei", drohte er ihr und stürmte aus dem Kartenraum.

„Haben ihm die Karten nicht gefallen?", fragte Luke.

Sie zitterte. Mit einem Kopfschütteln ließ sie sich auf einen Stuhl sinken, so als sei sie zu schwach zum Stehen.

„Ich verstehe nicht, warum er mir so feindlich gesinnt ist", sagte sie. „Ich wollte doch nur, dass die Navy einen Schiffbruch überprüft. Mein Ansinnen ist nicht besonders gut aufgenommen worden, fürchte ich."

Sie versuchte sich an einem müden Lächeln, aber ihr Unbehagen war unübersehbar. Lukes Beschützerinstinkt war geweckt. Am liebsten hätte er sie in den Arm genommen und festgehalten, bis sie aufhörte zu zittern. Aber das ging nicht. Zumindest im Augenblick war sie tabu, so viel war nach ihrem gestrigen Treffen unter der Kastanie klar. Luke ging extra ans andere Ende des Tisches und nahm sich einen Stuhl.

„Welches Schiff denn?", fragte er leise.

„Das Schiff meines Vaters verschwand 1882 auf hoher See. Sechsundfünfzig Männer ertranken. Ich bezweifle, dass der offizielle Bericht der Navy über den Verbleib der *Culpeper* stimmt, aber sie weigern sich, das zu überprüfen. Auf jeden meiner Versuche, den Bericht korrigieren zu lassen, haben sie sehr aggressiv reagiert."

„Was meinen Sie damit?"

Sie seufzte. „So in der Art wie eben. Ich habe das Gefühl, sie spionieren mir nach. Jedes Mal, wenn ich neue Details über den Wirbelsturm herausfinden will, der das Unglück verursacht haben soll, bekommen sie es mit und verpassen mir einen Maulkorb."

„Mir werden sie bestimmt keinen Maulkorb verpassen."

Anna sah ihn mit großen Augen an. „Sie würden mir helfen?"

„Natürlich! Wieso überrascht Sie das?" Seine Aufgabe als Kongressabgeordneter bestand darin, für die Menschen einzutreten. Wenn die Regierungsbehörden Anna Steine in den Weg legten, würde er sie beiseiteräumen.

„Es ist nur ... normalerweise kommen die Leute zu mir, um sich helfen zu lassen", sagte sie. „Andersherum, das ist sehr ungewohnt für mich."

„Ich kann gern ein paar Leuten einige Fragen stellen. Und den Stein ins Rollen bringen."

Der Blick, mit dem sie ihn ansah, als hätte er gerade einen Drachen zur Strecke gebracht, ließ ihn sich wie ein Held fühlen. Atemlos erläuterte sie ihm den gerade erschienenen Bericht vom Wetterdienst, der den Weg historischer Wirbelstürme neu untersucht hatte. Die Aussagen stimmten nicht mit denen der Navy überein. Ihre Überzeugung, man müsse deswegen den Fall vollständig neu untersuchen, kam ihm etwas überzogen vor, aber mussten Bibliothekare nicht von Berufs wegen auf jedes kleine Detail achten? Ihre Leidenschaft für die Sache machte sie unwahrscheinlich attraktiv. Luke schrieb alle wichtigen Daten mit.

„Ich weiß nicht, wie ich Ihnen danken soll", sagte Anna. „Es ist einfach so frustrierend. Wenn Sie Ihren Einfluss nur ein kleines bisschen geltend machen könnten ..."

„O'Brien, jetzt reicht's aber", fuhr er lächelnd dazwischen. „Ich habe gesagt, ich kümmere mich darum, und Sie können auf mich zählen. So, und jetzt geben Sie mir die Steuerdaten."

Ganz egal, wie tief er graben musste, Luke würde Antworten auf Annas Fragen finden, und wenn er jeden Offizier belästigen und stapelweise alte Akten im Kriegsministerium durchforsten müsste. Annas Misstrauen gegenüber der Navy schien unvernünftig zu sein, aber jetzt stand die Hilfe im Vordergrund.

Im Lauf der nächsten Tage klopfte Luke an vielen Türen und forschte den Gerüchten nach. Normalerweise standen ihm als Kongressabgeordneten stets alle Türen offen, aber allmählich schlug ihm derselbe kalte Wind entgegen, wie Anna ihn beschrieben hatte. Als er versuchte, ihre Daten über den Wirbelsturm von 1882 zu bestätigen, war die Informationsquelle bereits versiegt. Er ging zum Wetterdienst und wollte die neue Karte einsehen, aber man hatte sie bereits wieder eingezogen. Es seien zusätzliche Forschungen notwendig, um den Kurs des Wirbelsturms zu verifizieren, hieß es.

Luke wollte wissen, wer den Widerruf angeordnet hatte, und die Antwort war kurz: „Die Navy."

Vielleicht war Anna doch nicht so unvernünftig. Aus Ärger über die kalte Spur ersuchte Luke beim Marineminister um einen Termin. John Davis Long war Politiker ohne jede militärische Erfahrung. Einst hatte er sogar damit geprahlt, er könne „die Vordersteven nicht vom Heck unterscheiden". Long wollte viel lieber auf die Familienfarm zurückkehren, Zäune ausbessern und seinen Rindern beim Wachsen zusehen. Er hatte nur aufgrund von Präsident McKinleys persönlicher Bitte den Ruf als Marineminister angenommen. Der Präsident brauchte Männer um sich, denen er vertrauen konnte, und der ehrliche John Davis Long gehörte dazu.

Die Verbindung zu Maine, hoffte Luke, würde ihm einen kleinen Vertrauensvorschuss einbringen. Er besuchte den Minister zu Hause. Als er im begrünten Viertel in Georgetown ankam, führte man ihn zu seiner Überraschung hinter das Haus, wo Minister Long in einer abgewetzten Jacke und schlammigen Stiefeln schon auf ihn wartete. Seine Hände steckten in Arbeitshandschuhen.

„Sie entstammen einer Familie von Holzfällern", sagte der Minister. „Das können Sie mir gleich mal beweisen. Helfen Sie mir, diesen Zaun zu reparieren." Er reichte Luke einen Spalthammer und zu zweit schlugen sie die Querbalken von den Pfählen ab.

„Wenn ich etwas nicht ausstehen kann, dann alles, was nach Navy-Zirkus oder verkrusteten Regeln riecht", sagte Minister Long und säuberte den Pfahl von Erde. „Ich werde eigentlich nur gestört, wenn ich irgendetwas unterschreiben soll. Aber ich höre, Sie stellen Fragen über ein altes Schiffswrack. Was hat es damit auf sich?"

Luke erklärte, dass Anna die Korrektheit des Berichts über die *Culpeper* anzweifelte. Minister Long knurrte und hob den Pfosten aus dem Boden.

„Hören Sie zu, Callahan", sagte er. „Admiral Channing hat diesen Bericht abgezeichnet, da war er noch ein kleiner Offizier und grün hinter den Ohren. Sie wissen, dass er vor Fehlern strotzt, aber es wäre ein Gesichtsverlust, das zuzugeben. Admiral Channing ist so ziemlich das Beste, was der Navy seit Jahrzehnten passiert ist. Wir können es nicht riskieren, seinen Ruf zu beschädigen. Also sagen Sie der jungen Dame bitte, dass sie von ihren Anfragen absehen soll.

Sie hat wahrscheinlich recht, dass die *Culpeper* viel weiter südlich gesunken ist, aber wir werden den Bericht nicht wieder einkassieren, nur damit sie zufrieden ist."

Luke bedankte sich bei Minister Long, stellte aber sicherheitshalber noch eigene Nachforschungen an. Ein paar Nachfragen an der richtigen Stelle bestätigten Admiral Channings aufkeimenden Ruf. Luke leuchtete das Argument ein. Er wusste aus eigener Erfahrung, wie Menschen um beliebte Politiker zusammenrücken konnten, während sie diejenigen, die sich als störend erwiesen, wie eine heiße Kartoffel fallen ließen.

Als er an die Tür eines pensionierten Diplomaten klopfte, bekam er jedoch eine Antwort, mit der er nicht gerechnet hatte. Jeremiah Hammond war neunzig Jahre alt und konnte sich trotzdem noch an den jeweiligen Hauptgang bei den Galadinners im Weißen Haus vor fast einem halben Jahrhundert erinnern. Er hatte überall auf der Welt diplomatische Posten bekleidet und die *Culpeper* mehrfach mit eigenen Augen gesehen.

Was er zu sagen hatte, war erstaunlich. Luke war so verblüfft, dass er den alten Diplomaten bat, die Geschichte noch einmal zu wiederholen.

„Sind Sie sicher?", hakte er nach. Anna das zu erzählen, ohne es genau zu wissen, wäre unverantwortlich und grausam.

„Ich weiß, was ich gesehen habe", erwiderte Mr Hammond. „Die *Culpeper* lag in der Manilabucht vor Anker, zwei Jahre, nachdem sie angeblich vor den Bermudainseln gesunken ist. Sie war frisch angepinselt und hatte einen neuen Namen, aber noch immer die große Lotmaschine aus Metall am Hinterschiff. Die Sorte, die Forschungsschiffe einsetzen. So ein Schiff kostet ein Vermögen und die *Culpeper* war einmalig. Ich weiß, dass es die *Culpeper* war.

Luke versuchte zu begreifen, was er da gerade gehört hatte. „Und was haben Sie gemacht?"

„Ich habe die Navy danach gefragt, aber sie sagten nur, ich müsse mich geirrt haben. Ich hatte keinerlei Beweise und die Navy bestand darauf, dass die *Culpeper* gesunken war, also ließ ich es dabei bewenden. Die Navy ist ziemlich klüngelhaft, wenn Sie mich fragen. Das war 1884. Ich weiß das noch, weil ich in jenem Jahr einmal mit Thomas Jefferson speiste."

„Thomas Jefferson? Der Thomas Jefferson? Der die Unabhängigkeitserklärung geschrieben hat?"

Jeremiah Hammond nickte. „Wussten Sie, dass er rote Haare hatte? Sehr schlau, der junge Mann."

Luke seufzte erleichtert auf. Jeremiah Hammond war vielleicht alt, aber nicht so alt, dass er mit Thomas Jefferson zu Abend hätte essen können. Offensichtlich spielte ihm seine Erinnerung einen Streich und das galt womöglich auch für das, was er gerade von der *Culpeper* erzählt hatte.

Luke bedankte sich bei dem alten Diplomaten und kehrte ins Kapitol zurück. Was sollte er mit dieser Geschichte anfangen? Anna durfte er nichts davon erzählen. Er brauchte mehr Beweise als das lückenhafte Gedächtnis eines Neunzigjährigen. Vielleicht hatte der Diplomat die Jahreszahlen durcheinandergebracht. Oder er hatte sich das Ganze nur eingebildet, genau wie das Zusammentreffen mit Thomas Jefferson.

Wenn er Anna davon erzählte, würde das ihre Fantasie nur noch zusätzlich anfeuern. Sie hatte sowieso schon eine lebendige Fantasie und ohne Beweise war diese Information in ihren Händen fast schon gefährlich.

Später am Abend saß Luke in den Rückzugsgemächern der Abgeordneten in einem Klubsessel neben dem großen Globus. Er schob den Globus mit der Fußspitze an und ließ die Kontinente und Ozeane an sich vorüberziehen. Sechsundfünfzig Männer waren mitsamt dem Schiff verschwunden. Wenn er Annas Bitte einmal außen vor ließ, war er den Männern irgendwie verpflichtet? Gut, immerhin waren es amerikanische Seeleute. Und es hatte den Anschein, als würde die Wahrheit über ihr Schicksal verschwiegen, um den Ruf eines Offiziers zu schützen, der voreilig einen Bericht abgesegnet hatte.

Luke atmete tief durch und rieb sich die Nase. Lügen kam für ihn nicht infrage, aber war es wirklich eine Lüge, Jeremiah Hammonds seltsamen Bericht für sich zu behalten? Seine ganze politische Erfahrung sagte ihm, dass Minister Long recht hatte und der alte Diplomat nur verwirrt war.

Und trotzdem wusste Luke nicht, was er tun sollte.

Es dauerte nicht lange, bis sie etwas über Violet Desjardins herausgefunden hatte. Gertrude hatte ermittelt, dass die Opernsängerin sich vor einem Jahrzehnt von der Bühne verabschiedet hatte und nun mit einem italienischen Edelmann verheiratet war und in einer Villa am Comer See wohnte.

Anna saß im Kartenraum und betrachtete Desjardins' Bild. Als Luke ihr von der durchreisenden Sängerin erzählt hatte, hatte Anna sich eine einfache Vaudeville-Künstlerin vorgestellt.

Aber da täuschte sie sich. Sie war eine wohlhabende Frau, und noch dazu ausnehmend schön. Auf dem Schwarz-Weiß-Foto war eine Frau im besten Alter zu sehen, gekleidet in leichte Seide. Violet Desjardins saß gerade und selbstbewusst. Ihre Haut war makellos und sie lächelte leicht in die Kamera, während sie mit einer Edelsteinkette spielte, die ihr um den Hals hing.

Gertrude hatte auch einige Artikel über die berühmte Opernsängerin gefunden. Anna verschlang jedes Wort. Die Antworten der Sängerin waren souverän, geistreich und elegant. In einem Interview fragte man sie nach dem Schmuck, den sie auf ihren Reisen durch Russland, Frankreich und auf den Mittelmeerinseln gesammelt hatte. Sie besaß eine Brosche eines russischen Zarensohns und einen Wendelring aus einer etruskischen Ausgrabungsstätte in Kreta. Als man von ihr wissen wollte, welcher Schmuck ihr am liebsten war, lachte sie nur und winkte ab.

„Ich mochte ja schon immer diese Turmaline", hatte sie laut Artikel geantwortet.

Anna nahm sich das Schwarz-Weiß-Foto und betrachtete jedes Detail. Genau konnte sie es nicht sagen, aber sie wollte ihren letzten Dollar verwetten, dass die lange Edelsteinkette um ihren Hals aus Turmalinen bestand. Anna wurde eifersüchtig. War das ein Geschenk von Luke gewesen?

„Hallo, Anna."

Augenblicklich ließ Anna das Foto sinken. Luke stand in der Tür und hatte einen zusammengerollten Bericht in der Hand. Anna versuchte noch, das Foto unter anderen Papieren zu verstecken, aber er hatte es bereits entdeckt.

„Ist das …?“ Er zog das Foto hervor und betrachtete still die Frau darauf. Anna wollte am liebsten im Erdboden versinken, vor allem weil er fast hypnotisiert war von dem Bild der Frau, die er einst geliebt hatte.

„Woher haben Sie das?“, fragte er schließlich.

Ihr Mund war plötzlich staubtrocken und es kam ihr unerträglich heiß im Kartenraum vor. „Ich war neugierig“, gab sie zu.

Liebte er sie noch? Wusste er, dass sie verheiratet war? Luke schien so gebannt zu sein, dass er kaum einen zusammenhängenden Satz herausbrachte. Oder Guten Tag sagte. Oder normal atmete.

„Sie ist noch immer sehr hübsch“, sagte er. „Es ist gar nicht so einfach, sich so ein Bild anzuschauen und nicht zu fragen, was wohl passiert wäre, wenn …“

Sein Satz blieb unvollendet und er starrte mit einem leichten Lächeln auf das Bild. „Violet Desjardins“, murmelte er. „Die Frau konnte einen ganzen Raum voller Menschen in ihren Bann ziehen, selbst wenn sie nur übers Wetter sprach.“

Das Gefühl von Eifersucht in Anna wurde stärker. Eigentlich hatte sie kein Recht dazu, aber sie stellte sich vor, wie es wohl sein musste, das Ziel dieser puren Bewunderung zu sein, die sein Gesicht zum Strahlen brachte. Und wie es strahlte! Gedankenverloren strich er mit dem Daumen über den Rand des Fotos.

Plötzlich ließ er das Foto fallen. „Violet und ich, das hätte eine Katastrophe gegeben.“

„Wirklich?“

„Wir waren uns viel zu ähnlich. Impulsiv. Zwei Hitzköpfe. Es war ein aufregender Ritt, aber auch ein gefährlicher. Ich brauchte schon immer jemanden, der mich einfängt, und das konnte sie nicht. Ich wollte mit ihr durchbrennen, sie heiraten und bis zu den Sternen fliegen. Und es wäre ganz und gar fantastisch geworden, bis wir uns gegenseitig an die Gurgel gegangen wären, weil jeder im Mittelpunkt stehen wollte.“ Luke sah sie lächelnd an. „Sie wären da schon eine viel bessere Wahl.“

Anna ging einen halben Schritt rückwärts. „Warum sind Sie gekommen?“, fragte sie, um schnell das Thema zu wechseln.

„Ich dachte, es würde Sie interessieren, was ich über die *Culpeper* herausgefunden habe.“

„Sie haben etwas?" Anna vergaß das Bild und bot ihm schnell einen Stuhl an. „Erzählen Sie!"

Luke nahm steif Platz und sah irgendwie unwohl aus. „Anna, ich habe mit Leuten von der Navy, dem Kriegsministerium und dem Innenministerium gesprochen. Es gibt keine große Verschwörung oder ein Geheimnis; das alles dient nur dazu, um den Ruf von Admiral Channing zu schützen."

Annas Mut sank, als Luke ihr erzählte, was alles für den Admiral unternommen wurde. Die militärischen Fähigkeiten des Mannes reichten an Napoleon heran, aber als junger Offizier hatte er unsauber gearbeitet und deswegen sträubte sich die Navy so hartnäckig, den Fall noch einmal aufzurollen.

Die Neuigkeiten hätten sie eigentlich beruhigen sollen. Sie wollte sich nicht ausmalen, dass hinter dem Verschwinden der *Culpeper* eine dunkle Verschwörung steckte, aber ein kleiner Rest Misstrauen blieb.

„Es ist trotzdem seltsam", sagte sie, „dass sie mir gegenüber alle so feindselig waren."

„Jetzt wissen Sie, warum."

„Sind Sie sicher?", hakte Anna nach. „Mehr steckt wirklich nicht dahinter?"

„Ganz sicher."

Ihm konnte sie vertrauen. Er war wahrscheinlich der Einzige hier in Washington, der geschworen hatte, niemals zu lügen oder die Wahrheit zu verdrehen. Und warum sollten sie die Neuigkeiten enttäuschen? Dass ihr Vater auf wundersame Weise überlebt hatte, diesem Traum gab sie sich nicht hin. Trotzdem wurmte es sie, dass der Bericht nun unkorrigiert bleiben würde. Ihr ganzes Leben war darauf ausgerichtet, die Welt der Informationen zu bereichern und zu beschützen. Und das hatte auch für ihren Vater gegolten. Wie sollte sie jetzt einfach klein beigeben?

„Dann kaufen Sie die Schreibmaschine und schreiben Sie die Geschichte ihres Vaters auf", schlug Luke vor, als hätte er ihre Gedanken gelesen. „Rücken Sie das Bild gerade. Wenn Admiral Channing sich hinter dem Rockzipfel einer Bibliothekarin verstecken muss, um seinen Ruf zu wahren, dann ist er seinen Dienstgrad nicht wert."

Wenn Luke Callahan so mit ihr redete, hatte Anna das Gefühl, sie könne tatsächlich etwas in der Welt bewegen. Sie war ganz gebannt von seinem Blick und genoss die Schwingungen, die zwischen ihnen hin- und hergingen.

„Anna ... darf ich Sie heute Abend zum Essen ausführen?"

Sie zuckte zurück. Von einem Mann wie Luke zu träumen, war das eine, aber in der Realität an seine Seite zu treten, etwas ganz anderes.

„Ich bin nicht die Sorte Frau, die einen ganzen Raum voller Leute mit Gesprächen über das Wetter in ihren Bann ziehen kann. Sie wissen doch gar nicht, wer ich wirklich bin." Sie war das Mädchen, das auf dem Spielplatz gehänselt wurde, das vor Menschenmengen sofort einknickte und sogar nervös wurde, wenn es in einem unbekannten Flur im Kapitol landete.

Luke sah sie unbeirrt an und Anna kämpfte gegen den Impuls, nervös auf ihrem Stuhl hin und her zu rutschen. Irgendwann endlich stand er auf, zog seine Weste gerade und ging in Richtung Tür. Erleichtert seufzte sie und stapelte die Artikel über Violet Desjardins auf. Das Foto legte sie ganz zuoberst. Sie musste all das an Gertrude zurückgeben, bevor ...

Luke kam zurück. Sein Blick war so intensiv, dass Anna die Unterlagen aus der Hand rutschten.

„Ich weiß nicht, warum Sie mir so misstrauen", sagte er. Kein Vorwurf war in seiner Stimme zu hören, nur Verwunderung. „Glauben Sie mir, ich möchte nur eins: Ihr Vertrauen gewinnen und Ihnen zeigen, dass ich sehr wohl weiß, wer Sie sind, und dass ich Sie trotzdem bewundere. Vielleicht lassen Sie sich dann nicht mehr von einer glücklich verheirateten Frau einschüchtern, die in achttausend Kilometern Entfernung lebt."

Er sah nach rechts und nach links. Sie waren die Einzigen im Kartenraum. Auf einmal beugte er sich vor und gab ihr einen Kuss, direkt auf den Mund. Als er sich wieder löste, war er rot vor Entschlossenheit. „Oder von einem Mann, der dir sein Herz zu Füßen legen will."

Dieses Mal kehrte er nicht zurück. Anna starrte ihm ungläubig nach. Ihre Lippen kribbelten und ihr Herz pochte wie wild.

Luke schlängelte sich auf der Treppe nach unten durch die Mitarbeiter und Angestellten. Auf das Foto von Violet war er nicht vorbereitet gewesen. Natürlich wusste er, dass sie mittlerweile verheiratet war. Im Lauf der Jahre hatten sie sich hin und wieder geschrieben und sie war erstaunlich glücklich mit ihrem italienischen Grafen, der eine viel bessere Partie für Violet war, als er es je hätte sein können.

Dass Anna so neugierig war und Nachforschungen über Violet anstellte, war ein gutes Zeichen. Luke lächelte vor sich hin und erreichte das Untergeschoss, wo es nach gebratenem Fleisch roch. Der Speisesaal war laut und voll. Hunderte von Angestellten standen an, um schnell etwas zu essen, bevor sie sich wieder an die Arbeit machten. Für die Mitglieder des Abgeordnetenhauses gab es bessere Speiseräume, aber er hatte heute keine Zeit, sich hinzusetzen und erst etwas zu bestellen. Er brauchte nur schnell ein Sandwich und ...

„Luke!“

Die Stimme erkannte er sofort. Luke drehte sich um und sah Anna O'Brien. Mit ihrer zierlichen Figur verschwand sie fast zwischen den Dutzenden von Angestellten, die in Richtung der Essensausgabe strömten.

Sie wurde rot und kam auf ihn zu. „Ich meine Mr Callahan“, sagte sie kleinlaut.

„Nichts da“, sagte er und grinste. „Es gefällt mir besser, wenn du mich Luke nennst. Und bitte kein Sie mehr.“

Ihre Lippen wurden schmal und sie sah sich nervös um. „Mr Callahan, ich muss Ihnen etwas erklären. Sie müssen verstehen ...“

Wegen einer Gruppe von Dienstboten, die sie auf ihrem Weg zur Essensausgabe von hinten anstießen und beiseitedrängten, blieb ihr Satz unvollendet. Die Dienstboten bekamen das Mittagessen bezahlt und Jugendliche in der Pubertät kannten kein Halten, wenn es ums Essen ging.

„Gehen wir in den Speiseraum für Abgeordnete“, sagte Luke. „Da ist es nicht so laut.“

„Nein!“, entfuhr es ihr und sie sah ängstlich in die Menge der Angestellten. „Ich muss vorsichtig sein. Sonst gibt es schnell Gerüchte!“

Die Art, wie sie ihm die Sätze zuraunte und dabei den Blick zu

Boden gerichtet hatte, machte den Eindruck, als würde sie ihm Staatsgeheimnisse verraten. Luke hatte Schwierigkeiten, ernst zu bleiben. Bei fast dreitausend Angestellten im Kapitol war es fast unmöglich, irgendwo ein stilles Fleckchen zu finden. Er deutete mit dem Kopf in Richtung der Terrasse. Den ganzen Morgen schon hatte es Schneeregen gegeben und niemand saß mit seinem Essen draußen. Die mit Steinplatten ausgelegte Terrasse war von einer fast zwei Meter hohen Hecke umgeben. Dutzende Tische standen herum. Hier waren sie wirklich für sich; dafür war es aber bitterkalt. Der eiskalte Wind schnitt innerhalb von Sekunden durch seinen Mantel und so, wie Anna die Arme um sich schlang, schien sie noch mehr zu frieren.

„Sollen wir wieder reingehen?“, fragte er.

„Nein, es dauert nicht lange“, erwiderte Anna. Sie sah bekümmert aus, was nichts mit den Temperaturen zu tun zu haben schien. „Haben Sie je den Namen Sarah Starling gehört?“

Er dachte nach. „Erzähl mir von ihr.“

Es dauerte nicht lange, bis Anna die Geschichte der hübschen, netten jungen Dame erzählt hatte, die mit einem Abgeordneten in der Garderobe erwischt worden war. Sie war auf der Stelle entlassen worden. Allmählich begriff Luke. Es war also mehr als nur Violet Desjardins, was Anna auf Distanz hielt.

„Alle Frauen, die hier arbeiten, sind in einer Zwickmühle“, erklärte sie. „Zum einen sollen wir freundlich und nahbar sein, aber wir dürfen den Abgeordneten dabei nie zu nahe kommen. Ich liebe meine Arbeit und darf sie nicht riskieren, nur weil ein attraktiver Mann sich kurzzeitig für mich interessiert.“

„Du findest mich also attraktiv?“

Sie drückte sich gegen die Wand, um besser gegen den Wind geschützt zu sein. „Ja, bis du deinen Mund auftust und dieses erstaunliche Ego herausschlüpft. Dann ist der Effekt wieder hin.“ Selbst so, zitternd und mit blauen Lippen, gefiel sie ihm. Jetzt, wo er den wahren Grund für ihre Zurückhaltung kannte, konnte er vernünftig dagegen angehen.

„Du brauchst keine Angst zu haben, dass dir gekündigt wird. Ich lasse erst gar keine Gerüchte aufkommen. Und wenn doch, wirst du nicht auf der Straße sitzen. Ich heirate dich, bevor das passiert.“

„Ich kann dich nicht heiraten!“ Sie sah ihn entsetzt an, und wenn er nicht so erschrocken gewesen wäre, hätte er es vielleicht amüsant gefunden.

„Vorsicht, O'Brien. Einen Augenblick lang wollte meine Selbstachtung sich schon wieder erholen, aber dann musstest du ja nachtreten.“

Sie legte ihm eine Hand auf den Arm. „Es ist nur, dass ich gesehen habe, was Frauen von Politikern so tun. Sie geben Gesellschaften und trinken mit anderen herausgeputzten Damen Tee. Aber der glücklichste Tag in meinem Leben war, als ich mit der Schule fertig war und genau dieser Sorte Mädchen den Rücken kehren konnte. Endlich durfte ich tun, was ich wollte.“

„Und was war das? Dich in einer Bibliothek verkriechen?“

„Ich sehe es als erfüllende Tätigkeit in einem Beruf, den ich liebe.“

Es imponierte ihm, dass sie sich nicht die Butter vom Brot nehmen ließ, sondern seine spitzen Bemerkungen mit vorgestrecktem Kinn parierte. Von ihm aus konnte er stundenlang hier im Schneeregen stehen und sich in ihren dunkel funkelnden Augen verlieren. Er musste sie nur noch davon überzeugen, wie gut sie sich ergänzten.

„Vielleicht würde es dir ja gefallen, Ehefrau und Mutter zu sein. Die meisten Frauen scheinen das zu mögen.“

Ihre Augen wurden zu Schlitzen. „Die meisten Frauen sind nicht mit Abgeordneten verheiratet. So einen Mann zu haben, hat viele Nachteile.“

„Hast du je die Frau des Präsidenten kennengelernt?“, fragte Luke.

„Wir bewegen uns offensichtlich in unterschiedlichen sozialen Kreisen. Nein, der Frau von Präsident McKinley bin ich noch nie begegnet.“

„Ich auch nicht“, sagte er. „Weil Ida McKinley eine Einsiedlerin ist, die sich kaum in der Öffentlichkeit zeigt. Und weißt du was? Präsident McKinley respektiert die Einstellung seiner Frau voll und ganz. Gerüchten zufolge soll sie den ganzen Tag Babystiefelchen stricken. Babyschuhe! Wenn die Frau des Präsidenten sich aus der Politikwelt heraushalten und Babyschuhe stricken kann, gehe ich davon aus, dass unser Land es überleben wird, wenn meine Frau die Pflichten einer Politikerfrau ruhen lässt.“

Anna starrte ihn an, als traue sie ihren Ohren nicht. Hielt sie wirklich so wenig von sich, dass sie dachte, er suche nur eine Frau, die Gesellschaften gab? Sie öffnete den Mund, um etwas zu sagen, aber dann nieste sie nur.

„Du frierst ja fürchterlich", sagte Luke. „Komm, wir gehen in den Speisesaal für Abgeordnete. Da gibt es weniger neugierige Blicke."

Er führte sie zu einer etwas weiter entfernten Glastür, die allerdings verschlossen war. Luke klopfte, bis jemand an einem Tisch nahe der Fenster sie bemerkte und öffnete. Es war Karl Winstead, der andere Abgeordnete aus Maine.

„Danke, Karl", sagte Luke und führte Anna hinein. Die Wärme tat gut. Mit etwas Glück konnte er Anna vielleicht überreden, mit ihm hier zu essen. Es passierte häufig, dass Abgeordnete sich hier mit Besuchern trafen, aber jetzt, wo er Annas Sorge vor der Gerüchteküche kannte, standen die Chancen wohl eher schlecht. Er ließ den Blick durch den Raum schweifen und entdeckte einen freien Tisch im hinteren Bereich.

„Dort könnte die Atmosphäre frostig werden", warnte ihn Karl. Luke folgte seinem Blick. Cornelius Jones hielt nur wenige Meter entfernt Hof. Er saß da wie ein König, am größten Tisch im ganzen Raum, und war von einer Wolke aus Zigarettendunst umgeben. Mit seinen ausgedünnten grauen Haaren und dem blutleeren Teint erinnerte ihn Jones immer an eine verschrumpelte Vogelscheuche. Er musterte die anderen Männer am Tisch, die heute um Jones' Gunst buhlten.

Jones legte seine Zigarette ab. „Was stinkt hier auf einmal?", fragte er und schnupperte umher. „Muscheln? Seewolf? Oder irgendein alter Fisch?"

Gelächter ertönte von den Speichelleckern rings um Jones, aber andere warfen Luke nervöse Blicke zu. Seit er dem Fischereiausschuss zugeteilt worden war, hatte Luke sich an die Frotzeleien längst gewöhnt und lächelte sie einfach weg.

Anna, die neben ihm stand, schien auf einmal immer kleiner zu werden. Mit erhobenem Haupt ging Luke auf Jones zu.

„Alte Fische gibt es in Washington ja genügend", sagte er und ließ den Blick über Jones' Hofstaat kreisen. Er wedelte den Zigarettenrauch davon. „Wie sehr fehlt mir doch die klare, unverpestete Luft von Maine.“

„Es dauert nicht mehr lange, dann können Sie die Luft in Maine dauerhaft genießen“, säuselte Jones.

Die Unterstellung war unmissverständlich. Die nächsten Wahlen waren zwar erst in einem Jahr, aber Lukes politischer Ruf hatte schwer gelitten.

„Es ist mir immer eine besondere Freude, Sie zu treffen“, erwiderte Luke. „Jedes Mal erstaunt es mich aufs Neue, wie hoch man auf heißer Luft schweben kann. Ich warte nur darauf, bis die Schwerkraft einsetzt und Ihr hübsches kleines Kartenhaus zum Einsturz bringt.“

Statt eine Antwort zu geben, nahm der Sprecher einen langen Zug aus seiner Zigarette. Die Spitze glomm hell im halbdunklen Raum. Luke winkte Anna in Richtung Flur.

„Ich verstehe nicht, wie Sie, also, wie du es in der Politik aushältst“, murmelte Anna, als sie im kühlen Flur angekommen waren.

„Zitterst du etwa?“ Luke hatte nichts gegen ein kleines Scharmützel, vor allem mit jemandem, der es so sehr verdient hatte wie Jones. Schon sehr bald würde er genug in der Hand haben, um ihn zu Fall zu bringen. Und bis dahin würde er nicht vor ihm buckeln und die Flucht ergreifen.

„Das war der Sprecher des Repräsentantenhauses!“, sagte Anna und rang die Hände. „Ihr habt euch Beleidigungen an den Kopf geworfen, als wärt ihr beide Zeus mit Blitzen in den Händen. Ich dachte, der Raum fängt jeden Augenblick Feuer. Wie ich so etwas verabscheue!“

„Anna, das war doch nur ein kleines Kräftemessen. Sieh nur, ich bin ganz ohne Narben davongekommen. Na los, ich lade dich zum Essen ein.“

Sie schüttelte den Kopf. „Ich muss zurück in die Bibliothek. Am Wochenende ist der offizielle Umzug und ich muss meinen Schreibtisch räumen.“

„Dieses Wochenende schon?“ Luke erschrak selbst über den Knoten in seiner Stimme. Wenn er und Anna nicht mehr im selben Gebäude arbeiteten, würden sie sich seltener sehen und das war ... Er schluckte. Seltsam. Dass sie gemeinsam unter einem Dach arbeiteten, hatte sein Leben viel schöner gemacht. Es würde nach dem Umzug viel schwerer sein, sie zu umwerben. Dann konnte er nicht mehr zwischendurch oben vorbeischauen. Die neue Bibliothek war zwar nur auf der anderen Straßenseite, aber es fühlte sich so an, als würde Anna ihm entgleiten, und er hatte noch einen weiten Weg vor sich, was ihre Abwehrhaltung betraf.

„Ich bringe dich nach oben", sagte er, während sein Kopf fieberhaft nach einer Lösung suchte, wie er sie auch nach dem Umzug regelmäßig sehen konnte. Seine Rechercheanfragen waren so gut wie durchgearbeitet, und dann? Er versuchte, ihre Hand zu greifen, aber Anna wich ihm aus und hielt angemessenen Abstand.

„In Zukunft werden die Dienstboten die Anfragen vom Kapitol vorbeibringen", sagte sie. „Du musst also nicht mehr persönlich vorbeischauen, um ..."

„Ich komme trotzdem", sagte er.

„Vielleicht wäre es aber besser, wenn du es nicht tun würdest."

Luke ließ sich nichts anmerken, während sie die breite Treppe hochgingen. Mit jeder Etage wurde das Treppenhaus weniger staatsmännisch und formell, bis sie schließlich auf dem Dachboden angekommen waren, wo sich der Kartenraum befand. „Und warum wäre das besser?", fragte er schließlich.

„Müssen wir wirklich weiter darüber reden? Ich bin als Ehefrau für einen Kongressabgeordneten völlig ungeeignet. Das musst du wissen."

Anna schloss die Tür zum Kartenraum auf, aber als sie sie öffnen wollte, stellte er sich ihr in den Weg. Sie erstarrte und er hatte einen wunderbaren Blick auf ihr glänzendes Haar, das sie zu einem perfekten Haarknoten gebunden hatte. Sie roch nach Zitrone, nach Sonne und tausend Tagen voller Lachen. Luke hielt die Luft an und hoffte, dass sie nicht Reißaus nahm.

„Anna", flüsterte er und war froh, dass sie blieb. Langsam sah sie zu ihm hoch und er beugte sich zu ihr herunter und flüsterte ihr etwas ins Ohr.

„Babyschuhe", raunte er. „Die Frau des Präsidenten strickt den ganzen Tag Babyschuhe."

Einen kurzen Augenblick blieb er mit seinem Gesicht noch an ihrem Haar, dann griff er hinter sich und drehte am Türknauf. Er schlüpfte an ihr vorbei, tänzelte die Treppe hinunter und ließ sie mit ungläubigem Blick und offenem Mund zurück.

KAPITEL 10

Luke hielt sich die nächsten drei Tage absichtlich von der Bibliothek fern. Anna kannte seine Absichten, aber er hatte nicht vor, sich wie ein liebestoller Einfaltspinsel aufzuführen, während sie mit ihren Ängsten kämpfte.

Das Problem war nur – und das störte ihn kolossal –, er war ein liebestoller Einfaltspinsel und vermisste sie. Er konnte sich nicht konzentrieren und dachte immer wieder darüber nach, wie wohl der Umzug vonstatten ging, ob sie in diesem vergoldeten Palast auf der anderen Straßenseite glücklicher war und ob sie je an ihn dachte.

Die Bibliothek hatte in dieser Woche geschlossen, damit die Arbeiter die letzten Bücher in Kisten packen und das Mobiliar ins Erdgeschoss des Kapitols tragen konnten. Sie stellten die ganze Rotunde voll, bis es über die Straße geschleppt werden konnte.

Am Tag des Umzugs erlag Luke seiner Sehnsucht. Er zog seinen dicken Mantel an und lief zum neuen Bibliotheksgebäude. Der ganze Weg war mit Karren und Wagen vollgestopft. Das Army Corps of Engineers hatte die Bibliothek errichtet und die Soldaten dieser Einheit überwachten den Umzug.

Schreibtische, Aktenschränke und Lesetische füllten den Bereich vor der Bibliothek und warteten nur darauf, hineingetragen zu werden. Kleine weiße Zettel mit Zimmernummern klebten an jedem Möbelstück und Dutzende Soldaten liefen in dem Durcheinander hin und her und hoben Stühle und Tische auf Rollwagen.

Ein Offizier leitete das ganze Unterfangen und hakte einzelne Positionen auf einer Liste ab. „Sir, die Bibliothek ist geschlossen", sagte er, als er Luke bemerkte. „Ich muss Sie bitten weiterzugehen."

„Ich möchte gern helfen", sagte Luke.

„Ausgeschlossen. Wenn Sie nicht gehen, muss ich den Wachschutz des Kapitols rufen. Die kümmern sich um diejenigen, die zu neugierig sind. Bitte gehen Sie."

Es war einzig der präzisen Arbeit des Militärs zu verdanken, dass dieses monumentale Projekt rechtzeitig und ohne das Budget zu sprengen zu seinem Abschluss gebracht wurde, und es hatte den Anschein, als liefe der Umzug wie ein geöltes Uhrwerk. Sie brauchten seine Hilfe nicht, aber heute war ein großer Tag für Anna und er wollte gern daran teilhaben.

Er ging einen Schritt auf den Offizier zu und reichte ihm die Hand. „Gestatten Sie, dass ich mich vorstelle. Kongressabgeordneter Luke Callahan, Bundesstaat Maine." Seine Machtposition trug Luke nur selten zur Schau, aber heute würde er sich nicht abweisen lassen. Heute nicht.

Der Offizier stand etwas gerader. „Was kann ich für Sie tun, Sir?"

„Ich möchte gern helfen", wiederholte Luke. Er deutete auf die großen Kisten mit Karten, die etwas weiter entfernt standen. „Vor allem möchte ich, dass der Kartenraum möglichst bald wieder einsatzbereit ist."

Der Offizier nickte und stellte Luke zwei Soldaten an die Seite, um mit ihm die erste Kiste auf einen Wagen zu hieven. Die Räder quietschten unter der Last, als Luke den Karren in Richtung Eingang steuerte. Statuen von Benjamin Franklin und Sir Walter Scott sahen vom Säulengebälk ernst auf ihn herunter. Die massiven Türen aus Bronze zeigten mythologische Schönheiten, die in Schriftrollen lasen. In der gewaltigen Eingangshalle schwärmten überall Arbeiter herum, zogen mit Flaschenzügen Möbelstücke über die verzierten Geländer oder trugen Kisten die Treppen hinauf. Die Atmosphäre war voller Geschäftigkeit. Stimmen hallten von den marmornen Böden und von den gewölbten Decken mit ihren verzierten Malereien wider.

Die Kartenkiste war viel zu schwer, als dass man sie die Treppe hätte hochtragen können. Nur der Fahrstuhl kam in Betracht. Der Karren passte gerade so in den Fahrkorb und alle drei Männer hielten gespannt die Luft an, als die Türen zugingen und der Boden unter ihnen sich zu heben begann. Nicht, dass Luke Angst vor der neuen Technik hatte, aber Fahrstühle waren ihm bisher wie unnötiger Schnickschnack erschienen. Aber eine gut zweihundert Kilogramm schwere Kiste, die in den dritten Stock befördert werden musste, ließ ihn seine Meinung ändern.

Das obere Stockwerk war genauso beeindruckend wie das erste.

Auch hier hingen Gemälde an den Flurwänden, auf denen Lesende oder Schreibende zu sehen waren oder Geschichtenerzähler am Feuer. Die Frauen waren idealisierte Verkörperungen der Erinnerung, der Fantasie, der Wahrheit und der Forschung. Luke schob mit am Karren und konnte nicht anders, als zu lächeln. Einst hatte er gegen das große Bibliotheksbudget gestimmt, aber es war unmöglich, nicht über die Erhabenheit dieses Gebäudes zu staunen. Sie schoben den Karren über schier unendliche mit Mosaiken und glänzendem Metall ausgelegte Flure, bis sie schließlich den neuen Kartenraum erreichten.

Luke ließ die beiden Soldaten den Karren in den Raum schieben, während er sich am Anblick von Anna O'Brien ergötzte. Sie trug einen einfachen braunen Rock und eine weiße Bluse, sah staubig und verschwitzt aus und war womöglich die schönste Frau, die er je gesehen hatte. Ihr Gesicht glühte, als sie einem schlaksigen Arbeiter zeigte, wo er die topografische Karte von Alaska an der Wand anbringen sollte.

„Hier?", fragte dieser. „Und bitte eine endgültige Entscheidung. Ich hänge sie nicht noch mal um!"

„Genau so", sagte Anna. „So ist es perfekt. Augenblick, ich hole den Hammer." Sie eilte zu einem Tisch in der Ecke, auf dem sich unausgepackte Kisten stapelten, und suchte auf und unter dem Tisch. Luke nahm den Hammer, der auf der Leiter neben ihm lag. „Suchst du das hier?"

Anna wirbelte herum. „Luke! Ich meine, Mr Callahan! Schauen Sie sich um. Haben Sie je etwas Majestätischeres gesehen?"

Luke dachte kurz nach. Washington war voller spektakulärer Gebäude, aber das hier war tatsächlich eine neue Qualität. „In der Tat", sagte er. „Ganz majestätisch. Und wir bleiben bitte beim Du."

„Was machst du hier?", fragte sie. „Ich dachte, die Army hat alles unter Kontrolle. Sag nicht, dass sie jetzt auch noch die Abgeordneten zum Transport abgestellt haben."

Da, sie tat es schon wieder. Zog ihn mit ihrer samtigen Stimme in ihren Bann. Er hatte keine Ausrede, wollte aber lieber geteert und gefedert werden, als zuzugeben, warum er wirklich hier war. Äußerlich ließ er sich nichts anmerken. „Ich dachte, ich sehe lieber zu, dass der Laden hier läuft, sonst muss ich noch den Löffel abgeben, bevor ich erfahre, welchen Einfluss die Moosbeeren auf die amerikanische Wirtschaft haben."

„Könnt ihr vielleicht später weiterfachsimpeln?", bemerkte der schlaksige Mann, der immer noch die Karte hoch über dem Kopf an der Wand festhielt. „Das Ding hier ist ziemlich schwer!"

„Entschuldige!" Anna eilte mit dem Hammer zu ihm. „Mr Callahan, ähm, Luke, das ist mein bester Freund, Neville Bernhard, aus dem Patentamt. Er hilft mir hier schon den ganzen Tag."

Als die Karte ordnungsgemäß befestigt war, gab Anna Luke eine kleine Führung durch den Raum. Aus einem Fenster konnte man die First Street und das Kapitol sehen. Hier war unendlich viel mehr Platz als im alten Kartenraum. Es gab einen Schreibtisch für die Bibliothekare, drei Arbeitstische und fünf Regale mit Büchern im hinteren Teil des Raums. Der Rest war für die Behälter mit Karten bestimmt.

„Es passen auch viel mehr Atlanten hier rein", sagte Anna aufgeregt, „aber ein paar Karten kommen auch in die Räume für Afrika und Asien. Ist das zu fassen? Es gibt ein eigenes Lesezimmer für Afrika. Und Spezialsammlungen für Volkskunst, Wirtschaft und Religion. Und für die Blinden!" Anna drückte ihm begeistert den Arm. „Ein ganzer Raum nur für Blinde, mit Brailleschriftbüchern und einem taktilen Globus mit Erhöhungen, und es wird eine tägliche Lesestunde für Blinde geben ..."

Tränen sammelten sich in ihren Augen und sie konnte nicht weiterreden. Luke erinnerte sich an seine Jugend. Er wusste genau, wie sich das anfühlte. Manchmal hatte er ein Buch aufgeschlagen und war von den Gefühlen geradezu übermannt worden. Am liebsten wollte er mit ihr mitweinen.

„Ich weiß, dass du die Bibliothek für eine riesige Geldverschwendung hältst, aber sie sagt doch auch etwas über unser Land aus. Nämlich, dass wir so ein Vermögen für Bücher und für Bildung ausgeben können. Dieses Haus ist doch ein Freudenfest! Eine Hymne an das Bestreben des Menschen, Wissen zu sammeln ..." Wieder konnte sie nicht weitersprechen. Eine Träne lief ihr über die Wange.

„So ist sie schon den ganzen Morgen", sagte Neville. „Ein Blick auf die Statue der Göttin mit der Fackel des Wissens und schon wurden ihre Augen feucht."

Anna zerknüllte ein Blatt Papier und warf es nach Neville, der es auffing und zurückwarf.

Luke kniff die Augen zusammen. Die beiden schienen sehr vertraut miteinander zu sein. Zu vertraut.

Vielleicht war das der Grund, warum Anna immer wieder auf Distanz ging? Obwohl Neville Bernhard nicht wie ein Nebenbuhler aussah. Er war schlank wie eine Bohnenstange und hatte immer wieder unkontrollierte Zuckungen. Aber die Vertrautheit zwischen den beiden war nicht zu übersehen. Und das gefiel ihm nicht.

Anna hob den Papierball auf und warf ihn zurück nach Neville. Dann duckte sie sich hinter eine Kartenkiste. Die beiden schienen so vergnügt, als wären sie auf einem Spielplatz. Luke musste weg hier.

„Ich hole mal die nächste Kiste", knurrte er.

Als er mit dem nächsten Karren am Kartenraum ankam, bot sich ihm ein haarsträubendes Bild: Anna saß auf den Schultern von Neville und stellte gerade einen Globus auf ein Regal. Ihr Rock war hochgerutscht. Die Lederstiefel bedeckten zwar ihre Knöchel, aber ihre Waden waren vollständig entblößt.

„Genau das, was ich schon immer sehen wollte", sagte er mit frostiger Stimme. „Die Farbe von Miss O'Briens Strümpfen." So direkt hatte er es gar nicht sagen wollen, aber man sah ihre Strümpfe bis zum Knie! So etwas Anstößiges hatte Luke schon lange nicht mehr gesehen. Das letzte Mal, als er ein Holzfällerlager besucht hatte und eine Truppe Tänzerinnen das Wochenende bei den Arbeitern verbracht hatte. Und das hier war eine Bibliothek, Himmel noch mal.

Anna wurde rot. „Oh! Ich sollte lieber wieder runter." Luke hielt die Luft an, während Neville auf die Knie ging und Anna schwanken ließ wie einen Schiffsmast bei Sturm. Sie rutschte von seinen Schultern, zog ihren Rock zurecht und lächelte Luke scheu an.

„Sind wir jetzt wieder gesellschaftsfähig, ja? Dann kann die Welt ja weiteratmen."

„Ich helfe Ihnen mit der nächsten Kiste", sagte Neville und folgte Luke gemächlich die Treppen hinunter.

Luke starrte geradeaus und spürte das unbekannte Ziehen von Eifersucht. Was fand Anna an diesem schlaksigen, herumzuckenden Kerl? Er wollte gerade auf die Terrasse heraustreten, als ihn eine

Hand am Arm beiseitezog. Neville führte Luke in die leere Garderobe. Der trottelige, leutselige Gesichtsausdruck war verschwunden.

„Lassen Sie Anna in Ruhe", drohte der jüngere Mann leise. „Sie haben keine Ahnung, wie verletzlich sie ist. Nach außen macht sie einen starken Eindruck, aber sie hat Ihren bissigen Unterton garantiert gehört. Ich lasse nicht zu, dass Sie sie mit Steinen bewerfen."

Luke ging einen Schritt zurück. „Was ist da überhaupt zwischen Ihnen beiden? Das ist doch mehr als bloße Freundschaft."

„In der Tat. Sie ist meine Schwester."

Lukes Augen weiteten sich erschrocken, woraufhin Neville schnell eine Erklärung lieferte. „Wir sind nicht blutsverwandt, aber unsere Herzen schlagen im gleichen Takt. Wir denken und fühlen ähnlich, und zwar seit unserem achten Lebensjahr." Die Zuckungen wurden schlimmer. Sein Hals und seine Schultern bewegten sich immer wieder unkontrolliert. Nur sein ruhiger Gesichtsausdruck blieb unverändert.

„Ich hatte es nicht gerade leicht als Kind", fuhr Neville leise fort. „Und Anna erging es auch nicht viel besser. Aber daraus entstand eine Freundschaft, die halten wird bis zu unserem letzten Atemzug. Ich bin mir nicht sicher, warum Sie so viel Interesse an Anna haben, aber irgendwann werde ich es herausfinden. Ich möchte offen sein, Mr Callahan. Ich sehe vielleicht dürr aus und schwach, aber wenn Sie Anna wehtun, werde ich Sie umbringen, bildlich gesprochen, Ihr Dorf anzünden und Ihre Felder mit Salz bestreuen. Habe ich mich klar ausgedrückt?"

Neville kam näher, bis sich fast ihre Nasen berührten. Seit seinen ersten Tagen in Washington hatte Luke es mit politischen Gegnern, Gewerkschaftsbossen und herrischen Offizieren aufgenommen, aber eine Entschlossenheit wie in Nevilles Blick war ihm noch nie begegnet.

„Freut mich zu hören", sagte er ruhig.

„Ach ja?"

Luke schuldete dem Mann eine Erklärung. Er war unhöflich und feindselig gewesen, weil der Anblick von Anna auf den Schultern eines anderen Mannes eine Welle der Eifersucht in ihm ausgelöst hatte, die er so nicht wieder erleben wollte.

„Was mein Interesse an Anna O'Brien betrifft, kann ich Ihnen weiterhelfen. Ich möchte Anna auf einen Thron setzen, sie mit Turmalinen behängen und endlose Gedichte für sie schreiben. Ich möchte sie mit Büchern und Schreibmaschinen und allem anderen überhäufen, was ihre Fantasie zum Sprühen bringt. Aber sie lässt mich nicht an sich heran. Und wenn ich scheitern sollte, beruhigt es mich, dass es da noch jemanden gibt, der an ihrer Seite steht."

Der intensive Blick von Neville wich einem Lächeln. „Freut mich zu hören. Dann ist meine Mission ja erfüllt."

Als sie mit dem letzten Karren am Kartenraum ankamen, hatte Luke bereits das Gefühl, einen neuen Freund gefunden zu haben.

Die neue Bibliothek war mit Elektrizität ausgestattet und Lampen mit matten Schirmen erhellten das Chaos im Kartenraum. Die Tische, der Zettelkatalog, die Karten, die Bücher, alles war geliefert worden. Die Sonne war vor Stunden untergegangen, aber Anna war viel zu aufgeregt, um nach Hause zu gehen. Sie war müde, schmutzig und ihre Muskeln taten ihr von der Strapaze weh, aber trotz alledem war dies der schönste Tag ihres Lebens. In eine ganz neue Bibliothek zu ziehen hatte alles Frühere an Aufregung übertroffen.

Neville war mit den anderen Arbeitern gegangen, aber Luke half ihr noch, die Schubladen mit Karten zu bestücken, Bücher einzusortieren und ihren Schreibtisch drei Mal umzustellen, bis sie den besten Platz gefunden hatten, von dem aus sie ihr Königreich überschauen konnte. Seit der letzten Kartenkiste hatte Luke auf einmal erstaunlich gute Laune gehabt. Seine gereizte Stimmung war verflogen. Bereitwillig half er ihr, die Möbel zu stellen und Karten aufzuhängen. Er ging sogar nach unten und stellte sich an, um einige eingetopfte Farne zu holen, die im Haus verteilt wurden. Als er mit einem Schwertfarn in einem einfachen Messingtopf zurückkehrte, strahlte er, als hätte er Gold, Weihrauch und Myrrhe im Gepäck.

Anna konnte kaum glauben, wie schnell der Kartenraum Gestalt annahm. Irgendwann blieb ihr nur noch, den Zettelkatalog wieder zu bestücken.

„Das würde ich selbst meinem ärgsten Feind nicht zumuten", sagte sie. „Das ist die mühsamste Aufgabe von allen."

Luke beäugte die Karten, die sauber nach Signatur sortiert waren. „Und mir scheint es ein Verbrechen zu sein, dich diese Karten allein einsortieren zu lassen. Als würde man Psyche einen Haufen Samen vorsetzen, den sie bis zum Morgen sortiert haben muss. Sag mir, was ich tun soll."

Gab es etwas Attraktiveres als einen Mann, der sich in der griechischen Mythologie auskannte? Anna konnte es kaum glauben, aber sie saß mit dem heiratswürdigsten Junggesellen des ganzen Kongresses an einem Tisch und zeigte ihm, wie man den Metallstift und die Federn in den Zettelkatalogschubladen löste. Er lachte über sie, weil sie jeden Kartenstapel vor dem Umzug durchnummeriert hatte. Aber sie ließ das nicht auf sich sitzen.

„Wenn auch nur ein Kärtchen falsch einsortiert wird, kann es passieren, dass wir die zugehörige Karte nie wieder finden. Es könnte Jahrzehnte dauern, bis sie auftaucht. Wenn überhaupt."

„Und über solche Dinge machst du dir wirklich Sorgen?"

Er neckte sie, aber sie stand zu ihrer Gründlichkeit. „Ich nehme meine Arbeit eben ernst. Wenn in einer Bibliothek erst einmal etwas verloren gegangen ist, sind die Chancen, es je wiederzufinden, minimal. Die meisten Leute halten diese Sorgfalt für übertrieben, ich weiß. Schließlich gibt es hier nur Papier mit Schrift darauf, mehr nicht. Die meisten Bücher sind noch nicht einmal besonders wertvoll."

„Papier mit Schrift darauf kann die ganze Welt verändern", sagte Luke. „Das war schon immer so."

„Ich finde es schön, wenn du so etwas sagst."

Wer hätte gedacht, dass dieser auffällige, arrogante Mann dieselben Werte hatte wie sie? Er hatte einen Eisenbahnwaggon gekauft und eine rollende Bibliothek daraus gemacht! Luke legte die Metallstrebe hin und berührte ihren Handrücken. Es war nur eine Fingerspitze, aber Anna bekam sofort Gänsehaut.

„So unterschiedlich sind wir gar nicht, Anna. Du willst eine Kathedrale für deine Bücher und ich stopfe sie in einen Waggon und schicke sie in die Berge. Die Verpackung mag anders aussehen, aber im Kern ist es dasselbe. Die unvergleichliche Magie von Wörtern auf Papier."

Von ferne näherten sich schnelle Schritte. Sie kamen immer näher, bis ein atemloser Dienstbote im Raum stand. „Da sind Sie ja, Sir! Wir haben Sie überall gesucht. Ein Telegramm für Sie, aus Maine."

Der Junge hielt ihm einen kleinen Zettel hin. Luke richtete den Blick darauf. Abneigung verzerrte seine feinen Gesichtszüge.

„Willst du es nicht annehmen?", fragte Anna. Der Junge trat von einem Bein aufs andere und sah Anna verwirrt an. Als Luke noch immer keine Anstalten machte, ging sie auf den Jungen zu, nahm den Zettel entgegen und bedankte sich. Sie wartete, bis er gegangen war, dann wandte sie sich an Luke. Wie konnte er ein Telegramm ignorieren?

„Bitte sag mir nicht, dass deine Angst vor Technik sich auch auf die Telegrafie erstreckt. Das könnte etwas Wichtiges sein. Soll ich es dir vorlesen?"

Er riss ihr den Zettel aus der Hand und wandte sich ab. Auf einmal war die Atmosphäre merklich abgekühlt. Anna schlang die Arme um sich und wünschte sich ein wärmendes Tuch. Wenn seine angespannte Haltung ein Signal war, dann kein gutes. Luke sagte nichts und stopfte den Zettel mit versteinerter Miene in seine Hosentasche.

„Ist etwas passiert? Kann ich irgendwie helfen?"

Sie hatte Luke auf dem Kriegspfad erlebt, wenn er unbedingt seinen Willen haben wollte. Sie hatte ihn aufgewühlt und wütend erlebt. Aber diese harte Kälte war neu.

„Lass das mal meine Sorge sein", sagte er schließlich.

Luke verschränkte die Arme und starrte aus dem Fenster. Die Straßenlaternen warfen warme Lichtkegel auf die Wege. Vor wenigen Augenblicken war hier noch ein gemütlicher Zufluchtsort gewesen. Aber das war verflogen. Er seufzte.

„Kennst du einen Weg, etwas über die Verhältnisse in einem bestimmten Gefängnis herauszufinden?"

„Ein Gefängnis? Was für Informationen brauchst du denn?" Wenn es ein Bundesgefängnis war, konnte man sicher etwas finden. Aber die meisten Gefängnisse wurden von den einzelnen Bundesstaaten oder Countys betrieben. Das würde die Sache erschweren und sie würde sich Hilfe holen müssen.

„Meine Schwester ist kurz davor, nach Washington zu kommen und mir den Arm zu verdrehen, aber ich will sie hier nicht haben.

Ich muss sie in einer Sache beruhigen, und damit ich das kann, brauche ich mehr Informationen über das Gefängnis in Bangor. Finde irgendwas, was beweist, dass das kein elendiges Kerkerloch ist."

„Aber die meisten sind genau das."

Er sah sie finster an. „Hör zu. Mein Bruder muss ein Weilchen einsitzen und meine ganze Familie will nichts mehr mit mir zu tun haben, wenn ich ihn nicht freikaufe. Aber das werde ich nicht tun. Das wäre die schlechteste Lösung für ihn."

Anna stand der Mund offen. „Dein Bruder ist im Gefängnis? Und du setzt nicht Himmel und Erde in Bewegung, um ihn da herauszuholen?"

„Nein, Anna, das werde ich nicht tun", blaffte er.

Sie schloss die Augen und kämpfte gegen die Welle von Erinnerungen. Nur ein einziges Mal war sie in einem Gefängnis gewesen, aber der Gestank dort hatte sich für immer in ihrem Gedächtnis eingebrannt. Nachdem ihr Onkel vier Monate seiner dreijährigen Strafe abgesessen hatte, begann Tante Ruth, sich um eine vorzeitige Entlassung zu bemühen. Sie wollte, dass auch Anna den Richter darum bat, Milde walten zu lassen, und weil Anna nicht mehr reden konnte, drückte sie ihr einen Stift in die Hand und diktierte ihr einen Brief. Anna hatte solche Angst vor der Rückkehr ihres Onkels, dass ihr die Hand gefror. Sie konnte nicht schreiben, konnte nicht die Wörter zu Papier bringen, die diesen Mann wieder in ihre Nähe bringen würden. Daraufhin zerrte ihre Tante sie ins Gefängnis, um ihr zu zeigen, was ihr kleines Schandmaul angerichtet hatte.

Der Gestank war entsetzlich gewesen und der Anblick ihres Onkels unerträglich. Sie hatte das blasse Gespenst kaum erkannt. Es war unmöglich, in die von Reue erfüllten Augen zu sehen und kein Mitleid zu haben. Ihre Angst war wie weggeblasen und Anna sprang zu den Gitterstäben, um ihren Onkel zu umarmen. Er war nur noch Haut und Knochen und beim Weinen bebten seine Rippen. Anna vergab ihm. Still schluchzte sie an seiner Brust und merkte, wie aus der Angst Schuldgefühle wurden. Ihr Onkel strich ihr übers Haar.

„Es tut mir leid, Anna", weinte er. „Es tut mir ja so leid."

Sie glaubte ihm. Kaum war sie zu Hause, da schrieb sie dem Richter den Brief. Es täte ihr leid, so ungezogen gewesen zu sein, und der Richter solle doch ihren Onkel nicht für die schlimmen Wörter bestrafen, die sie gesagt habe. Er sei nun genug bestraft worden und solle aus dem furchtbaren Gefängnis entlassen werden.

Ob ihr Brief etwas gebracht hätte, erfuhr sie nie. Einen Monat später starb ihr Onkel an Tuberkulose. Er hatte sich damit im Gefängnis angesteckt. Statt einer dreijährigen Strafe hatte er wegen Anna die Todesstrafe bekommen. Und mit dieser Schuld lebte Anna bis heute.

Später fand sie heraus, dass sich fast alle Gefängnisinsassen innerhalb eines Jahres angesteckt hatten. Nur wenige überlebten länger als fünf Jahre in Haft.

„Die Gefängnisse sind eine allbekannte Brutstätte für Tuberkulose", protestierte sie bei Luke. „Mein Onkel hat sich damals damit angesteckt und war nach sechs Monaten tot. Wie kannst du nur dasitzen und nichts tun?"

Sein Blick wurde eisig. „Du weißt gar nichts über mich", sagte er. „Und du hast nicht das Recht, meine Entscheidung anzuzweifeln. Er ist mein Bruder und ich werde das tun, was ich für das Beste halte."

„Er wird innerhalb eines Jahres an Tuberkulose erkranken! Je länger er dort einsitzt, desto höher ist die Wahrscheinlichkeit. Er wird sterben, Luke. Möchtest du dir das aufs Gewissen laden? Ich kann dir nämlich genau sagen, wie sich das anfühlt. Jedes Mal, wenn ich an meinen Onkel denke, wünschte ich, ich hätte die Schimpfwörter damals nicht gesagt. Dann würde er nämlich noch leben."

„Dein Onkel war im Gefängnis, weil er ein Kind misshandelt hat. Du bist doch nicht schuld an seinem Tod."

„Bin ich doch."

„Dann bist du ein willensschwaches Ding. Dein Onkel hat sich dazu entschieden, nach der Flasche mit Ätznatron zu greifen. Und Jason hat sich dazu entschieden, nach der Flasche Rum zu greifen und den Hilfssheriff zu schlagen. Er weiß, dass Rum für ihn wie Gift ist, aber er trinkt ihn wieder und wieder und wieder."

„Na und? Du musst ihn da rausholen. Ich könnte nie einen Mann respektieren, der seinen eigenen Bruder einer so großen Gefahr aussetzt."

Luke fuhr vom Fenster herum. „Du hast ja keine Ahnung, was du da redest. Mein Bruder wurde sein ganzes Leben lang nur verhätschelt. Er ist genau da, wo er sein muss."

„Aber er könnte sterben ..."

„Und glaubst du nicht, dass ihn der Rum auch umbringen könnte?", brüllte Luke sie an. Anna zuckte zusammen und machte einen Schritt zurück, aber er rückte nach. „Er hat schon meinen Vater umgebracht! Dieser verfluchte Alkohol hat sein Blut und sein Gehirn vergiftet, bis er überhaupt kein Mensch mehr war, sondern nur noch ein böses, seelenloses Tier. Deswegen rühre ich keinen einzigen Tropfen an. Und deswegen soll Jason im Gefängnis gefälligst trocken werden, weil alles andere bisher kläglich gescheitert ist!"

Er stürmte zur Tür, blieb aber kurz davor stehen. „Wenn du etwas über das Gefängnis in Bangor herausfindest, bin ich dir dankbar", zischte er durch die Zähne, ohne sich umzudrehen. „Aber ich will kein Wort mehr über Jason hören."

Die Tür ratterte noch nach, als er sie hinter sich zuschlug.

KAPITEL 11

Luke verbrachte den ganzen Morgen in einem der Ledersessel in den Rückzugsgemächern der Abgeordneten. Er versteckte sich hinter einer Zeitung und hoffte, dass niemand zu ihm kam, um zu plaudern. Heute ging es in seinem Steuercoup um alles. Jones hatte genügend Stimmen beisammen, um die neue Steuer durch den Kongress zu bringen, aber nur wenn er das nötige Quorum erreichte, hatte die Abstimmung Gültigkeit. Dutzende Abgeordnete aus beiden Parteilagern fürchteten die neue Steuer. Luke und Caesar Trammel hatten im Hintergrund versucht, die Mitglieder des Abgeordnetenhauses davon zu überzeugen, dass sie die Abstimmung boykottieren sollten. Ohne die nötige Anzahl von Abgeordneten würde erst gar keine Abstimmung stattfinden und die Steuer wäre für mindestens ein Jahr vom Tisch.

Luke sah aus dem Fenster. Es war ein grauer, verregneter Tag. Dunkle Wolken hingen am Himmel und ließen kleine Tröpfchen gegen die Fenster regnen. Dieses Wetter passte zu seiner Stimmung.

Vor seinem inneren Auge tauchte plötzlich wieder Anna auf. Er schauderte bei dem Gedanken, sie ein willensschwaches Ding genannt zu haben. Anna hatte einen wunderbaren Willen, aber wie konnte sie ihrem Onkel nur so leicht vergeben? Der Mann hatte sie gezwungen, Ätznatronlauge zu trinken, und trotzdem gab sie sich die Schuld für seine Gefängnisstrafe? Auch Anna war ein Opfer der zerstörerischen Auswirkungen von Alkohol.

Trotzdem hätte er sie nicht derartig beleidigen dürfen. Sie war eine herzensgute Frau. Und sie konnte wesentlich besser vergeben als er. Am liebsten wollte er aufspringen, über die Straße eilen und sich bei ihr entschuldigen.

Coup de foudre. Blitzschlag. Liebe auf den ersten Blick.

Sollten diese irrationalen Gefühle nicht längst nachgelassen haben? Dieser wilde, impulsive Drang, in ihrer Nähe sein zu wollen, wurde nicht schwächer, sondern nur noch stärker.

Ungeduldig blätterte er die Zeitung um. Er saß hier fest, bis seine

Schwester auf das Telegramm antwortete, und das konnte bis zu einer Stunde dauern. Danach würde er sich Philip schnappen, den Zug nehmen und der Stadt entfliehen. Er wollte nirgendwo in der Nähe des Kapitols sein, wenn der Boykott anlief.

Das unverkennbare Klacken von Caesar Trammels Gehstock riss Luke aus seinen düsteren Gedanken. Vorsichtig hob er die Zeitung ein Stück höher und hoffte so, der Begegnung aus dem Weg zu gehen, aber kurz darauf schlug die Spitze des Gehstocks ihm die Zeitung aus der Hand.

„Guten Morgen, Mr Trammel, Sir", sagte Luke betont freundlich.

„Ich bin überrascht, Sie heute hier zu sehen", knurrte Caesar.

Jedes weitere Wort war gefährlich. Es war ohnehin schwer, im Kapitol Geheimnisse zu bewahren, und dieser Raum hatte besonders viele Ohren. Trotzdem sah es bisher so aus, als würde Trammels Plan aufgehen. Fünfundsechzig Abgeordnete dazu zu bringen, sowohl die Abstimmung zu boykottieren als auch Stillschweigen darüber zu bewahren, grenzte an ein Wunder. Nun waren es nur noch wenige Stunden, bis die Falle für den Sprecher des Repräsentantenhauses zuschnappen sollte.

„Ich warte auf ein Telegramm", sagte Luke. Er hatte am Tag zuvor spätabends noch nach Bangor telegrafiert und Julia gebeten, in Bangor zu bleiben und den Anwalt der Familie anzuweisen, die Kaution für Jason zu bezahlen. Sobald ihre Antwort im Fernmeldeamt im Keller eingetroffen war, konnte er verschwinden.

Trammel beugte sich vor. „Sehen Sie zu, dass Sie Land gewinnen", sagte er. „Ich will Sie hier heute nirgendwo sehen. Wenn das Telegramm kommt, werde ich es für Sie verwahren."

Luke stand auf, zog seine Weste glatt und rückte den Binder zurecht. „Einverstanden."

Draußen war es noch immer trüb und regnerisch. Nur die kupferne Kuppel der neuen Library of Congress strahlte im Morgenlicht. War Anna verärgert wegen gestern Abend? Luke schämte sich, dass sein Temperament mit ihm durchgegangen war und er sie angeschrien hatte.

Kurz darauf ging er die Treppe zur Bibliothek hoch und eilte durch die bronzene Tür. Er musste sie um Verzeihung bitten und diesen bitteren Beigeschmack aus der Welt räumen, den ihre Freundschaft gestern bekommen hatte. Washington war voller ehrgeiziger Männer und aufstiegsgieriger Frauen. Anna war anders. Sie war eine bescheidene Frau, die stolz auf ihre Arbeit war, aber nicht wegen des Ansehens oder des Geldes, sondern aus Liebe zur Forschung, und allein schon diese Tatsache drang durch alle seine Panzer und weckte seine Sehnsucht nach ihr.

Würde sie ihn überhaupt sehen wollen? Vor lauter Sorge fing sein Magen an zu kribbeln, als er den großen Balkon umrundete und den Flur zum Kartenraum entlanglief. Überall standen noch leere Kisten, Hammerschläge waren zu hören. Die Tür zum Kartenraum stand offen. Anna saß an einem Tisch und steckte Katalogkärtchen auf eine Metallstrebe. Luke klopfte.

„Reden wir noch miteinander?“, fragte er.

„Sag du es mir“, erwiderte sie und legte die Karten hin. „Ich weiß nicht, ob du dich mit einem willensschwachen Ding abgeben willst.“

Er seufzte. Wieso musste er gerade die Frau verletzen, die es am allerwenigsten verdient hatte? „Bitte verzeih mir“, setzte er an. „Es gibt keine Entschuldigung für mein Verhalten. Jason ist mein Problem und ich hätte dich nicht beleidigen dürfen. Es tut mir leid, dass ich mich wie ein zorniger Bär aufgeführt habe.“

„Du könntest dich wenigstens nützlich machen.“ Sie hielt ihm die Metallstrebe hin, ein Friedensangebot.

In Lukes Brustkorb wurde es warm. Ob sie auf ewig diesen Effekt auf ihn haben würde? Er nahm den Metallstift und setzte sich ihr gegenüber und kurz darauf hatten sie ihren Rhythmus vom Vorabend wiedergefunden.

„Dein Bruder ist wohl ein ziemlich sensibles Thema für dich“, sagte Anna vorsichtig.

Das war eine gewaltige Untertreibung. „Ich mache mir Sorgen, dass Jason in die Fußstapfen unseres Vaters tritt. Mein Vater war ein vernünftiger Mann, wenn er nüchtern war, aber betrunken wurde er zu einem Tier, das niedertrampelte, was ihm im Weg stand. Ich begreife einfach nicht, wieso Jason und Julia nach allem, was wir erlebt haben, zur Flasche greifen konnten.“

„Julia ist deine Schwester?“

Julia, seine schöne, aber charakterschwache Schwester. Ihr Problem war nicht nur der Alkohol; sie war auch nicht in der Lage, ihre Emotionen in den Griff zu bekommen. Sie war wie eine Motte, die bereitwillig um eine Flamme flog, ohne an die Gefahren der feurigen Versuchung zu denken. Dass sie ihre Gefühle nicht zügeln konnte, hatte sie geradewegs in eine Affäre mit einem verheirateten Mann getrieben. *„Das verstehst du nicht!"*, hatte sie gesagt. *„Unsere Herzen sind wie eins!"*

Ihre Körper waren auf jeden Fall eins geworden, denn Philip kam zur Welt, als Julia gerade einmal siebzehn war. Und ihr großartiger Liebhaber? Nahm beim ersten Anzeichen der Schwangerschaft Reißaus und floh mit seiner Frau nach Boston. Julia griff immer regelmäßiger nach der Flasche, um ihre Depressionen im Rum zu ertränken, und verlor nach und nach die Fähigkeit, für sich und ihren Sohn zu sorgen. Es war Julias Abhängigkeit vom Alkohol gewesen, die Luke dazu gezwungen hatte, Philip in seine Obhut in Washington zu nehmen.

„Ja, Julia ist meine Schwester. Das einzige Mädchen neben drei Brüdern."

Anna nickte und fädelte die nächsten Karten ein. „Ich war schon immer neidisch auf andere, die mehrere Geschwister hatten. Ich weiß gar nicht, wie das ist, sich um Brüder und Schwestern Gedanken zu machen, aber diese Erfahrung hätte ich gern gemacht."

Seine Familie war ein einziges Sorgenbündel, aber trotzdem liebte er sie. Sie waren der Rahmen, innerhalb dessen er sich gefunden hatte. Sie gaben dem Leben Würze und Farbe und erfüllten es mit Lachen. Es fiel ihm schwer, sich vorzustellen, wie einsam sich Anna gefühlt haben musste, als Einzelkind so früh ihre Eltern zu verlieren. War sie womöglich deswegen so versessen darauf, die Details über die letzte Fahrt ihres Vaters herauszufinden?

„Gräbst du in der Sache mit der *Culpeper* eigentlich weiter?", fragte er.

Anna seufzte. „Ich bin schon fast blind geworden bei dem Versuch, in den alten Zeitungen von 1882 einen Hinweis auf das Schiff zu finden. Drei Mal wurde es in kubanischen Gewässern gesehen, aber nirgendwo steht, warum. Wenn ich in das Archiv der Navy gehe, bin ich sofort gefeuert."

Da hatte sie wahrscheinlich recht. Die Navy und die Regierung hielten zusammen, um den Ruf von Admiral Channing zu wahren. Was mit einer kleinen Bibliothekarin geschah, fiel nicht ins Gewicht. Sie würden Anna verscheuchen wie eine Fliege, wenn sie es wagte, den Namen ihres berühmten Admirals zu beschmutzen.

„Es ist wie Zahnschmerzen, die kann man nicht ignorieren", sagte Anna. „Der Bericht ist falsch und sie wissen auch, dass er falsch ist, und trotzdem muss ich tatenlos zusehen, wie der Fehler für alle Zeiten festgeschrieben wird. Je mehr Zeit vergeht, desto schwerer wird es werden, ihn zu korrigieren."

Mitten im Reden sprang Anna auf. „Kann ich Ihnen helfen?"

Luke drehte sich um und bemerkte drei Uniformierte. Sie gehörten zur Kapitol Police, der Polizeieinheit des Kapitols. Jonathan West, der Sergeant at Arms, trat vor. Sein Rangabzeichen war deutlich zu sehen. Luke schwante Schlimmes. Die Männer verließen das Kapitol nur, wenn sie einen guten Grund dafür hatten.

„Sir, Sie sind festgenommen", sagte der Sergeant at Arms. Seine zwei Begleiter stellten sich neben Luke.

Luke lachte auf. „Soll das ein Witz sein?"

„Nein, Sir. Bitte folgen Sie uns unverzüglich ins Kapitol."

„Was wird mir denn vorgeworfen?"

„Illegales Beeinflussen einer Kongressabstimmung", erwiderte der Polizist. „Der Sprecher des Repräsentantenhauses hat kraft des Gesetzes das Recht, Ihre Anwesenheit bei der Abstimmung zu erzwingen. Er macht von diesem Recht Gebrauch. Sie und die anderen fünfundsechzig Abgeordneten, die der heutigen Abstimmung ferngeblieben sind, stehen unter Arrest."

Luke ballte die Hände zu Fäusten und brachte vor Wut kein einziges Wort heraus. Alles, was der Polizist über die Macht des Sprechers gesagt hatte, stimmte, aber diesen üblen Trick hatte seit Jahrzehnten niemand mehr angewendet. Alle seine Kollegen, die noch in der Stadt waren, ereilte wahrscheinlich gerade dasselbe Schicksal. Offensichtlich waren sie verraten worden. Die meisten Abgeordneten, die auf seiner Seite standen, hatten sicher die Stadt längst verlassen, aber wie es schien, hatte die Polizei des Kapitols sie unter genauer Beobachtung gehabt. Einer der beiden Polizisten zog Handschellen heraus.

„Denken Sie nicht mal dran", sagte Luke. Die Genugtuung, wie er gefesselt über die Constitution Avenue geführt wurde, vorbei an Reportern und Fotografen, gönnte er Jones nicht.

Luke schluckte und dachte nach. Er musste jetzt schlau vorgehen. Mit Sicherheit war er nicht der einzige Abgeordnete, der heute festgenommen wurde, und sie brauchten eine gemeinsame Strategie, um Cornelius Jones um seinen Sieg zu bringen.

Er sah zu Anna. Sie war bleich geworden und starrte ihn mit großen Augen an. Er lächelte und drückte ihr die eiskalte Hand. „Mach dir keine Sorgen", flüsterte er. „Das ist nur eine Schlacht in einem langen Krieg."

Mit erhobenem Haupt schritt er aus dem Kartenraum, die Schultern gestrafft. Er würde dies mit derselben Würde bewältigen wie Jones' letzten Streich, als der ihn in den Fischereiausschuss verdammt hatte. Er würde lächeln, es ohne Mühe wegstecken und derweil hinter den Kulissen fieberhaft arbeiten. Die Polizisten liefen ihm nach wie kleine Diener hinter einem König. Luke arbeitete sich durch die Menschenmenge im Eingangsbereich der großen Bibliothek, nickte und lächelte. Die Schaulustigen wussten nicht, was es zu bedeuten hatte, dass ein Kongressabgeordneter einige Uniformierte im Schlepptau hatte.

Aber innerlich schäumte Luke vor Wut.

Der Plenarsaal war voll, aber anstatt ihn zu seinem Platz zu bringen, führte der Sergeant at Arms ihn zu einem Sitz in der ersten Reihe. Luke schritt über den blau-goldenen Teppich und sah zwölf seiner Mitstreiter, die bereits vor dem Podium des Sprechers saßen, wie unartige Kinder. Ihr Gesichtsausdruck war eine Mischung aus Resignation und Ärger. Die Stühle hinter ihm waren fast alle besetzt. Überall tuschelte und sprach man hinter vorgehaltener Hand. Kein Zweifel, die Neuigkeit des Tages hatte bereits die Runde gemacht.

„Und was kommt jetzt?", fragte Luke seinen Sitznachbarn. „Werden wir geteert und gefedert?"

„Jones hat sein Quorum noch nicht beisammen", sagte der Abgeordnete neben ihm. „Wir dürfen immer noch hoffen, dass er nicht alle von uns findet."

Luke sah zur Rednerbühne hinauf, die aus drei Ebenen bestand. Jones, der Sprecher des Repräsentantenhauses, saß ganz oben. Hinter ihm hing eine große amerikanische Flagge an der Wand und verlieh ihm einen würdevollen Schein. Trotzdem sah Jones so dünn und vertrocknet aus wie eine Gottesanbeterin. Er ließ den Blick über die Menge schweifen und machte keinen Hehl aus seiner Schadenfreude.

Drei weitere verhaftete Abgeordnete wurden in den Plenarsaal geführt. Luke nutzte die Gelegenheit und überschlug die Anzahl der Leute hinter sich auf den Stühlen. Es waren tatsächlich noch nicht genügend für eine Abstimmung. Wenn die Polizei des Kapitols nicht noch mindestens vier abtrünnige Abgeordnete fand, konnte Jones keine Abstimmung erzwingen. Er warf einen Blick auf die Uhr. Noch zehn Minuten, bis die Sitzung begann. Es bestand also noch Hoffnung. Eines Tages, so wurde erzählt, sollte dieser Trick, wie eine Minderheit ein unerwünschtes Gesetz verhindern konnte, verboten werden, aber noch war dieses Vorgehen legal und Lukes einzige Hoffnung.

Wieder ging die Tür zum Plenarsaal auf. Luke hielt den Atem an. Zwei Polizisten traten ein, gefolgt vom langsam humpelnden Caesar Trammel. Empörtes Gemurmel brandete auf. Niemand wollte mit ansehen, wie der alte Haudegen gedemütigt wurde. Caesar humpelte mit hocherhobenem Kopf nach vorn.

„Wie sieht es aus?“, fragte er und setzte sich neben Luke.

Da wurden schon vier weitere Abgeordnete hereingeführt. Sie waren verloren.

„Jones hat genügend Leute“, raunte Luke grimmig.

Der Sergeant at Arms trug das zeremonielle Zepter herein, einen Elfenbeinstab mit einem silbernen Adler darauf. Er stieß den Stab auf den Boden und rief den Saal zur Ordnung.

Es dauerte einige Zeit, bis Ruhe eingekehrt war. Jones kostete den Anblick der mehreren hundert Abgeordneten, die vor ihm im Halbkreis saßen, augenscheinlich aus.

„Also schön“, sagte er. „Als erster Tagespunkt ist zu ermitteln, warum unsere ehrenwerten Kollegen es versäumt haben, rechtzeitig hier zu erscheinen. Wurde die Uhrzeit nicht an den dafür vorgesehenen Orten für alle sichtbar bekannt gemacht?“

Fußstampfen und zustimmende Rufe kamen aus der Menge. Die Mehrheit der Abgeordneten schien sich auf die rituelle Demütigung zu freuen.

„Abgeordneter Simmons", sagte Jones, „bitte erklären Sie dem Kongress, warum Sie nicht zur vereinbarten Zeit erschienen sind." Scheinbar wollte sich der Sprecher jeden Abtrünnigen einzeln vorknöpfen.

Ein paar Stühle weiter stand ein Mann mit rotem Kopf auf. „Ich habe verschlafen", sagte er mit schwacher Stimme.

„Verschlafen?" Jones schüttelte ungläubig den Kopf. „Um zwei Uhr nachmittags?"

„Ja, Sir. Ich habe verschlafen."

Die nächsten drei Befragten gaben ebenfalls an, verschlafen zu haben. Luke rutschte auf seinem Sitz hin und her. Etwas Kreativität war gefragt – irgendetwas, was die Aufmerksamkeit von der großen Schmach ablenkte, die sich gleich über sie ergießen würde.

Caesar Trammel hatte verstanden. Als Jones von ihm eine Stellungnahme verlangte, erhob sich der alte, einbeinige Mann und wankte bedrohlich.

„Ich suchte gerade meinen Arzt auf", sagte er. „Der Kriegswunden wegen."

„Und Sie konnten ihren Arztbesuch auf keine angemessenere Stunde legen?"

„Nicht, wenn ich noch vor der neuen Steuer aufgerufen werden wollte", sagte Caesar Trammel. „Ich werde mir den Arztbesuch nicht mehr leisten können, wenn diese Kammer die Steuer beschließt."

Trammels Kommentar wurde von lautem Gelächter quittiert. Er nahm wieder Platz. Dem war nichts mehr hinzuzufügen. Jones betätigte mehrfach den Sitzungshammer.

Dann war Luke an der Reihe. „Und welchen Grund für Ihre Unpünktlichkeit möchten Sie anbringen, Mr Callahan? Haben Sie auch verschlafen?"

Trammel hatte sehr gekonnt dem Ballon des Sprechers ein erstes Löchlein beigefügt und Luke hatte dasselbe vor. Er stand auf. „Ich war in der Bibliothek."

„In der Bibliothek?" Jones klang nicht überzeugt.

„Ja. In dem vergoldeten, überfrachteten Prunkbau, für den Sie wieder und wieder gestimmt haben. Wie sich herausgestellt hat, gibt es eine bezaubernde Bibliothekarin im dritten Stock." Wieder brandete Gelächter auf. Genau damit konnte er Jones' Triumph trüben. „Ich war völlig gebannt von ihr und unfähig, mich auf so banale Themen wie eine Abstimmung zur Zerstörung der amerikanischen Wirtschaft zu konzentrieren. Mea culpa."

Jones rang sich ein Lächeln ab. „Was Sie nicht sagen. Und hat diese reizende Bibliothekarin auch einen Namen?"

Luke erstarrte. Stille kehrte ein, bis auf den Stenotypisten, der jedes Wort zu Protokoll nahm. Irgendwann sah auch dieser gespannt zu Luke.

Lukes Mund wurde trocken. Anna würde ihn dafür hassen.

„Miss Anna O'Brien", tönte es irgendwo aus den hinteren Reihen. „Sie war letzte Woche beim Fischereiausschuss."

Jones schien zufrieden. „Nun, jetzt, wo Sie sich aus den bezaubernden Fesseln von Miss O'Brien gelöst haben, freue ich mich auf Ihre Beteiligung an der bevorstehenden Abstimmung. Mr Higgins, erläutern Sie uns bitte den Grund für Ihre Abwesenheit."

Die Inquisition war zum nächsten Kandidaten übergegangen. Luke wusste, dass nun alle Hoffnung darauf, die Abstimmung zu verhindern, dahin war. Jones hatte genügend Abgeordnete, das Quorum war erfüllt und die Steuer würde kommen. Lukes Ruf und die Wirtschaft in Maine hatten wieder einen heftigen Schlag kassiert.

Nach Lukes Festnahme saß Anna wie vom Donner gerührt am Tisch und fühlte sich nutzlos und ängstlich. Ihr Herz pochte wie ein Dampfhammer. Für diese Art von Belastung war sie nicht gebaut. Deswegen war sie Bibliothekarin geworden, damit sie ein stilles Leben umgeben von Büchern und Karten führen konnte und sich nicht vor politischen Gegnern fürchten musste, die plötzlich auftauchten und einen verhafteten, degradierten oder zum Gespött der Nation machten.

Sie musste etwas gegen ihre Angst tun. Darum holte sie sich ein Rechtswörterbuch und machte sich daran herauszufinden, in welche Schwierigkeiten Luke sich gebracht hatte.

„Miss O'Brien?" In der Tür stand ein Mann mit Glatze und dem breitesten Schnurrbart, den sie je gesehen hatte. Vor sich hielt er einen Fotoapparat.

„Ja?"

„Ich wollte fragen, ob ich von Ihnen ein Foto machen darf. Nein, nein ... bleiben Sie ruhig sitzen. Das sah sehr schicklich aus, Sie über das Buch gebeugt. Dauert nur einen kleinen Augenblick."

Anna dachte sich nichts dabei. Überall in der Bibliothek waren während des gestrigen Umzugs Fotografen unterwegs gewesen, nur der Kartenraum war noch nicht fotografiert worden. Sie sah sich um. Die meisten Bücher waren mittlerweile verräumt, nur die Kartenhüllen lehnten noch in einem einzigen Durcheinander an der Wand.

„Ich räume nur schnell die Kartenhüllen weg, in Ordnung?"

„Lassen Sie nur", sagte der Man. Er hatte seine Kamera auf ein Stativ montiert und winkte sie zurück an den Tisch. „Geht ganz schnell. Einfach ein Bild von Ihnen neben dem offenen Buch. Vielleicht stellen Sie sich doch kurz hin. Und bitte die Hand auf die Buchkante ... ja, genau so."

Er stellte etwas an der Kamera ein und sah nach unten durch den Sucher. „Und bitte stillhalten ... fertig! Genau das, was ich wollte. Vielen Dank, Miss O'Brien."

Als der Fotograf noch zusammenbaute, platzte ein weiterer Mann in den Kartenraum. Er hielt einen Notizblock in der Hand. „Sind Sie Anna O'Brien? Die Bibliothekarin?"

„Ja, kann ich Ihnen helfen?" Selten brauchte jemand so dringend Karten. Und dann drängten noch mehr Männer in den Raum.

„Miss O'Brien, ein Kommentar zu der Verhaftung des Abgeordneten Callahan. Waren Sie dabei, als es geschah?"

„Sind Sie Zeitungsreporter?" Gütiger Himmel, es waren so viele ... vier, und der Fotograf noch dazu. Diese ganzen Fremden machten sie nervös. Ein drahtiger Mann mit buschigen roten Haaren trat vor.

„Mr Callahan hat sehr schmeichelhafte Dinge über Sie gesagt, Miss. Er meinte, er sei ganz verzaubert von Ihnen gewesen ..."

„*Gebannt* war das Wort, das er benutzte", schaltete sich einer der anderen Reporter ein.

„Gebannt! Umso besser." Der Rothaarige kritzelte etwas in sein Notizbuch, während noch mehr Männer eintraten. Einer ging direkt bis an ihren Tisch, inspizierte ihre Löschwiege und alles andere, was dort lag.

„Das sind meine Sachen", stotterte sie. „Meine persönlichen Sachen ..."

Sie wollte den Mann von ihrem Tisch fortziehen, wurde aber von einem Fotografen abgelenkt, der einen antiken Globus beiseiteschob, um in der Ecke ein Stativ aufzustellen.

„Finger weg von dem Globus! Der ist über hundert Jahre alt und die einzelnen Teile sind handgemalt und aus London importiert ..."

„Wie lange kennen Sie Mr Callahan schon?", fragte einer der Männer. „Er schien sehr angetan von Ihnen zu sein und sparte nicht mit Lob."

Der Mann an ihrem Schreibtisch sah auf und wartete auf eine Antwort. Alle anderen hatten ihre Bleistifte im Anschlag. Annas Hals schnürte sich zu. Sie hatte Angst, keine Luft mehr zu bekommen. Was um alles in der Welt hatte Luke getan?

„Wie haben Sie es geschafft, Ma'am?", rief einer der Reporter. „Wie bringt eine bescheidene Bibliothekarin einen Kongressabgeordneten dazu, auf die Knie zu gehen?"

Ihre Panik mündete in Wut. „Offensichtlich genügen schon ein paar Daten über die Weichtierernte und er zittert vor Aufregung", zischte sie durch die Zähne.

„Eine Frau, die nicht auf den Mund gefallen ist! Wie erfrischend. Und wie haben Sie Mr Callahan kennengelernt?"

Das Ganze war eine Katastrophe. Mr Spofford war der Einzige, der mit Reportern sprechen durfte. Sie musste sehr vorsichtig sein. Anna tänzelte um den Tisch herum, immer so schnell, dass die Fotografen sie nicht ablichten konnten.

„Was ist hier los?", schnitt eine Stimme durch das Fragengewirr der Reporter. Noch nie war Anna so froh gewesen, einen Aufseher zu sehen. Erleichtert lehnte sie sich gegen die Wand, während der Aufseher die Männer aus dem Kartenraum scheuchte. Dann schloss Anna hinter ihnen die Tür. Sie begriff noch immer nicht, was Luke getan hatte.

Etwas Gutes konnte es jedenfalls nicht gewesen sein.

Als sie nach Dienstschluss heimkehrte, lungerten zu ihrem Schrecken auch auf den Stufen zum Logierhaus der O'Gradys Reporter herum. Sie hatten Fotoapparate und kleine Notizblöcke bei sich.

Anna machte kehrt und lief in die entgegengesetzte Richtung. Der Auflagenkrieg zwischen Pulitzer und Hearst hatte das Niveau im Journalismus rapide sinken lassen. Immer waren die Reporter auf der Jagd nach öffentlich bloßgestellten Frauen, heißen Liebesaffären oder grauenvollen Morden. Sie konnte nur hoffen, dass sie nicht aus Lukes flüchtiger Vernarrtheit eine ausgewachsene Liebesaffäre machten.

Das könnte sie ihre Anstellung kosten. Um es bis hierher zu schaffen, hatte sie so hart gearbeitet. Welche Bibliothek würde eine Frau einstellen, deren Name in den Zeitungen derart beschmutzt worden war? Es zählte überhaupt nicht, ob die Anschuldigungen wahr waren, sondern allein das, was diese furchtbaren Geier über sie schrieben. Und sie hatte sich auch noch ablichten lassen!

Bestimmt wusste Neville, was jetzt zu tun war. Er bewahrte in solchen Situationen immer einen klaren Kopf und er würde sie beschützen. An ihrer Ferse hatte sich eine Blase gebildet und ihr Schuh rieb bei jedem Schritt daran. Der Schmerz wurde immer schlimmer, bis sie ihn kaum noch aushalten konnte. Mit schmerzverzerrtem Gesicht erreichte sie die Treppe zu Nevilles Logierhaus. Sie klopfte und machte sich auf die mürrischste Vermieterin der ganzen Stadt gefasst.

„Ach, Sie", sagte Mrs Norquist, nachdem sie die Tür aufgerissen hatte. Die Hausherrin hatte breite Kieferknochen und erinnerte Anna immer an die Freiheitsstatue, nur mit einem bösen Blick. Wenn sie ihre Griesgrämigkeit gegen ein Lächeln eintauschte, war sie womöglich sogar eine ansehnliche Frau.

„Ist Neville schon da? Ich müsste ihn bitte sprechen."

„Wieso?", herrschte die Frau sie an.

Mrs Norquists Missbilligung regte Anna innerlich jedes Mal auf. Einen kurzen Augenblick wollte sie herausplatzen, dass sie sich mitten in der Eingangshalle auf Neville stürzen und ihn vor aller Augen verführen wolle. Himmel noch mal, was dachte die Frau?

„Ich muss mit ihm reden. Es ist eine Privatangelegenheit."

„Anna?" Neville kam um die Ecke. Er aß eine Brezel. „Was machst du denn hier?"

Anna winkte ihn nach draußen und spürte Mrs Norquists stechenden Blick im Rücken. Was passieren würde, wenn die Frau am nächsten Morgen die Zeitung aufschlug, wollte Anna sich gar nicht erst ausmalen. Das letzte kleine Fünkchen Respekt würde ausgelöscht sein. Anna zog Neville zu einer Bank über die Straße, war aber zu nervös, um sich hinzusetzen.

„Ich brauche irgendwo ein Dach über dem Kopf. Ich kann heute nicht nach Hause." Sie erzählte Neville von den abenteuerlichen Geschehnissen des Nachmittags. Nevilles entsetzter Gesichtsausdruck machte alles nur noch schlimmer.

„Hast du mit Mr Spofford geredet?"

Sie schüttelte den Kopf. „Ich habe es versucht, aber die Reporter sind mir überallhin nachgelaufen. Irgendwann musste ich einen der Aufseher bitten, die Meute in Schach zu halten und mich zur Straßenbahn zu begleiten."

„Halte dich fern von den Reportern", riet ihr Neville. „Die ganze Sache wird in Vergessenheit geraten, sobald sie von einem Hausbrand oder irgendeiner Klatschgeschichte abgelenkt sind. Wenn sie nichts über dich finden, ziehen sie zu etwas Skandalträchtigerem weiter, glaub mir."

„Kann ich mich vielleicht heute Nacht zu dir hineinschleichen? Ich traue mich nicht nach Hause."

„Das würde Mrs Norquist aber überhaupt nicht gefallen."

„Sag mir nicht, dass du dich auch vor ihr fürchtest. Ich dachte, ich wäre die Einzige, die vor ihrem Hexenbesen kuscht."

Neville verdrehte die Augen. „So schlimm ist sie nun auch wieder nicht. Außerdem ist es zu deinem Besten. Das Letzte, was du willst, ist, dass jemand sieht, wie du ins Zimmer eines Mannes schleichst. Komm, ich besorge dir ein Hotelzimmer."

Anna dachte an den langen Fußweg und ihre Blase. Aber welche Wahl hatte sie? „Ich gebe dir das Geld zurück", versprach Anna.

Neville sah sie empört an. „Als ob ich von dir Geld annehmen würde."

Anna wollte am liebsten weinen. Wie gut es tat, einen Freund zu haben, auf den immer Verlass war. Ein paar Wochen lang war sie der Illusion verfallen gewesen, sie könnte Luke Callahan vertrauen, aber sich auf einen Politiker einzulassen, war zu gefährlich.

KAPITEL 12

Die Schlagzeilen am nächsten Morgen verkündeten die schockierende Verhaftung von dreiundzwanzig Kongressabgeordneten, die durch einen Boykott versucht hatten, die Abstimmung über die neue Steuer zu verhindern. Nach der Abstimmung waren sie zwar alle wieder auf freien Fuß gesetzt worden, aber die Zeitungen ließen sich ausführlich über das skandalöse Gebaren der abtrünnigen Abgeordneten aus.

Anna saß zusammengekauert in der Ecke eines Cafés und las alle drei großen Washingtoner Zeitungen nacheinander durch. Sie fühlte sich schmutzig, weil sie in ihrem Unterhemd geschlafen hatte und dieselben Kleider trug wie am Vortag, aber sie hatte sich nicht nach Hause getraut und fürchtete sich auch schon davor, in der Bibliothek zu erscheinen. Was, wenn die Reporter wieder da waren? Sechs Jahre lang hatte sie eine tadellose Arbeit gemacht und jetzt war ihr Ruf von den Zeitungen zunichtegemacht worden.

Lukes schillernde Ausrede wurde natürlich dankbar aufgegriffen. In keinem der Artikel wurde zwar ihr Name erwähnt, aber alle beschrieben die zierliche, reizende Bibliothekarin aus dem Kartenraum, von der der Abgeordnete Callahan persönlichen Service bekam.

Persönlicher Service. Die Worte brannten sich ihr ein wie ein scharlachroter Buchstabe. Ihr wurde heiß und die Haut fing an zu kribbeln. Die Sache war noch lange nicht ausgestanden, aber Mr Spofford würde sie beschützen. Schließlich hatte er sie direkt angewiesen, für Luke zu arbeiten.

Anna warf die Zeitungen in den Papierkorb und ging. Sie trat in den stürmischen Novembermorgen hinaus, richtete ihren Blusenkragen und schob das Kinn vor. Sie hatte nichts getan, wofür sie sich schämen musste, und vielleicht hatte ja auch noch niemand in der Bibliothek die Zeitung gelesen. Wer hatte bei der vielen Umzugsarbeit überhaupt Zeit, sich für den neuesten Tratsch zu interessieren?

Niemand schien sie wahrzunehmen, als sie das Gebäude betrat

und mit klackernden Absätzen über die Marmorflure lief. Das änderte sich allerdings, als sie den Pausenraum im zweiten Stock betrat. Eine Gruppe von Bibliothekaren – alles Männer – beugte sich über eine ausgebreitete Zeitung und drehte ihr die Köpfe zu, als sie Anna bemerkten.

„Sieh an", sagte Mr Ferris kühl. „Die reizendste Bibliothekarin des Kapitols." Der Verantwortliche für die Rara sah sichtbar verärgert aus, während die Bibliothekare aus der Rechtsabteilung und der Kunstsammlung feixten.

Anna lächelte und machte einen kleinen Knicks. „Es ist nicht einfach, aber ich schätze, irgendjemand muss diesen Titel tragen."

„Machen Sie es sich nicht zu gemütlich", antwortete Mr Ferris. „Mr Spofford möchte Sie sprechen."

Anna versuchte, ihre wachsende Angst zu verbergen. „Hat er gesagt, warum?"

Mr Ferris schüttelte den Kopf. „Nein, aber Sie sollen sofort zu ihm kommen. Er schien ziemlich erbost zu sein."

Mr Spofford würde sie in Schutz nehmen. Immerhin hatte er ihr den Auftrag gegeben.

Obwohl der größte Teil der Bibliothek inzwischen umgezogen war, befand sich Mr Spoffords Büro noch im alten Gebäude. Anna überquerte die Straße und schickte ein Stoßgebet zum Himmel. In den ehemaligen Räumen der Bibliothek hallten ihre Schritte wider. Die Räume sahen viel größer aus, jetzt wo keine Bücher und nur noch Überreste und übrig gebliebene Möbel herumstanden. Es machte sie ein wenig traurig, die geliebte alte Bibliothek ihrer Schätze beraubt zu sehen. Sie lief den langen Gang zu Mr Spoffords Büro entlang. Die Tür war geschlossen, aber er rief sie sofort nach dem ersten Klopfen herein.

„Miss O'Brien", sagte er freundlich und schloss hinter ihr die Tür. Er sah müde und besorgt aus. „Tut mir leid, dass ich Ihnen keinen Stuhl anbieten kann. Aber wir werden auch nicht lange brauchen."

Überall standen Kisten herum und auf allen Stühlen stapelten sich Bücher. Anna rang die Hände und versuchte, ihre Angst im Zaum zu halten.

„Ich fürchte, ich werde die Library of Congress verlassen", sagte er.

Anna blinzelte. Ainsworth Spofford war immer der Leiter der Library of Congress gewesen, sogar schon vor Annas Geburt. Er war von Abraham Lincoln persönlich eingesetzt worden.

„Sie gehen?", fragte Anna ungläubig.

„Es ist an der Zeit. Ich habe die größte Aufgabe meiner Karriere abgeschlossen. Die neue Bibliothek ist mit breiter Unterstützung finanziert, gebaut und eröffnet worden. Wie es aussieht, möchte die Regierung die Bibliothek nun mit einem jüngeren Mann an ihrer Spitze ins neue Jahrhundert führen und es wird Zeit für mich abzutreten."

„Ich verstehe nicht ganz", sagte Anna. „Sie lieben doch Ihre Arbeit."

Zu ihrem Entsetzen füllten sich Mr Spoffords Augen mit Tränen. „Ich fürchte, meine Stimme hatte bei der Entscheidung nur wenig Gewicht."

Mr Spofford war gefeuert worden! Allein beim Gedanken an diese Ungerechtigkeit wurde Anna schwindlig. Niemand in Washington hatte größeren Verdienst daran, dass die Bibliothek zu dem Prunkstück geworden war, das sie heute war. Und er sollte weggeworfen werden wie die Zeitung von gestern?

Spofford legte Anna die Hände auf die Schultern. „Aber genug zu mir", sagte er. „Ich habe meinem Nachfolger einen Brief geschrieben, in dem ich die volle Verantwortung dafür übernehme, Sie Mr Callahan zugeteilt zu haben. Ich weiß, dass Sie eine ehrbare Frau sind, und bin davon überzeugt, dass zwischen Ihnen beiden nichts Unschickliches vorgefallen ist. Ich kann nur hoffen, dass das keine negativen Konsequenzen für Sie hat."

Anna nickte und versuchte, ihrer Gedanken Herr zu werden. Sie brauchte Mr Spofford, um sie vor der überkochenden Gerüchteküche zu schützen. „Ich kann die Recherchearbeit für Mr Callahan nicht fortführen. Bitte, das geht nicht."

Er nickte. „Ich werde die restlichen Arbeiten einem anderen Bibliothekar zuweisen. Sie brauchen nicht mehr mit Mr Callahan zu verkehren."

Erleichterung machte sich in ihr breit. Die Sache mit Luke war viel zu weit gegangen. Er hatte sich völlig unangemessen verhalten und sie waren viel zu unterschiedlich, was das Temperament, den Charakter und die berufliche Laufbahn betraf.

Trotzdem hatte sie das Gefühl, gerade einen guten Freund verloren zu haben.

Mr Spofford bat Anna, die Neuigkeit für sich zu behalten, bis er sich offiziell dazu äußern konnte. Zwei Stunden später versammelte er alle Bibliothekare im Pausenraum und ließ die Bombe platzen. Sein Ton war diplomatisch, aber es bestand kein Zweifel daran, dass er entlassen worden war.

„Ich werde noch heute Nachmittag gehen", fasste er zusammen. „Mein Büro im alten Gebäude ist zusammengepackt und es scheint mir der richtige Zeitpunkt zu sein. Ich wünsche Ihnen von Herzen alles Gute."

Im ganzen Raum herrschte Stille. Alle starrten ungläubig vor sich hin und suchten nach Worten. Zu sehen, wie Mr Spofford sich umdrehte und über die Straße in sein Büro zurückkehrte, war ein unendlich trauriger Anblick.

Wieso protestierte denn niemand? Alle standen nur da und sagten kein Wort dazu. Wollten sie diese Ungerechtigkeit denn einfach so hinnehmen? Anna sah zu Mr Ferris hinüber, der sonst immer der Erste war, der sich über jeden schlechten Kommentar zur Bibliothek aufregte. Aber er schüttelte nur den Kopf und verließ langsam den Pausenraum. Die anderen taten es ihm gleich.

Anna war jetzt nicht die Richtige, um einen Protest anzuführen. Dafür war ein scheues Mädchen wie sie nicht geeignet. Kochend vor Wut ging sie zurück zum Kartenraum. Am liebsten hätte sie die Erde angehalten und eine große Anzeige in der Zeitung geschaltet, um aller Welt zu sagen, welche Ungerechtigkeit diesem großartigen und ehrenhaften Mann widerfahren war. Durch das Fenster sah sie zum Kapitol hinüber und fragte sich, auf wessen Konto Mr Spoffords Kündigung ging.

Aus einem Impuls heraus griff sie nach ihrem Mantel. Jetzt war es auch egal. Sie konnte sich entweder in ihrem gemütlichen Kartenraum verkriechen oder ihre Wut nutzen, um etwas an der Situation zu ändern.

Auf dem Weg ins Kapitol wuchs mit jedem Schritt ihre Anspannung. Noch nie hatte die große Kuppel so bedrohlich ausgesehen wie jetzt. Anna machte sich nichts vor; ihre Macht war mehr als begrenzt. Sie war eine schüchterne Frau, die in der Öffentlichkeit den Mund nicht aufbekam, aber jetzt musste sie all ihren Mut zusammennehmen und etwas tun.

Sie eilte die Treppe hinunter in den Speisesaal, wo die Kongressdienstboten oft herumlungerten, wenn sie nichts zu tun hatten. Jack Wilkerson erkannte sie sofort. Er hatte sich schon so oft in der Bibliothek danebenbenommen, aber für die heutige Aufgabe war er genau der Richtige.

Nachdem sie ihm erklärt hatte, was sie von ihm wollte, leuchteten seine Augen. „Sie können auf mich zählen, Miss O'Brien."

Zum ersten Mal war Anna dankbar für seine aufmüpfige Art. Sofort nahm er seine Jungs und führte sie in den Ostflügel. Anna spurtete nach oben, wo der Supreme Court über den Plenarsälen Büroräume besaß. Auch die Mitglieder des Supreme Courts sehnten sich seit Jahrzehnten nach einem eigenen Gebäude, aber sie mussten warten, bis der Bau der neuen Bibliothek abgeschlossen war, bevor Gelder für ein weiteres Bauprojekt dieser Größenordnung bewilligt werden konnten.

Ihr Instinkt befahl ihr, wegzulaufen und sich in der Bibliothek zu verstecken, aber sie wollte sich von ihrer Schüchternheit nicht davon abbringen lassen. Heute nicht. Es war egal, wie sie sich fühlte; was zählte, war, was sie tat. Die Tür am Eingang des Angestelltenbüros knarzte und zwei Dutzend finster dreinblickende Anwälte wandten den Kopf. Sie schienen nicht besonders erfreut über die Unterbrechung zu sein.

Anna schluckte und trat mit ihrem Anliegen vor. Mr Spofford hatte länger im Kapitol seinen Dienst getan, als der Großteil dieser Leute überhaupt lebte. Er war beliebt und im ganzen Haus bekannt. Zu ihrer Erleichterung waren auch die Anwälte erbost darüber, wie schnell man ihn vor die Tür gesetzt hatte. Sie willigten ein, bei ihrem Plan mitzumachen.

Als Nächstes waren die Abgeordneten dran. Luke Callahan war so ziemlich der letzte Mensch auf Erden, den sie jetzt sehen wollte, aber nach dem Fiasko von gestern schuldete er ihr einen Gefallen und sie war bereit, ihn einzufordern. Es widerstrebte ihr, den reinen

Männerbereich zu betreten, aber sie biss die Zähne zusammen und ging zum Plenarsaal.

Der Kongress tagte gerade nicht. Der Saal war fast leer. Ein paar Abgeordnete spielten Karten, andere lasen an ihren Tischen. Luke war nirgendwo zu sehen.

Anna ließ den Blick schweifen und überlegte, was sie jetzt tun sollte. Luke war der Einzige, der ihr helfen konnte, die anderen Abgeordneten auf ihre Seite zu bringen.

Cornelius Jones saß wie ein Kaiser oben auf der Rednerbühne, rauchte und las. Irgendwann sah er auf. Vielleicht konnte er ihr helfen? Solange er nicht selbst der Henker war, der die Axt unter Mr Spoffords Stuhl angesetzt hatte.

Einen derart mächtigen Mann anzusprechen, vor allem einen, der einen so grausamen Ruf hatte, kostete sie all ihre Überwindung. Anna ballte die Fäuste, atmete tief ein und stieg die Stufen zur Rednerbühne hinauf.

Cornelius Jones war dünn, seine Haut hatte vom vielen Rauchen einen grauen Ton angenommen. Er zog an seiner Zigarette, betrachtete Anna schweigend und wartete inmitten seiner Rauchwolken darauf, dass sie etwas sagte.

„Mr Spofford wurde entlassen, Sir."

Der Sprecher des Repräsentantenhauses sah überrascht aus. Das war genau die Reaktion, auf die Anna gehofft hatte. Sie bedeutete, dass Cornelius Jones seine Entlassung nicht angeordnet hatte und dass sie vielleicht auf seine Hilfe zählen konnte. Anna beugte sich vor und brachte leise ihr Anliegen vor.

Der Sprecher nickte. „In Ordnung", sagte er und drückte seine Zigarette aus.

Um fünf Uhr nachmittags schloss Ainsworth Spofford sein Büro zu. Er trug eine kleine Kiste mit seinen wenigen persönlichen Dingen und ging zur großen Doppeltreppe, die zur Rotunde im Kapitol hinabführte.

Am Treppenabsatz erstarrte er. Rechts und links standen überall Menschen und sahen ihn an. Er wusste nicht, was er von den vielen

Leuten halten sollte, die sich auf der ganzen Treppe aneinanderreihten, bis ins Erdgeschoss und die Rotunde hinunter. Als er die Stufen hinabstieg, brandete ohrenbetäubender Applaus auf.

Anna stand am Fuß der Treppe. Alle anwesenden Senatoren hatten eingewilligt, ein Spalier für Mr Spofford zu bilden. Alle neun Richter des Supreme Courts hatten sich eingereiht, alle anwesenden Abgeordneten, Offiziere und sämtliche Angestellten der Library of Congress. Hunderte Angestellte aus dem Postamt, dem Fernmeldeamt, Dienstboten, Sekretäre, Köche und sogar die Hausmeister waren anwesend. Und alle applaudierten Mr Spofford. Anna klatschte so stark, dass ihr die Handflächen brannten.

Mr Spofford blieb am Treppenabsatz stehen und ließ den Blick über die Menge schweifen. Zum ersten Mal an diesem Tag kroch ein Lächeln in sein Gesicht. Dankbar neigte er das Haupt. Der Applaus hörte nicht auf, bis Mr Spofford unten angekommen war, die Rotunde durchquert hatte und das Gebäude verließ. Erst als die Tür hinter ihm zufiel, ließ das Klatschen nach.

Neben ihr heulte Gertrude sich die Augen aus. Auch Anna kämpfte mit den Tränen. Obwohl sie froh war, diese letzte Erweisung von Respekt und Dankbarkeit in die Wege geleitet zu haben, änderte das nichts an der Tatsache, dass Mr Spofford entlassen worden war. Morgen würde sie wieder versuchen, sich in der Anonymität ihres Kartenraums zu verkriechen, aber heute war sie froh, dass ihre Stimme Gehör gefunden hatte.

Als Anna am nächsten Morgen in der Bibliothek ankam, fand sie zu ihrer Erleichterung einen angesammelten Rückstau an kartografischen Fragen. Mr Spofford hatte offensichtlich Wort gehalten und Lukes verbleibende Recherchefragen an jemand anderen gegeben. Endlich konnte sie sich in ihre sichere Welt aus Karten, geografischen Lexika und Atlanten zurückziehen und musste nie wieder Angst vor politischen Machtkämpfen haben, vor verwegenen Abgeordneten oder der Frage, warum Turmaline so eine aufregende Farbe hatten.

Ob sie Luke Callahan je wiedersehen würde? Gestern hatte er ihr eine Nachricht zukommen lassen, in der er um ein kurzes Treffen an der Haltestelle gebeten hatte, aber sie hatte sein Ersuchen ignoriert. Sie hatten sich nichts mehr zu sagen und jetzt, wo sie in unterschiedlichen Gebäuden arbeiteten, gab es auch keinen Grund mehr, warum sich ihre Wege noch einmal kreuzen sollten. Es war das Beste so. Auch wenn sie es insgeheim schade fand.

Am Nachmittag bekam sie eine Nachricht von Neville, der vorschlug, sie könne ihn nach der Arbeit in seinem Büro besuchen, es sei eine neue Tabelliermaschine zum Patent angemeldet worden, mit der sie ein wenig herumspielen könnten. Anna probierte nur zu gern die neuen Erfindungen aus, die im Patentamt eintrudelten. Außerdem brachte Neville sie immer wieder auf den Boden der Tatsachen zurück und zerstreute ihr Schreckensszenario, dass sie sich schon wieder ausmalte.

Anna erreichte Nevilles Büro und hörte gedämpfte Männerstimmen. Sie beugte sich vor, um ihm zu zeigen, dass sie da war. Neville antwortete mit einem schuldbewussten Lächeln und zuckte mit den Schultern. Als der Mann, mit dem er sich unterhielt, sich umdrehte, verstand Anna, wieso.

„Hallo, Miss O'Brien“, sagte Luke.

Anna warf Neville einen finsteren Blick zu, aber er nahm ihn einfach hin. „Du solltest das Kriegsbeil begraben, Anna“, sagte Neville.

„In seinem Schädel?“

Luke stand auf. „Anna, können wir bitte reden? Ich muss mich bei dir entschuldigen. Es tut mir leid. Ich bin ein törichter Dummkopf und habe es verdient, in kochendem Öl gebadet zu werden, weil ich dich da mit hineingezogen habe.“

Sie wollte nichts davon hören. Anna machte auf dem Absatz kehrt und hastete in Richtung des Raums mit den Anschauungsmodellen. Wenn sie sich beeilte, konnte sie sich irgendwo zwischen den Regalen verstecken. Sie raffte ihre Röcke und spurtete los, aber er war ihr direkt auf den Fersen.

Eine feste Hand legte sich um ihren Ellbogen und bremste sie aus. „Anna, es tut mir leid“, wiederholte er.

Sie fuhr herum. „Hast du eine Ahnung, was passiert, wenn ich meine Anstellung verliere? Ich habe keine Familie. Ich kann mich an niemanden wenden!“

„Du übertreibst. Du wirst doch nicht deine Stelle verlieren."

„Ach ja?" Gestern hatte Anna sich auch noch in Sicherheit gewähnt, aber wenn sogar Mr Spofford entlassen werden konnte, war niemand sicher.

„Und wenn du deine Anstellung verlierst, besorge ich dir eine neue."

„Es gibt aber keine wie in der Library of Congress!" Ihre Stimme hallte laut in dem sonst so stillen Anschauungsraum. „Ich bin stolz darauf, für den Kongress zu arbeiten. Ich war das Mädchen, das von anderen nur gehänselt wurde und über das man hinter vorgehaltener Hand lachte. Ich war immer die Außenseiterin. Mir hat man nicht zugetraut, dass ich es zu etwas bringe, aber jetzt arbeite ich in der Library of Congress! Es mag viele Leute geben, die nicht begreifen, was das bedeutet, aber mir bedeutet das sehr viel."

„Ich kann das verstehen." Lukes Mundwinkel gingen nach unten und in seinen Augen spiegelte sich echte Reue. Vielleicht verstand er es wirklich. Er hatte doch selbst eine schwere Kindheit gehabt und war einer Welt voller Armut entflohen. Und er hatte einen Eisenbahnwagen gekauft, damit die jungen Männer in den Holzfällercamps Lesestoff bekamen.

„Ich kann es nur wiederholen: Es tut mir leid", fuhr Luke fort. „In dem Augenblick, als die Worte über meine Lippen gingen, wusste ich, dass es ein Fehler war, und ich bereue ihn zutiefst. Ich werde all mein politisches Gewicht in die Waagschale werfen, damit das Ganze keine Konsequenzen für dich hat."

Anna seufzte und ging zu einem Fensterplatz, der in einen Erker eingebaut war. Es tat gut, zu sitzen und die Anspannung loszulassen. Luke folgte ihr, stellte einen Fuß auf die Sitzbank und sah sie ernst an. Die Traurigkeit auf seinem Gesicht räumte jeden Zweifel an seiner Reue aus.

„Also schön. Ich verzeihe dir."

„Wirklich? Einfach so?" Seine Verwirrung hatte fast etwas Komisches an sich.

„Soll ich es lieber noch ein bisschen in die Länge ziehen? Ich kann das versuchen, wenn du willst, aber ich war noch nie besonders nachtragend."

Es war viel zu gefährlich, sich den Kopf über Beleidigungen und

Kränkungen zu zerbrechen. Am Ende wurde aus dem Ärger nur Selbstmitleid und Verbitterung und diese raubten ihr die Fähigkeit, zufrieden und glücklich zu sein. Ironischerweise tat es ihrem Ärger immer am besten, wenn sie anderen verzieh.

„Nachtragend sein kann ich besonders gut", sagte Luke trocken. „Als ich fünfzehn war, hat mein Vater einen Stapel Zettel mit meinen Gedichten verbrannt und ich habe ihm das nie verziehen. Ich werde heute noch wütend, wenn ich daran denke."

Luke hatte das ungestüme Verhältnis mit seinem Vater erwähnt, aber sie war davon ausgegangen, dass es sich um normale Konflikte zweier Dickköpfe gehandelt hatte, nicht um bösartige Gemeinheiten wie diese. „Hat er sich je dafür entschuldigt?"

„Nie."

Anna ließ den Kopf hängen. In den Monaten nach Onkel Henrys Übergriff hatte sie eine verwirrende Mischung aus Wut und Schuldgefühlen durchlebt. Ein Teil von ihr hätte am liebsten Onkel Henry das Ätznatron zu trinken geben, damit auch er das unsägliche Brennen spürte und verstand, was es bedeutete, für immer stumm zu sein. Dieser verbitterte Teil von ihr war immer mächtiger geworden, bis all ihre Gedanken vergiftet waren.

Die Verbitterung hatte sich jedoch innerhalb von wenigen Sekunden aufgelöst, als sie Onkel Henry in der Gefängniszelle gesehen hatte. Die Reue in seinem Blick hatte ihre Wut vertrieben. Mit der Vergebung war wieder Licht in ihre dunkle Welt gekommen. Als sie es schaffte, ihren Onkel anzulächeln, ging er schluchzend auf die Knie und zum ersten Mal in ihrem Leben hatte sie verstanden, welches Geschenk Vergebung sein konnte. Sie half nicht nur ihrem Onkel. Sie selbst wurde von der Last der Wut und Verbitterung befreit.

Ihr Onkel hatte um Vergebung gebettelt, aber Lukes Vater offensichtlich nicht. Es war schwerer, jemandem zu verzeihen, der an seinem Irrweg festhielt, aber auch da musste es sein.

„Meine Tante hat mir nie verziehen, dass ich Onkel Henry ins Gefängnis gebracht habe", sagte Anna.

Lukes Lippen wurden schmal. „Du hast ihn nicht ins Gefängnis gebracht. Das hat er sich selbst zuzuschreiben."

„Mag sein, aber meine Tante konnte das nie akzeptieren. Sie wird bis an ihr Lebensende glauben, dass ich für den Tod ihres Ehemannes verantwortlich bin. Ich fand es leichter, Onkel Henry zu vergeben als Tante Ruth. Immerhin tat es ihm leid, was er mir angetan hatte. Tante Ruth wird mir immer die Schuld geben. Aber im Lauf der Jahre habe ich gelernt, dass wir alle unsere Fehler haben. Ich wollte nicht in einer Spirale aus Wut und Ärger gefangen bleiben, nur weil Tante Ruth nicht die Wahrheit sehen wollte. Dein Vater war wohl zu schwach, um zu begreifen, was er da bei seinen Kindern zerstört, aber auch er war ein Mann mit Fehlern, der Vergebung verdient hat. Selbst wenn er nicht darum gebeten hat. Alle haben wir Fehler. Und Gott vergibt uns. Das ist doch ein guter Grund, es auch zu versuchen."

Luke legte den Kopf schief und sah sie zweifelnd an. „In deiner Gegenwart wird man ja geradezu demütig. Ich glaube nicht, dass ich so einfach deinem Beispiel folgen kann. Hier bin ich und habe gerade das Geschenk der Vergebung erlebt und hege trotzdem noch einen zwanzig Jahre alten Groll gegen einen Stockbesoffenen. Die Gedichte waren noch nicht einmal gut."

„Es gibt kein Gesetz, das Vergebung begrenzt. Ich glaube, du würdest dich viel besser fühlen, wenn du es versuchst."

„Mag sein." Immer noch sah er skeptisch aus. „Deinen Rat mit meinem Bruder habe ich übrigens angenommen."

„Wirklich? Hast du die Kaution bezahlt?" Anna war so mit ihren eigenen Problemen beschäftigt gewesen, dass sie Lukes Familiendilemma ganz vergessen hatte. „Und wieso hast du deine Meinung geändert?"

„Deinetwegen."

Er bog die Finger, bis die Knöchel knackten. „Dass man sich im Gefängnis so leicht mit Krankheiten ansteckt, wusste ich nicht. Ich möchte Jason nicht bestrafen. Ich will nur ..." Seine Hände wurden zu Fäusten. „Ich will ihn nur retten, aber ich weiß nicht wie." Er rieb sich übers Gesicht.

„Jedenfalls habe ich das nötige Geld angewiesen und meine Schwester hat mir versprochen, ihn nicht aus den Augen zu lassen. Ich weiß nicht, ob das das Richtige ist, aber Julia hat scheinbar tatsächlich mit dem Trinken aufgehört und sie sagt, dass sie auch Jason dazu bringen kann. Ich bin mir da aber nicht so sicher ..."

„Ich werde die beiden in meine Gebete einschließen", sagte Anna. Sie streckte die Hand aus, um ihn zu berühren, zog sie dann aber schnell wieder zurück. Sie musste endlich aufhören mit diesen Sentimentalitäten. Eine peinliche Stille entstand. Anna nestelte an sich herum und überlegte, wie sie sich von Luke verabschieden sollte.

„Mr Spofford hat deine Anfragen an einen anderen Bibliothekar weitergeleitet", sagte sie. Verstand er diesen kleinen Hinweis darauf, dass dies ihr letztes Zusammentreffen war? Wenn ja, zeigte er es jedenfalls nicht. Stattdessen zog er einen Mundwinkel nach oben.

„Ich habe von dem Abschied für ihn gehört, den du auf die Beine gestellt hast. Sehr beeindruckend."

„Wenn du wüsstest, wie sehr ich gezittert habe, als ich die Runde gemacht habe. Ich dachte, ich würde in Ohnmacht fallen."

„Aber du hast es getan. Und nur das zählt."

„Weißt du, wer für Mr Spoffords Entlassung verantwortlich ist? Niemand scheint etwas zu wissen."

Er zuckte mit den Achseln. „Das ist Politik. Manchmal werden Positionen neu verteilt, um einen loyalen Unterstützer zu belohnen. Oder um zu manipulieren, wie die Forschung vorangeht. Es wird so viel hinter verschlossenen Türen entschieden, und oft aus Gründen, die für die Allgemeinheit nur schwer verständlich sind. Das mit Admiral Channing und seiner Narrenfreiheit ist doch das beste Beispiel."

Anna ließ die Schultern hängen. Sie hatte den Mut gefunden, sich für Mr Spofford starkzumachen, aber die sechsundfünfzig Seeleute von der *Culpeper* hatte sie im Stich gelassen. Mit der Drohung, alle Frauen in der Bibliothek könnten ihre Anstellung verlieren, hatte die Marine sie mundtot gemacht. Die acht Mitarbeiterinnen der Library of Congress lebten noch und brauchten ihre Arbeit, um ein Dach über dem Kopf zu haben. Die Männer der *Culpeper* waren längst tot und ihre Familien hatten damit abgeschlossen.

Oder nicht?

Vielleicht war es zu kurzsichtig von ihr gewesen, davon auszugehen, dass sie die Einzige war, der die Ungenauigkeit dieses Berichts ein Dorn im Auge war. Was, wenn es noch andere Hinterbliebene gab, die sich mit ihr zusammentun würden?

Sechsundfünfzig Seeleute waren mitsamt ihrem Schiff verschwunden, was bedeutete, dass es sechsundfünfzig Familien gab, die sie um Hilfe bitten konnte. Genau, wie sie die Mitarbeiter im Kapitol zusammengetrommelt hatte, konnte sie die Familien der Schiffsbesatzung vereinen, um eine offizielle Korrektur des Berichts zu verlangen. Und sie wusste auch schon genau, wo sie anfangen würde.

KAPITEL 13

Silas Zanetti war der engste Freund ihres Vaters und Hauptbootsmann auf der *Culpeper* gewesen. Seine Frau Maria war für Anna wie eine Tante. Immer, wenn die *Culpeper* auf den Weltmeeren unterwegs gewesen war, hatte Mrs Zanetti Anna mindestens einmal in der Woche besucht und hatte wie ein warmer Sonnenstrahl die Atmosphäre im Haus erhellt. Mrs Zanetti hatte die Stimme einer Opernsängerin. Anna und Neville hatten sie regelmäßig angebettelt, ihnen eine Kostprobe zu geben. Dann hatten sie sich die Ohren zugehalten, während Mrs Zanetti sich einsang. Die Töne waren so schrill, dass sie ein Kristallglas zerspringen lassen konnten.

Nach dem Unglück der *Culpeper* hatte Mrs Zanetti aufgehört zu singen und war in eine tiefe Traurigkeit gestürzt. Bald war diese lebenslustige Frau nur noch ein Schatten ihrer selbst. Nur ein Jahr nach dem Unglück hatte sie überraschend beschlossen, ein neues Leben in Yukon anzufangen, nachdem sie über eine Kontaktannonce einen kanadischen Trapper namens John Smith kennengelernt hatte.

Mrs Zanettis Schicksal war für Anna ein weiteres schmerzhaftes Rätsel. Sie hatte nie wieder von ihr gehört, nachdem diese das komfortable Washington D.C. gegen die kanadische Wildnis getauscht hatte.

Es würde nicht leicht werden, die anderen Familien zu finden. Nach fünfzehn Jahren waren sie sicher überall im Land verstreut. Also musste sie mit Mrs Zanetti anfangen. Sie war die einzige Hinterbliebene, die sie persönlich kannte, und außerdem wollte sie unbedingt herausfinden, was aus ihr geworden war. Auch wenn sie jetzt sicher Mrs Smith hieß. Wie konnte eine schillernde Persönlichkeit wie Mrs Zanetti eigentlich einen Mann mit so bürgerlichem Namen heiraten?

Neville hatte nicht viel Hoffnung, dass sie Mrs Zanetti ausfindig machen würden. Als Anna ihn am nächsten Tag im Büro besuchte und um Hilfe bat, sah er sie an, als wäre sie übergeschnappt.

„Du willst was? Einen Mann suchen, über den du nichts weißt, der irgendwo im Nordwesten von Kanada wohnt und auch noch John Smith heißt? Schwerer konntest du es wohl nicht machen, oder?"

„Ich arbeite in der besten Bibliothek auf diesem Kontinent", hielt Anna dagegen. „Ich habe Zugang zu Aufzeichnungen und Archiven. Ja, ich denke, wir können ihn finden, und wenn wir ihn haben, auch Mrs Zanetti. Es könnte aber ein hartes Stück Arbeit sein."

Neville warf sein halb bearbeitetes Patent hin. „Anna, könnte es sein, dass du dich in etwas verrennst? Ich kann auch nicht erklären, warum der letzte Brief deines Vaters so seltsam ist, aber mal ehrlich: Wie hoch ist die Wahrscheinlichkeit, dass wir einen John Smith irgendwo in Kanada finden und dass seine Frau sich auch noch mit dir zusammentun will, um den Bericht der Navy zu korrigieren? Selbst wenn wir sie finden, hat Mrs Zanetti mit diesem Kapitel garantiert abgeschlossen. Das ist ihr doch längst nicht mehr wichtig."

Anna schüttelte den Kopf. „Sie hat Silas Zanetti geliebt. Schon deswegen wird sie wissen wollen, was wirklich aus ihrem Mann geworden ist. Ihrem richtigen Mann, nicht irgendeinem Trapper aus Kanada. Mrs Zanetti wird uns helfen. Das weiß ich einfach."

„Anna, du bist vollkommen übergeschnappt."

„Erinnerst du dich, als Tante Ruth sich heimlich das Geld einverleiben wollte, das für meine Collegeausbildung beiseitegelegt worden war?"

Neville verzog das Gesicht. „Mrs Zanetti hat ein Dutzend Mitglieder der Blaustrumpfgesellschaft zusammengerufen, um in der Bank zu protestieren."

„Ganz genau, und sie wurde deswegen sogar verhaftet. Mrs Zanetti gehört nicht zu der Sorte Frauen, die Ungerechtigkeiten einfach so hinnehmen, und deswegen wird sie den Haufen Lügen im Bericht der Navy nicht stehen lassen." Mrs Zanetti war mit einer Verwarnung wieder auf freien Fuß gesetzt worden. Anna hatte ihr nie vergessen, dass sie bereit gewesen war, für sie ins Gefängnis zu gehen. Und schließlich hatte sie mit ihrem beherzten Eingreifen verhindert, dass das Geld für Annas Ausbildung von Tante Ruth abgezweigt wurde. Auch wenn sie irgendwo im kanadischen Nirgendwo lebte, Mrs Zanetti war sicher ihre beste Verbündete im Kampf um die Richtigstellung des Berichts.

„Also schön, ich gebe auf. Wann fangen wir an?"

Aufregung pulsierte in Annas Adern. „Gleich am Samstagmorgen? Wir gehen in die Bibliothek und graben uns durch alles, was wir über Kanada finden."

Neville rutschte auf seinem Sitz hin und her. „Samstag geht nicht."

„Wieso? Sonst hast du samstags doch nie etwas vor."

„Ich kann aber nicht. Mach einen anderen Vorschlag."

„Dann vielleicht Samstagnachmittag?"

Er warf ihr einen genervten Blick zu. „Anna, ich meine einen anderen Tag. Ich habe am Samstag schon etwas vor."

Anna wartete auf eine Erklärung. Schließlich hatten sie keine Geheimnisse voreinander. Aber er sah sie nur an und weigerte sich, noch ein Wort über seine geheimnisvollen Pläne zu verlieren. Es war zum Verrücktwerden. Anna war wieder auf der Jagd, ihr Herz pochte und sie wollte am liebsten sofort anfangen. Aber es sah so aus, als müsste sie sich allein an die Arbeit machen, denn bis zum übernächsten Wochenende zu warten, kam nicht infrage.

„Na ja, macht nichts", murmelte sie. „Ich schaffe das schon allein."

Neville bot ihr einen Ölzweig an. „Willst du zu Thanksgiving mit zu meinen Eltern kommen?"

„Ist dein Vater auch da?"

„Natürlich."

Anna hatte sonst keine Pläne für Thanksgiving, aber sie war die offensichtlichen Andeutungen von Nevilles Vater leid. Jedes Mal, wenn sie das Haus seiner Eltern betraten, fing es an. *„Da ist ja die kleine Anna O'Brien"*, säuselte sein Vater. *„Vielleicht heißt sie ja eines Tages Anna Bernhard, oder, was meinst du, Neville?"*

Warum dachten alle immer, dass sie und Neville füreinander bestimmt waren? Das war unschicklich, peinlich und sie hatte es satt. „Wenn ich mitgehe, lässt dein Vater dann im Hintergrund die Hochzeitsglocken läuten?"

Neville zuckte zusammen. „Ich werde ihm sagen, dass er das lassen soll."

„Also schön."

Trotzdem ließ es ihr keine Ruhe, dass Neville seine Pläne vor ihr geheim hielt. Und das war kein Einzelfall mehr. In letzter Zeit war er oft abgelenkt und unzuverlässig. Manchmal war er wie vom Erdboden verschluckt. Anna fand das ärgerlich, aber im Augenblick hatte sie andere Sorgen. Zum Beispiel wie sie nach der *Culpeper* forschen konnte, ohne ihre Anstellung zu verlieren.

Am Samstagmorgen machte sich Anna in der Bibliothek an die Arbeit. Sie suchte jedes Buch über die Hudson's Bay Company heraus, einen der größten Arbeitgeber für Trapper in Kanada. Vielleicht gab es irgendwo eine Liste oder eine Adresse, wohin man sich mit Fragen wenden konnte.

Sie schleppte die Bücher in den Lesesaal der neuen Bibliothek, eine majestätische Halle aus Marmorbögen, Balkonen und Kunstwerken, die dem Louvre den Rang ablaufen konnten. Stunden vergingen. Je mehr Anna über das Yukon-Territorium herausfand, desto größer wurde ihre Abneigung gegenüber John Smith. Welcher Mann lockte eine trauernde Witwe in die kanadische Wildnis? Die Fotografien zeigten primitive Häuser und raue Gesellen, deren Haut große Ähnlichkeit mit altem Schuhleder hatte.

„Hallo, Anna."

Wie konnten zwei Worte ihr Herz nur so zum Pochen bringen? Luke Callahan stand neben ihrem Tisch und hatte einen Band mit Byrons Gedichten unterm Arm. Es war wohl doch naiv zu glauben, dass sie ihn nie wieder sehen würde. Luke verbrachte oft seine Freizeit in der Bibliothek und daran würde sich auch im neuen Gebäude nichts ändern.

Er legte den Kopf schief, um den Buchrücken zu entziffern. *Verzeichnis der Biberpelzhändler im Nordwesten Kanadas.* „Hast du nach dem ödesten Buch in der ganzen Bibliothek gesucht?"

Sie legte ihren Bleistift hin. „Auch wenn es dich schockiert, ich finde es spannender als Weichtiere oder hydraulische Sägewerke."

Diese Spitze nahm er gelassen hin. „Welcher armselige Abgeordnete hat dir denn diese furchtbare Aufgabe aufgedrückt? Verrate mir seinen Namen, dann kann ich ihn mir zur Brust nehmen."

„Ich bin aus eigenem Interesse hier, weil ich versuche, eine alte Bekannte zu finden.“

Luke warf einen Blick auf die Fotografien. „Ich hoffe, es ist keiner dieser haarigen Höhlenmenschen.“

Auch wenn Anna es nicht wahrhaben wollte: Es konnte durchaus sein, dass Mrs Zanetti mit einem dieser langhaarigen Gesellen mit wettergegerbtem Gesicht und finsterem Blick verheiratet war. Wusste sie, worauf sie sich einließ, als sie nach Kanada fuhr, um einem Fremden das Jawort zu geben? All das schien Anna unerklärlich, auch wenn sie gut nachvollziehen konnte, wie sehr einem Einsamkeit zusetzen konnte.

Anna erklärte Luke das Problem und erzählte ihm von der lebenslustigen Frau, die ihr das Leben bei Tante Ruth erträglich gemacht hatte, und von ihrer überstürzten Entscheidung, ein Jahr nach dem Unglück auf der *Culpeper* auf eine Heiratsannonce zu antworten.

„Ich möchte auch noch andere Hinterbliebene finden, aber ich war noch so klein damals und die Zanettis waren die Einzigen, die ich kannte. Mrs Zanetti wird mir bestimmt helfen. Da bin ich mir sicher.“

Luke zog sich einen Stuhl heran. Die Stuhlbeine schabten über den gefliesten Boden. „Zeig mir, wie ich dir helfen kann. Das ist das Mindeste, nach allem, was du für mich getan hast.“

Anna warf einen Blick auf den Bücherstapel. Sie und Neville waren die herrlich monotone Suche gewohnt, aber jemand von Lukes Schlag war dafür vielleicht nicht gemacht.

„Das könnte sehr lange dauern und mühselig werden“, warnte sie ihn. In aller Kürze nannte sie ihm die wenigen Ausgangsdaten. Maria Zanetti hatte John Smith 1883 geheiratet. Sie war katholisch, aber Anna konnte nicht sagen, ob die Hochzeit in einer katholischen Kirche stattgefunden hatte. John Smith war jedenfalls Trapper und arbeitete aller Wahrscheinlichkeit nach für die Hudson's Bay Company.

Die Hudson's Bay Company war das älteste Handelsunternehmen Nordamerikas und die Library of Congress hatte alle möglichen Dokumente darüber in ihren Archiven. Die Sammlung wurde ständig durch Zeitungsartikel und Finanzberichte erweitert. Sie arbeiteten sich durch Schachteln voller noch nicht katalogisierter

Börsenberichte und Statistiken und blätterten zahllose körnige Fotografien der Trapper und überall in Kanada verstreuten Handelsposten durch.

Zuerst dacht sie, Luke wäre schnell gelangweilt, aber er schien der Suche sogar etwas abzugewinnen. „Bist du sicher, dass ich dich nicht von Wichtigerem abhalte?“, fragte Anna.

„Und von was zum Beispiel? Sollte ich dir in den Ohren liegen, damit du mir die Zahlen der letzten zwanzig Jahre über hydraulische Sägemühlen lieferst?“

„Vor ein paar Wochen schien dich das noch brennend zu interessieren.“

Sein Blick wurde trübe. „Wie es scheint, war all unsere Arbeit umsonst. Ich habe keinen einzigen stichhaltigen Beweis für Cornelius Jones' illegale Machenschaften gefunden.“

In Annas Ohren klang das wie etwas Gutes, aber Luke hatte offensichtlich viel investiert, um den Sprecher des Repräsentantenhauses der Korruption bezichtigen zu können.

Luke zerdrückte fast den Bleistift in seiner Hand. „Ich begreife einfach nicht, wieso dieser Mann an der Macht ist. Er ist griesgrämig und gemein und er stinkt wie ein Aschenbecher. Ich war mir so sicher, dass er seine finanzielle Macht ausnutzt, um sich Stimmen zu kaufen. Es gibt keine andere Erklärung, warum so ein eiskaltes Reptil sonst das Sagen haben sollte.“

Anna seufzte und öffnete die nächste Kiste mit Dokumenten über die Hudson's Bay Company. Das Handelsunternehmen war 1670 gegründet worden und sehr stolz auf seine Geschichte. Wohl aus diesem Grund hatte es Fotografen quer durch Kanada geschickt, um sein ausgedehntes Imperium festzuhalten. Viele Bilder zeigten die atemberaubende Schönheit der kanadischen Wildnis und einige der abgelegensten Handelsposten. Auf manchen Bildern standen Trapper aus längst vergangenen Tagen neben Ureinwohnern, auf anderen waren frisch errichtete Handelsposten zu sehen.

Sie betrachtete ein Bild des Handelspostens in Grey Wolf, auf dem viele der Einwohner zu sehen waren, die sich für das Foto vor dem Gebäude aufgestellt hatten. Anna ging Gesicht für Gesicht durch und blieb bei einer allein stehenden Frau hängen.

„Da! Ich habe sie gefunden!“, rief sie. Ihre Stimme hallte von der hohen Decke wider und Luke fiel fast vom Stuhl. Sie schob ihm die Fotografie hin. „Da ist sie! Das ist Mrs Zanetti."

Das Datum hinten auf dem Bild verriet, dass es gerade einmal drei Jahre alt war. Wenn man ihren Robbenpelzmantel und die Handschuhe betrachtete, schien ihr Mann sie gut zu versorgen. Anna betrachtete die anderen Leute auf dem Foto. Die meisten waren ziemlich raue Gesellen.

Ihr Blick blieb bei dem Mann hängen, der in der Nähe von Mrs Zanetti stand. Anna fiel die Kinnlade herunter.

„Was ist?", fragte Luke. „Du siehst aus, als hättest du einen Geist gesehen."

Das hatte sie auch. Der Mann neben Mrs Zanetti sah direkt in die Kamera und war kein Geringerer als Silas Zanetti, Hauptbootsmann auf der *Culpeper*. Und er sah quicklebendig aus.

„Bist du dir wirklich sicher?", fragte Luke zum dritten Mal. Seine Stimme durchdrang die Stille im Kartenraum.

Kaum hatte Anna Silas Zanetti entdeckt, hatte sie die Schachtel mit Fotografien geschnappt und war geradezu in den Kartenraum geflohen, wo sie ihre Ruhe hatten. Nur der Haupttrakt der Bibliothek war am Wochenende geöffnet, sodass sie garantiert ungestört blieben. Vielleicht war sie paranoid, aber sie wollte auf keinen Fall, dass jemand sie belauschte.

„Ziemlich sicher", sagte Anna. „Mr Zanetti hatte eine große Nase mit einer Delle an der Nasenwurzel. Mein Vater hat ihn immer aufgezogen und meinte, daran könne man doch wunderbar ein Bild aufhängen. Und das ist genau diese Nase."

„Ich sehe keine Delle", zweifelte Luke.

„Sieh genau hin."

Luke ließ vom Foto ab und sah Anna voller Mitgefühl an. „Könnte es sein, dass du dir hier etwas einbildest? Vielleicht möchtest du so sehr glauben, dass das dieser Mr Zanetti ist, dass du Dinge siehst, die es gar nicht gibt? Ich sehe wirklich keine Delle."

Das Foto war sehr grobkörnig und vielleicht hatte der Mann nur einen Schatten oder ein Schmutzkörnchen auf der Nase. Die meisten Männer auf dem Bild sahen sowieso nicht gerade sauber aus. Dieser Mann wirkte deutlich älter als der Mr Zanetti aus ihrer Erinnerung, aber es waren schließlich auch fünfzehn Jahre vergangen. Natürlich musste sein Haar schütter sein, das Gesicht hagerer. Anna vertraute auf ihren Instinkt. Schon der erste Blick hatte ihr verraten, dass es sich um Silas Zanetti handeln musste. Das erklärte auch, wieso Mrs Zanetti das komfortable Washington hinter sich gelassen und in die kanadische Wildnis gegangen war, um einen Fremden zu heiraten. Aber John Smith war überhaupt kein Fremder.

Doch das Foto war nicht alles. Da steckte noch mehr dahinter. „Ich muss unbedingt die Wahrheit herausfinden", sagte Anna und dabei bebte ihre Stimme vor Anspannung. „Die Navy weiß es und sie hat die Welt fünfzehn Jahre lang belogen. Die Geschichte mit Admiral Channings Ruf ist erstunken und erlogen."

Luke wurde ernst. „Könnte es eventuell eine Meuterei gegeben haben?"

Der Gedanke war entsetzlich. Anna wurde ganz schwindlig. Ihr Korsett zwickte und sie setzte sich schnell gerade hin, um besser atmen zu können. Es war schwer vorzustellen, dass ihr Vater in einen derartigen Skandal verwickelt sein könnte, aber manchmal hatten Offiziere an Bord eines Schiffes keine Wahl. Der Kapitän der *Culpeper* war als strenger Mann verschrien, aber deswegen eine Meuterei?

Und doch schien es die plausibelste Erklärung. Alles andere ergab keinen Sinn. Um die Disziplin der Männer nicht zu gefährden, hatte die Navy jede Erwähnung der Meuterei unterbunden und den zufällig auftretenden Wirbelsturm genutzt, um das Verschwinden des Schiffs zu erklären. Kein Mannschaftsmitglied, das Teil einer Meuterei gewesen war, würde freiwillig in die Vereinigten Staaten zurückkehren. Dort wartete die sichere Todesstrafe. Was hatten die Meuterer auf der *Bounty* getan? Sie hatten sich auf einer einsamen polynesischen Insel niedergelassen und ihr Schiff versenkt, damit sie nicht entdeckt wurden. Wenn es eine Meuterei auf der *Culpeper* gegeben hatte, war ihr Vater vielleicht noch am Leben.

Der Gedanke war überwältigend und aufregend zugleich.

„Was, wenn mein Vater noch lebt?" Ihr Satz hallte im Kartenraum nach. Jetzt, wo sie die Worte laut ausgesprochen hatte, keimte Hoffnung in ihr auf. Damals war sie viel zu jung gewesen, um

Washington zu verlassen und ihrem Vater in eine unbekannte, raue Welt zu folgen. Aber was, wenn er tatsächlich lebte und sie wiedersehen wollte?"

Lukes warme Hand legte sich auf ihre. „Anna, tu dir das nicht an. Wenn dein Vater noch leben würde, meinst du nicht, dass er irgendwie Kontakt zu dir aufgenommen hätte?"

Anna schloss die Augen. So viele Jahre war das ihr innigster Wunsch gewesen. Sie hatte Gott abertausend Mal angefleht und angebettelt und immer auf eine wundersame Erklärung für das Verschwinden ihres Vaters gehofft. Eine Meuterei würde alles erklären.

Oder war ihr Vater ein Verräter? Allein bei dem Gedanken wurde ihr übel. Sie griff nach dem Foto und betrachtete jedes Männergesicht genau.

Ihr Vater war nicht dabei. Kein Meuterer würde sich je wieder nach Hause trauen. Auch Silas war nicht nach Washington zurückgekehrt, aber er hatte einen Weg gefunden, seine Frau zu kontaktieren, damit sie nach Kanada fuhr. Die Tatsache, dass die Zanettis jetzt Smith hießen, war doch ein Hinweis darauf, dass sie ihre Spuren verwischen wollten. Auch das passte zu einer Meuterei.

Vielleicht sollte sein letzter Brief an Anna bedeuten, dass er auf dem Weg nach Kuba war? Und weil er es nicht direkt schreiben konnte, hatte er die Nachricht verschlüsselt und voller Rätsel verfasst, wohl in der Hoffnung, dass sie diese eines Tages lösen und nach ihm suchen würde.

War er wirklich noch am Leben? Es schien unmöglich. Aber genauso unwahrscheinlich war es doch, dass sie Silas Zanetti auf diesem Foto entdeckt hatte.

„Würdest du mir helfen?", fragte sie Luke, der etwas überfordert schien. „Die Sache mit Admiral Channing ist Humbug und wir wissen das. Ich muss herausfinden, was wirklich passiert ist, und ich weiß nicht, an wen ich mich sonst wenden soll. Bitte ..."

Lukes Verwirrung wich einem verschmitzten Lächeln. „Anna, nichts für ungut, aber darf ich davon ausgehen, dass du des Lesens und Schreibens kundig bist und dich imstande siehst, einen Brief zu verfassen?"

Anna blinzelte. „Worauf willst du hinaus?"

Luke stand auf und hielt Anna das Foto hin. „Diese Frau hat

alle Antworten, nach denen du suchst!", sagte er laut. „Sie ist dein Orakel von Delphi, dein Stein von Rosetta. Das Alpha und Omega aller deiner Fragen über die *Culpeper*. Schnapp dir einen deiner neumodischen Kugelschreiber, die du so liebst, und frag sie nach dem Mann mit der großen Nase neben ihr. Entweder es ist Silas Zanetti und sie erklärt dir, was mit der *Culpeper* geschehen ist, oder deine Fantasie ist wieder einmal mit dir durchgegangen. So oder so, diese Frau hat die Antwort, die du suchst."

Sein Überschwang löste den Knoten in ihr. Sie fing an zu lachen, obwohl sie eigentlich aufgebracht sein sollte, weil er den Flüsterton in der Bibliothek bei Weitem überschritten hatte. Wie schaffte es dieser Mann nur, sie immer wieder zum Lachen zu bringen?

„Ich finde es schwer auszuhalten, wenn du unerträglich bist und trotzdem recht hast", sagte sie.

„Ach ja? Ich fand diesen Nachmittag den schönsten, seit ich in Washington bin."

Seine Augen hatten wieder diesen Glanz. Anna wandte den Blick ab. Wenn er so vor Humor und Leben sprühte, war es, als würde sie direkt in die Sonne sehen: Es blendete und es war gefährlich.

Aber er hatte recht; es war schön gewesen. Der ganze Tag war aufregend, aber er hatte ihr auch Angst gemacht. Ihr Verdacht wegen der *Culpeper* schien sich tatsächlich zu erhärten und es gab nur einen, den sie auf dieser Jagd an ihrer Seite haben wollte: Luke Callahan.

Wie seltsam. Normalerweise wollte sie alles gemeinsam mit Neville erforschen, aber er war in letzter Zeit nicht mehr der Alte gewesen. Sein wissenschaftlicher Verstand verließ sich allein auf Logik und Beweise und genau das hatte sich in ihrer Suche nach dem Verbleib der *Culpeper* als unbrauchbar erwiesen. Luke vertraute seinem Instinkt. Seine wilde, leidenschaftliche Art schien ein perfektes Gegenstück zu ihrer methodischen Herangehensweise zu sein.

„Hilfst du mir mit dem Brief an Mrs Zanetti?"

Luke zog eine Augenbraue hoch. „Ist deine Schrift so unleserlich?"

Es war ihr unangenehm, aber sie beichtete ihm, dass sie sich verfolgt fühlte, seit sie dem Fehler im Bericht der Navy auf die Spur gekommen war. „Ich habe das Gefühl, dass ich beobachtet werde. Vor ein paar Tagen habe ich ein Telegramm an einen Armeestützpunkt in Wyoming geschickt. Das hatte mit meiner ganz normalen Recherche zu tun, aber da war ein Junge, der mir den ganzen Weg bis zum Kapitol und wieder zurück gefolgt ist. Es war ganz merkwürdig. Als ich ihn stellte und fragte, warum er mir folgt, stammelte er irgendetwas und leugnete es, aber ich bin mir ganz sicher. Er sollte mich ausspionieren. Wenn ich einen Brief ins Yukon-Territorium schicke, würde es mich nicht wundern, wenn er abgefangen und gelesen wird."

„Meine Post wird sicher nicht abgefangen", sagte Luke.

„Würdest du ihn für mich abschicken?"

„Natürlich. Also, dann los."

Anna fühlte sich nicht frei genug, all ihre Fragen in einen Brief zu packen und ihr Herz auszuschütten. Außerdem hatten schon zu viele Leute sie und Luke gemeinsam in der Bibliothek gesehen. Daher hielt sie die Zeilen kurz und vage, falls der Brief doch abgefangen werden sollte. Nach einigen Höflichkeitsfloskeln stellte sie nur ihre drängendste Frage: *Ich suche einen guten Freund Ihres Ehemanns. Ist Kuba der richtige Ort, um mit der Suche anzufangen?*

Mrs Zanetti würde sofort verstehen, was Anna meinte. Wie lange würde es dauern, bis sie Antwort bekam? Der Handelsposten in Grey Wolf war Hunderte von Meilen von der nächsten Stadt entfernt. Es konnte Monate dauern, bevor sie etwas hörte. Anna wollte vor Verzweiflung schreien. Aber es war fünfzehn Jahre her, seit die *Culpeper* verschwunden war. Da kam es auf ein paar Monate auch nicht an.

KAPITEL 14

Was sollte er nur mit Anna machen? Ein starker Graupelregen fiel an diesem düsteren Dezembertag vom Himmel. Luke war auf dem Rückweg ins Hotel Willard und zog den Kragen höher in der Hoffnung, sich vor der eisigen Luft zu schützen, die ihm in den Nacken zog. Zu sehen, wie verzweifelt sie gegen die Navy kämpfte, weckte die Sorge in ihm, dass sie kurz davor war, zerquetscht zu werden. Er hatte beim besten Willen keine Delle in der Nase des Mannes entdecken können. Aber Anna hatte sich dermaßen in die Idee festgebissen, dass es Überlebende beim Unglück der *Culpeper* gegeben hatte, dass sie selbst im Konterfei Napoleons oder des russischen Zaren Silas Zanetti entdeckt hätte.

Er steckte Annas Brief unterwegs ein und überlegte, ob er ihr von den Schilderungen des alten Diplomaten hätte erzählen sollen. Aber das war viel zu grausam. Das Beste war jetzt, auf Antwort von Mrs Zanetti zu warten. Anna von der Bucht von Manila zu erzählen, hätte nur noch mehr Öl ins Feuer gegossen.

Außerdem hatte er andere Sorgen.

Cornelius Jones hatte zum großen Gegenschlag ausgeholt, weil Luke den Boykott angeführt hatte. Eine Woche nach dem Vorfall waren er und die anderen abtrünnigen Abgeordneten offiziell vom Kongress gerügt worden. Es war ein bedeutungsloses Ritual, bei dem alle Abgeordneten anwesend sein mussten, um den Tadel gegenüber den in Ungnade gefallenen Kongressmitgliedern anzuhören. Die einzige Strafe bestand in der Schande, aber für Luke hatte sich der Sprecher des Repräsentantenhauses noch etwas Besonderes überlegt: Bis auf Weiteres war Luke vom Fischereiausschuss suspendiert worden.

Jetzt war er vollständig im politischen Exil, wie ein Vogel ohne Flügel war er ein Abgeordneter ohne Stimme. Ohne jede politische Verantwortung blieb ihm nichts anderes zu tun, als Gedichte in der prachtvoll überfrachteten Bibliothek zu lesen oder Anna schöne Augen zu machen, während sie sich auf der wilden Jagd befand.

Seine Hände und Füße waren wie gefroren, als er zu Hause ankam. An solchen Tagen gab es in der Hotellobby meist heißen Kaffee und Luke freute sich auf eine dampfende Tasse. Der Duft von gefiltertem Kaffee empfing ihn schon bei den ersten Schritten ins Hotel. Wie üblich ging er zunächst zur Rezeption, um etwaige Nachrichten abzuholen. Seit ihm auch die letzte politische Aufgabe entzogen worden war, war sein Postfach leer und sein Kalender verwaist, aber manche Gewohnheiten waren schwer zu durchbrechen.

„Irgendwelche Nachrichten für mich?", fragte er den Rezeptionisten hinter der Theke aus Walnussholz.

„Besuch für Sie, Sir. Sie wartet am Piano."

Sie? Luke runzelte die Stirn und eilte um die Grünpflanzen herum, Farngewächse, die als Sichtschutz dienten. Welche Frau riskierte ihren Ruf und suchte ihn direkt in der Hotellobby auf? Insgeheim hoffte Luke auf Anna.

Als er sah, dass sich seine Schwester von der samtbezogenen Bank erhob, machte sich Enttäuschung in ihm breit. Er zwang sich zu einem Lächeln und ging auf Julia zu, erstarrte aber, als er ihre Kleidung bemerkte. Sie war ganz in Schwarz gekleidet, vom Rüschenkragen bis zu den Schuhen. Kreidebleich, das Gesicht ein harter Kontrast zu den schwarzen Haaren und dunklen Augen. Bewegungslos stand sie da und sah ihn an.

„Das ist nichts, was ich dir in einem Telegramm hätte mitteilen können", begann sie zögerlich.

Sein Herz setzte aus. „Bitte sag es nicht."

Sie schloss die Augen. „Jason ist tot, Luke. Er ist in der Nacht gestorben, nachdem er aus dem Gefängnis entlassen wurde. Er hat eine Flasche gefunden, von der ich nichts wusste. Es tut mir so leid."

Lukes Knie versagten ihm den Dienst. Er kauerte sich nieder. Das konnte nicht sein. Das durfte nicht wahr sein. Julia griff nach seinen Schultern, richtete ihn auf und versuchte, ihn zu umarmen, aber er schob sie fort. Er konnte sie nicht ansehen, konnte noch nicht einmal atmen, so sehr drückte ihm die Verzweiflung die Luft ab. Er hatte dafür gesorgt, dass Jason freikam. Er war verantwortlich dafür.

Er musste raus hier.

„Luke, bitte ...“

„Lass mich“, knurrte er.

Sie hielt ihn am Arm fest, aber er riss sich los. Die Hotelgäste starrten sie an und reckten die Hälse, als Luke auf den Hintereingang zusteuerte. Er wollte alles tun, um die Zeit zurückzudrehen und hart zu bleiben. Er selbst hatte Jasons Todesurteil unterschrieben.

„Luke, es ist eiskalt da draußen. Bitte, bleib und rede mit mir“, flehte Julia ihn an.

Er fuhr auf dem Absatz herum. „War es das, was du wolltest? Jason frei zu sehen, damit er sich umbringen konnte?“

Tränen liefen Julia übers Gesicht und sie zuckte zusammen. Genau, wie ihre Mutter zusammengezuckt war, wenn ihr Vater ausgerastet war. Luke boxte mit voller Wucht gegen die Wand. Ein heftiger Schmerz durchfuhr seine Hand wie ein Blitz und blendete seinen Verstand. Er lehnte sich gegen die Wand und schlug erneut darauf ein. Wieder und wieder und wieder, bis kleine Stücke vom Putz abplatzten und Blutspritzer auf der weißen Wandfarbe zu sehen waren. Julia versuchte, ihn wegzuschieben.

„Hör auf!“, rief sie. „Hör auf, sofort! Wage es nicht, zu einer Bestie zu werden. Nicht du. Bitte, nicht auch noch du!“

Ihre Worte drangen durch den Nebel, aber er konnte sie noch immer nicht ansehen. Er hasste sie in diesem Augenblick.

Luke sackte gegen die Wand, keuchte und versuchte, das wilde Drehen in seinem Kopf zu beruhigen. *Jason*. Sein kleiner Bruder. Er wollte irgendetwas kaputt machen, irgendetwas finden, auf das er seine unbändige Wut richten konnte. Schritte näherten sich und Luke sah im Augenwinkel den Diener, der im Hotel für Sicherheit sorgte, auf ihn zukommen.

„Kann ich Ihnen helfen?“, fragte er mit bedrohlicher Stimme.

„Es geht mir gut“, knurrte Luke.

„Das kann man von der Wand allerdings nicht behaupten, Sir.“

„Ich werde für den Schaden aufkommen.“ Luke zog sich weiter in die Ecke zurück und spürte, wie Wut und Hass ihn durchströmten. Julia versuchte derweil den Diener zu beruhigen und schickte ihn fort.

Luke kniff die Augen zu. Es war nicht ihr Fehler, aber im Augenblick hasste er die ganze Welt.

Zwei Tage waren vergangen, seit Anna an Mrs Zanetti geschrieben hatte, und schon jetzt wurde sie ungeduldig. Der Brief war das Erste, was ihr morgens einfiel. Wie lange würde es bis zu einer Antwort dauern? Einen Monat? Zwei? Anna kleidete sich schnell an und mühte sich, mit eiskalten Fingern die Knöpfe durch die Knopflöcher zu bekommen. Die Zimmer im Logierhaus waren ungeheizt und Anna beeilte sich, um schneller am Frühstückstisch zu sein.

Im Speisesaal umfing sie die Wärme aus der Küche. Es war nur noch ein Platz frei. Anna hob ihre Röcke, stieg über die Bank und setzte sich neben Gertrude.

„Dein Kongressabgeordneter hat sich mal wieder in Schwierigkeiten gebracht", sagte Gertrude.

„Er ist nicht *mein* Kongressabgeordneter", raunte Anna zurück. „Was hat er denn angestellt?"

Gertrude reichte ihr die Abendausgabe der *Washington Evening Star*, aber bevor sie sich dem entscheidenden Artikel widmen konnte, fing am Ende des Tisches eine junge Frau an zu kichern.

„Sieht er denn gut aus?"

„Ich wette, es ist einer dieser langweiligen alten Herrn mit Flohrutschen", sagte Mary-Margaret. „Na los, erzähl uns von deinem Abgeordneten."

Alle Frauen hielten inne und hörten zu. Nichts war begehrter am Tisch als eine Portion Tratsch, vor allem, wenn es um Männer ging.

„Ich habe keinen Abgeordneten", murmelte Anna und überflog den Artikel über ein gewisses Kongressmitglied aus Maine, das sich in der Lobby des Willard Hotels mit einer geheimnisvollen Frau in Schwarz einen lautstarken Streit geliefert hatte. Offensichtlich war seine Wut so groß gewesen, dass er gegen die Wand geschlagen, den Putz beschädigt und dabei sogar die Kristalllüster zum Klirren gebracht hatte.

„Es gibt fünfunddreißig unverheiratete Abgeordnete und drei unverheiratete Senatoren", warf eine Rothaarige ein. „Ich wünschte, ich würde im Kapitol arbeiten und könnte einem von ihnen schöne Augen machen."

„Keine Frau im Kapitol macht den Abgeordneten schöne Augen“, schnauzte Gertrud. „Das ist streng verboten.“

„Vielleicht für jemanden wie dich“, gab Mary-Margaret mit einem deutlichen Blick auf Gertrudes sackartiges Kleid zurück. „Ich bin aber erst vierundzwanzig und es gibt keinen Grund, warum ich nicht von solch einem Mann träumen sollte. Obwohl es mich wundert, dass Anna auf der Jagd ist. Ich dachte immer, sie würde so enden wie du.“

Gertrude ignorierte den Kommentar und nahm Anna die Zeitung aus der Hand. „In der *Washington Post* steht heute Morgen fast die gleiche Story.“

In der Bibliothek sammelte Anna als Erstes alle aktuellen Zeitungen zusammen. Alle drei Washingtoner Tagesblätter berichteten genussvoll über die Sache mit Luke. Anna wurde schlecht beim Lesen. Oft genug übertrieben die Zeitungen ja, aber hier stimmten die Details in allen Artikeln überein.

Irgendetwas war passiert. Er hatte etwas verloren, was ihm sehr wichtig war. Anna erinnerte sich an die Abscheu in seiner Stimme, als er über die Wutausbrüche seines Vaters gesprochen hatte. Er würde nie so tief sinken, es sei denn, etwas wirklich Schlimmes war passiert.

Sollte sie ihm ihre Hilfe anbieten? Sie wusste nicht, was vorgefallen war, aber wenn sie etwas für ihn tun konnte, durfte sie nicht zögern.

Kaum war sie im Kartenraum angekommen, nahm sie sich eine der Recherchekärtchen und schrieb auf die Rückseite: *Wollen wir uns sehen? Ich bin heute Abend um 18 Uhr am Tidal Basin. Sag mir, wie ich dir helfen kann. Egal, wie. Anna.*

Viele Leute gingen abends zum künstlichen Zufluss des Potomac Rivers, um die Enten zu füttern oder den Sonnenuntergang anzusehen, aber nach Einbruch der Dunkelheit wurde es dort immer still. Sie konnten sich dort treffen, ohne Gefahr zu laufen, belauscht zu werden. Anna steckte die Nachricht in einen Umschlag, ging nach unten und übergab sie einem Dienstboten.

Annas Nachricht brannte wie Feuer in seiner Tasche. Luke lief auf das Tidal Basin am westlichen Ende der Mall zu.

Er wollte sie nicht sehen. Seit Julias Besuch vor zwei Tagen hatte ihn die düstere Stimmung im Griff. Aber er konnte ihre Nachricht nicht einfach ignorieren. Dafür bedeutete sie ihm zu viel und er konnte es sich nicht leisten, den seidenen Faden zu durchtrennen, an dem ihre Freundschaft hing.

Er entdeckte sie auf einer Bank am Ende des Beckens, eine einsame Silhouette vor dem immer dunkler werdenden Himmel. Anna sollte zu dieser Zeit nicht mehr allein unterwegs sein, aber heute fehlte ihm die Kraft, sie deswegen zu belehren. Außerdem fühlte er sich bereits besser, jetzt wo er sie sah. Sie sah im letzten Licht des Tages so zierlich und zerbrechlich aus. Aber mittlerweile wusste er es besser. Sie war ein harter Knochen, hatte sich nicht unterkriegen lassen und sogar etwas aus sich gemacht. Obwohl das Leben ihr übel mitgespielt hatte, war sie nicht verbittert und verschroben geworden.

„Hallo, Anna."

Sie stand auf und wirkte verunsichert. „Luke."

Allein ihre samtige, kehlige Stimme zu hören, wie sie seinen Namen aussprach, weckte in ihm eine tiefe Sehnsucht nach ihr. Es war eine Tortur, in ihrer Nähe zu sein. Wenn er sie nie kennengelernt hätte, wäre Jason noch am Leben. Eingesperrt, aber am Leben und mit der Aussicht auf eine Zukunft. All das war verloren.

Luke hielt ihr die Nachricht hin. „Willst du mir das hier erklären?"

Anna trat auf ihn zu. Mit sanften Fingern nahm sie seine Hand und entblößte seine zerkratzten Fingerknöchel. „Ich soll dir etwas erklären?", hielt sie dagegen. „Die Zeitungen zerreißen sich das Maul deswegen."

Sie klang etwas belustigt und das verstimmte ihn. „Jason ist tot", sagte er geradeheraus.

Anna fiel die Kinnlade herunter.

„In der Nacht nach seiner Entlassung hat er sich betrunken." So knapp wie möglich erzählte Luke ihr, was passiert war. Jason war blass und zittrig heimgekehrt. Ihm war übel gewesen. Julia hatte allen Alkohol aus dem Haus entfernt, aber mitten in der Nacht hatte

Jason ein Fläschchen mit Hustenmedizin gefunden und es restlos ausgeleert. Was er danach getan hatte, wusste niemand. Am nächsten Morgen hatte man ihn eine halbe Meile außerhalb der Stadt gefunden, mit dem Gesicht nach unten in einer Schneewehe.

„Wir glauben, er wollte zum Apotheker oder in eine Kneipe, als die Kälte und die Medizin ihn übermannten. Jedenfalls ist er jetzt tot."

„Es tut mir so leid", sagte Anna. „Ich weiß nicht, was ich sagen soll ..."

Sie klang fassungslos. In ihrem abgetragenen Wollmantel, der im Wind flatterte, sah sie so verletzlich aus. Ohne nachzudenken, nahm er sie in den Arm und drückte ihren Kopf sanft an sich. Sie wehrte sich nicht, sondern umklammerte ihn fest.

„Es ist nicht deine Schuld", brachte er mühsam heraus.

Aber das war es doch. In seiner Gefängniszelle wäre Jason sicher gewesen, wenn Anna bei ihm nicht Zweifel gesät hätte. Luke hasste sich dafür, aber er wusste nicht, ob er sie je wieder würde ansehen können, ohne daran zu denken, dass sie ihm den Floh mit Jasons Freilassung ins Ohr gesetzt hatte.

„Jason war ein guter Junge", sagte Luke dumpf. Es ergab keinen Sinn, aber er wollte nicht, dass Anna schlecht über seinen kleinen Bruder dachte. „Als er klein war, machte er sich Gedanken über Schmetterlinge, wo sie sich bei Regen unterstellen. Schmetterlinge!" Seine Stimme brach und er kämpfte mit den Tränen. „Ich hatte ihn so lieb. Wäre ich doch nie aus Maine weggegangen. Ich hätte ihn nie aus den Augen lassen und ihn auch nicht freikaufen dürfen."

„Es tut mir so leid", wiederholte Anna und löste sich aus seiner Umarmung. Wo sie gerade noch gestanden hatte, entstand eine Leere. Sie drehte sich um und sah auf das Becken hinaus.

Er seufzte. „Anna, dich trifft keine Schuld. Mein Verstand sagt mir das. Es ist weder deine Schuld noch Julias. Ich muss mir das nur immer wieder sagen, bis ich es auch glauben kann."

„Ich habe dir die Nachricht zukommen lassen, weil ich dachte, du würdest vielleicht meine Hilfe brauchen. Aber ich fürchte, es gibt nichts, was ich für dich tun kann. Es wäre besser, wenn wir uns nie begegnet wären."

Vermutlich hatte sie recht. Es hatte eine Zeit gegeben, da hatte er nur eins gewollt: Seiner Faszination für sie zu folgen, wohin auch immer sie ihn führte ... vor den Traualtar, hatte er gehofft. Das alles war nun vorbei, obwohl er spürte, dass ein Stück von ihm bis in alle Ewigkeit Eigentum von Anna O'Brien bleiben würde, und genau so wollte er es auch.

Aber er musste weg von ihr. Vielleicht würden sie das alles eines Tages hinter sich lassen, aber nicht heute. Er musste jetzt trauern. Er musste den kleinen Rest seiner Familie um sich scharen und versuchen, diesem sinnlosen Tod irgendeine Bedeutung abzuringen. Und das konnte er nicht, solange seine Gefühle in Annas Gegenwart verrücktspielten.

Luke griff in die Tasche und fädelte die Schlüssel von seinem Turmalin-Schlüsselring ab. Dann nahm er ihre Hand und legte den walnussgroßen Stein hinein.

„Ich möchte, dass du diesen Stein nimmst. Ein Andenken an mich aus Maine."

Sie hielt den Stein hoch und strich über die glänzende Oberfläche. „Das kann ich nicht annehmen."

„Doch, bitte. Ich möchte, dass du ihn behältst." Selbst wenn sie sich nie wieder begegnen würden, wollte er zumindest, dass sie ihn nicht vergaß.

Sie drückte den Stein an die Brust. Als sie ihn mit großen Augen ansah, wusste er, dass auch sie dieses Ziehen verspürte. Diese Mischung aus Sehnsucht und Reue stand ihr ins Gesicht geschrieben.

„Ich wünschte, die Dinge wären anders gewesen", sagte sie wehmütig.

„Wie anders?"

Sie sah an ihm vorbei in den fast schwarzen Himmel. „Wenn du ein ganz normaler Mann gewesen wärst, ein Verkäufer in einem Kolonialwarenladen oder ein Angestellter im Postamt. Ich frage mich, ob wir vielleicht ein gutes Team geworden wären."

Er beugte sich vor und gab ihr einen Kuss auf die Wange. „Täusch dich nicht, O'Brien. Wir waren schon immer ein gutes Team."

Er ließ sie stehen und ging, bevor sie ihm den Stein zurückgeben konnte oder er sie womöglich darum bat, auf ihn zu warten und durchzuhalten, bis er sich unter dem Berg finsterer Gedanken herausgegraben hatte.

Morgen würde er nach Maine fahren, um seinen Bruder zu beerdigen. Und dann würde er versuchen, sich um seine angeschlagene Karriere hier in Washington zu kümmern. Ob er Anna je wieder würde ansehen können, ohne ihr die Schuld für den Tod seines Bruders zu geben, wusste er nicht.

KAPITEL 15

Die Beerdigung fand anderthalb Kilometer vom Anwesen der Callahans entfernt in der alten Steinkapelle statt. Lukes Mutter saß in der ersten Reihe und weinte still vor sich hin. Trotzdem war Luke überrascht, wie gut Julia alle Vorbereitungen für die Beerdigung bewältigt hatte. Sie hatte eine kleine Armee von Nachbarn zusammengestellt, die nach der Totenwache abwechselnd Essen vorbeibrachten, hatte die Texte für die Beerdigung herausgesucht und mit dem Bestatter gesprochen, und all das, während sie ihre Mutter tröstete und Philip beschäftigte. Sogar Gabriel, den Ältesten, hatte sie mit eingespannt, was kein leichtes Unterfangen war.

Als Luke vor acht Jahren nach Washington gegangen war, hatte er fest damit gerechnet, dass Gabriel seine Flausen ablegen und das neue Familienoberhaupt werden würde, aber nichts davon war geschehen. Gabe, der selbst ernannte Architekt mit wirrem, kastanienbraunem Haar und einem dröhnenden Lachen, war monatelang ohne jede Vorwarnung verschwunden. Einmal lebte er ein Jahr bei den Penobscot-Indianern in den Bergen im Nordosten. Letzten Monat war er mit seinem selbst gebauten Skiff bis nach Kanada gesegelt.

Keiner wollte darüber reden, warum sie alle hier waren. Jason hatte sich sein eigenes Grab geschaufelt. Dennoch hätten sie mehr für ihn tun müssen. Sie hätten ihn mit Handschellen ans Bett fesseln können. Oder ihm einen Aufpasser oder Arzt an die Seite stellen können. Sie hätten die Ordensschwestern von Saint Agatha bitten können, Kerzen anzuzünden und rund um die Uhr für Jason zu beten.

Und sie hätten ihn niemals freikaufen dürfen.

Luke wollte Julia nicht die Schuld geben, aber er konnte nicht anders. Auch Anna wollte er nicht dafür verantwortlich machen, aber er tat es.

Am allermeisten jedoch gab er sich selbst die Schuld. Jason war sein kleiner Bruder gewesen, der sich immer in seinem Zimmer versteckt hatte, wenn der Vater einen Wutausbruch gehabt hatte. Luke hatte ihn stets beschützt. Aber dann war er nach Washington gegangen und hatte Jason den Dämonen überlassen, die die Callahan-Familie plagten.

Die feuchte Kälte auf dem Weg nach Hause kroch ihm unter die Kleidung, aber Luke ließ den Mantel absichtlich offen. Jason musste in den letzten Minuten seines Lebens in der Schneewehe noch viel stärker gefroren haben. Lukes Stiefel brachen auf dem Anstieg zum Haus knirschend durch die feine Eisdecke auf dem Schnee. Wie oft waren sie hier gerodelt? Wie oft hatten sie im Sommer hier miteinander gekämpft oder abends Glühwürmchen gefangen?

Die Trauer machte jeden Schritt zur Qual. Vor ihm erhob sich das Haus, ein unregelmäßiger Bau aus ungehobeltem Holz und Stein auf dem höchsten Punkt des Callahan'schen Anwesens. Im Lauf der Jahre hatte Gabriel das Haus immer wieder erweitert, hatte Zimmer angebaut, Türmchen und Balkone. Das Haus war ein Spiegel von Gabriels Launen. Unterschiedliche Giebel, ein diagonal angebauter Flügel, ein aufgesetzter Eckturm, weil ihre Mutter einmal erwähnt hatte, wie hübsch sie diese fand. Nachdem er kurz mit der Herausforderung einer Wendeltreppe geliebäugelt hatte, hatte er kurzerhand in der Ecke des Salons eine errichtet. Eigentlich hatte er geplant, noch einen Dachboden auf das Haus zu setzen und ihn mit der Treppe zu verbinden, aber dann hatte er die Lust verloren. Bis heute führte die Wendeltreppe nirgendwohin.

Das Haus war zu einem Sinnbild für ihre Familie geworden: spektakulär, kühn und unpraktisch. Und doch war es ein guter Ort gewesen, um aufzuwachsen. In den Bächen wimmelte es von Streifenbarschen und im Sommer war ihr Haus von unendlich vielen Grüntönen umgeben: Kiefern, Eichen, Ahornbäume und weite Wiesen. Wenn die Bäume kahl standen, konnten sie die Lichter von Bangor sehen.

Im Haus herrschte noch Durcheinander von der Totenwache. Hunderte Menschen hatten Jason die letzte Ehre erwiesen. Holzarbeiter, Minenarbeiter, Händler und Ladenbesitzer, alle waren sie durchs Erdgeschoss marschiert. Nachdem sie die üblichen Beileidsbekundungen bezeugt hatten, wollte die Hälfte von ihnen mit Luke über Politik reden. Das war das Letzte, wonach ihm der Sinn stand.

Niemand hier konnte wirklich begreifen, wie jäh man ihn ins politische Exil abgedrängt hatte, und je weniger er darüber redete, desto besser.

Kaum waren alle von der Beisetzung wieder zu Hause, lief Julia zu Hochform auf. „Gabe, würdest du bitte die Teppiche rausbringen und ausklopfen? Luke, die Tische im Salon müssen zurück in die Küche. Philip soll dir helfen. Ich werde Mutter sagen, dass sie das Tafelsilber putzen und einpacken soll."

„Kann das nicht jemand anderes machen?", wendete Luke leise ein. „Sie kann sich doch vor Trauer kaum noch auf den Beinen halten."

„Deswegen will ich ja gerade, dass sie sich mit irgendetwas beschäftigt", erwiderte Julia, zog die Schublade in der Anrichte auf und räumte die Servierteller hinein. Wahrscheinlich hatte sie recht.

„Na komm, Philip. Hilf mir mal mit den Tischen."

Philip folgte Luke in die Küche. Als die Tür hinter ihnen geschlossen war, blieb Philip stehen. „Ich möchte nicht nach Washington zurück. Ich will hierbleiben."

„Nein." In all den Jahren als Philips Vormund war es nie eine Frage gewesen, dass es für den Jungen am besten war, wenn er bei ihm in Washington wohnte.

„Aber ich möchte nicht mehr in einem Hotel wohnen", argumentierte Philip. „Mutter trinkt nicht mehr und Onkel Gabe ist auch hier. Sie können sich doch um mich kümmern."

So, wie sie sich um Jason gekümmert haben. „Das kommt überhaupt nicht infrage", sagte Luke.

„Warum nicht? Onkel Gabe ist der Älteste von euch."

„Ich kann dir in Washington Möglichkeiten bieten, von denen die meisten Jungen nur träumen können. Hier bekommst du keine vernünftige Schulbildung."

„Onkel Gabe hat auch nie die Schule fertig gemacht. Er meinte, er würde mich mit in die Berge nehmen und ich würde in die Schule der Natur gehen. Hier gibt es so viel, was man malen kann. Das hat Winslow Homer auch getan."

„Winslow Homer hat eine erstklassige Ausbildung in Europa und Amerika genossen, bevor er ein großer Maler wurde. Du kannst das Pferd nicht vom Schwanz her aufzäumen." Gabe war am Anfang seiner Projekte immer Feuer und Flamme, ließ sie dann aber sofort fallen, wenn etwas anderes sein Interesse erregte. Bei der Erziehung seines Neffen würde er nicht anders vorgehen.

„Philip, nicht jetzt." Julia trat in die Küche und schüttete einen Eimer voll Kohlen in die Kohlenkiste vor dem Ofen. Luke sah von einem zur andern. Hatten sie hinter seinem Rücken schon darüber gesprochen?

Ihre Mutter saß am Tisch und polierte stumm das Tafelsilber. Obwohl es grausam schien, sie gerade jetzt zum Arbeiten zu zwingen, hatte Julia tatsächlich recht. Alle paar Minuten ließ sie das Poliertuch sinken und starrte ins Leere. Das entging Julia nicht. „Mutter, vergiss nicht die Gabeln."

Konnte er überhaupt nach Washington zurückkehren, wenn seine Mutter in diesem Zustand war? Und seit wann war Philip eigentlich mit ihrem Leben in Washington so unzufrieden? Zugegeben, ihn seine Strafe in der Hotelwäscherei abarbeiten zu lassen, war hart gewesen, aber es war fair. Außerdem war es längst vorbei.

Nachdem wieder Ordnung in der Küche herrschte, zog Luke sich in den Salon zurück, um zu lesen. Aber die Ruhe währte nicht lange.

„Hey, Luke!" Gabe platzte in die große Stube und sah sich um, ob sie allein waren. „Komm mit hinters Haus und hilf mir Holz hacken. Da hat sich einiges angesammelt."

Luke warf sich eine Jacke über und folgte Gabe zum aufgetürmten Holzstapel, der für den Winter bereitlag. Derweil erzählte ihm sein Bruder von seinen Plänen für den Abend und Luke kamen ernste Zweifel an seiner geistigen Gesundheit. „Hab gerade gehört, dass die Eisstecher von den Feldern wieder nach Hause ziehen", sagte Gabe. „Sie haben es nicht zur Beerdigung geschafft, aber wir werden heute Abend ein Feuer anzünden. Und zwar eins, das man bis nach Bangor sieht!"

Luke stützte sich auf seinen Axtstiel. „Diese großen Feuer sind doch nichts als eine Rückkehr ins heidnische Europa. Männliche Prahlerei und eine Verschwendung von Ressourcen, mehr nicht. Außerdem besteht erhebliche Brandgefahr."

„Natürlich besteht Brandgefahr. Es ist ein verdammtes Lagerfeuer!" Gabe lachte. „Wir machen es so groß, dass Jason es noch vom

Himmel aus sieht. Ich sag's dir, diese trostlosen Zeremonien, die Julia uns aufzwingt, bringen mich noch ins Grab. Los, ran an die Axt und hilf mir lieber."

Es steckte ein Fünkchen Wahrheit in Gabes Kommentar. Luke zielte auf das Holzstück auf dem Hackklotz und schlug es mit einem befriedigenden *Knack* in zwei Teile. Die Eisstecher waren raue Gesellen, und wenn sie den weiten Weg vom Big Bear Lake machten, erwarteten sie ein ordentliches Lagerfeuer.

Bald hatten er und Gabe ihren Rhythmus gefunden. Der Geruch von frisch gehacktem Holz, das Geräusch der Axt, sogar das schmerzhafte Ziehen in den Muskeln – all das weckte Erinnerungen. Wie viel Zeit hatte er hier verbracht, am Hackklotz, mit seinem Vater und seinen Brüdern? Jetzt war nur noch Gabriel übrig. Vor seinen Augen verschwamm alles, aber Luke ließ sich nicht aus dem Rhythmus bringen.

Jason. Wenn er die Augen schloss, konnte er Jason sehen, der einen schweren Holzhammer schwang, Witze riss und zwischendurch ein Liedchen pfiff. Lukes Muskeln zitterten mittlerweile und auch die Lunge schmerzte. Washington hatte ihn verändert, verweichlicht. Vielleicht war das Feuer gar keine so schlechte Idee. Julia kam zwar einmal heraus und warf ihnen finstere Blicke zu und auch ihre Mutter beobachtete neugierig durchs Fenster, wie Gabe und er große Steine zusammenrollten, die das Lagerfeuer begrenzen sollten. Es würde einen feurigen Abschied für Jason geben.

Gerade als die Sonne hinterm Horizont versinken wollte, trafen die ersten Eisstecher ein. Wenn die Holzfällersaison in Maine endete, begann die Eisernte und viele Holzfäller verdingten sich drei weitere Monate. Maines tiefe Seen und kalte Winter sorgten für klares, blaues Eis, das die Ostküste hinabgeschifft wurde und den Männern, die der eisigen Wildnis trotzten, ein gutes Einkommen bescherte. Es brauchte jedoch nicht viel, um sie in die Zivilisation zu locken, selbst wenn es darum ging, eines Verstorbenen zu gedenken, den sie kaum gekannt hatten.

Aber Luke Callahan kannten sie, den Mann, der sie mit Büchern versorgt hatte und für den Erhalt der Forstindustrie kämpfte. Lukes verstorbenem Bruder gaben sie gern ein letztes Geleit. Sie packten sogar mit an und stapelten das Holz auf, bis es ihre Köpfe überragte.

Bei Einbruch der Dunkelheit waren sie fertig. Mit Holzwolle und Rinde wurde das Feuer unten entzündet und fraß sich schnell an der Säule empor, bis die Flammen hell vor dem dunklen Himmel loderten und ihren Schein auf den Schnee warfen. Die Männer stellten sich um das Feuer und starrten wie gebannt in die Flammen, hörten das Holz knacken und sahen zu, wie die Funken in den Himmel stiegen.

Gabriel sprang auf einen Holzklotz, das Gesicht vom Feuer erhellt. „Wir sind hier, um meines Bruders zu gedenken", rief er. Seine Stimme hallte weit hinaus. „Er war wie die Sonne selbst, voller Licht und Wärme. Ein Licht, das so hell brannte, dass es zu früh verlöschen musste. Aber er wird nicht von dieser Erde verschwinden, denn er wird in unserer Erinnerung weiterleben. Jason Callahan wurde von uns gerissen, mitten im tiefsten Winter, wenn Eis und Schnee das Land in ihrem Griff haben und das Blut in unseren Adern gefrieren will."

Gabe bückte sich und griff nach einer Flasche. Dann reckte er sie gen Himmel. „Du bist jetzt frei, Bruder! Du hast die Fesseln dieses Lebens zerschlagen. Aber die Erinnerung an dich wird für immer in den Bergen und Tälern widerhallen, für immer, bis in den letzten Winkel unserer Mine!" Mit diesen Worten warf Gabe die Flasche ins Feuer. Das Glas zerschellte und helle Flammen loderten empor.

„Auf Jason!", sagte einer der Eisstecher. „Er hat dieses alte Schnitzmesser immer sehr gemocht. Es soll dir gehören, Junge!" Das Messer flog in hohem Bogen ins Feuer. Eine zweite Flasche mit Rum folgte, dazu ein altes Paar Schneeschuhe.

Alles an diesem feurigen Ritual war typisch Callahan'sches Gehabe, aber obwohl Luke sich dagegen wehrte, wallte es in ihm auf. Sein Herz schlug schneller, der Überschwang packte ihn. Gabriel stand da und schrie seine Trauer hinaus wie ein großer, stolzer Wikinger. Auch Jason war stolz und groß gewesen. In seinen letzten Jahren war er ins Straucheln geraten, aber Gabes aufrichtiger Tribut brachte nur die besten Erinnerungen an Jason hervor.

Luke richtete den Blick zum Himmel. Unzählige Sterne blinkten in der Dunkelheit und zwangen ihn mit ihrer klaren Schönheit fast auf die Knie. Er konnte nur beten, dass irgendwo da oben die Seele seines Bruders Frieden gefunden hatte, der ihm zu Lebzeiten nicht vergönnt gewesen war.

Irgendeine Bewegung am Haus erregte seine Aufmerksamkeit. Luke sah gerade noch, wie Philip sich hinter eine der Steinsäulen duckte, auf denen die Veranda ruhte, die einmal um das ganze Haus herumging. Luke kniff die Augen zusammen. Genau das war das irrationale Verhalten, vor dem er den Jungen zu beschützen versuchte. Luke machte auf dem Absatz kehrt und hielt auf das Haus zu. Seine Stiefel klangen dumpf, als er die Holztreppe hinaufsprang und auf Philip zuging, der gebannt das Feuer beobachtete.

„Das sind betrunkene Taugenichtse", sagte Luke.

Philip schüttelte den Kopf. „Das sind Männer, richtige Männer. Und ich möchte auch Eisstecher werden. Ich will ... ich will mehr vom Leben haben. Tagsüber steche ich Eis und abends male ich."

Luke zuckte zusammen. Philip hatte keine Ahnung, wovon er da sprach. Er war ein Vierzehnjähriger, der auf einen Ausbruch von Gefühlen und auf Kameradschaft reagierte.

„Glaub mir, Eisstechen ist eine einsame, harte Plackerei. Ich zeige dir einen besseren Weg."

Aber Philip konnte den Blick von den Männern nicht lösen.

Luke lehnte sich an die Säule und sah zu, wie die Funken gen Himmel flogen, wenn einer der Männer etwas ins Feuer warf. Seine Muskeln schmerzten fürchterlich, jetzt, wo die bittersüßen Gefühle, die ihn bei Gabriels Trauerrede übermannt hatten, verflogen waren.

Hier gehörte er nicht mehr hin. Es hatte eine Zeit gegeben, da hatte sein Leben aus Holzfällerei und Bergbau bestanden, aber dann hatte er das Lesen entdeckt und seine Welt hatte sich unwiderruflich verändert. Eine Sehnsucht war entfacht worden. Er lernte, seinen Impulsen nicht blind zu folgen, sich an die Regeln zu halten und hart zu arbeiten, wenn andere das Handtuch warfen. Er wollte mehr und er hatte es bekommen. Er hatte es sich erarbeitet.

Bangor war nicht mehr sein Zuhause. Nicht, dass er nach Washington passte, aber daran konnte er arbeiten. Es würde ihm ein Leichtes sein, den Charme und den Schliff eines Kongressabgeordneten anzunehmen, feierliche Galas zu besuchen und mit Diplomaten und Senatoren Konversation zu betreiben. Auch wenn er keiner von ihnen war, jedenfalls nicht wirklich.

In der Gesellschaft von Anna O'Brien hatte er sich zu Hause gefühlt. Für ein paar kurze Wochen hatte er einen Menschen gekannt, dem er sich öffnen konnte, ohne sich zu blamieren oder entschuldigen zu müssen. Sie hatte genauso wilde Träume gehabt wie er, aber zugleich war sie vernünftig und gescheit. Ihre Stärken und Schwächen waren zwar ein geradezu spiegelbildliches Gegenteil voneinander gewesen, aber in Kombination fast unschlagbar. Sie wären ein richtig gutes Gespann gewesen.

Kurz dachte er darüber nach, zu ihr zurückzukehren, auch wenn sie sich gegen ihn und für ein Leben ohne Überraschungen entschieden hatte. Ob sie je ihre Meinung ändern würde? Konnte sie das? Luke starrte ins Feuer und wünschte, er könnte die Zeit zurückdrehen.

Anna war wie ein schöner, makelloser Traum, wie eine Figur aus einem Versepos. Sie sollte nicht von einem Schandmal wie Jasons Tod befleckt werden. Luke hoffte, dass er die Kraft finden würde, die zerstörerischen Gedanken und Gefühle zu überwinden. Zugleich fürchtete er, dass der tragische Tod seines Bruders seinen Traum unwiderruflich gebrandmarkt hatte.

KAPITEL 16

Januar 1898

Das Tempo in der Stadt war langsamer geworden, weil die Kongressabgeordneten über Weihnachten in ihre Wahlkreise zurückgekehrt waren und die Angestellten im Kreis ihrer Familien feierten. Anfang Dezember war in der Eingangshalle der Bibliothek ein riesiger Weihnachtsbaum aufgestellt worden und hatte das ganze Erdgeschoss mit seinem frischen Kiefernduft erfüllt.

Der neue Bibliotheksdirektor und Nachfolger des alten Mr Spofford hatte seinen Dienst angetreten, ein Mann mit dem passenden Namen John Russell Young. Er hatte schwarzes volles Haar und einen schnellen Schritt. Er stand für die moderne Zeit. Mr Young war bereit, die Bibliothek ins zwanzigste Jahrhundert zu führen.

Gleichzeitig war er aber auch ein kalter Fisch. Unnahbar und immerzu geschäftig, brachte er keine der freundlichen Qualitäten oder die wohltuende Liebe zu Büchern mit, die Mr Spofford ausgezeichnet hatten.

Anna wartete noch immer auf Nachricht von Mrs Zanetti, aber das überraschte sie nicht. Das Dorf, in dem Mrs Zanetti lebte, war so abgelegen, dass sie ihre Post wahrscheinlich mit dem Hundeschlitten bekam. Die Wochen vergingen und jeden Abend hielt Anna im Logierhaus den Atem an, wenn sie ihr Postfach leerte.

Wieder nichts.

Auch Neville fiel es schwer, eine große Verschwörung dahinter zu sehen. Als sie ihm das Foto von Mrs Zanetti gezeigt hatte, hatte er sich das Gesicht des Mannes neben ihr genau betrachtet. „Er sieht ganz anders aus als der Silas Zanetti, den ich kenne", hatte er festgestellt.

„Natürlich sieht er anders aus; es sind ja auch fünfzehn Jahre vergangen. Aber ist das nicht genau die Nase, wegen der ihn mein Vater immer aufgezogen hat?"

Neville kaute auf seiner Lippe. „Mag sein", sagte er, aber besonders überzeugt klang er nicht.

Von Luke hatte sie seit seiner Rückkehr nach Maine nichts mehr gehört. Ob er je an sie dachte? Eigentlich musste sie froh sein, dass er sie in Ruhe ließ. Das bedeutete, dass seine bizarre Schwärmerei vorbei war. Trotzdem spürte Anna jedes Mal eine Leere, wenn sie an ihn dachte, was viel zu häufig geschah. Für eine kurze Zeit war es so schön gewesen, einen Mann in ihrem Leben zu haben. Zum ersten Mal hatte sie gespürt, wie es war, bei jemandem an erster Stelle zu stehen. Dieses Glück war ihr noch nie vergönnt gewesen und sie hatte die aufregende Aufmerksamkeit genossen.

Zum Weihnachtsessen machte sie einen Besuch bei Tante Ruth. Normalerweise gesellte sich Neville dazu, weil er wusste, wie schwer Anna diese Stunden fielen. Aber in diesem Jahr hatte er sich ohne weitere Erklärungen entschuldigt. Anna konnte ihn nicht zwingen, aber ohne ihn war es bei ihrer Tante steif und ungemütlich. Tante Ruths Blick wanderte immer wieder zu Onkel Henrys Mantel, der immer noch neben der Tür hing.

Anna schenkte Tante Ruth einen Stoffballen mit geblümtem, blauem Kattun und einige Meter Spitzenborte. Als ihre Tante die Spitzenborte sah, strahlte sie. Anna öffnete ihr Päckchen und fand eine nagelneue Sammlung von Kurzgeschichten von Nathaniel Hawthorne.

„Es ist längst nicht so ein schönes Geschenk wie deine Borte", räumte Tante Ruth ein.

„Unsinn", erwiderte Anna. „Ein schöneres Geschenk als ein Buch gibt es doch gar nicht."

Sie dachte an den großen Turmalin in ihrer Tasche. An seine Kristalloberfläche, die smaragdgrün schimmerte und einen tiefrosafarbenen Kern umgab. Trotzdem konnte Anna ihn nicht betrachten, ohne an jenen letzten, tragischen Abend zu denken.

In der folgenden Woche machten Anna und Neville ihre jährliche Pilgerreise ins oberste Stockwerk des Kriegsministeriums, um von dort aus die großen Feierlichkeiten im Weißen Haus zu beobachten. Der Präsident gab an Neujahr immer einen Empfang für den Kongress und Anna liebte den Prunk und die lackierten Kutschen, die in der runden Auffahrt vor dem Weißen Haus vorfuhren. Selbst die

Pferde waren geschmückt, trugen Federn am Zaumzeug und Glöckchen an den Zügeln. Es dauerte über eine Stunde, bis alle Senatoren und Kongressabgeordneten eingetroffen waren. Die Kutschen stauten sich bis zur Pennsylvania Avenue. Diener in Livree öffneten die Türen und halfen den Damen beim Aussteigen. Die Ehefrauen der Senatoren und Abgeordneten trugen Pelz und Schmuck, häufig sogar Diademe mit echten Steinen. Anna würde sich nie trauen, sich so herauszuputzen, selbst wenn sie sich derartigen Schmuck leisten könnte. Diese Ehefrauen sahen aus wie Königinnen.

Anna wollte es sich nicht eingestehen, aber bei jeder Kutsche hielt sie kurz die Luft an und fragte sich, ob Luke aussteigen würde. Neville borgte ihr jedes Mal sein Fernglas, wenn eine Kutsche zum Stehen kam. Falls Luke kam, würde er in Begleitung kommen? Die meisten Abgeordneten waren verheiratet, aber auch die Junggesellen kamen zu solch einer Veranstaltung nicht allein.

Als die letzte Kutsche abfuhr, ohne dass sie Luke entdeckt hatte, reichte sie Neville das Fernglas zurück und wusste nicht, ob sie erleichtert oder enttäuscht sein sollte.

„Und heute machst du mir nicht wieder einen Rückzieher, verstanden?“, sagte Neville.

Anna presste die Lippen aufeinander und wünschte, sie hätte diese lächerliche Abmachung mit Neville gar nicht erst getroffen. Am Nachmittag öffnete das Weiße Haus seine Türen für jedermann, der bereit war, sich in einer schier unendlichen Schlange anzustellen, um dem Präsidenten die Hand zu geben. Anna hatte sich nie getraut, obwohl sie vergangenes Jahr fast eine Stunde angestanden hatte, nur um im letzten Augenblick doch noch Nerven zu zeigen. Sie verlor jedes Mal ihre Stimme, wenn sie nervös wurde. Was, wenn sie den Präsidenten anstarrte wie ein stummer Fisch?

Dieses Jahr hatte Neville ihr versprochen, sie dürfe den Prototypen einer batteriebetriebenen Lampe haben, wenn sie sich traute, dem Präsidenten die Hand zu geben. Die Ever Ready Company hatte gerade das Patent für die tragbaren Lampen erworben und sie sollten in wenigen Monaten als *Taschenlampen* auf den Markt kommen.

„Du hast die Wahl: Entweder du gibst dem Präsidenten die Hand oder du kannst die neue Lampe vergessen“, sagte Neville.

„Mir doch egal", sagte Anna. „Ich wüsste sowieso nicht, was ich damit anfangen sollte." Bereits jetzt formierte sich die Schlange vor dem Weißen Haus und sie wollte sich nicht schon wieder zum Gespött der Leute machen.

„Sei nicht so ein Angsthase", schalt Neville sie. „Los, komm."

Anna verschränkte die Arme. „Mich zu beschimpfen ändert nichts an meiner Meinung. Ich muss nicht durchs Weiße Haus stapfen und mich unter hochtrabende Leute mischen, um mich gut zu fühlen." Längst hatte sie damit aufgehört, jemand sein zu wollen, der sie nicht war. Ihr Leben war gut, so wie es war, und sie musste nicht dem Präsidenten die Hand schütteln, um für ein paar Sekunden berühmt zu sein.

Anna dachte an Luke. Er hatte sie so manches Mal damit aufgezogen, sie würde sich nie aus ihrer Bibliothek heraustrauen. Vielleicht hatte er gar nicht so unrecht. Es war leicht, Bequemlichkeit mit Zufriedenheit zu verwechseln. Wenn sie ehrlich war, wollte sie mehr vom Leben und in den sicheren Wänden ihrer Bibliothek würde sie es bestimmt nicht finden.

Sie sah zur Menschenschlange hinaus. „Also schön."

Die nachmittägliche Traube vor dem Weißen Haus war ganz anders als die vom Vormittag. Jetzt fuhren keine Kutschen vor. Diesmal kamen die Menschen zu Fuß und trugen normale Mäntel und Schuhe. Anna hatte ihren dunklen Wollmantel an, der nichts mit den Pelzmänteln gemein hatte, die sie vom Kriegsministerium aus erspäht hatte. Anstatt einer diamantbesetzten Haarspange hatte sie sich eine rote Schleife ins Haar gebunden. Sie stammte von Tante Ruths Geschenk und war das einzig Weihnachtliche, was ihr eingefallen war.

Anna zupfte die Schleife zurecht. Machte sie sich damit lächerlich? Ihre Füße waren wie Eisklumpen, als sie endlich die Eingangstür erreichte. Doch drinnen war es auch nicht viel wärmer. Wie auch immer das Weiße Haus beheizt wurde, es half nicht, wenn die Tür drei Stunden lang offen stand.

Präsident McKinley stand am Ende der Eingangshalle, trug einen Übermantel, Handschuhe und sah fast genauso durchfroren aus wie die Menschen, die ihm die Hände schütteln wollten. Aber oh, was für ein Mann! Ernste Gesichtszüge und tief liegende blaue

Augen ließen ihn aussehen, als könnte er bis nach Europa gucken. Sie war hier fehl am Platz. Diesem Mann die Hände schütteln – unmöglich.

Neville schob sie voran und blockierte ihr den Weg zur Tür. Es gab keinen Ausweg mehr. Stück für Stück drückte er sie auf dem roten Teppich nach vorn. Schließlich war sie an der Reihe und trat vor den Präsidenten.

„Gesundes neues Jahr, Sir", sagte Anna und starrte auf die Anstecknadel in seiner Seidenkrawatte.

„Ihnen auch, Ma'am", erwiderte Präsident McKinley mit festem, würdevollem Händedruck.

Ma'am! Der Präsident der Vereinigten Staaten von Amerika hatte sie Ma'am genannt! In ihren Ohren klingelte es und sie war so aufgeregt, dass sie gar nicht mehr mitbekam, was Neville zum Präsidenten sagte. Sie wurden vom Secret Service, der rechts und links die Flure säumte, zügig zu einem der Seitenausgänge geleitet.

Sie hatte es getan. Neville stieß ihr draußen vor der Tür den Ellbogen in die Seite.

„Gut gemacht, *Ma'am*", witzelte er.

Sie knuffte ihn zurück und lächelte in sich hinein. Vielleicht hatte sie keine erwähnenswerte Familie, keinen Mann und keine Kinder, mit denen sie Weihnachten und den Jahreswechsel feierte, aber sie hatte den besten Freund, den man sich vorstellen konnte. Einen, der sie niemals im Stich ließ. Gut, das war nicht so aufregend wie ihr kurzes Abenteuer mit einem gewissen Abgeordneten aus Maine ... aber das war in Ordnung. An das Alleinsein war sie gewöhnt, aber solange sie Neville hatte, war sie zumindest nicht einsam.

Luke kehrte in der zweiten Januarwoche mit Philip im Schlepptau nach Washington zurück. Es war sehr unschön geworden, ihn zum Mitkommen zu bewegen. Philip wollte den Regeln und Beschränkungen des Stadtlebens entfliehen und sowohl Gabe als auch Mutter hatten dem zugestimmt, nur Luke hatte darauf bestanden, dass es dem Jungen in Washington besser gehen würde. Die Meinung seiner Mutter ignorierte er einfach. Schließlich hatte sie nichts dagegen unternommen, als ihr Vater im Suff die Familie ins Verderben gestürzt hatte; wie sollte sie es jetzt mit Gabe aufnehmen?

Nur Julia war unentschlossen gewesen. Sie liebte ihren Sohn, aber gerade die Jahre, in denen zwischen Müttern und Kindern eine tiefe Verbindung wuchs, hatte sie im Nebel von Depressionen und ihrer Alkoholsucht verbracht. Luke hatte sie den ganzen Monat über beobachtet und hatte keine Anzeichen dafür entdeckt, dass sie wieder zur Flasche greifen würde. Daran, wie sie die Mine verwaltete, konnte er ablesen, dass sie bei gesundem Verstand war, aber er war sich trotzdem nicht sicher, ob sie Philip im Griff hatte. Gabe würde einen schlechten Einfluss auf ihn haben und er bezweifelte, dass Julia ihn von ihrem waghalsigen Bruder fernhalten konnte. Schlimmer noch, Philip war in zunehmendem Maß fasziniert von Gabe. Dagegen schien Luke geradezu fade und langweilig zu sein.

Am Ende hatte Julia die Entscheidung getroffen und Philip mit Luke nach Washington geschickt.

Sein erster Tag im Kapitol war deprimierend. Normalerweise wurde er von Arbeit überschwemmt, wenn er zurückkehrte, aber dieses Mal war alles anders. Seine Suspendierung vom Fischereiausschuss galt noch immer und man hatte ihm keine weiteren Aufgaben zugewiesen. Also verbrachte er einen tristen, eintönigen Tag an seinem Tisch im beinahe leeren Plenarsaal, las Zeitung und überlegte, wie er seine politische Karriere wieder ankurbeln konnte.

Luke nahm den langen Weg nach Hause, lief die Constitution Avenue und die Fourteenth Street hinunter, vorbei an unzähligen schwarz glänzenden Laternen, deren Glaskörper den Abendhimmel erleuchteten. Stattliche Gebäude, die die griechische Ordnung und Rationalität nachbildeten, säumten die Alleen. Im Gegensatz zu Maine mit seinen tiefen Wäldern war das hier eine ganz andere Welt.

Ein Diener in Livree ging in Habachtstellung, als Luke die Stufen zum Hotel Willard erklomm. In der Lobby fiel ihm auf, dass ihn die Leute anders ansahen. Wenn sie ihn erkannten, wandten sie schnell den Blick ab, als hätte er eine ansteckende Krankheit, die schon durch Augenkontakt übertragen werden konnte. Sein Aufstieg war spektakulär gewesen, aber auch die Art, wie ihn Cornelius Jones in die Gosse befördert hatte. Luke ignorierte die Blicke und ging an den verzierten Fahrstühlen vorbei zur Treppe. Den Fahrstuhl nahm er nie, es sei denn, Philip war dabei. Der Junge war ganz wild auf die neue Technik und ließ keine Gelegenheit aus, sie zu benutzen.

Im Flur war burgunderroter Teppich ausgelegt. Elektrische Wandleuchten erhellten die Wände. Als Luke vor seiner Hoteltür stand, erregte ein seltsamer Geruch seine Aufmerksamkeit. Es roch verbrannt.

Er stürzte ins Vorzimmer. „Philip, was machst du da?" Im Salon saß Philip vor dem kleinen mit Fliesen verkleideten Kamin.

„Das Feuer ist viel zu groß für die kleine Feuerstelle", schimpfte Luke. „Was ist denn in dich gefahren?"

Philip starrte ins Feuer und hatte das Spiel aus Licht und Schatten im Gesicht. „Die Männer hatten Onkel Jason wirklich gern", sagte er wehmütig. „Einer hat sogar seinen Biberpelzmantel ins Feuer geworfen."

„Sie waren betrunken." Nur ein Junge, der noch nie auch nur einen Dollar verdienen musste, konnte es für ein Zeichen von Verbundenheit halten, einen einwandfreien Mantel zu verbrennen. Sein Blick fiel auf den unteren Teil des Feuers. Erschrocken riss er die Augen auf. Unverkennbar, dort brannte ein Buchrücken.

„Was hast du denn da ins Feuer geworfen?", herrschte er Philip an. Er hockte sich hin und sah genauer hin. Die schwarzen Überreste von mindestens drei Büchern rollten sich in den Flammen. Eins davon war Philips Mathematikbuch.

Luke fuhr herum und starrte den Jungen zornig an, der ihm eine Antwort schuldig blieb.

„Deine Schulbücher? Du verbrennst deine Schulbücher, für die ich gutes Geld bezahlt habe?"

„Ich wollte mein eigenes Gedenkfeuer für Onkel Jason", antwortete Philip. „Außerdem kann ich die Schule nicht ausstehen. Ich will zurück nach Maine und bei Onkel Gabriel wohnen. Ich will Maler werden und Onkel Gabriel kann mir zeigen, wie."

Luke sprang auf. Er war so wütend, dass er den Jungen, der alles mit Füßen trat, was er ihm an Möglichkeiten bot, nicht länger ansehen konnte. Gabriel war längst einem inneren Impuls folgend in Richtung Berge losgezogen. Er würde nicht zurückkehren, bevor die nächste Entlohnung aus der Mine anstand. Alle drei Monate ein

Mal für die Zahlung zu erscheinen, damit war Gabes Fähigkeit, für sich selbst zu sorgen, bereits erschöpft.

Luke stürmte in Philips Zimmer und schnappte sich eine Handvoll Pinsel. Dann kehrte er in den Salon zurück. Ohne nachzudenken, warf er die Pinsel zu den verbrannten Büchern ins Feuer. Die in Terpentin und Leinöl getränkten Borsten ließen die Flammen hochschlagen.

„Warum nur die Bücher? Sind nicht die Pinsel ein passendes Opfer für deinen Trunkenbold von einem Onkel?“, rief Luke. Schwarzer Rauch quoll aus dem Feuer und der beißende Geruch von Terpentin erfüllte den Raum.

In diesem Moment kam Luke der Geruch von hickorygeräuchertem Speck hoch.

Er taumelte zurück und stützte sich an der Wand ab. Er war keinen Deut besser als sein Vater. Er war ein brutaler Tyrann, der sich genau das gegriffen hatte, was dem Jungen alles bedeutete, und er hatte es vor seinen Augen zerstört. Entsetzt streckte er eine Hand zu Philip aus, der ganz bleich geworden war.

„Es tut mir leid ...“

Philip wich zurück, fiel nach hinten und starrte ihn an wie ein in die Enge getriebener Hund. Luke war sich sicher, Philip würde ihm in die Hand beißen, wenn er auch nur einen Schritt auf ihn zu tat.

Er ging schwer atmend zurück. „Es tut mir leid“, sagte er noch einmal. „Ich kaufe dir neue Pinsel.“ Luke setzte einen Fuß hinter den anderen, bis er ans Sofa stieß und sich darauf sinken ließ. Dabei sah er Philip unverwandt an. „Lass uns darüber reden, wie wir das wieder hinbekommen ...“

Philip sprang auf, stürmte in sein Zimmer und knallte die Tür so laut, dass die Fenster klirrten.

Erschüttert ließ Luke den Kopf sinken. Was war nur mit ihm los? Er hatte sich so lange zusammengerissen und seine Impulsivität unter Kontrolle gehabt und auf einmal brach seine schlimmste Seite wieder hervor. Er hatte geklungen wie sein Vater. Luke schämte sich zutiefst und starrte ins knisternde Feuer. Er konnte noch nicht einmal den Alkohol verantwortlich machen. Nichts konnte ihn vor der Schande retten, dass er genauso grausam war wie sein eigener Vater. Luke schluckte die explosiven Gefühle herunter, wollte sie ersticken. Nie wieder durfte er sich von ihnen hinreißen lassen. Seine dunkle Seite hatte er bereits in der Vergangenheit erfolgreich ignoriert und genauso würde er es jetzt wieder tun.

KAPITEL 17

„Irgendetwas stimmt nicht“, sagte Gertrude und kam in den Kartenraum, gefolgt von zwei anderen Bibliothekarinnen. „Mr Young möchte die ganze Belegschaft in der Eingangshalle sehen. Er hat etwas bekannt zu geben.“

Es war der erste Arbeitstag nach den Feiertagen, eine halbe Stunde vor Beginn der Öffnungszeiten. Die Arbeiter bauten bereits den Weihnachtsbaum ab. Mr Spofford hatte den Baum immer bis Ende Januar stehen lassen, aber jetzt wehte ein anderer Wind.

„Hat er gesagt, worum es geht?“, wollte Anna wissen.

Gertrude schüttelte den Kopf, aber sie war blass und den anderen Frauen erging es nicht anders. Mr Young war mehr Geschäftsmann als Bücherwurm. Er war so geschäftig im Regierungsviertel unterwegs, dass man ihn kaum in der Bibliothek antraf. Aber es war ein offenes Geheimnis, dass er überall Augen und Ohren hatte. Er wartete auf den richtigen Augenblick, um dem ganzen Betrieb seinen Stempel aufzudrücken.

„Er wird uns vor die Tür setzen“, raunte eine der Frauen besorgt. „Wahrscheinlich hat er mitbekommen, dass Frauen nur auf Probe angestellt sind, und kann es kaum erwarten, uns loszuwerden.“

„Das ist noch überhaupt nicht gesagt“, erwiderte Gertrude, obwohl ihre Kiefermuskeln und die geballten Fäuste verrieten, dass sie ähnlich dachte.

Auch die männlichen Bibliothekare strömten mit besorgten Mienen in die Eingangshalle. Ihre Schritte hallten auf dem kalten Marmorboden wider. Die ganze Belegschaft machte einen eingeschüchterten Eindruck.

Als Letzter erschien schließlich der neue Bibliotheksdirektor, elegant und adrett mit gestärktem Kragen und Anzugweste. Er stellte sich vor die versammelten Mitarbeiter.

„Ich weiß, dass Sie alle begierig darauf sind, nach der langen Weihnachtspause wieder an Ihre Arbeit zu gehen, also werde ich es kurz machen“, sagte er. „Wie ich bemerkt habe, vermissen einige von Ihnen den alten Direktor, der in Regierungskreisen großes Ansehen genießt. Da ich Ihrer Achtung für Mr Spofford nicht im Weg stehen möchte, habe ich beschlossen, ihm den Posten des stellvertretenden Bibliotheksdirektors anzubieten. Seine Aufgaben werden sich an seinen Interessen orientieren."

Erstauntes Germurmel hob an.

„Mr Spofford wird ein Büro im dritten Stock beziehen. Er wird seine Tätigkeit ab sofort aufnehmen. Das wäre alles. Sie dürfen gehen."

Anna lächelte dankbar. Vielleicht hatte sogar der kalte Mr Young erkannt, welches Unrecht Mr Spofford geschehen war. Es machte sie stolz, dass die Regierung so anständig war, einen Fehler zu berichtigen, unter dem ein treuer Angestellter zu leiden hatte.

Mr Spofford kam bei jedem persönlich vorbei. „Soweit ich weiß, haben Sie geholfen, meinen Abschied am letzten Tag zu organisieren", sagte er, als er in den Kartenraum trat. Mit seinem Tweedsakko und ohne Krawatte sah er aus wie ein Universitätsprofessor.

Anna legte den Bleistift hin. „Ich habe nur allen Bescheid gegeben. Gekommen sind sie von ganz allein. Sagen Sie, was macht ein stellvertretender Bibliotheksdirektor eigentlich?"

„Er steht bereit, um dem neuen Direktor zur Hand zu gehen, wenn dieser es wünscht. Mr Young ist aus politischen Gründen eingesetzt worden und hat keinerlei Bibliothekserfahrung." Mr Spoffords Augen blitzten. „Es war ein cleverer Schachzug von Mr Young, sich etwas Wohlwollen in der Regierung zu erkaufen. Meine Hauptaufgabe wird wohl sein, mich endlich den Büchern zu widmen, die ich schon immer schreiben wollte."

Als ihr ehemaliger Vorgesetzter gegangen war, machte sich Anna daran, einen neuen Schwung Karten aus den Indianergebieten zu katalogisieren, aber ihre Gedanken wanderten immer wieder zu Mr Spoffords Buchplänen. Musste sie erst alt und grau werden, bevor sie es wagte, die Geschichte über die Kartografen zu schreiben?

„Psst ... Miss O'Brien!"

Anna sah auf. Jack Wilkerson stand im Türrahmen und grinste sie an. Jack war der größte Lausbub unter den Dienstboten. Ständig stiftete er Unfug in der Bibliothek. Normalerweise gab er sich keine Mühe, leise zu sein. Anna war dankbar, dass er es bei einem lauten

Flüsterton beließ, auch weil noch zwei Besucher im Kartenraum waren und so taten, als hörten sie nichts.

„Was kann ich für dich tun, Jack?"

Der Junge ließ sich auf den Stuhl neben Annas Tisch plumpsen und beugte sich zu ihr. „Wussten Sie, dass man im Elektrizitätsraum im ersten Stock alles hören kann, was im Büro des Direktors gesagt wird?", flüsterte er. „Da gibt es einen offenen Luftschacht und man hört alles klar und deutlich."

„Du hast doch nicht etwa den Direktor belauscht?" Das ging zu weit, sogar für Jack.

„Er hat Besuch bekommen, von ein paar hochtrabenden Marineoffizieren. Da habe ich mich schnell im Raum versteckt. Und sie haben über Sie geredet, Miss O'Brien."

„Über mich? Wer hat über mich geredet?"

„Na, der neue Direktor und die Offiziere. Sie hätten deren Uniformen sehen sollen. Mit Schulterklappen und Knöpfen, die aussehen wie echtes Gold."

„Es interessiert mich nicht, wie die Uniform aussah. Was haben sie denn gesagt?"

„Der Marineoffizier wollte wissen, ob Sie einen berechtigten Grund haben, ins Yukon-Gebiet zu schreiben."

Anna wurde es ganz heiß und kalt.

„Mr Young meinte, er wüsste nicht, was Sie mit dem Yukon-Territorium zu schaffen hätten. Er würde das gleich prüfen, meinte er. Die Männer sollten ruhig warten, während er die Rechercheaufträge durchsehe. Zwischendurch haben sich die Offiziere unterhalten. Einer meinte, er würde gleich zurück ins Kapitol gehen und ein Telegramm ins Yukon-Gebiet schicken, um dort jemanden vor Ihnen zu warnen."

Annas Atem kam stoßhaft und ihr wurde schwindlig. „Und was dann?"

„Nichts. Mr Young kam mit der Liste Ihrer Rechercheaufträge wieder und bestätigte, dass nichts davon mit dem Yukon-Territorium zu tun habe. Das war's. Ich bin gleich hergekommen. Ist das nicht aufregend?"

Jacks Stimme wurde immer lauter. Anna ermahnte ihn, leise zu reden, und beäugte argwöhnisch die beiden Männer an ihren

Lesetischen. Sie sahen harmlos aus, aber wenn die Navy sie bespitzelte, dann bestimmt nicht mit Uniformierten. Sie würden jemand Unauffälligen nehmen, jemanden wie den älteren Herrn dort drüben, der sich scheinbar für Landbesitzverzeichnisse interessierte.

Anna presste eine Hand auf die Stirn. Entweder sie war die verrückteste, wahnhafteste Person auf dieser Erde oder die Bespitzelung durch die Navy ging so weit, dass sie sogar von ihrem Brief ins Yukon-Territorium wussten. Wieso schickten sie auf einmal Telegramme dorthin? Um die Zanettis zu warnen? Um ihnen zu schaden?

Anna wusste nicht, wie Telegrafendrähte funktionierten, aber vielleicht gab es eine Möglichkeit, Nachrichten zu verfolgen. Oder womöglich sogar die Drähte anzuzapfen und mitzulesen. Neville würde bestimmt wissen, ob solch ein technischer Lauschangriff möglich war.

Sofort nach der Arbeit rannte sie zu Nevilles Logierhaus. Sie sprang die Treppe hinauf und klopfte laut an die Tür.

Keine Antwort.

Die Vermieterin war meistens zu Hause, also klopfte Anna weiter. Sie würde Neville wenigstens eine Nachricht hinterlassen. Aber niemand öffnete.

Dass Mrs Norquist Anna im Türspion erkannt hatte und deswegen nicht öffnete, traute sie ihr nicht zu. Die Frau schien aus irgendeinem Grund nie gut auf sie zu sprechen zu sein, aber das hier war zu wichtig. Anna konnte sich nicht einfach abwimmeln lassen.

Sie klopfte und klopfte. Aber es öffnete niemand. Seltsam. Das war das zweite Mal innerhalb einer Woche, dass Neville nicht da war. Sie würde auf ihn warten müssen. Er war der Einzige, dem sie ihre Frage anvertrauen konnte, und um ehrlich zu sein, hatte sie große Angst. Die Navy war hinter ihr her und das konnte Konsequenzen haben. Heftige Konsequenzen.

Sie überquerte die Straße und setzte sich auf eine Bank in der kleinen Grünanlage. Die Kälte des Metalls kroch durch ihre Kleider und ließ sie noch mehr zittern. Sie rieb sich die kalten Hände.

Ein Laternenanzünder ging vorbei und entzündete mit seinem langen Stab die Gaslaternen, bis jede einen warmen Lichtkreis auf den Boden warf. Die meisten Passanten waren Männer, die von der Arbeit heimkehrten, aber es gab auch einige Paare und ein paar Familien. War es nicht traurig, wie einsam sie sich fühlte, wenn sie sah, wie Männer und Frauen Händchen hielten? Die Frauen sahen warm und zufrieden aus, wenn der Mann ihnen den schützenden Arm um die Schulter legte. Ihr fehlte Luke. Sie waren gute Freunde gewesen und auch wenn sie ihn abgewiesen hatte, sehnte sie sich doch nach seiner Gesellschaft.

Wo zum Henker war Neville? Trübsinnig beobachtete Anna ein weiteres glückliches Paar, das die Straße hinunterschlenderte. Anscheinend war die ganze Welt in festen Händen, nur sie nicht. Schneeflocken segelten durch die Luft, sanken still nieder und gaben der ganzen Szenerie etwas Friedliches, aber in Anna tobten Angst und Einsamkeit.

Als das Paar die Treppen zum Logierhaus emporstieg, bekam Anna große Augen. Das war doch Neville! Sie hatte ihn wegen des weiten Mantels nicht erkannt, aber als er seine Mütze abnahm, verriet ihn sein strohblonder Schopf. Anna sprang auf.

„Neville!"

Erschrocken drehte er sich um. „Anna! Was machst du denn hier?"

Mrs Norquist war bei ihm. Die Vermieterin warf Anna einen finsteren Blick zu und steckte dann den Schlüssel ins Schloss. „Essen in zwanzig Minuten", bellte sie, ging hinein und machte hinter sich die Tür zu. Dass Mrs Norquist ihre Mieter behandelte wie unmündige Kinder, war eine Frechheit.

Neville schien das nichts auszumachen. „Was gibt es?", fragte er.

„Ich weiß nicht, wieso diese Schreckschraube so mit dir umspringen darf."

Neville stopfte sich die Hände in die Hosentasche. Sein Gesicht war ganz rot vor Kälte. „So schlimm ist sie nicht. Und wenn du aufhörst, sie eine Schreckschraube zu nennen, behandelt sie dich vielleicht auch besser."

Anna war nicht gekommen, um über Mrs Norquist zu diskutieren. „Ich brauche deinen Rat. Über Telegrafendrähte." Sie berichtete ihm, was Jack ihr über das Telegramm der Navy ins Yukon-Terretorium erzählt hatte. Sie musste unbedingt wissen, an wen das Telegramm ging und wieso. „Kann man irgendwie die Drähte anzapfen und herausfinden, was da drinstand?"

Neville schüttelte den Kopf. „Telegramme werden durch schnelle elektrische Impulse verschickt. Wenn sie einmal abgeschickt sind, sind sie weg."

Das hatte sie befürchtet. Was sollte sie jetzt machen? Anna war müde. Immer schien die Navy ihr einen Schritt voraus zu sein und Luke hatte offensichtlich jedes Interesse an ihr verloren. Sie brauchte dringend einen Freund und vor Mrs Norquists Tür war es kalt und ungemütlich.

„Ich verhungere", sagte sie. „Kommst du mit ins Café? Ich brauche wirklich jemanden zum Reden."

Neville trat von einem Bein aufs andere und sah durchs Fenster in den erhellten Speisesaal. „Ich kann nicht. Mrs Norquist macht gerade das Essen."

„Sag mir nicht, dass du Angst vor ihr hast. Los, komm. Wir gehen irgendwohin."

„Anna ... ich kann nicht."

Er hielt ihrem Blick nicht stand und auch sein Zucken wurde so schlimm, dass er sie auf dem engen Treppenabsatz immer wieder anrempelte. So sehr zuckte er doch nur, wenn ihn etwas wirklich aus der Fassung brachte.

„Was ist los?", fragte sie leise.

Er atmete schwer und sah sie sehr ernst an. „Es wird dir nicht gefallen."

Anna wollte losheulen. Stundenlang hatte sie sich mit ihren Ängsten herumgeschlagen und jetzt war ihr bester Freund drauf und dran, ihr eine Hiobsbotschaft mitzuteilen. „Jetzt sag schon."

Er nickte in Richtung der kleinen Grünanlage. „Gehen wir dort rüber."

Anna folgte ihm und hatte Mühe, mit seinen großen Schritten mitzuhalten. Sogar unter seinem Mantel konnte sie noch das Muskelzucken sehen.

Ihr kam ein furchtbarer Gedanke. Neville war im Lauf der Jahre bei unzähligen Ärzten gewesen und keiner hatte eine Erklärung für seine Erkrankung. War es etwa schlimmer geworden und sie hatte nichts davon bemerkt, weil sie nur Augen für ihre eigenen Probleme gehabt hatte? Sie würde es nicht ertragen, wenn ihm etwas zustieß. Mit seinen Zuckungen sah er ganz elend aus, wie er unter der Laterne auf sie wartete. Für ihn würde sie sich vor einen heranbrausenden Zug werfen, aber gegen die Krankheit war sie machtlos.

„Setz dich", sagte er und wies auf die Bank, auf der sie gerade schon eine Stunde gesessen hatte.

„Ich bleibe lieber stehen."

Seine Gesichtszüge wurden weich. Noch nie in ihrem Leben hatte sie sich so sehr vor den nächsten Worten aus dem Mund eines Mannes gefürchtet.

„Anna, ich werde heiraten."

Ein Lachen sprudelte aus ihr hervor. „Was?" Sie musste sich verhört haben.

„Mrs Norquist. Sie heißt Margaret. Ich liebe sie und wir werden heiraten."

Anna war sprachlos. Stumm stand sie vor ihm und sah, wie Schneeflocken auf seinem Gesicht landeten und schmolzen. Sie versuchte, etwas zu sagen, aber da kam kein Wort aus ihrer Kehle. Nur ein unschönes Krächzen. Neville führte sie zur Bank. Beim Hinsetzen legte er ihr den Arm um die Schulter. Anna ließ sich die letzten Zentimeter herunterplumpsen.

„Aber sie ist schon so alt!"

„Nein, ist sie nicht. Sie ist nur fünf Jahre älter als ich und seit zehn Jahren Witwe. Wir mögen uns schon länger, aber ich wusste nicht, wie ich es dir sagen sollte."

„Aber sie ist immer so böse. Ich habe sie noch nie lächeln sehen. Wie kannst du so eine Frau heiraten?"

Nevilles Lippen wurden zu einem schmalen Strich. Er rutschte ein Stück zur Seite. „Das reicht, Anna. Margaret ist eifersüchtig auf dich. Das war sie schon immer. Aber wenn du nicht da bist, ist sie ganz anders. Sie ist lustig und neugierig. Sie hat das ansteckendste Lachen überhaupt und ich liebe sie sehr. Aber das bedeutet, dass ich nicht länger meine ganze freie Zeit mit dir verbringen kann."

Anna zuckte zusammen. „Also ... ich freue mich für dich", stammelte sie. Sie verlor gerade ihren besten Freund an eine Frau, die sie nicht ausstehen konnte. Ohne Vorwarnung brach sie in Tränen aus.

„Anna", sagte Neville und zog sie in eine unbeholfene Umarmung, mitten auf der kalten Bank. Anna versuchte das Schluchzen zu unterdrücken, aber es brach unbarmherzig aus ihr hervor. Es war nicht schön mit anzusehen, wenn sie weinte. Es war feucht, es war laut und es war ihr peinlich, wie sie an seiner Schulter heulte. Nicht, dass sie Neville liebte; sie wollte ihn nur nicht verlieren. Nie im Leben hatte sie damit gerechnet, dass sich ihre Wege tatsächlich trennen würden. Sie waren immer unzertrennlich gewesen. So etwas wie das hier war nicht vorgesehen.

Anna schob ihn von sich weg. „Schon gut", schniefte sie und wischte sich die Tränen fort. „Ich war ein großer Idiot. Ich wünsche euch alles Glück dieser Welt. Wirklich."

„Bleib doch zum Abendessen", schlug Neville vor. „Ich wollte schon immer, dass ihr beiden Freundinnen werdet. Es gibt keinen Grund, warum das nicht gehen sollte."

Nur, dass Mrs Norquist Annas verquollene Augen sehen und ihr Schniefen hören würde und wahrscheinlich alle möglichen Schlüsse daraus zog. Sie holte ihr Taschentuch heraus und tupfte die Tränen von Nevilles Mantel. „Ich esse lieber zu Hause", sagte sie. „Wer kann schon einem Abendessen mit zwanzig schnatternden Frauen widerstehen?"

Wenn sie und Neville Freunde bleiben wollten, musste sie Mrs Norquist wohl oder übel akzeptieren. Außerdem kam es ihr gemein vor, eine Frau unfreundlich zu behandeln, die Neville mochte. Hatte sie nicht die ganze Zeit gewollt, dass die anderen hinter Nevilles schlaksigem Äußeren den außergewöhnlichen, liebevollen Mann sahen? Anscheinend hatte Mrs Norquist genau das getan und Anna sollte sie lieber in den höchsten Tönen loben, statt wie ein Kleinkind auf der Parkbank zu heulen.

„Es tut mir leid, dass ich sie eine Schreckschraube genannt habe", sagte Anna und wischte auch noch die letzten Tränen fort. „Sie sieht eigentlich ganz adrett aus. Ein bisschen wie die Freiheitsstatue, findest du nicht?"

Neville grinste. „Ganz genau."

Anna hatte sich schon vor langer Zeit mit einem Leben als Jungfer abgefunden, aber Neville brauchte offensichtlich mehr als nur eine platonische Freundschaft. Er brauchte eine Frau, eine Ehe und alles, was dazugehörte, und sie war zu blind gewesen, um das zu bemerken. Vielleicht hatte die Freundschaft zu Neville ihr die Aussicht auf ein Leben ohne Mann leichter erträglich gemacht. Oder hatte sie womöglich sogar ihre Fähigkeit erstickt, sich auf jemand anderen einzulassen?

Neville versuchte noch einmal, sie zum Bleiben zu überreden, aber sie war zu traurig, um ihm den Wunsch zu erfüllen. „Von Herzen gern, aber lieber ein anderes Mal", sagte sie. Sie würde sich anstrengen und sich mit Mrs Norquist arrangieren. Wer Nevilles wahren Wert sah, den musste man mögen können.

Neville zog sich ins warme Logierhaus zurück, während auf Anna ein langer, kalter Fußmarsch wartete. Hunderte Male war sie von hier nach Hause gelaufen, aber noch nie hatte sie sich dabei so einsam gefühlt.

Der Samstagmorgen brachte kalten Nebel und Nieselregen. Normalerweise würden sie und Neville an so einem Tag ins Museum gehen, eine Bibliothek durchkämmen oder in ein gemütliches Gasthaus einkehren. Aber er hatte deutlich gesagt, dass er mehr Zeit mit Mrs Norquist verbringen wollte.

Ohne Neville war sie ganz allein. Anna saß am Frühstückstisch und rührte lustlos in ihrem Haferbrei. Hungrig war sie nicht, aber sie musste etwas essen. Der Brei fühlte sich in ihrem Magen wie ein riesiger Klumpen an. Sie könnte wieder aufs Zimmer gehen und lesen, aber Mrs Horton strickte und die klappernden Nadeln lenkten sie immer ab. Ein Museumsbesuch würde ihrer Einsamkeit auch nicht helfen; im Gegenteil.

Kein Wunder, dass sie sich einsam fühlte. Schließlich war sie ja ganz allein! Einen einzigen Freund hatte sie auf der Welt und dieser war drauf und dran zu heiraten.

Gut, es gab noch Tante Ruth. Ihre Beziehung war nie besonders gut gewesen, auch wenn das Weihnachtsfest dieses Mal schöner gewesen war als je zuvor. Anna kannte die Anzeichen für Einsamkeit nur zu gut und ihre Tante war einsam. In ein paar Wochen stand ihr Geburtstag an. Das Geschäft, in dem Anna die Spitzenborte erstanden hatte, hatte Dutzende Stoffe im Angebot. Vielleicht genügten ein paar neue Meter Spitzenborte als Friedensangebot? Zumindest würde ein Abstecher im Stoffgeschäft ihr ein Ziel für diesen trostlosen Tag bieten.

Anna hatte nicht gedacht, dass es noch schlimmer kommen könnte. Jedenfalls nicht, bis sie das Geschäft betrat und Eliza Sharpe erblickte, ihre alte Erzfeindin und das Objekt Nevilles jugendlicher Begierde. Eliza stand an der Theke und betrachtete einige Knöpfe. Wie immer war sie sehr elegant gekleidet: Sie trug ein Kleid aus smaragdgrünem Samt mit einem welligen Spitzenjabot.

Beim Klingeln der Türglocke sah Eliza auf. „Anna O'Brien", säuselte sie, „wie schön, dich hier zu sehen. Bitte sag mir, dass du etwas kaufst, was nicht in irgendeiner Weise braun ist."

Elizas Lächeln hatte nichts Hämisches an sich. Anna bezweifelte, dass sie überhaupt wusste, wie verletzend ihre Worte waren.

„Ich suche etwas für meine Tante zum Geburtstag", erwiderte Anna und versuchte, an Eliza vorbeizuschlüpfen. Die Rollen mit Spitzenborte waren weiter hinten an der Theke, aber Eliza ließ sie nicht vorbei.

„Hilf mir doch mal, neue Knöpfe auszusuchen", bat sie. „Hier, es gibt Glasknöpfe aus Portugal, aber diese Emaillierten hier sind doch ein Traum. Ich kann mich einfach nicht entscheiden. Knöpfe aussuchen ist so schwer."

Die Sache drohte zu einer echten Herausforderung zu werden. Anna hatte nur wenig Interesse an Mode, aber sie gesellte sich zu Eliza und betrachtete die verschiedenen Knöpfe. Eliza war ein ungarischer Kristallglasknopf an ihrem Reitkleid zerbrochen, und weil sie keinen passenden Ersatz fand, mussten alle zehn Knöpfe ausgetauscht werden. Anna nahm es als Zeichen für ihre trostlose Stimmung, dass sie sogar gern Zeit mit Eliza Sharpe verbrachte.

„Minnie Carlyle meinte, ich solle einfach Elfenbeinknöpfe nehmen, aber ich weiß nicht", plapperte Eliza.

Anna zuckte bei Minnie Carlyles Namen innerlich zusammen. Minnie war die Schlimmste von allen gewesen, damals in der Schule, ein furchtloses Mädchen, die immer Mitstreiter fand, um nach Lust und Laune andere anzugreifen.

Eliza bemerkte Annas Reaktion. „Oh, du und Minnie, ihr seid ja nicht besonders gut miteinander ausgekommen."

„Nein", bestätigte Anna. „Minnie und ich waren weiß Gott keine Freundinnen."

Eliza kaute auf ihrer Unterlippe und trat von einem Bein aufs andere. Ihre zarten weißen Hände waren zu Fäusten geballt. „Es hat mir immer leidgetan, wie du in der Schule behandelt wurdest. Minnie konnte richtig gemein sein, sogar zu mir. Aber ihre schlimmsten Gemeinheiten hat sie irgendwie immer für dich aufgehoben."

Anna wurde ganz heiß. Sie brauchte keine Gedächtnisstütze dafür, dass sie das Lieblingsziel von Minnie Carlyles giftigen Angriffen war. „Aber wieso?", wollte sie wissen. „Du und Minnie und die anderen, ihr hattet doch alles. Warum habt ihr euch immer an mir ausgelassen?"

Eliza dachte kurz nach. „Ich glaube, Minnie war neidisch auf dich."

„Neidisch? Auf mich?"

„Du warst immer so intelligent. Minnie konnte noch nicht mal lesen! Wusstest du das? Sie hasste die Schule, jede Stunde. Ich weiß nicht, warum sie sich besser fühlte, wenn sie auf dir herumhackte, aber so war es." Eliza hielt inne. Sie verzog den Mund und sah über Annas Schulter hinweg, zur Decke, auf die Stoffballen. „Ich wünschte, ich hätte damals nicht mitgemacht. Ich weiß auch nicht, warum ich das getan habe. Manchmal war Minnie der netteste Mensch auf Erden und an anderen Tagen behandelte sie mich wie eine Leprakranke. Es war dumm von mir. Aber mich hat beeindruckt, wie du und Neville immer zusammengehalten habt. Ihr wart beide so schlau. Wo ist er eigentlich?"

„Ich weiß es nicht genau", erwiderte Anna, obwohl sie sich sicher war, dass er gerade verzückt in die liebestrunkenen Augen von Mrs Norquist schaute.

„Sag mir bitte ganz ehrlich", stellte Eliza sie zur Rede und legte einen Knopf auf die Samtablage zurück, „wann werdet ihr zwei endlich heiraten?"

Anna lachte trocken auf. „Nie. Er ist verlobt, mit seiner Vermieterin."

„Oh." Eliza ließ die Schultern hängen. Sie seufzte, wandte sich wieder den Knöpfen zu und strich mit einem Finger an der Ablage entlang. „Irgendwie war es schön, als er damals in mich verschossen war. Einfach so bewundert zu werden, verstehst du? Das habe ich nie vergessen."

Anna staunte über Elizas wehmütigen Gesichtsausdruck. Eliza war ihr immer wie das leichtsinnigste und verzogenste Mädchen der Welt vorgekommen und doch bedauerte sogar sie Dinge, die noch aus Schulzeiten stammten.

Eliza richtete sich auf. „Aber natürlich bin ich sehr glücklich mit Walter." Ihre Stimme hatte einen künstlichen Ton angenommen. „Wusstest du, dass er eines Tages Postminister werden könnte? Ich habe großes Glück gehabt."

Schon der kurze Auftritt im Gasthaus im vergangenen Oktober hatte Anna gezeigt, dass Eliza und ihr Mann überhaupt nicht zusammenpassten. So peinlich, wie er es fand, wenn seine Frau redete, zeigte deutlich seinen mangelnden Respekt für sie. Eliza machte vielleicht einen strohdummen Eindruck, aber sie spürte mit Sicherheit die Verachtung ihres Mannes, sonst würde sie nicht heimlich Nevilles jugendlicher Verliebtheit hinterhertrauern.

Eliza schlüpfte wieder hinter die Maske der reizenden, selbstbewussten Frau, die sorgenfrei durchs Leben ging. Sie half Anna, passende Spitzenborte für Tante Ruth auszusuchen. Danach verabschiedeten sich die beiden. Anna sah Eliza noch nach, die in ihrem maßgeschneiderten Kostüm mit passendem Hut die Straße hinabschlenderte. Hinter der eleganten Fassade, das konnte sie deutlich sehen, steckte eine tief verunsicherte Frau.

Auf dem Heimweg ging ihr das Gespräch noch lange durch den Kopf. Sie hatte Eliza falsch eingeschätzt, genauso wie einst Luke Callahan, weil er edelsteinbesetzte Manschettenknöpfe hatte und einen Charme besaß, der Erfolg und Freunde nur so anzog.

Anna hatte nie vorgegeben, jemand anderes zu sein, und trotzdem hatte Luke Callahan sich für sie interessiert. Würde sie es eines Tages bereuen, ihm den Laufpass gegeben zu haben?

Als sie zu Hause ankam, war sie völlig durchgefroren und frustriert. Es war erst ein Uhr nachmittags. Was sollte sie mit dem Rest des Tages nur anfangen? Würde von nun an ihr Leben so weitergehen? Würde sie von nun an immer auf den Montag warten, damit sie wieder etwas Sinnvolles zu tun hatte?

Langsam stieg sie die Treppe hinauf und ging in ihr Zimmer, wo Mrs Horton immer noch strickte.

„Da ist ein Telegramm für dich gekommen", sagte ihre Zimmernachbarin. „Der Dienstbote meinte, es sei weit gereist, aus dem Yukon-Gebiet."

Annas Herz fing an zu pochen. Sie war überrascht, dass Mrs Zanetti ein Telegramm und keinen Brief geschickt hatte. Flink griff sie nach dem Umschlag und drehte sich weg. Mit zitternden Fingern erbrach sie das Siegel. Die Nachricht war kurz.

Sie haben keine Verwandten in Kuba, nur Feinde. Hören Sie auf zu suchen und vertrauen Sie niemandem. Sie sind in Gefahr.

Ihre Freunde
Maria und John Smith

Anna zerknüllte die Karte. Was um Himmels willen sollte sie jetzt tun?

„Und?", fragte Mrs Horton. „Ich wusste gar nicht, dass du Verwandtschaft in Kanada hast. Wer hat denn geschrieben?"

„Niemand", erwiderte Anna, die Lippen blutleer. Die Tatsache, dass Mrs Zanetti ihren falschen Namen verwendet hatte, zeigte, dass sie Angst hatte. Hatte die Regierung die Nachricht abgefangen? Sie musste Neville fragen. Dass sie ihn und Mrs Norquist stören würde, war ihr egal. Jetzt brauchte sie seine Hilfe.

Neville war nicht zu Hause. Anna wartete den ganzen Nachmittag, aber von ihm und der energischen Mrs Norquist fehlte jede Spur. Das Warten auf der Bank gegenüber steigerte ihre Angst nur noch. Es war ihr niemand aufgefallen, der ihr gefolgt war, aber der korpulente Mann auf der Nachbarbank schien keinen offensichtlichen Grund zu haben, warum er dort saß. Und was war mit dem Mädchen, das einen Verkaufswagen mit Käse schob? War sie vielleicht diejenige, die sie heute Abend bespitzeln sollte?

Mrs Zanetti hatte sie gewarnt, sie sei in Gefahr und dürfe niemandem trauen. Der Einzige, dem sie trauen konnte, war Neville, aber der war nirgendwo zu finden.

Luke Callahan. Ihm konnte sie auch trauen. Er war der ehrlichste Mann, den sie kannte. Und er war mächtig, hatte einflussreiche Bekannte.

Anna stand auf und rannte in Richtung Hotel Willard.

Das Abendessen war weitgehend vorüber und die Männer schlenderten in Richtung Lobby, um Zigarre zu rauchen und sich den zwanglosen Gesprächen zu widmen, die den politischen Motor in Washington am Laufen hielten. Einst war Lukes Gesellschaft in diesen Kreisen hoch angesehen gewesen. Heute musste er sich dazustellen und versuchen, sich in die Gespräche über Politik und Wirtschaft einzuklinken. Der Unterschied war minimal, aber spürbar. Eine leicht weggedrehte Schulter oder ein abgewandter Blick waren deutliche Signale.

Doch Luke ließ sich davon nicht beirren. Wenn er seine politische Karriere nicht wieder in Gang bekam, würde er die nächste Wahl verlieren. Außerdem konnte er nicht aufs Zimmer gehen, denn dort wartete nur die nächste kalte Schulter. Philip hatte ihm die Sache mit den Pinseln noch immer nicht verziehen.

Da erspähte Luke Mr Steiner, ein anderes Mitglied des Repräsentantenhauses, der sich vor dem Kamin mit Kollegen unterhielt. Einst hatte Steiner um seine Aufmerksamkeit und Zeit gebuhlt. Heute erwiderte er Lukes Blick kaum, sondern wandte sich wieder den anderen zu und erzählte, eine mutige Zahnwachtel habe ihr Nest mitten auf dem Farragut Square gebaut. Es gebe nun eine große Diskussion in der Nachbarschaft, was mit ihrem neuen Einwohner geschehen sollte.

„Ich habe ja für einen schönen Braten gestimmt, aber dann legte sie auf einmal lauter Eier und hörte gar nicht mehr auf. Vier, fünf, acht ..."

Luke wünschte, den Männern wären die Zölle oder die Armen wichtiger als eine einzige Wachtel, aber Steiner hatte das ungeteilte Interesse der ganzen Gruppe.

„Am Ende legte der Vogel sechzehn Eier!" Steiner gluckste vor Lachen und wandte noch immer die Schulter von Luke ab.

„Vielleicht sollten wir das Smithsonian informieren“, sagte Luke. „Alles, was ein halbes Dutzend Abgeordneter fesseln kann, ist beachtenswert.“

„Was Sie nicht sagen, Callahan“, erwiderte ein Abgeordneter aus Philadelphia. „In Maine kommt man vermutlich mit der Wachteleierernte nicht mehr nach und an jedem Baum wachsen unzählige Früchte. Ein reines Schlaraffenland.“

Wohl kaum. Wegen der neuen Steuer war Maine voller Holzunternehmen, die die Produktion zurückfahren mussten, und es wimmelte von Holzfällern, die ohne Arbeit ihren Lebensunterhalt nicht mehr verdienen konnten.

Eine Bewegung im Augenwinkel erregte seine Aufmerksamkeit. Zwischen all den Seidenkleidern und Smokings huschte eine Frau in einem einfachen braunen Mantel hindurch. Luke konnte ihr Gesicht nicht sehen, aber ihre zierliche Figur und die Art, wie sie durch die Menge eilte, erinnerte ihn an Anna O'Brien. Er beugte sich nach hinten, reckte den Hals und folgte mit seinem Blick der grazilen Frau bis an die Rezeption.

Das war Anna. Kein Zweifel. Ohne einen Blick zurück verließ er die Diskussion über die produktive Zahnwachtel und ging zur Rezeption.

„Soweit ich weiß, wohnt er hier“, sagte Anna. „Können Sie ihm eine Nachricht zukommen lassen?“

Lukes Kiefermuskeln traten hervor. Dass sich eine unverheiratete Frau zu dieser Stunde bei einem Hotelangestellten nach einem männlichen Gast erkundigte, war unschicklich.

„Ich übernehme das, Mr Greenville“, sagte Luke zu dem Rezeptionisten. Anna fuhr auf dem Absatz herum und sah unendlich erleichtert aus.

„Luke! Gott sei Dank ...“

Wenn sie ihn so ansah, schaltete sich der Teil seines Gehirns, der für die Logik zuständig war, ab. Es waren mehrere Wochen vergangen, seit er sie gesehen hatte, und all die unpassenden Gefühle schossen wieder an die Oberfläche. Er musste gegen den Impuls ankämpfen, sie an Ort und Stelle in den Arm zu nehmen.

„Was ist los?“, fragte er.

„Ich brauche Hilfe.“

Und wenn sie ihn bitten würde, Perlen vom Grund des Ozeans zu holen, es war ihm egal. Egal was sie brauchte, er würde es für sie tun. Himmel, hatte er sie vermisst. Wie sehr, merkte er erst jetzt, wo er ihre warme, samtige Stimme hörte und in ihre einmaligen Augen blickte.

„Du siehst ja ganz durchgefroren aus", sagte Luke. „Komm, wir verschwinden hier." Der Frühstücksraum war zwar geschlossen, aber er hatte sich noch nie besonders viel aus Regeln gemacht. Niemand achtete darauf, dass er Anna hineinführte. Die Tische waren bereits für das nächste Frühstück eingedeckt. Die Porzellanteller und Wassergläser schimmerten im Dunkeln. Nur ein wenig Mondlicht drang durch die hohen Fenster und ließ die Topfpalmen wie stille Wächter über ihnen aufragen.

„Dürfen wir hier überhaupt drin sein?", flüsterte Anna.

„Keine Sorge", versicherte er ihr und führte sie zu einem Stuhl. Dann ging er kurz nach draußen und winkte einem Kellner. „Bringen Sie uns bitte etwas zu trinken und ein paar Kerzen", trug er ihm leise auf. So hatte er wenigstens etwas anderes als ihre Augen, worauf er sich konzentrieren konnte.

Er kehrte an ihren Tisch zurück. Sein Blick fiel auf einen seltsamen Messingapparat in ihrer Hand.

„Was um Himmels willen ist denn das?"

Anna hielt ihm die schmale Röhre hin. Ihre Sorgenfalten waren einem kleinen Lächeln gewichen. Sie drückte auf einen Knopf und sofort durchbrach ein heller Lichtstrahl die Dunkelheit. Luke fiel fast vom Stuhl.

„Das nennt man eine Taschenlampe", erklärte sie. „Neville hat gerade das Patent bewilligt und ich durfte den Prototyp haben. Sie funktioniert mit einer Trockenbatterie. Neville sagt, das ist eine neuartige Erfindung, weil der Lichtstrahl stabil ist und man sie ganz beliebig halten kann. Sieh nur!" Sie wirbelte die Messingröhre herum und das Licht tanzte an der Decke, über die Pflanzen und die Fenster.

„Himmel noch mal", murmelte er. Würde Annas groteske Faszination für neue Techniken dazu führen, dass sie einer unnützen Apparatur nach der anderen verfiel?

„Warte, bis du das hier siehst!" Sie hielt die Taschenlampe unters

Kinn, verdrehte die Augen und verzerrte das Gesicht, während der Lichtstrahl ihr gespenstische Schatten aufs Gesicht warf.

„Mein armes Herz", sagte er.

Anna knipste die Taschenlampe aus. „So schlimm ist es auch wieder nicht."

Ihr in die Augen zu sehen, ihre Stimme zu hören ... doch, es war so schlimm. Er wollte sie an sich ziehen und ihr Gesicht mit Küssen bedecken, aber da trat der Kellner ein und brachte eine Karaffe mit Wasser und einen Kerzenleuchter.

„Und jetzt leg dieses Monstrum weg", sagte Luke, als der Kellner wieder gegangen war. Er entzündete die Kerzen und versuchte ernst zu bleiben, obwohl er an ihre verrückte Grimasse im Lichtkegel denken musste. „Ist das hier nicht schöner als dein neumodisches Ding?" Warmes Kerzenlicht erhellte den Raum und gab ihm eine beruhigende Atmosphäre.

„Ein bisschen altmodisch, aber du hast recht, es ist schöner", räumte Anna ein.

Sie vor sich zu sehen genügte, um Luke wieder ins Gefühlschaos zu werfen, und das war das Letzte, was er jetzt brauchte. Er musste ihr Problem lösen und sie dann wieder wegschicken, bevor sie ihm ein weiteres Mal das Herz brach. Solange sie an ihrer Sehnsucht nach einem sicheren und vorhersehbaren Leben festhielt, warteten dieselben Konflikte auf sie wie letzten Herbst.

„So", sagte er, „und jetzt sag mir, wie ich dir helfen kann."

„Die Zanettis haben sich gemeldet", sagte Anna und reichte ihm das zerknitterte Telegramm.

Die Tragödien der letzten Monate hatten ihn Annas abwegige Suche ganz vergessen lassen. „Und?"

„In der Unterschrift bezeichnen sie sich als meine guten Freunde, aber ich kenne überhaupt keinen John und keine Maria Smith. Das Telegramm ist sehr sorgfältig formuliert und es bestätigt, dass Silas Zanetti noch lebt, und zwar unter falschem Namen."

Luke las das Telegramm und war verblüfft von seinem Inhalt. Hatte sie die ganze Zeit über recht gehabt? Es war kaum zu glauben, aber Silas Zanetti schien auf wundersame Weise das überlebt zu haben, was der *Culpeper* zugestoßen war. Vielleicht war seine Vermutung mit der Meuterei doch nicht so abwegig.

Luke fielen die Worte des alten Diplomaten ein und er bemühte sich, sich nichts anmerken zu lassen. Jeremiah Hammond war so überzeugt davon gewesen, die *Culpeper* zwei Jahre nach ihrem Untergang gesehen zu haben, aber Luke hatte ihm nicht geglaubt. Er konnte leicht behaupten, dass er Anna vor dem nachlassenden Gedächtnis eines Neunzigjährigen schützen wollte, aber er hätte es ihr trotzdem erzählen müssen. So oder so hatte sie es verdient, das zu erfahren, sonst würde sie mit ihrer Vergangenheit nicht Frieden schließen.

Sein Kopf fing an zu pochen und Luke rieb sich die Stirn. Das war das Letzte, was er jetzt gebrauchen konnte. Offiziell hatte er keine Macht mehr im Kongress und auch die Liste der Leute, die ihm einen Gefallen schuldete, schmolz immer mehr zusammen. Wollte er wirklich den kümmerlichen Rest seines politischen Kapitals dafür aufbrauchen, einer Frau zu helfen, die nichts von ihm wissen wollte? Die Navy wollte die Angelegenheit aus irgendeinem Grund totschweigen. Wenn er sich mit der Navy anlegte, würde das dünne Eis, auf dem er sich befand, nicht lange halten.

Er hatte Anna ja nicht ausdrücklich angelogen, sondern eher etwas weggelassen. Aber diese Kleinigkeit plagte ihn. Ehrlichkeit kannte nur zwei Farben, Schwarz und Weiß, und die beiden voneinander zu unterscheiden, war ihm bisher noch nie schwergefallen.

Egal, wie schlimm es werden würde, er schuldete ihr die Wahrheit. „Ich muss dir etwas beichten, Anna."

Während er ihr von seinem Treffen mit dem Diplomaten erzählte, konnte er ihr nicht in die Augen sehen. Während Lukes Stimme den verlassenen Frühstücksraum erfüllte, hörte Anna still zu und bewegte sich nicht vom Fleck.

„Es tut mir leid", sagte Luke, als er fertig war, und machte sich auf eine schallende Ohrfeige gefasst. Verdient hatte er sie.

„Ist schon gut", sagte sie.

Luke blinzelte und fragte sich, ob sie die Tragweite dessen verstand, was er ihr verschwiegen hatte.

Anna lächelte nur. „Wenn man bedenkt, dass Mr Hammond mit Thomas Jefferson zu Abend gegessen haben will, hätten wohl die meisten Leute so gehandelt. Wer hätte gedacht, dass die *Culpeper* noch auf den Meeren segelt? Ich kann dir keinen Vorwurf daraus machen, dass du ihm nicht geglaubt hast."

Ein wohliges Gefühl der Erleichterung überkam ihn. „Ich habe dich vermisst“, sagte er.

Sie nickte. „Warum?“

Weil er ihre praktische Vernunft brauchte, ihre Freundlichkeit, ihren grenzenlosen Optimismus. Er brauchte es, dass ihre Träume ihn mitrissen und ihre Verschrobenheit ihn amüsierte. Er wollte mit ihr die ganze Nacht lang über Literatur und Lyrik fachsimpeln, bis die Sonne aufging. Luke sah Anna in die Augen und sagte die Wahrheit. „Weil ich dich liebe und es ein großer Fehler von mir war, vergangenen Dezember zu gehen.“

Sie wollte etwas sagen, aber es kam nichts ... nur ein Krächzen.

„Überrascht dich das?“, fragte er.

„Ja“, stammelte sie. „In der Tat.“ Sie griff nach ihrem Glas Wasser und nahm einen großen Schluck. Nervös drehte sie es auf dem Tisch hin und her. „Ich dachte, du würdest mich hassen“, sagte sie schließlich. „Für das, was ich deinem Bruder angetan habe. Wenn wir uns nie über den Weg gelaufen wären ...“

„Nein, Anna. Jason hat sich das selbst angetan. Du hast Mitgefühl mit ihm gehabt, mehr nicht. Und dafür liebe ich dich.“ Es tat so gut, die Erleichterung und Freude in ihrem Gesicht zu sehen. Er nahm ihre Hände. „Du bist bisher immer vor mir zurückgewichen, aber Anna ... Ich wünschte, ich könnte dir sagen, was du mir bedeutest.“

„Versuch es doch“, sagte Anna und hatte ein verschmitztes Funkeln in den Augen. „Ich wollte schon immer ein paar Gedichte von dir hören.“

War sie endlich bereit für ihn? Durfte er um sie werben? Er wollte jubeln und auf dem Tisch tanzen, wenn es stimmte.

Luke rutschte mit seinem Stuhl näher, bis ihre Knie aneinanderstießen und nur noch wenige Zentimeter ihre Gesichter voneinander trennten. „Meine liebste Anna“, flüsterte er und legte ihr zärtlich eine Hand an die Wange. „Wenn du meine Gedichte lesen würdest, würdest du aufheulen und Reißaus nehmen.“ Mit einem leichten Lächeln auf den Lippen beugte er sich vor und küsste sie.

Sie wehrte sich nicht.

„Hast du meinen Schlüsselring noch?“, murmelte er, ohne sich von ihren Lippen zu lösen.

Anna nickte und deutete auf ihre Hüfte, wo der kostbare Stein in ihrer Rockfalte verborgen lag.

„Gut", sagte er.

Die nächsten Stunden würden für immer in sein Gedächtnis eingegraben sein. Anna und er hielten sich fest an den Händen und redeten über alles Mögliche, von Musik über antike Mythologie bis zum Essen in der Kapitol-Kantine. Anna erzählte ihm von Mr Spoffords Rückkehr und von Nevilles bevorstehender Hochzeit. Luke erzählte ihr von seiner Schwester Julia und dem Skandal, den sie mit ihrem unehelichen Kind ausgelöst hatte. Er beichtete ihr sogar seinen schändlichen Wutanfall, als er Philips Pinsel verbrannt hatte.

„Ich habe mich angehört wie mein Vater", sagte er. „Noch nie habe ich mich für etwas mehr geschämt. Früher bin ich geschlagen und misshandelt worden und jetzt bin ich selbst der Schläger. In diesem Augenblick war ich wirklich der Sohn von Edgar Callahan."

Die Worte schmeckten bitter und schwer. Anna sagte nichts, sondern gab ihm einen sanften Kuss auf die Stirn. Ihre Lippen waren kühl auf seiner warmen Haut.

„Du musst deinem Vater vergeben", sagte sie.

„Das hat er nicht verdient. Er hat nie Reue gezeigt, für nichts ..."

„Dann vergib ihm nicht, weil er es verdient hat, sondern weil du es kannst." Ihre Stimme klang sanft, aber fest. „Luke, dein Vater war ein gebrochener Mann. Ihm fehlte die Kraft und die Reife, um seine Schwächen zu überwinden, aber du hast die Kraft. Lass dich nicht von ihm besiegen. Unverdaute Wut wird deinen Körper und dein Herz vergiften, bis du ihm die Macht nimmst, dich zu verletzen. Jesus hat uns aufgetragen, unseren Feinden zu vergeben, und das allein ist schon Grund genug, es zu versuchen. Auch wenn dein Vater es nicht verdient hat."

Anna nahm seine Hände und küsste sie. „Versuch es. Wir sollen einander lieben, auch die Menschen, die uns unrecht getan haben. Wenn die Wut aufsteigt, denk daran, mit welcher Liebe Jesus uns vergeben hat. Mach es wie er."

Sie verschlug ihm den Atem. Seit ihrer ersten Begegnung und ihrer gesalzenen Replik hatte Anna ihn verblüfft, zum Lachen gebracht und demütig gemacht. In diesem Augenblick wurde ihm klar, dass er sie heiraten musste. Egal, wie schwer es werden würde, sie davon zu überzeugen, dass sie zusammengehörten, er wollte diese Frau und keine andere.

Anna fühlte sich wie in einem Traum. Sie hatte gerade die magischsten Stunden ihres Lebens mit einem Mann verbracht, der einfach so ihren Panzer durchbrochen und sich in ihr Herz geschlichen hatte.

Die Kerzen waren schon vor Stunden heruntergebrannt und schließlich mit kräuselnden Rauchfäden erloschen. Mondlicht schien durch die venezianischen Fenster und verlieh dem Raum einen silbrigen Schimmer. Anna drohte Luke damit, ihre Taschenlampe wieder einzuschalten, aber sie meinte es nicht ernst. Der Mondschein war zu schön, um ihn mit menschengemachtem Licht zu ruinieren.

Es war fast vier Uhr morgens und sie hatte es noch immer nicht geschafft, Luke ihr Anliegen zu nennen. Der Druck in ihrem Brustkorb wurde immer größer. Sie war es einfach nicht gewohnt, um Hilfe zu bitten, und doch hatte sie in diesem rundum vollkommenen Augenblick das Gefühl, einen Freund an ihrer Seite zu haben, mit dessen Charakterstärke sie einfach alles bewältigen konnte.

„Ich brauche deine Hilfe", sagte sie schließlich. „Ich verstehe weder Mrs Zanettis Warnung noch, in welche Schwierigkeiten ich mich gebracht habe, aber ich kann jetzt nicht aufgeben. Ich muss wissen, was meinem Vater zugestoßen ist. Kannst du mir irgendwie helfen?"

„Ich würde alles für dich tun", sagte er und beugte sich vor, bis sie sich an der Stirn berührten. „Ich bin froh, dass du zu mir gekommen bist. Ich möchte derjenige sein, auf den du dich verlassen kannst, wenn du Hilfe brauchst. Der, dem du vertrauen kannst."

Er küsste sie und Freude stieg in ihr auf, weil es stimmte. Sie vertraute ihm, trotz der glitzernden Manschettenknöpfe. Die Unterschiede zwischen ihnen waren zwar so groß wie zwischen einem Diamant und einem Stück Kohle, aber dennoch passten sie wunderbar zusammen. Sie hatte sich nie verstellt, auch nicht einen Augenblick, und trotzdem machte ihr dieser wundervolle Mann den Hof.

Er löste sich. „Gleich morgen früh werde ich alle meine Kontakte anzapfen und herausfinden, was mit dem Schiff passiert ist.“

„Danke“, flüsterte sie.

Luke strich ihr eine Strähne hinters Ohr. „Ich möchte nicht, dass dieser Abend endet.“

Er sprach ihr aus dem Herzen. Jetzt gerade, in diesem Augenblick, war alles gut. Sie wollte den Moment am liebsten einfrieren und die Zeit anhalten.

„Ich sollte lieber nach Hause gehen“, sagte sie langsam.

Luke schien zu zögern, nickte aber.

Sie wartete im leeren Frühstückssaal, während er eine Kutsche rufen ließ. Ohne ihn war der Raum wieder kalt und leer. Sogar die nächtlichen Geräusche des Hotels waren unheimlich. Bald würde die Sonne aufgehen und ohne Luke würde das Knistern einer großen Müdigkeit weichen.

Luke kehrte zurück und half ihr in den Mantel. „Die Kutsche kommt gleich. Es ist wohl das Beste für deinen Ruf, wenn ich dich nicht nach draußen bringe. Wir müssen uns hier drin verabschieden.“

Sie nickte und spürte jetzt schon, wie die Magie des Abends verflog. „Und was passiert jetzt?“

Seine Zähne blitzten. „Das hängt von Ihnen ab, O'Brien. Dieser *coup de foudre,* der mich letzten Herbst getroffen hat ...“

Der Blitz aus heiterem Himmel. Liebe auf den ersten Blick. Gab es das tatsächlich? Ihre Hände umklammerten seine. „Ist er noch da?“

„Mehr denn je“, bestätigte er.

Seine Stimme klang überzeugt, aber in seinem Blick fand sie Zweifel. Sie hatte sich schon einmal gegen die Anziehung gewehrt, die zwischen ihnen herrschte, auch wenn es ihr gerade so vorkam, als sei das Ewigkeiten her.

„Ich glaube, ein kleiner Blitz hat auch bei mir heute Nacht eingeschlagen“, raunte sie.

Seine Augen strahlten. „Anna, es steht nicht das Geringste zwischen uns. Ich weiß, du machst dir Sorgen, ob du in meine Welt passt, aber ich werde dir Platz schaffen. So, wie du ihn willst. Wenn du weiter in der Library of Congress arbeiten willst, werde ich den

Direktor so lange tyrannisieren, bis er diese vermaledeite Anstellungsregel für Frauen ändert. Wenn du aufhören und dein Buch schreiben willst, werde ich alles nur Erdenkliche tun, um dir zu helfen. Und wenn du zu Hause bleiben und wie die Frau des Präsidenten Söckchen stricken willst, ist das auch in Ordnung. Ich weiß nur eins: Ich will dich an meiner Seite. Schulter an Schulter. Wir gehören zusammen."

Anna kauerte sich in die mit Samt ausgekleidete Kutsche und ließ die vergangenen Stunden vor ihrem inneren Auge vorüberziehen. Es war an der Zeit, ihr Leben nicht länger von den Hänseleien aus der Kindheit bestimmen zu lassen. Die Stimmen, die ihr sagten, sie hätte einen Mann wie Luke Callahan nicht verdient, hatten unrecht. Seine Meinung war wichtiger als die der grausamen Schulkameradinnen, die ihr einreden wollten, sie würde es nicht weit bringen.

Denn trotz ihrer Fehler – und sie hatte mehr als genug – passte sie zu Luke Callahan wie ein Puzzleteil ans andere. Zum ersten Mal in ihrem Leben schien ihr die sichere kleine Welt der Bibliothek nicht so reizvoll wie die Welt da draußen, an der Seite eines Mannes, der Edelsteine trug und der Gefahr ins Gesicht lachen konnte.

Nachdem er am Vormittag im Kapitol Klinken geputzt hatte, ging Luke zur Library of Congress, um Anna von seinem Plan zu erzählen. Dieses eine Mal waren ihm die Bronzetüren und die vergoldeten Verzierungen kein Ärgernis. Er sprang einfach die Treppen hinauf. Als er Anna erblickte, die sich gerade über eine gewaltige Karte beugte und Notizen machte, schlug sein Herz höher.

„Ich habe einen Termin beim Marineminister um vier Uhr heute Nachmittag", sagte Luke.

Vor Schreck ließ sie fast den Notizblock fallen, aber ihr Lächeln konnte der Sonne den Rang abtrotzen. Luke fühlte sich wie ein Held aus den alten Sagen.

„Wie hast du das nur so schnell geschafft?"

„Ich bin eben ein mächtiger Mann", sagte er, schlenderte auf sie zu und umarmte sie. „Du solltest froh sein, dass ich auf deiner Seite bin", raunte er ihr ins Ohr.

„Ich bin froh", lachte sie, „aber die Tür ist offen und deine Hände wandern in eine unziemliche Richtung. Hör auf ..." Sie schlug nach seinen Händen, lachte aber dabei.

„Was würde wohl passieren, wenn ich dich hinter dieses Bücherregal ziehe und dir zeige, wie man in Maine küsst?"

„Wenn das jemand sieht, werde ich gefeuert."

„Und was, wenn ich demjenigen sage, dass wir verlobt sind?"

„Dann würde ich sagen, du bist ein bisschen voreilig." Aber sie lächelte noch immer und versuchte nicht, sich loszumachen. Er zog sie trotzdem hinters Bücherregal. Kaum waren sie außer Sichtweite, legte er seine Hände um ihr Gesicht und küsste sie.

„Ich bin froh, dass du gestern Nacht bei mir warst", flüsterte er.

Ihre Augen funkelten. „Das klingt ein wenig verruchter, als es war."

„Da hast du wohl recht." Er grinste immer noch wie ein Idiot und küsste sie noch einmal. „Egal, was heute Nachmittag herauskommt, ich will dich heiraten, Anna. Zusammen sind wir stärker als getrennt. Das weißt du doch, oder?"

Ihre Antwort war ein Kuss auf Zehenspitzen.

„Wir sehen uns hier um fünf", sagte er und drückte ihre Hände an seine Brust. „Vielleicht ein paar Minuten später, wenn die Straßenbahn zu voll ist. Aber warte hier auf mich." Es fiel ihm schwer, sich loszureißen.

Kurz darauf erreichte er das verzierte Büro des Marineministers, das im Kriegsministerium außerhalb des Gebäudeflügels für die Navy lag. Der Sekretär des Ministers hatte keine guten Nachrichten.

„Es tut mir leid, Sir, aber Minister Long hat heute leider keine Zeit für Sie. Der stellvertretende Marineminister wird Sie jedoch gern empfangen."

Luke seufzte, überlegte dann aber, dass das vielleicht sogar besser war. Wenn man den Gerüchten Glauben schenken konnte, dann war Minister Long nur eine Galionsfigur, während der ehrgeizige Stellvertreter die Fäden zog. Luke nahm sich fest vor, den lächerlichen Scheingrund von Admiral Channings Ruf nicht zu akzeptieren.

Als Luke in das opulent ausgestattete Büro des stellvertretenden

Ministers trat, fiel ihm die kräftige Statur des jungen Mannes auf, sein breites Lächeln und die weißen Zähne. Er stand hinter seinem polierten Mahagonischreibtisch und reichte Luke die Hand.

„Vielen Dank, dass Sie sich Zeit für mich nehmen", sagte Luke.

Theodore Roosevelt war noch ganz neu in Washington. Nach einer kurzen und sehr erfolgreichen politischen Karriere in New York war er erst vor einem Jahr zum stellvertretenden Marineminister ernannt worden, aber schon jetzt hatte er den Seestreitkräften seinen Stempel aufgedrückt.

„Freut mich, dass ich zu Diensten sein kann", sagte Mr Roosevelt und deutete auf die Stühle hinter Luke. „Ich habe noch einige andere Herren gebeten, bei dieser Sitzung anwesend zu sein. Das macht Ihnen sicher nichts aus, oder?"

Luke drehte sich um und erblickte die dünne, verwelkte Gestalt von Cornelius Jones. Der Sprecher des Repräsentantenhauses hatte sich ganz in die Ecke gesetzt und dünne Rauchschwaden stiegen von seiner stets präsenten Zigarette auf.

„Mr Jones", sagte Luke scharf. Cornelius Jones verzog leicht den Mund und sein Blick war anders als sonst. Fast schien es, als hätte er Angst.

Links neben Mr Jones stand ein Mann mit Kinnfalte und kerzengerader Haltung auf und streckte die Hand aus. „Admiral James Channing", stellte er sich vor. „Freut mich, Sie kennenzulernen. Ich hoffe, wir schaffen diese Sache mit der *Culpeper* ein für alle Mal aus der Welt."

Waren sie tatsächlich drauf und dran, den Admiral für den nachlässigen Bericht zur Rechenschaft zu ziehen? Irgendetwas ging hier vor.

Es klopfte an der Tür und der Sekretär trat ein. „Der Präsident ist da, Sir."

Luke vergaß zu atmen. William McKinley, gefolgt von seiner Leibwache, trat ein. Luke sah verwundert zu den anderen. Der stellvertretende Marineminister lächelte in sich hinein, aber ansonsten knisterte es vor Spannung im Raum.

„Bitte schließen Sie die Tür, Mr Callahan", sagte Theodore Roosevelt. „Ich denke, wir können anfangen."

KAPITEL 18

Als Anna nach der Mittagspause in den Kartenraum zurückkehrte, fiel ihr Blick sofort auf Jack Wilkerson, der mit hängenden Schultern neben ihrem Schreibtisch saß. Der Fünfzehnjährige sah aus, als hätte er geweint. „Was ist los?“, fragte Anna und nahm neben ihm Platz.

„Ich wurde erwischt, wie ich der Neptunstatue eine Melone aufgesetzt habe. Ich habe niemandem etwas getan, aber Mr Young ist furchtbar böse auf mich.“

„Oh, oh“, sagte Anna und verkniff sich ein Grinsen. Der Springbrunnen vor der Bibliothek hatte eine große Neptunstatue in der Mitte. Man musste schon sehr mutig sein, um sich zwischen den Fontänen bis zu Neptuns Kopf hindurchzuschlängeln. Heimlich bedauerte es Anna, dass sie den römischen Gott mit der Melone auf dem Kopf nicht gesehen hatte.

„So laut hat mich noch nie jemand ausgeschimpft“, sagte Jack.

„Ich habe dich schon Dutzende Male ausgeschimpft“, erwiderte Anna. „Und das hat dir nie besonders viel ausgemacht.“

„Ja, aber vor Ihnen habe ich auch keine Angst. Vor Mr Young schon. Er hat so laut gebrüllt, dass man es im ganzen Haus hören konnte, und er meinte, ich hätte jetzt endgültig Hausverbot. Ich darf eigentlich gar nicht hier sein, aber ich brauchte jemanden zum Reden.“

Es gab wenig, was sie so sehr verabscheute wie Herumbrüllen, aber bellende Hunde konnten wenigstens nicht beißen. „Der Eigentümer des Logierhauses, wo ich wohne, ist berüchtigt für seine Wutausbrüche. Ich weiß noch, wie Mr O’Grady seine Frau angeschrien hat, weil sie für eine Kiste Rhabarber zu viel bezahlt hatte. Er hat so lange geschrien, bis er blau wurde, aber seine Frau knickte nicht ein. Sie machte ein Dutzend Rhabarberkuchen und ließ ihn erst kosten, nachdem er sich entschuldigt hatte. Am Abend waren sie wieder ein Herz und eine Seele.“ Anna wartete einen Augenblick, um die Geschichte sacken zu lassen. „Warte ein paar Tage, bis sich Mr Young wieder beruhigt hat. Er wird dir übrigens viel lieber verzeihen, wenn er merkt, dass du es auch wirklich bereust. Nur du kannst ihn davon überzeugen, dass du eine zweite Chance verdient hast."

Aber Anna bezweifelte, dass Jack eine bekam. Mr Young war unzugänglich und steif und seit er die Bibliotheksleitung übernommen hatte, hatte sich so einiges geändert.

Nachdem Jack abgezogen war, versuchte sich Anna auf die Eisenbahnkarte zu konzentrieren, aber ihre Gedanken drifteten immer wieder zu letzter Nacht. Erst jetzt wurde ihr richtig bewusst, wie einsam sie all die Jahre gewesen war. Ihre Freundschaft mit Neville hatte die Einsamkeit überdeckt, war aber kein Ersatz für das, was sie mit Luke erlebt hatte.

Sie hatte nie wirklich daran geglaubt, dass sie einmal heiraten und das Leben mit einem Mann teilen würde. Aber jetzt konnte sie an nichts anderes mehr denken. Ihre Anstellung in der Bibliothek würde sie aufgeben müssen, aber Luke war es wert. Vielleicht würden sie sogar Kinder haben. Schon beim Gedanken daran schlug ihr Herz höher.

Luke würde ein vortrefflicher Vater sein – voller Elan, gesellig und lustig. Sie würde die vernünftige Rolle übernehmen. Und zusammen würden sie die besten Eltern sein. Anna konnte es kaum erwarten, dass es fünf Uhr wurde. Natürlich interessierte es sie, was aus der *Culpeper* geworden war, aber sie freute sich mindestens genauso auf sein unbeschwertes Lächeln und vielleicht würde sie ihm erlauben, sie noch einmal zu küssen.

Die vereinbarte Stunde kam. Anna nutzte die Wartezeit und machte eine Liste von Kartografen, die einen Platz in ihrem Buch verdient hatten. Wenn sie verheiratet war, würde sie endlich mit dem Schreiben anfangen können.

Um sechs Uhr wurde sie allmählich hungrig, traute sich aber nicht zu gehen, damit sie Luke nicht verpasste. Der Termin beim Marineminister hatte sicher länger gedauert oder die Straßenbahnen brauchten wegen des winterlichen Wetters länger. Es war fast halb sieben, als ein Dienstbote mit einem Brief in den Kartenraum trat.

„Mr Callahan lässt ausrichten, dass er es heute nicht mehr schafft, aber er hat Ihnen das hier geschickt."

Anna versuchte, ihre Enttäuschung zu verbergen, erbrach das Siegel und nahm die kurze Nachricht aus dem Umschlag.

Anna: Nach dem Termin heute Nachmittag bin ich davon überzeugt, dass hinter der ganzen Sache nur der Versuch steckt, Admiral Channings nachlässigen Bericht von 1882 zu vertuschen, mehr nicht.

Luke

Ihr fiel der Brief aus der Hand.

Unglaublich. Wie konnte Luke das so schreiben, angesichts dessen, was sie über Silas Zanetti wussten? Und was war mit der Aussage des alten Diplomaten? Vielleicht war es ihm nicht geheuer, alles im Brief zu erzählen. Sie musste Geduld haben und warten. Weiter in der Bibliothek herumzulungern hatte aber keinen Sinn.

Am nächsten Morgen ging sie schnurstracks ins Hotel Willard, um Luke vor der Arbeit abzufangen. Der Rezeptionist erzählte ihr, dass Mr Callahan schon vor Tagesanbruch ins Kapitol gegangen sei. Anna ließ sich nicht beirren und schickte ihm eine Nachricht, sie so bald wie möglich in der Bibliothek zu besuchen.

Sie eilte in ihren Kartenraum und kam dort atemlos einige Minuten zu spät an. Jedes Mal, wenn jemand an der offenen Tür vorbeilief, sah sie auf, aber es wurde Mittag ohne ein Zeichen von Luke. Anna verbrachte den Nachmittag damit, Fragen zum Schifffahrtsweg auf dem Saint Lawrence River zu beantworten, konnte sich aber kaum konzentrieren. Wieso hatte Luke nicht wenigstens eine Nachricht geschickt, wenn er nicht kommen konnte? Nach Arbeitsende blieb sie extra noch eine Stunde in der Bibliothek für den Fall, dass er noch kam. Für einen Mann, dem man jegliche politische Verantwortung genommen hatte, schien er auf einmal sehr geschäftig.

Auch im Logierhaus wartete keine Nachricht auf sie und der ganze nächste Tag verging ohne ein Lebenszeichen von Luke. Zweimal hatte sie ihrer Neugier nachgegeben und war ins Kapitol gegangen, aber die lästigen Wachleute ließen sie nie in die Nähe der Rückzugsgemächer der Abgeordneten. So, wie sie sofort einschritten, wenn ein normaler Bürger mit einem Abgeordneten sprechen wollte, hatte man das Gefühl, sie würden die Kronjuwelen bewachen. Sie hatte noch weitere Nachrichten geschickt, aber keine Antwort erhalten. Anna verstand die Welt nicht mehr.

Und sie war verletzt. Sie hatte keinerlei Erfahrung mit romantischen Beziehungen und vielleicht waren ihre Erwartungen an Luke auch zu hoch, aber es fühlte sich nicht richtig an und sie wusste nicht, wie sie damit umgehen sollte.

Am Donnerstag erreichte sie ein großer, brauner Umschlag. Anna hielt den Atem an und war sich sicher, dass nun die Antwort von Luke da war, bis sie die Adresse in der Ecke las.

Neville.

Enttäuscht öffnete sie den Brief. Darin steckten nur die ersten Seiten der *Washington Post*. Neville machte sich des Öfteren darüber lustig, dass Anna nie Zeitung las, und sie fragte sich, worauf er dieses Mal ihre Aufmerksamkeit lenken wollte. Am Rand stand eine winzige Bemerkung: *Siehe Seite 3 unten.*

Anna blätterte um. Die Schlagzeile lautete: *Luke Callahan wieder Mitglied im Haushaltsausschuss.*

Anna lächelte stolz. Er hatte es geschafft! Kein Wunder, dass er keine Zeit für sie gehabt hatte. Entweder er hatte das Kriegsbeil mit dem Sprecher des Repräsentantenhauses begraben oder sonst irgendeinen Weg gefunden, seine alte Position wieder anzutreten. So oder so, das war ein großer Etappensieg für Lukes politische Karriere. Anna überflog den Artikel. Es gab keinen Hinweis darauf, warum er wieder zum angesehensten Ausschuss Washingtons gehörte.

Anna wünschte sich insgeheim, dass Luke ihr das persönlich gesagt hätte. Sie hatten schon so viel Vertrauliches miteinander geteilt, dass es ihr seltsam unpersönlich vorkam, es aus der Presse zu erfahren.

Sie legte die Zeitung zusammen und verstaute sie im obersten Schreibtischschubfach. Vielleicht hatte er jetzt wieder mehr Zeit für sie, wo sein Einfluss im Kongress gewachsen war. Verträumt erinnerte sie sich an sein vom Mondlicht beschienenes Gesicht.

„Ich würde alles für dich tun", hatte er sehnsüchtig gesagt.

Sie musste ihm das glauben. Luke Callahan war womöglich der

einzige ehrliche Politiker in ganz Washington und sie musste ihm vertrauen. Er würde kommen.

Am Freitag erreichte sie schließlich eine Nachricht. Es waren einige hastig niedergeschriebene Zeilen, in denen er sich dafür entschuldigte, nicht auf ihre Nachrichten reagiert zu haben, er sei zu beschäftigt gewesen. Aber laut Kalender würde er Anfang April wieder mehr Zeit haben und sie solle sich bis dahin bitte gedulden.

April? Es war gerade Anfang Februar! Er brauchte geschlagene zwei Monate, um ein paar freie Minuten für sie zu finden? Anna versuchte, verständnisvoll zu sein, aber diese Nachricht war nichts anderes als eine Ohrfeige. Nach ihrer Nacht im Frühstücksraum hatte sie gedacht, er würde über einen Ozean springen, um bei ihr sein zu können!

Anna war es egal, dass sie ihre Anstellung riskierte. Sie musste ihn sehen. Heute tagte der Kongress und der einzige Weg, wie sie einen Blick auf ihn erhaschen konnte, war von der Empore des Plenarsaals. Das war besser als nichts.

Die Sitzung hatte bereits begonnen. Anna versuchte, so leise wie möglich auf einem der quietschenden Sitze Platz zu nehmen. Sie stützte sich auf das Geländer und sah hinunter auf die Männer. Ganz vorn saß der Sprecher des Repräsentantenhauses auf der dritten und höchsten Ebene. Cornelius Jones sah gelangweilt aus, während einer der Abgeordneten langatmig das drohende Aussterben des Schneesichlers anprangerte. Anna suchte im Halbkreis unter ihr nach Luke, wusste aber nicht, was sie tun sollte, wenn sie ihn tatsächlich entdeckte. Sie konnte schlecht von der Empore aus seinen Namen rufen, aber wenn sich ihre Blicke begegneten, würde er vielleicht aufhören, ihr die kalte Schulter zu zeigen.

Eine der Saaltüren öffnete sich und Anna sah erleichtert, wie Luke eintrat und in der selbstbewussten Art, die ihn so attraktiv machte, den Gang hinunterschritt. Er sprang die Stufen zum Pult des Sprechers hinauf. Die beiden Männer hatten nichts füreinander übrig und Anna befürchtete, dass Luke jetzt gleich etwas Unüberlegtes tun würde.

Aber Luke hockte sich nur neben Jones und die beiden steckten auf entspannte, lockere Art die Köpfe zusammen. Cornelius Jones schien keineswegs überrascht, sondern neigte interessiert den Kopf, um zu hören, was ihm Luke zuflüstern wollte.

Die beiden schienen vertraut miteinander, schenkten dem Thema im Plenarsaal keine Beachtung und tauschten sich aus. Ein kurzes Lächeln huschte über Jones' Gesicht, und als er Luke auf den Rücken klopfte, lächelte der.

Ungläubig beugte sich Anna vor. Die Kameradschaft zwischen Luke und seinem Erzfeind war verblüffend. Mit federndem Schritt kehrte er auf seinen Platz im Plenarsaal zurück.

„Luke!", platzte es ungewollt aus ihr heraus. Er sah nach oben.

Sein Lächeln verschwand und er wurde bleich. Schnell wendete er den Blick ab und drehte sich weg, sodass sie sein Gesicht nicht mehr sehen konnte. Dann setzte er sich und drehte ihr den Rücken zu.

Der Sprecher des Repräsentantenhauses schlug mit dem Sitzungshammer und rief den Saal zur Ordnung. „Ich habe noch eine Bekanntmachung, bevor wir in die Mittagspause gehen. Präsident McKinley hat mich aufgrund drängender internationaler Angelegenheiten gebeten, einen Sonderausschuss einzuberufen. Ich habe den Abgeordneten Callahan aus Maine darum gebeten, stellvertretender Leiter dieses Ausschusses zu sein. Die anderen Ausschussmitglieder werden im *Congressional Record* bekannt gegeben. Dieser Ausschuss untersteht direkt dem Präsidenten." Noch einmal schlug er mit dem Sitzungshammer. „Die Sitzung ist vertagt."

Anna sprang auf und drängelte sich an den anderen Zuschauern vorbei. Sie musste Luke abfangen, bevor er in die Rückzugsgemächer entfliehen konnte.

Scheinbar stieg Lukes Stern am politischen Himmel auf und vielleicht hatte er deswegen keine Zeit mehr für die Bibliothekarin, mit der er sich im politischen Exil angefreundet hatte. Aber er hatte ihr immerhin versprochen, sich ins Zeug zu legen, was die *Culpeper* betraf, und dieses Versprechen hatte er noch nicht eingelöst.

Sie schob sich durch die Menge in Richtung Plenarsaal, vorbei an all den breitschultrigen Männern. Als sie die Tür erreichte, trat Luke gerade heraus.

„Luke!“ Er beschleunigte seinen Schritt in Richtung des Ostflügels. Gerade, als er in den gesicherten Bereich entschwinden wollte, bekam sie ihn am Ellbogen zu fassen. Die Wachmänner schritten ein und hielten sie zurück.

Anna ließ nicht los. „Was ist mit der *Culpeper* passiert?“

„Aufhören“, sagte Luke bestimmt. Anna war sich nicht sicher, ob er sie oder das Wachpersonal meinte. Die Männer sahen Luke fragend an. „Lasst sie durch“, sagte er.

Die Wachmänner traten zurück und Luke führte sie durch den elfenbein- und goldfarbenen Korridor. Sein Verhalten passte überhaupt nicht zu ihm ... er war noch nie so kühl zu ihr gewesen. Wie sollte sie mit diesem kurz angebundenen, distanzierten Mann umgehen?

Lukes Rücken war steif und er blickte starr geradeaus. Die Flure wurden immer leerer. Anna hatte sechs Jahre im Kapitol gearbeitet, aber bis in diese Bereiche für gewählte Volksvertreter war sie noch nie vorgedrungen.

Irgendwann schließlich öffnete er eine Tür und bedeutete ihr, in einen schummrigen Garderobenraum einzutreten, wo reihenweise Mäntel, Mützen und Schals hingen. Ein älterer Herr an einem Tresen sah erstaunt auf.

„Wenn es Ihnen nichts ausmacht, Jacob“, sagte Luke, „würde ich gern einen Augenblick ungestört sein.“

„Gern, Sir.“ Der Mann trat hinter dem Tresen hervor, ging hinaus und schloss leise die Tür hinter sich.

Luke spähte zwischen alle vier Reihen aus Garderobenständern, um sich zu vergewissern, dass sie tatsächlich allein waren.

„Und?“, setzte Anna an. „Hattest du irgendwann vor, mir mehr mitzuteilen als auf diesem winzigen Zettel?“

„Anna, es tut mir leid, aber ich hatte einfach sehr viel zu tun. Ich habe versucht, mehr über die *Culpeper* herauszufinden, aber es gab einfach nichts anderes.“ Es war warm hier drin und Luke zupfte an seinem Hemdkragen, ohne ihr dabei in die Augen zu sehen. Sein Blick wanderte zwischen den Mänteln und dem einzigen Fenster hin und her, nur nicht zu ihr.

„Ich glaube dir kein Wort", sagte Anna.
„Das ist die Wahrheit."
„Wieso bist du wieder im Haushaltsauschuss? Cornelius Jones kann dich doch nicht ausstehen."
Er zuckte mit den Achseln. „Das ist Politik. Es sind schon viel verrücktere Dinge passiert."
„Ja, wie zum Beispiel, dass der Hauptbootsmann der *Culpeper* quicklebendig in Kanada auftaucht."
Lukes Wangen wurden rot. Er trat einen Schritt zurück. „Anna, ich wollte dir das nicht erzählen, aber Admiral Channing war bei dem Termin vor Kurzem dabei und er sagte, Silas Zanetti sei eine Woche vor dem Wirbelsturm wegen Befehlsverweigerung vom Schiff geworfen worden. Er hatte die Wahl zwischen Exil und Kriegsgericht."
„Befehlsverweigerung? Silas Zanetti war ein vernünftiger Mann, nicht ein Hitzkopf, der Befehle nicht befolgte."
„Du warst gerade einmal zwölf Jahre alt. Du kanntest ihn doch gar nicht richtig. Im Nachhinein hat Zanetti diese Tat das Leben gerettet. Das Schiff ist gesunken, Anna."
Irgendetwas war hier faul. Vor vier Monaten hatte ihm Cornelius Jones jede politische Verantwortung genommen und ihn öffentlich gedemütigt. Und jetzt gab ihm sein Erzfeind den Platz im Haushaltsausschuss zurück und obendrein noch den stellvertretenden Vorsitz in einem Sonderausschuss, der direkt dem Präsidenten unterstand?
„Und was ist mit den Aussagen des alten Diplomaten?", beharrte Anna.
„Du meinst den, der mit Thomas Jefferson gespeist haben will? Dieser alte Diplomat?"
„Du lügst."
Seine Augen wurden schmal. „Anna, du weißt nicht, was du da redest."
„Ich weiß, dass du Cornelius Jones von dem Augenblick an verabscheut hast, seit du in Washington bist. Und jetzt streust du Rosenblüten für ihn?"
Seine Kiefermuskeln arbeiteten und er fing an, in der engen Garderobe auf und ab zu gehen. „Ich habe dir eine Nachricht geschickt

und dich um Geduld gebeten“, sagte er streng. „Es tut mir leid, dass wir nicht mehr Zeit miteinander verbringen können, aber ich bin in einem sehr anstrengenden Ausschuss und brauche etwas Zeit. Es gibt sehr wichtige Dinge, um die ich mich jetzt kümmern muss, und es wäre egoistisch, wenn ich mich von einer Beziehung davon ablenken lasse. In ein paar Monaten sieht die Welt vielleicht schon anders aus. Bitte, glaub mir.“

„Ich glaube nur, dass du weißt, was mit der *Culpeper* passiert ist, und es mir verschweigst.“

Er blieb stehen und sah sie an. „Wirst du jemals dieses Schiff aus deinem Kopf herauskriegen? Ich wünsche mir eine Zukunft mit dir, aber das ist unmöglich, wenn du weiterhin so besessen davon bist.“

„Ich gebe nicht auf, bis du mir erzählst, was du weißt.“

Er schloss die Augen und so, wie er seine Schultern hängen ließ, sah er aus, als wäre er um zwanzig Jahre gealtert. „Anna“, sagte er und seufzte, „das ist längst Vergangenheit. Es ist nicht mehr wichtig. Bitte, lass die Sache auf sich beruhen. Ich habe dir gesagt, was ich weiß. Wie sollen wir jemals eine gemeinsame Zukunft haben, wenn du mich der Lüge bezichtigst?“

„Aber du lügst. Du hast deine Seele verkauft, um wieder in diesen Ausschuss zu kommen, und wofür? Damit du Cornelius Jones die Stiefel lecken kannst? Sag mir, was mit der *Culpeper* ist.“

Er kam auf sie zu. Anna ging instinktiv zurück und prallte gegen lauter Mäntel. „Ich kämpfe hier für die wichtigste Sache meines Lebens“, zischte er. „Wenn ich dafür mit Cornelius Jones zusammenarbeiten muss, dann ist es eben so. Und ich muss dir hier nicht Rede und Antwort stehen.“ Seine Hände waren zu Fäusten geballt und er schien sich nur mühsam kontrollieren zu können. „Ich frage dich noch einmal: Wirst du die *Culpeper* vergessen und ein ganz normales Leben führen können? Ich muss das wissen.“

„Ich werde sie nicht vergessen, niemals. Sie hat mir eine sehr wichtige Lektion über dich erteilt und wie sollte ich das je vergessen? Der Mann, dem es versagt war, der größte lebende Dichter zu werden, schleimte sich nach oben als der größte lebende Speichellecker.“

Dieser Stich saß. Luke fuhr auf dem Absatz herum und trat mit voller Wucht gegen die Wand.

Anna zuckte zusammen, bemühte sich aber, ihre Stimme ruhig zu halten. „Sehr charmant, Luke", sagte sie. „Das ganze Land ist sicherer, weil ein gestandener, vernunftbegabter Mann seinen kostbaren Platz wieder einnehmen durfte."

Sie ging rückwärts in Richtung Tür. Nur wenn er die Hand gegen sie erhob, würde sie die Flucht ergreifen. Ansonsten hatte sie längst aufgehört, vor Tyrannen Reißaus zu nehmen. „Sieh mir in die Augen und sag mir, dass die *Culpeper* genau so gesunken ist, wie es die Navy sagt. Das kannst du nämlich nicht."

Luke sah sie an. In seinem Blick brannte Wut, aber noch etwas anderes, was sie nicht einordnen konnte. Sie blinzelte einige Tränen fort. Der Mann, der geschworen hatte, immer die Wahrheit zu sagen, war zu einem lügenden Halunken geworden.

„Anna, dein Vater ist 1882 gestorben. Glaub mir wenigstens das."

„Das sagst du doch nur, damit ich aufgebe. Ich weiß genau, dass der Bericht falsch ist, und ich will, dass er korrigiert wird."

„Das wird niemals geschehen." Sein Ton war scharf wie eine Klinge und das machte ihr Angst. „Du hast keine Ahnung, mit wem du dich angelegt hast, und wenn du nicht aufhörst, werden sie dich zerquetschen wie eine lästige Fliege. Verstehst du das? Du musst aufhören."

Er drängte sich an ihr vorbei in den Flur, aber sie folgte ihm auf dem Fuß.

„Was ist denn mit dem Brief von meinem Vater?", rief sie.

Luke erstarrte und drehte sich um. „Welcher Brief?"

Anna hielt seinem Blick stand, bis sie nur noch wenige Zentimeter trennten. „Mein Vater hat mir eine Woche vor dem Wirbelsturm einen Brief geschickt. Aus Kuba. Ich habe diesen Brief noch und er ist der Beweis dafür, dass die Navy lügt."

Seine Kiefermuskeln traten hervor. Stimmen und Schritte waren zu hören, aber trotzdem hatte Anna das Gefühl, sie seien die einzigen Menschen auf der Welt. „Ich verstehe", sagte er schließlich.

Wie hatte sie sich nur auf einen Mann einlassen können, der sie so hinterging? „Ich bin fast mein ganzes Leben allein gewesen, weil ich die einzige Person bin, auf die ich mich verlassen kann. Für eine kurze Zeit habe ich mir eingeredet, du könntest jemand sein, dem ich vertrauen, auf den ich mich stützen und der mich nie anlügen könnte. Was für ein Fehler."

Luke wandte sich von ihr ab, aber die Verzweiflung und Sehnsucht, die ihm ins Gesicht geschrieben standen, ließen ihre Knie weich werden.

„Komm mit", sagte er.

Erwartungsvoll ging sie ihm nach durch den Flur in Richtung Rotunde. Insgeheim hoffte sie, dass er irgendeine vernünftige Erklärung für sein Verhalten hatte und sie in den Arm nehmen und sie dafür schelten würde, dass sie auch nur eine Sekunde lang an ihm gezweifelt hatte. Die Stimmen aus der großen Halle wurden lauter und sie erreichten den Durchgang, an dem das Wachpersonal stand.

„Bitte begleiten Sie Miss O'Brien zurück in die Library of Congress", sagte Luke. „Und lassen Sie sie nicht mehr hier durch."

Luke zitterte, als er sich von Anna entfernte. Er hasste Lügner. Er hasste Grobiane. Und jetzt war er beides, und das auch noch für eine Frau, die er eigentlich bewundern und beschützen wollte.

An seinem ersten Tag in Washington hatte er sich geschworen, immer die Wahrheit zu sagen, aber das war lange vor einem Treffen in einem Hinterzimmer mit den mächtigsten Männern des ganzen Landes. Da hatte er kapiert, dass die Dinge nicht immer so einfach waren. Dass die Wahrheit nicht immer herausposaunt werden durfte. Dass manche Geheimnisse lieber verborgen und der Vergangenheit überlassen werden mussten.

Er war fürstlich dafür belohnt worden, eins dieser Geheimnisse für sich zu behalten, genau wie Anna es ihm vorgeworfen hatte. Luke hätte zwar auch so geschwiegen wie ein Grab, aber als ihm der Haushaltsausschuss angeboten wurde, hatte er nicht gezögert.

Cornelius Jones wartete um die Ecke auf ihn, sein Gesichtsausdruck war unbeteiligt. „Es musste sein", sagte er. „Kommen Sie."

Luke folgte dem Sprecher des Repräsentantenhauses in die Rückzugsräume, in denen es zwischen den Sitzungen von Abgeordneten nur so wimmelte. Neugierige Blicke folgten ihm und Jones auf dem Weg zu einer Doppelglastür, die auf einen kleinen Balkon führte. Anna war nicht die Einzige, die überrascht war von der plötzlichen Annäherung zwischen ihm und dem Sprecher. Alle fragten sich, was es mit dieser seltsamen Allianz auf sich hatte, aber Luke hatte kein Interesse daran, Licht ins Dunkel zu bringen.

Es war kalt auf dem Balkon, der den Blick auf die Außenanlagen des Kapitols freigab. Im fahlen Februarlicht schienen sie karg und gelb. Jones holte Zigarettenpapier aus seiner Manteltasche, ein Säckchen Tabak und Streichhölzer.

„Zigarette?", fragte er. Luke schüttelte den Kopf. Jones stellte sich an die Balustrade, rollte das Blättchen aus und setzte einen schmalen Streifen Tabak darauf.

„Ich konnte Sie vom ersten Augenblick an nicht ausstehen", sagte Jones ruhig und rollte die Zigarette gekonnt mit vom Rauchen gelb gefärbten Fingern. „Ich hielt Sie für hitzköpfig, arrogant und störrisch. Und für entsetzlich prüde, was das Rauchen und Trinken betrifft."

Luke sagte nichts. Stattdessen entzündete er ein Streichholz und hielt Jones die Flamme hin. Dieser nahm einen langen Zug und legte den Kopf in den Nacken, um den Rauch nach oben zu blasen.

„Heute halte ich die Feindseligkeit zwischen uns für einen Segen", fuhr der Sprecher fort. „Wenn zwei Mitglieder des Kongresses, die aus zwei verschiedenen Lagern kommen und so grundverschieden sind wie wir, sich um der Sache willen zusammentun, dann können wir vielleicht noch andere überzeugen. Das ist unsere einzige Hoffnung."

Luke nickte und hoffte inständig, dass die eigentümliche Allianz halten würde. Was für eine Ironie des Schicksals, dass der Mann, den er jahrelang verabscheut hatte, nun sein engster Verbündeter geworden war. Nachdem sie gemeinsam beschlossen hatten, die Animositäten hinter sich zu lassen, wurde Cornelius Jones immer mehr zu einem Mentor und Freund.

Luke trat an die Balustrade und ließ den Blick in die Ferne schweifen, wo das Washington Monument am anderen Ende der National Mall stolz aufragte. Natürlich war es ein Vorrecht, in Washington seinem Land zu dienen, aber wenn er ehrlich war, war er nur deswegen hierhergekommen, um seinem Familienchaos zu entfliehen. Es waren keine höheren Motive gewesen, die ihn dazu veranlasst hatten. Aber das hatte sich inzwischen geändert. Er wusste nun, was seine Berufung war, und sie war wichtiger als politisches Gezänk oder Ruhm.

Und, Gnade ihm Gott, sie war wichtiger als Anna O'Brien. Sie anzulügen, war furchtbar, aber er musste diese Sache zu Ende bringen.

Und das hieß, Anna davon abzuhalten, die Wahrheit über die *Culpeper* herauszufinden.

Anna wollte weinen, aber dafür war sie zu wütend. Zum ersten Mal seit ihrem zwölften Lebensjahr wollte sie toben und zetern und irgendjemandem wehtun. Wie konnte Luke sie nur so hintergehen? Egal was der *Culpeper* zugestoßen war, es musste wichtig sein, ansonsten hätte man sein Schweigen nicht mit so vielen hohen Ämtern erkauft. Den Rest des Nachmittags verbrachte Anna mit banalen Tätigkeiten im Kartenraum. So wie es aussah, würde sie für immer Bibliothekarin bleiben, und es war das Beste, sich die Tagträume über ein Leben mit Luke Callahan aus dem Kopf zu schlagen.

Im Logierhaus empfing sie am Abend der Geruch von Rindfleischeintopf. Aber Anna hatte keinen Hunger und sie hatte auch kein Interesse daran, mit den schnatternden Frauen an einem Tisch zu sitzen. Sie lief durch den spärlich beleuchteten Flur zu ihrem Zimmer, umklammerte den Turmalinschlüsselring und versuchte, das Ziehen im Herzen zu ignorieren. Frauen wie sie hatten mit glitzernden Edelsteinen nichts zu schaffen. Sie würde den Schlüsselring heute noch entsorgen und wieder ihren alten, einfachen Ring verwenden.

Irgendetwas stimmte nicht mit ihrem Türknauf. Der Schlüssel passte nicht ins Schlüsselloch. Anna drückte fester und da fiel ein Bolzen aus dem Knauf und mit ihm kleine Schräubchen und Stäbchen. Sie drückte die Tür auf.

Oh nein ... Es sah aus, als wäre ein Wirbelsturm durch ihr Zimmer gefegt. Ihre Kleider lagen verstreut im Raum, Bücher waren heruntergeworfen worden und lagen teilweise offen herum, ihr Bett war aufgedeckt, ihr Zimmer durchwühlt.

Mit zittrigen Beinen ging sie zum Bett, sank auf die Knie und zog die Schachtel unter dem Bett hervor. Sie war so leicht, dass sie noch nicht einmal den Deckel anheben musste, um nachzusehen. Sie war leer.

Luke hatte die Briefe ihres Vaters gestohlen.

Alle Frauen im Logierhaus waren entrüstet. Sie liefen sofort herbei, als Anna nach unten taumelte, um Mrs Horton Bescheid zu geben, dass auch ihre Sachen durchsucht worden waren. Die meisten Frauen stürzten gleich darauf in ihre eigenen Zimmer, um nach ihren Sachen zu sehen, aber sie kehrten bald darauf zurück. Nur Annas und Mrs Hortons Raum waren betroffen.

„Wir machen jetzt eine genaue Liste der Sachen, die gestohlen wurden", sagte Gertrude und hielt schon Bleistift und Papier bereit. Aber obwohl sie das Zimmer gründlich durcharbeiteten, fehlten am Ende nur die Briefe ihres Vaters. Mrs Horton legte die Sachen zusammen und brachte wieder Ordnung ins Chaos, während Anna schlaff auf dem Bett saß und sich fühlte, als hätte Luke sie geschlagen.

Hatte er ihre Sachen persönlich durchwühlt oder einen Handlanger geschickt, um die Drecksarbeit für ihn zu machen? Nicht, dass das wichtig war. Er hatte den Befehl erteilt und das zählte.

„Wieso sollte jemand Interesse an den Briefen deines Vaters haben?", fragte Mrs Horton.

Anna konnte nur mit den Achseln zucken. Sie durfte niemandem von der Sache erzählen. Lukes Warnung klang ihr noch immer im Ohr. *„Wenn du nicht aufhörst, werden sie dich zerquetschen wie eine lästige Fliege."* Alle kamen zu dem Schluss, dass es irgendwelche Strolche gewesen sein mussten, die ihr einen Streich spielen wollten. Mrs Horton steckte die Sache ohne Mühe weg, aber Anna war viel zu aufgebracht, um einfach zu Bett zu gehen. Sie nahm ihre kleine Barschaft und floh zu Neville.

Sie würde nicht zulassen, dass Luke auf ihr herumtrampelte. Mrs Zanetti kannte die Wahrheit, und wenn Anna bis zum Yukon-Territorium fahren musste, um sie ihr aus der Nase zu ziehen. Dazu war sie bereit.

Als Neville auf ihr Klopfen hin öffnete, bat sie ihn um ein Gespräch unter vier Augen. „Es geht um die *Culpeper*", flüsterte sie. „Und es ist wichtig."

„Komm rein", sagte Neville. „Ich habe Margaret schon alles darüber erzählt."

Anna war entsetzt, aber Neville zuckte nur mit den Achseln. „Wir heiraten", verteidigte er sich. „Margaret und ich haben keine Geheimnisse voreinander. Wenn man heiratet, erzählt man sich alles."

„Du bist doch noch gar nicht verheiratet."

„Aber schon bald", sagte er. „Und ich kann es kaum erwarten."

Nevilles freudiger Gesichtsausdruck ließ Anna sich noch einsamer fühlen. Wenigstens machte es die Tatsache, dass er Mrs Norquist alles verraten hatte, einfacher, in der Küche zu sitzen und zu erzählen. Die Vermieterin bereitete derweil das Abendessen vor. Neville saß mit Anna am kleinen Tisch und schnitt Mohrrüben und Zwiebeln klein, während Mrs Norquist am Herd stand und den Topf umrührte.

„Wenn ich nach Kanada fahre, wird mir Mrs Zanetti bestimmt erzählen, was passiert ist", fasste Anna zusammen. „Und so, wie es aussieht, ist das die einzige Möglichkeit, die Wahrheit herauszufinden."

„Überleg dir das gut", warnte Neville. „Du müsstest deine Anstellung kündigen, um so weit reisen zu können. Und so eine Stelle wie in der Library of Congress findest du nie wieder."

„Mag sein, aber ich werde noch verrückt, wenn ich es nicht herausfinde. Vielleicht ist mein Vater noch am Leben! Ich kann nicht einfach so weitermachen."

„Was kostet die Reise denn?", wollte Mrs Norquist wissen, ohne von ihrem Topf aufzusehen. Aber das wusste Anna nicht.

„Wir können Ihnen das Geld borgen, wenn Sie wollen", bot Mrs Norquist an.

Anna machte große Augen. Sie zweifelte nicht im Geringsten daran, dass Nevilles Verlobte sie los sein wollte, aber die Zugfahrt nach Kanada war teuer und überdies keine dauerhafte Lösung, um Anna aus Nevilles Leben zu vertreiben. Anna würde bald wieder zurück in Washington sein.

„Ich möchte jetzt auch wissen, wie die Sache ausgeht", meinte

Mrs Norquist, legte den Holzlöffel zur Seite und schaute aus dem Fenster. Ihre strengen Gesichtszüge wurden weicher. „Das ist, als würde man ans Ende eines großen Romans kommen und die letzten Seiten nicht lesen dürfen."

Zum ersten Mal konnte Anna erahnen, was Neville an Mrs Norquist so faszinierte. Sie hatte denselben skurrilen Humor, dieselbe unersättliche Neugier.

„Sag uns einfach, wie du dich entscheidest", bekräftigte Neville. „Wir kriegen das schon hin."

Es war eine harte Entscheidung. Sechs Jahre lang hatte Anna sich selbst hauptsächlich als die Kartenexpertin der Library of Congress gesehen. Wenn all das wegbrach ... was blieb dann noch? Die Frau von Luke Callahan würde sie niemals werden und ein anderer Bewerber für sie war nicht in Sicht. Ihr einziger Vorstoß in die Welt der Liebschaften hatte ihr gezeigt, wie katastrophal ihr Urteilsvermögen war, wenn es um den Charakter eines Menschen ging.

An diesem Abend zog sie in ein Hotel. Sie konnte nicht in einem Zimmer schlafen, das Luke oder einer der Handlanger der Navy durchwühlt hatte. An den darauffolgenden Tagen quälte sie sich endlos mit der Entscheidung. Sollte sie ihre Anstellung aufgeben und in die kanadische Wildnis reisen? Oder in ihrem sicheren Kartenraum im obersten Stock der Bibliothek bleiben und ohne die Antwort auf das größte Rätsel ihres Lebens weitermachen? Die Verlustgefühle wollten sie schier zermürben.

Der Schmerz war körperlich spürbar und lastete auf ihrem Herzen. Sogar das Atmen fiel ihr schwer. Sie hatte all ihren Mut zusammengenommen und sich einem Mann anvertraut, von dem sie dachte, ihn zu lieben. Nichts würde mehr so sein wie früher. Wie hatte sie sich in Luke nur so täuschen können?

Jeden Tag ging sie in den großen Lesesaal und blätterte die Washingtoner Zeitungen durch, ob Luke Callahans Name darin auftauchte. Sie übersprang die lästigen Artikel über die nie enden wollenden Streitigkeiten zwischen Spanien und Kuba und schlug die Seiten auf, auf denen genüsslich über das Treiben der Mächtigen berichtet wurde. Offensichtlich verkehrte Luke dieser Tage in illustren Kreisen. Er war zum Dinner ins Weiße Haus eingeladen worden. Und er hatte im Haus seines früheren Erzfeindes, Cornelius Jones, zu Abend gegessen. Er hatte sogar dessen unverheiratete Enkelin in die Oper begleitet.

Entzückend. Einfach nur entzückend. Anna fragte sich, ob ihr der Dampf schon aus den Ohren stieg. Nein, sie war nicht eifersüchtig. Sie war wütend und verletzt und sie hoffte, dass Cornelius Jones' Enkelin so hässlich war wie eine Pute.

Luke kam nicht mehr in die Library of Congress. Der Mann, der sich einst seine Mittagspause mit romantischen Gedichten versüßt hatte, hatte jetzt offensichtlich Besseres zu tun. Anna stapfte missmutig zurück nach oben.

Sie musste wissen, was aus der *Culpeper* geworden war. Diesen dumpfen Schmerz hielt sie nicht mehr aus. Es bestand tatsächlich die Chance, dass ihr Vater noch am Leben war, und wenn ja, musste sie ihn suchen. Zumindest würde sie Mrs Zanetti aufsuchen und die Wahrheit herausfinden. Der Post oder den Telegrafen vertraute sie nicht mehr. Also musste sie ins Yukon-Gebiet reisen.

Sie nutzte ihre Mittagspause, um zum Bahnhof zu gehen, der in der Nähe des Kapitols war. Der Fahrkartenverkäufer reagierte etwas pikiert, als sie ihn nach dem Preis für eine Fahrkarte ins Yukon-Territorium fragte, aber Anna versicherte ihm, dass sie warten würde, bis er den Fahrpreis berechnet hatte. Der Bahnhof war ungeheizt und Anna zog ihren Jackenkragen hoch, während der Mann am Schalter Fahrpläne durchblätterte und auf einem Blatt Papier Zahlen notierte. Als er ihr endlich die Zahl unter dem Fenster hindurchschob, waren ihre Zehen fast erfroren.

Ihr fiel die Kinnlade herunter. Aber es half alles nichts, sie würde das Geld auftreiben müssen. Ihr ganzes Leben lang hatte sie Antworten auf Fragen gesucht und das hier war die größte ungelöste Frage ihres Lebens. Sie würde die Antwort finden, und wenn sie dafür ans Ende der Welt reisen musste.

KAPITEL 19

Anna erwachte von einem heftigen Rütteln an ihrer Tür. Sie saß aufrecht im Bett. Jemand versuchte einzubrechen! Panisch presste sie die Bettdecke an die Brust und suchte im Dunkel nach einem Ausweg. Der Türknauf wurde gedreht und gerüttelt, aber das Schloss gab zum Glück nicht nach.

„Anna, mach die verdammte Tür auf!"

Es war Luke. Sie sollte erleichtert sein, aber er klang aufgebracht und das machte ihr Angst. Er zerrte wieder am Knauf und schlug gegen die Tür.

„Anna! Mach die Tür auf oder ich hole die Polizei, damit sie dich da rausholt."

Konnte er das tun? Anna huschte zur Tür und war noch immer ganz durcheinander vom unsanften Wecken. „Beruhige dich", sagte sie und bemühte sich, das Zittern aus ihrer Stimme herauszuhalten.

„Anna, mach die Tür auf, damit ich dich und deinen Dickschädel zur Vernunft bringen kann. Offensichtlich ist er so dick geworden, dass selbst gesunder Menschenverstand nicht mehr zu dir durchdringen kann, und ich werde jetzt für Abhilfe sorgen."

Ihre Neugier erwachte. Hastig zog sie einen Morgenmantel über, hielt den Kragen am Hals geschlossen und öffnete die Tür. Er starrte sie finster an. Ohne um Erlaubnis zu fragen, drängte er sich an ihr vorbei und schlug hinter sich die Tür zu.

„Das Yukon-Gebiet?", bellte er und blickte bedrohlich auf sie herab.

Anna reckte das Kinn nach vorn. „Dann ist mir also wieder jemand gefolgt."

„Anna, du wirst seit Oktober beschattet, seit deinem ersten Brief an die Navy."

Auf seltsame Art tröstete sie das Wissen, sich das alles nicht eingebildet zu haben. „Es geht dich nichts an, ob ich nach Kanada fahren will. Ich habe nichts Falsches getan."

Luke packte sie an den Ellbogen und kam bis auf wenige Zentimeter an ihr Gesicht heran. „Du spielst mit dem Feuer. Hör endlich auf!“, sagte er und schüttelte sie, bevor er losließ.

Anna rieb sich die schmerzenden Arme und wich zurück. „Mich anzuschreien ist auch keine Lösung.“

Luke atmete tief durch. „Wenn du nicht aufhörst, wirst du einen schlafenden Drachen wecken, und ich werde nichts tun können, um dich zu beschützen. Du weißt nicht, womit du es zu tun hast!“

„Dann sag es mir.“

„Das kann ich nicht.“

Anna sah ihn wütend an. „Du hast mich angelogen wegen der *Culpeper*.“

„Ja.“

Das überraschte Anna, aber sie ließ nicht locker. „Wieso?“

„Das kann ich dir nicht sagen.“

„Wie es scheint, ist Cornelius Jones sehr dankbar für deine neu entdeckte Loyalität. Dinner im Weißen Haus, tolle neue Ämter ... und seine Enkelin, ist sie wenigstens hübsch?“

„Sie ist acht Jahre alt“, erwiderte Luke matt. Er ging zum Fenster und sah mit versteinerter Miene hinaus. Anna wartete auf seine nächsten Worte, aber lange Zeit hörte sie nur seinen schweren Atem.

„Cornelius Jones und ich sind uns in vielen Dingen uneins“, sagte er schließlich, „aber jenseits all der politischen Streitereien ist er ein guter Mann. Er kämpft für eine gute Sache und darin bin ich jetzt sein Verbündeter.“ Luke drehte sich um. „Verstehst du das? Er und ich sind jetzt eine Einheit. Ich fechte gerade die größte Schlacht meines Lebens aus und ich kann nicht zulassen, dass du mir dabei in die Quere kommst.“

„Selbst wenn das bedeutet, dass du mich eiskalt anlügst.“

„Ja.“ Sein Blick wurde düster. „Es tut mir leid, aber ja.“ Er lehnte sich gegen die Wand und verschränkte die Arme. „Ich wünschte, ich hätte nie eingewilligt, dir mit der *Culpeper* zu helfen. Ich wünschte, ich hätte nie die Wahrheit erfahren. Aber Anna, bitte glaub mir, in einer Sache habe ich nicht gelogen. Dein Vater ist 1882 gestorben.“

Anna bekam feuchte Augen. Der kleine Hoffnungsfunken, ihr Vater könne noch leben, erlosch. Ihr mutiger, tapferer Vater würde nicht nach Hause kommen. Anna kämpfte gegen die Tränen an.

Dieses Gespräch war viel zu wichtig, um jetzt die Haltung zu verlieren.

„Erzähl es mir“, bettelte sie.

„Anna, du willst das nicht wissen. Bitte glaub mir.“

„Doch. Ich muss es wissen.“

Er schüttelte den Kopf. „Ich wurde von der Regierung ins Vertrauen gezogen, damit ich dich überzeuge, die *Culpeper* und ihre Mannschaft in Frieden ruhen zu lassen. Es wird alles nur noch schlimmer machen, wenn du die Wahrheit ausgräbst. Deswegen wollte ich dich davor schützen. Verstehst du das?“

„Erzähl es mir“, wiederholte sie.

Luke ließ den Blick durch ihr Zimmer schweifen – das zerwühlte Bett, der kleine Stapel Bücher auf ihrem Nachttisch. Dann ging er zum Bett, drehte die Buchrücken zu sich und zog die Bibel von unten heraus.

„Lege deine Hand auf diese Bibel und schwöre, schwöre bei Gott, dass du nie auch nur einer einzigen Menschenseele erzählen wirst, was ich dir jetzt sage.“

Anna riss die Augen auf und begriff, dass sie kurz davor war, endlich zu erfahren, was ihrem Vater zugestoßen war.

„Anna, ich warne dich. Das ist kein leichtfertiger Schwur. Er wird dir auf dem Herzen lasten und du wirst es in die ganze Welt hinausposaunen wollen, aber das geht nicht. Du darfst es niemandem verraten. Niemandem. Nicht Neville. Nicht deiner Tante. Du darfst es nicht für die Nachwelt aufschreiben. Dieses Geheimnis wirst du mit ins Grab nehmen müssen, sonst werde ich es dir nicht verraten.“

Anna legte ihre Hand auf das raue Leder der Bibel und sah Luke an. „Ich schwöre.“

Endlich war ihre Stimme fest und klar, aber Luke wand sich, als hätte er gehofft, sie würde sein Angebot nicht annehmen. Sorgfältig legte er die Bibel zurück auf den Nachttisch. Er führte Anna zum Bett, nahm ihre Hände und setzte sich neben sie.

„Ich wünschte, ich könnte etwas sagen, was das alles für dich leichter macht“, setzte er an und umklammerte ihre Hände. „Die Männer der *Culpeper* wurden von der spanischen Armee hingerichtet. Sie sind dabei erwischt worden, wie sie Waffen für die Rebellen in Kuba schmuggelten.“

Anna wurde bleich. „Nein ..."

Luke schilderte ihr die tragischen Einzelheiten. Die *Culpeper* hatte zwar den Auftrag, die Karibik zu vermessen, belieferte jedoch alle paar Monate die kubanischen Rebellen mit einer Schiffsladung Waffen. Die Vereinigten Staaten unterstützten insgeheim die revolutionäre Stimmung in Kuba und hofften, dass Spanien so seine letzte Bastion in dieser Hemisphäre verlieren würde. Die *Culpeper* brachte etliche Male Waffen und Munition nach Kuba, bis sie schließlich 1882 aufflog und in die Hafenstadt Santiago de Cuba gebracht wurde. Ein skrupelloser spanischer Amtsträger namens Enrique Banales klagte die Mannschaft wegen Anstiftung zum Aufruhr an. Sie wurden in einem Schauprozess für schuldig befunden und Banales befahl die Hinrichtung durch ein Erschießungskommando am folgenden Morgen.

Es waren einige britische Wissenschaftler auf der *Culpeper* mitgefahren und britische Diplomaten hatten von der geplanten Hinrichtung Wind bekommen. Sie eilten nach Santiago de Cuba, um der Sache Einhalt zu gebieten, aber die Hinrichtung hatte schon begonnen. Als die britischen Diplomaten ankamen, lebten nur noch drei Mannschaftsmitglieder. Silas Zanetti war einer von ihnen.

Anna konnte sich nicht bewegen, konnte nicht denken. Alles, was sie vor ihrem inneren Auge sah, war ihr Vater, an die Wand gestellt wie ein gewöhnlicher Krimineller. Die Taubheit wich einem Zittern, das ihre Arme hinaufkroch.

„Nein", flüsterte sie. „Bitte, lieber Gott, nein." Luke zog sie an sich und wiegte sie sanft hin und her, während ihre Welt allmählich in sich zusammenfiel.

„Das ist jetzt fünfzehn Jahre her", sagte er leise. „Dein Vater ist im Himmel und schaut zu dir herunter. Er leidet nicht mehr." Das Bild ließ sich nicht verdrängen. Ihr Vater, an die Wand gestellt ... Hatten sie ihm die Augen verbunden? War er allein oder hatten sie sie gemeinsam hingerichtet? Anna schob Luke weg und taumelte zum Fenster.

„Es war ein diplomatisches Desaster", sagte Luke. „Die spanischen Behörden in Madrid waren entsetzt und versuchten verzweifelt, die Wogen zu glätten. Auch unsere Regierung war an Frieden interessiert. Wir hatten gerade erst den Bürgerkrieg überwunden und waren den Spaniern unterlegen. Beide Seiten vereinbarten Stillschweigen über die Sache, denn derlei Vorkommnisse hätten leicht das Volk in Aufruhr gebracht und den Ruf nach Vergeltung laut werden lassen. Deswegen wurde der Wirbelsturm als Vorwand genutzt, um das Verschwinden der *Culpeper* zu erklären. Das Schiff wurde den Spaniern übereignet und diese zahlten uns Millionen als Wiedergutmachung. Ein Teil des Geldes ging an die drei Überlebenden mit der Bedingung, dass sie nie wieder die Vereinigten Staaten betreten und niemandem erzählen durften, was geschehen war. Zwei der Matrosen waren irische Brüder. Sie waren nur allzu bereit, das Land zu verlassen. Aber bei Silas Zanetti war die Sache anders. Er verabscheute die Situation, verstand aber, warum nichts davon an die Öffentlichkeit dringen durfte. Also änderte er seinen Namen, zog nach Kanada und kontaktierte schließlich seine Frau, die zu ihm ins Exil zog."

Anna kniff die Augen zusammen. Mrs Zanettis mysteriöses Telegramm ergab nun mehr Sinn. „*Sie haben keine Verwandten in Kuba, nur Feinde.*" Wie furchtbar, dass die Zanettis im Exil leben mussten, nur wegen eines brutalen Befehlshabers in den Kolonien.

„Was ist aus Banales geworden?"

„Er wurde nach Spanien geschickt und fiel in Ungnade. Alle seine Ämter wurden ihm genommen, aber mehr war nicht möglich, ohne die erfundene Geschichte zu gefährden. Ich vermute, dass er noch immer in Madrid lebt."

„Ich will, dass er bestraft wird", sagte Anna. Sie stand auf und marschierte durch den Raum, der auf einmal zu klein war, um ihre ganze Wut zu fassen. „Er hat dreiundfünfzig Männer getötet! Ermordet!"

„Anna, leise!" Luke sprang auf und legte ihr eine Hand auf den Mund. Er hatte sie gewarnt, dass sie schwer an diesem Geheimnis tragen würde, aber Anna hatte nicht geahnt, worauf sie sich da eingelassen hatte. Sie sollte so tun, als kenne sie die Wahrheit nicht? Dass ein brutaler spanischer Befehlshaber frei herumlief, der dreiundfünfzig Amerikaner hatte hinrichten lassen? Unmöglich!

Aber sie hatte es hoch und heilig geschworen. „Du und Cornelius Jones, wieso seid ihr auf einmal ein Herz und eine Seele?"

„Er ist Pazifist", erklärte Luke. „Seit Jahrzehnten setzt er sich dafür ein, dass der Frieden mit Spanien hält. Kuba ist so kurz vor einer Revolution, und wenn das geschieht, werden die USA höchstwahrscheinlich in einen Krieg mit Spanien hineingezogen. Die meisten Abgeordneten im Kongress sind ganz begierig auf Krieg. Sie glauben, Spanien sei schwach und wir könnten ihnen die Kolonien abjagen. Im vergangenen Monat hat das Kriegsministerium ein Kriegsschiff vor die Küste Kubas entsandt. Die Spanier spucken Gift und Galle und drohen uns mit Krieg, wenn wir das Schiff nicht zurückbeordern. Es braucht nur noch einen winzigen Funken, um das Pulverfass zu entzünden. Wir dürfen keinen Krieg anfangen, Anna. Die Geier im Kongress suchen nur noch nach einem Vorwand. Wenn sie das von der *Culpeper* erfahren, werden sie damit die öffentliche Meinung aufputschen."

„Ich will, dass Enrique Banales und jeder andere, der an dieser Hinrichtung beteiligt war, bestraft wird."

„Anna ..." Seine Stimme klang bedrohlich.

„Das kannst du nicht von mir verlangen", sagte sie. „Ich kann nicht einfach weitermachen."

„Anna, wir dürfen keinen Krieg entfachen. Die modernen Kriegsmaschinen lassen dir das Blut in den Adern gefrieren. Weißt du, was ein Gatling-Repetiergeschütz kann? Ich habe in meinem ersten Jahr als Abgeordneter eine Vorführung gesehen. Ein einziger Soldat mit diesem Geschütz stand vor einem Maisfeld und hat es in Schutt und Asche gelegt. Es dauerte weniger als eine Minute, um das ganze Feld niederzumähen. Keine einzige Maispflanze blieb stehen. Kannst du dir vorstellen, was das aus einem Soldatenheer machen würde? Willst du dir das aufs Gewissen laden? Denn genau das erwartet uns, Anna. Wir dürfen keinen Krieg anfangen."

Er packte sie an den Schultern. „Es muss einen besseren Weg geben, um Streitigkeiten beizulegen. Ehrenhafte Männer dürfen nicht zu den Waffen greifen und ein Blutvergießen riskieren, wenn Vernunft und guter Wille siegen können. Ich habe mein ganzes Leben lang daran geglaubt, dass der Verstand stärker ist als die Faust. Dass der Löwe neben dem Lamm liegen kann. Ich konnte nicht zulassen, dass meine Gefühle für dich diesem Streben nach Frieden in die

Quere kommen. Ich wünschte, ich hätte dich nicht angelogen, aber ich wusste keinen anderen Weg, wie ich dich sonst zum Schweigen hätte bringen können."

„Du bist auf meinen Gefühlen herumgetrampelt! Du hast die Briefe meines Vaters gestohlen. Kannst du dir vorstellen, wie sich das angefühlt hat? Die letzte Verbindung zu meinem Vater wurde gekappt und ist verloren, für immer!"

„Die Verbindung zu deinem Vater kann nicht gekappt werden", erwiderte Luke. „Die Erinnerung an diesen Mann wird dir bleiben, solange du lebst."

„Wie konntest du mir das nur antun? Und ich war dabei, mich in dich zu verlieben."

Er zuckte zusammen. „Anna, ich wollte dich wirklich, mehr als meinen nächsten Atemzug, aber ich habe eine Verpflichtung meinem Land gegenüber. Und den Tausenden, vielleicht Zehntausenden von Soldaten, die in einen sinnlosen Krieg geschickt werden würden. Alles in mir schrie danach, dir die Wahrheit zu sagen, aber ich konnte nicht."

„Also hast du gelogen."

Luke sah sie an wie ein müder und geschlagener Mann. „Ja, ich habe gelogen. Ich wünschte, ich hätte eine bessere Idee gehabt, aber ich würde es wieder tun, wenn ich auf diese Weise einen sinnlosen Krieg verhindern könnte. Eine halbe Million Soldaten sind im Bürgerkrieg ums Leben gekommen und die Kriegsmaschinerie hat sich seitdem enorm weiterentwickelt. Wir versuchen hier ein Blutbad zu vermeiden, verstehst du das denn nicht?"

Annas Kopf dröhnte und ihr war übel, aber vielleicht hatte er recht. Sie atmete tief ein und aus. „Ich möchte die Briefe meines Vaters wiederhaben. Ich weiß, dass ich niemandem davon erzählen darf, aber ich möchte sie trotzdem wiederhaben."

Luke nickte. „Ich lasse sie dir morgen schicken."

Zumindest diesen Wunsch wollte er ihr erfüllen. Er hatte auf ihrem Herzen herumgetrampelt und sie wünschte sich, sie hätten den kalten, erbarmungslosen Mann nie kennengelernt, in den Luke Callahan sich verwandeln konnte. Anna lehnte frierend an der Wand, hatte die Arme schützend vor der Brust verschränkt und fühlte sich winzig klein.

„Tut es dir wenigstens leid?“, fragte sie. „Das, was du getan hast? Was du *uns* angetan hast?“

Er sah unendlich erschöpft aus. „Es gibt Dinge, die werde ich bis zum letzten Atemzug bereuen. Das hier ist eines davon.“

Die Tür fiel hinter ihm leise ins Schloss.

15. Februar 1898

Am nächsten Morgen schleppte Anna sich zur Bibliothek. Zum ersten Mal hasste sie es, den Kartenraum zu betreten. An der Wand hing die große, farbige Weltkarte, aber sie sah nur Spanien und Kuba. Und den breiten, tiefblauen Ozean, in dem ihr Vater bestattet worden war, er und die anderen Mannschaftsmitglieder der *Culpeper*. Anna hatte immer gern Meereskarten studiert. Doch jetzt verabscheute sie es.

Sie zwang sich dazu, einige Karten über Kohlevorkommen in den Appalachen zu katalogisieren. Sorgfältig fertigte sie einzelne Kärtchen mit Stichworten für den Zettelkatalog an, damit in Zukunft jede Karte leicht gefunden werden konnte.

Ihr ganzes Leben lang hatte sie Wissen sortiert, es erhalten und anderen dabei geholfen, das fehlende Puzzleteilchen zu finden. Sie stellte sich gern vor, wie Menschen in der Zukunft nach Wissen suchten und nicht müde wurden, anderen den Weg zur passenden Karte zu erleichtern.

Geheimnisse mochte sie überhaupt nicht. Und nun kannte sie ein Geheimnis, das sie in alle Welt hinausposaunen wollte. Genau wie früher als Kind, als sie sich so sehr eine Stimme gewünscht hatte, aber zum Schweigen verdammt gewesen war.

„Du machst aber ein langes Gesicht.“

Luke stand am Eingang und hatte die Briefe ihres Vaters in der Hand. Er kam auf sie zu und legte sie Anna auf den Arbeitstisch.

„Es tut mir leid, dass der Mann, der dein Zimmer durchsucht hat, so ein Chaos hinterlassen hat“, sagte Luke. „Er sollte eigentlich alles wieder aufräumen, aber dann kehrten die ersten Frauen zurück, also hat er sich die Briefe geschnappt und hat das Weite gesucht.“

Das Eindringen in ihre Privatsphäre machte ihr noch immer zu schaffen. Aber zumindest wusste sie jetzt, wieso. Und warum ihr Vater ihr diesen mysteriösen Brief geschrieben hatte. Er kannte den Geheimauftrag der *Culpeper* und hatte ihren Aufenthalt auf der Insel dokumentieren wollen. Sie war froh, dass sie endlich seine letzte Botschaft verstand, auch wenn sie ihm den Wunsch, seine Geschichte für die Nachwelt aufzuschreiben, nie würde erfüllen können.

„Ich ziehe wieder zurück ins Logierhaus", sagte sie. „Das Hotel ist etwas einsam, sogar für jemanden wie mich."

Luke strich ihr über die Wange. „Es tut mir leid, dich so traurig zu sehen."

Luke war der einzige Mensch, der verstand, welch schreckliches Geheimnis sie mit sich herumtragen musste. Für einen Augenblick genoss sie die tröstende Berührung, aber dann trat sie hinter ihren Schreibtisch zurück und steckte die Briefe in eine Schublade.

Sie setzte sich, das Gesicht abgewandt, und wusste nicht, was sie sagen sollte.

„Anna ... kannst du mir verzeihen?"

Sie wurde blass und suchte nach Worten. Dass er gelogen hatte, wollte sie ihm nicht nachtragen. Natürlich war sie nicht einverstanden mit seinem Verhalten, aber er hatte es nicht aus Eigennutz oder Boshaftigkeit getan. Sie liebte ihn, sie verzieh ihm, aber sie würde nie vergessen können, welche Seiten sie in den vergangenen Tagen an ihm kennengelernt hatte.

„Vielleicht sind wir doch nicht füreinander bestimmt", sagte sie und die Art, wie sich das anhörte, machte sie nur noch trauriger. Sie wollte ihm versichern, dass alles gut werden würde, aber die Erinnerung daran, wie er sie nach Leibeskräften angebrüllt hatte, während sie immer kleiner geworden war, würde ihr noch lange nachgehen.

„Ich möchte mich sicher fühlen", sagte sie. „Und das bedeutet für mich mehr als nur ein Dach über dem Kopf oder Geld auf der Bank. Es bedeutet, dass der Mann, mit dem ich mein Leben verbringe, keinen Wutanfall bekommt, wenn er sich ärgert. Luke, du bist stärker als ich. Und du hast ein Temperament, dem ich nicht traue. Ich habe meinem Onkel verziehen, aber ich werde mich nie wieder freiwillig in eine Situation begeben, in der ich hilflos bin. Nie wieder."

„Anna, ich würde dir niemals auch nur ein Haar krümmen."

Sie zog eine Augenbraue hoch. „Du hast die Pinsel deines Neffen ins Feuer geschleudert und dabei zugesehen, wie sie verbrannten. Du hast gegen eine Wand getreten, vor meinen Augen, als du in der Garderobe so wütend warst. Ich hätte auch nie gedacht, dass du mich einmal so anschreien würdest, wie du es getan hast."

„Anna, nicht", flehte er. „Lass es nicht so enden."

Sie wollte nicht. Wenn es nach ihr ging, wollte sie sich ihm in die Arme werfen, ihm versichern, dass alles vergeben und vergessen war, und sich von ihm trösten lassen. Es wäre so einfach, aber es war der falsche Weg.

„Ich kann mit deiner aufbrausenden Art nicht umgehen. Das überfordert mich, Luke. Du musst mich davon überzeugen, dass du den Drachen gezähmt hast, der in dir steckt."

Ein Hoffnungsschimmer tauchte in seinem Blick auf. „Ich finde einen Weg", schwor er. „Und wenn wir alt und grau werden müssen, bevor wir vor den Traualtar treten. Ich finde einen Weg, glaub mir."

Von der Eingangshalle her war Tumult zu vernehmen. Eine laute Stimme drang bis zu ihnen hinauf. „Alle Mitglieder des Kongresses werden unverzüglich ins Kapitol gebeten!"

„Was ist da los?", fragte Anna.

Bibliotheken waren nicht der Ort, wo man aus Leibeskräften herumbrüllte. Sie eilte aus dem Kartenraum, gefolgt von Luke. Dutzende Menschen kamen aus ihren Büros und Arbeitsräumen heraus und sahen sich verwirrt an. Von ihrem Platz auf der Galerie aus konnte Anna gut sehen, wie ein einzelner Uniformierter aus dem Kapitol mitten im großen Lesesaal stand und rief.

„Alle Mitglieder des Abgeordnetenhauses und des Senats! Bitte kommen Sie unverzüglich ins Kapitol!" Der Polizist machte kehrt und verließ den Lesesaal.

„Ich muss los", sagte Luke.

„Was ist denn passiert?"

„Ich weiß es nicht, aber es hört sich nicht gut an." Er ging in Richtung Treppe, kehrte dann aber wieder zurück, packte sie unsanft an den Schultern und drückte ihr einen Kuss auf die Lippen. Dann war er fort.

Vom Kartenraum aus hatte man den besten Blick auf das Kapitol. Dutzende Bibliothekare drängten sich um das einzige Fenster und beobachteten das Treiben auf der Straße. Kutschen kamen angerauscht und blieben abrupt vor dem Kapitol stehen. Ihnen entstiegen erschöpft aussehende Männer, die schnell die Stufen hinaufeilten.

Mr Spofford stand ganz am Rand und runzelte die Stirn. „So einen Aufruhr hat es seit dem Bürgerkrieg nicht mehr gegeben."

Seine besorgte Stimmung war ansteckend. Anna überlegte fieberhaft, welcher Notfall wohl eingetreten war, dass die Senatoren und Abgeordneten so dringend einbestellt wurden. Die Mühlen in Washington mahlten doch sonst so langsam. Diese Art von Panik war geradezu verstörend.

„Da, seht nur, die Kutsche des Präsidenten", rief Gertrude.

Und tatsächlich, der schwarze Landauer mit bewaffneten Wachposten auf den Trittbrettern fuhr vor. Präsident McKinley stieg aus und erklomm die Treppen, ohne von den Schaulustigen auch nur Notiz zu nehmen.

„Ich sehe mir das aus der Nähe an", sagte Mr Spofford und knöpfte sich die Weste zu. Kurz darauf platzte ein Dienstbote atemlos in den Raum.

„Die Spanier haben ein amerikanisches Kriegsschiff im Hafen von Havanna in die Luft gesprengt", sagte er. „Hunderte Matrosen sind tot!"

Anna blinzelte. Luke hatte erwähnt, dass ein solches Schiff nach Kuba geschickt worden war. Hatten die Spanier es etwa versenkt? Betroffenes Schweigen breitete sich aus.

Mr Spofford war der Erste, der es brach. Blass und zitternd sank er in einen Stuhl. „Das bedeutet Krieg."

Bald darauf wurde die Bibliothek von Eilanfragen überflutet und die Bibliothekare kehrten an ihre Arbeitsplätze zurück. Anna sollte alle Karten von Kuba und den Häfen in der Karibik heraussuchen. Andere Kollegen stellten Informationen über die USS *Maine* zusammen, das Kriegsschiff, das einige Stunden zuvor offensichtlich zerstört worden war. Die aktuelle Position aller Marineschiffe, Heereseinheiten und deren Bereitschaftsstatus wurden verlangt. Kurz darauf trudelte die unheilvolle Aufgabe ein, die Stärke der spanischen Streitkräfte zu Wasser und zu Land einzuschätzen.

Nachdem das Dringendste abgearbeitet war, kehrte wieder Ruhe ein, aber Anna wagte es nicht, die Bibliothek zu verlassen. Ein Blick aus dem Fenster zeigte ihr, welch ein Kommen und Gehen im Kapitol herrschte. Anna versuchte, Gesichter zu erkennen, und hielt Ausschau nach Luke. Er war Teil des neuen Auslandsausschusses und mit Sicherheit an vorderster Front, was die aktuellen Entscheidungen betraf. Die Verantwortung musste unheimlich schwer auf ihm lasten. Anna rang die Hände so fest, dass die Finger schmerzten.

„Ich dachte, ich leiste dir ein bisschen Gesellschaft." Anna drehte sich um und sah Neville mit einer braunen Papiertüte. „Und bringe dir einen Happen zu essen."

„Du bist ein Segen! Ich verhungere hier, aber ich kann nicht weg, falls noch Anfragen kommen. Hast du gehört, was passiert ist?"

„Das ist überall Stadtgespräch", erwiderte Neville. „Manche Berichte sagen, alle Matrosen seien tot; laut anderen gibt es überhaupt keine Todesopfer. Die wichtigste Frage ist doch aber, ob die Spanier das Schiff mit einem Torpedo angegriffen haben oder ob es nur ein Unfall im Kesselraum war."

„Und was denkst du?" Sie wickelte das Sandwich aus, das Neville ihr gereicht hatte.

„Keine Ahnung. Wie es heißt, ist das Schiff innerhalb von einer Stunde gesunken. Das klingt für mich nach einem Torpedo, aber ich bin kein Fachmann."

Etwas zwischen die Zähne zu bekommen, tat gut. Anna biss in das Sandwich, das mit gewürztem Roastbeef und Meerrettichsoße belegt war. Es war noch viel besser als die, die man an den Verkaufsständen bekam. Argwöhnisch beäugte sie das Brot. „Hat Mrs Norquist das etwa gemacht?"

„Und was, wenn ja? Traust du dich dann nicht mehr, es zu essen?"
„Nein, ich möchte nur wissen, ob ich mit einer Dosis Gift rechnen muss."
Er trat ihr gegen das Schienbein. „Hör auf damit."
„Ist ja gut. Wann läuten denn die Hochzeitsglocken? Und werde ich auch eingeladen?"
„Natürlich bist du eingeladen. Wir wollen nicht mehr allzu lange warten, also vermutlich im Frühling." Er zerknüllte sein Packpapier, nahm Maß und warf es in hohem Bogen in den Papierkorb. „Und, wann geht es ins Yukon-Gebiet?"
Anna sah erstaunt auf. So viel war passiert, seit sie Neville das letzte Mal gesehen hatte, und doch merkte sie, wie ihre Neugier sofort wieder angefacht war. Sie war nach wie vor brennend daran interessiert zu erfahren, wieso die Zanettis auf einmal in Kanada aufgetaucht waren.
Aber sie durfte ihm niemals etwas verraten.
„Nein", sagte sie und zermarterte sich den Kopf nach einer passenden Erklärung für ihren plötzlichen Sinneswandel, aber ihr fiel nichts ein. Sie trug dieses Geheimnis nun mit sich herum und das würde nicht leicht werden. „Nein, ich fahre nicht nach Kanada."
„Wieso denn nicht? Und warum siehst du denn auf einmal so ängstlich aus?"
Ihr Mund war trocken und sie musste sich Luft zufächeln, um nicht ins Schwitzen zu kommen. Sie konnte Neville nicht die Wahrheit sagen, aber sie konnte ihn auch nicht anlügen. Lukes Lügen hatten sie im Innersten getroffen, und auch wenn er die besten Gründe dafür gehabt hatte, wünschte sie sich, er hätte einen anderen Weg gefunden.
„Du hast herausgefunden, was aus der *Culpeper* geworden ist!" Neville klang siegesgewiss. Sie konnte einfach nichts vor ihm verheimlichen. Neugierig beugte er sich vor und wartete auf ihre Antwort. „Und?"
Anna wandte den Blick ab. „Ich darf es dir nicht erzählen."
„Was soll das heißen, du darfst nicht?" Anna sprang auf und schlug die Tür zu, damit ja niemand ihr Gespräch mitbekam.
„Nicht so laut, wir sind in der Bibliothek", sagte sie und konnte ihm noch immer nicht in die Augen sehen.

„Anna, was ist passiert? Du musst es mir sagen."

„Ich darf nicht", erwiderte sie. „Bitte, frag mich nicht. Ich wünschte, ich hätte den Fehler im Bericht nie gefunden. Ich wünschte, ich hätte nicht in der Sache herumgewühlt. Es kann einfach nichts Gutes dabei herauskommen."

Neville sah sie an, als hätte sie auf einmal zwei Köpfe. Seit Kindertagen waren sie begeistert in Bibliotheken auf die Jagd gegangen, hatten geheimnisvolles Wissen und Antworten auf ihre unendlichen Fragen gesucht. Das Schicksal der *Culpeper* war ihre aufregendste Schatzsuche gewesen und Neville wartete auf eine Erklärung.

„Das ist alles, was ich dir sagen kann. Bitte, frag mich nie wieder danach."

Völlig verblüfft starrte Neville sie an. Endlose Sekunden verstrichen, aber sie konnte nichts sagen. Sie hatte auf die Bibel geschworen, Stillschweigen zu bewahren, und außerdem war die politische Lage mit Spanien gefährlicher denn je. Aber Neville wartete immer noch ...

Irgendwann klappte er den Mund zu, rutschte auf dem Sitz zurück und verschränkte frustriert die Arme. „Also schön. Von mir aus."

„Danke", sprudelte es aus ihr heraus. Was für ein großartiger Mann Neville doch war. Er respektierte ihren Wunsch, obwohl er sicher fast vor Neugier platzte. Sie hingegen hatte Luke nicht so einfach vom Haken gelassen. Sie hatte ihm zugesetzt, ihn mit Nachrichten gepiesackt, ihm im Kapitol nachgestellt und ihm lautstark Fragen hinterhergerufen. Neville war viel respektvoller als sie.

„Soll ich dich nach Hause begleiten?", fragte er.

Anna schüttelte den Kopf. „Im Kapitol brennt noch Licht. Ich bleibe lieber hier, falls sie noch irgendetwas brauchen."

Abends um acht wurde es im Kapitol allmählich dunkel. Draußen war es feucht und kühl. Anna zog ihren Mantel fest um sich und lief in Richtung Straßenbahnhaltestelle an der Second Avenue. Vor ihr ragte St. Joseph's auf, die alte rote Kirche im Schatten des Kapitols. Anna besuchte hier zwar nicht den Gottesdienst, aber die Türen waren offen und drinnen war es erleuchtet. Heute verspürte sie mehr denn je das Bedürfnis, auf die Knie gehen zu können und bei Gott Trost zu finden.

Bis auf einen Mann, der in der ersten Reihe kniete, war die Kirche leer. Allein schon die feierliche und zeitlose Atmosphäre wirkte beruhigend auf Anna. Die letzten Tage waren ein Durcheinander aus Angst, Verwirrung und Verzweiflung gewesen, aber als sie in eine der hinteren Reihen schlüpfte, breitete sich Frieden in ihr aus. Sie betete für die Regierungsoberhäupter Spaniens und Amerikas. Sie betete für die Matrosen der USS *Maine*, die ihr Leben verloren hatten, und für ihre Frauen und Kinder, denen die schreckliche Nachricht noch überbracht würde. Und sie betete für Luke.

Der Mann vorn in der Kirche stand auf und kam ihr auf dem Mittelgang entgegen. Anna blickte auf und erschrak. Es war Lieutenant Rowland, der bärbeißige Marineoffizier, der sie wegen ihrer Anfrage damals zur Schnecke gemacht hatte.

Er bemerkte ihren Blick und blieb kurz stehen. „Ma'am", sagte er und ging weiter. Lieutenant Rowland trug Uniform und sah müde aus. Wahrscheinlich hatte er den ganzen Tag in angespannten Sitzungen im Kapitol verbracht. Anna stand auf und versperrte ihm den Weg.

„Wissen Sie irgendetwas?", fragte sie. „Wird es Krieg geben?"

„Ich bin nicht befugt, irgendwelche Informationen herauszugeben." Er versuchte, um sie herum zu laufen, hielt dann aber inne. „Es tut mir leid, unter welchen Umständen unser letztes Zusammentreffen ablaufen musste. Es hat mir genauso wenig Freude bereitet wie Ihnen, aber wie ich höre, sind Sie über das volle Ausmaß der Situation instruiert worden und haben sich zum Schweigen verpflichtet."

Rowland sprach leise, aber trotzdem hallte seine Stimme durch die Kirche. Anna ballte die Fäuste. Schweigen kam ihr so falsch vor, aber sie hatte auf die Bibel geschworen und Luke hatte seine Karriere riskiert, um sie in einen kleinen Kreis von Menschen aufzunehmen, die dieses Geheimnis gemeinsam bewahrten.

„Ja, habe ich."

„Ich wäre gern freundlicher gewesen damals, aber wir konnten es nicht riskieren, dass die Wahrheit ans Licht kommt. Niemand wünscht sich den Frieden mehr als die, die Uniform tragen."

Er wartete nicht auf eine Antwort. Als Anna allein war, schlüpfte sie zurück in ihre Reihe und schickte ein Gebet für Lieutenant

Rowland und alle Soldaten gen Himmel, die bald einberufen werden würden.

Aber ein kleiner Teil von ihr wollte diesen Krieg. Er bedeutete Rache für ihren Vater und die anderen Männer der *Culpeper* und der *Maine*. Und das, was sie in den vergangenen Stunden über die Stärke des spanischen Militärs erfahren hatte, sagte ihr, dass Amerika gewinnen würde.

Ein kleiner, verbitterter Teil von ihr wollte diesen Krieg.

KAPITEL 20

In den folgenden Tagen erschienen in den Zeitungen die verschiedensten Schreckensberichte darüber, wie die *Maine* gesunken war. Luke beobachtete entsetzt, wie William Hearst und Joseph Pulitzer einander immer wieder mit noch grausigeren Schilderungen zu übertreffen suchten. Die Rede war von verkohlten amerikanischen Leichen, die in der Bucht von Havanna trieben. Die *Maine* hatte eine 327 Mann starke Besatzung gehabt, und 266 waren bei der Explosion ums Leben gekommen. Darüber, ob die Explosion auf einen Torpedo, eine Unterwassermine oder auf Sabotage zurückging, kursierten wilde Spekulationen, aber in einer Sache waren sich alle Zeitungen einig: Schuld war Spanien.

Luke gehörte zum Ausschuss, der die offizielle Antwort der Regierung ausarbeiten sollte, und dafür wurde der Kreis um Mitglieder des Innenministeriums und des Kriegsministeriums erweitert. Dutzende Stabsmitarbeiter ergänzten die Runde. Sie brauchten militärischen Rat, Übersetzer, Protokollanten und Mitarbeiter für Recherche.

Luke wollte Anna um Rat fragen, welcher fähige Bibliothekar an den Sitzungen teilnehmen sollte. Er wagte nicht zu hoffen, dass sie das übernehmen würde, aber er traute ihrer Empfehlung mehr als der des neuen Bibliotheksdirektors.

Der eiskalte Nieselregen passte zu seiner düsteren Stimmung. Mürrisch kämpfte er sich über die Straße zur neuen Bibliothek. Aus seinem gesamten Wahlkreis waren Telegramme, Briefe und sogar Anrufe bei ihm gekommen. Alle drängten ihn, für die unterdrückten Kubaner einzutreten und ihre Rebellion gegen die Spanier zu unterstützen. Luke hörte sich alles an, hatte aber nicht die Absicht, für eine bewaffnete Auseinandersetzung einzutreten. Er war sich sicher, Vernunft und Logik würden über Krieg und Gesetzlosigkeit triumphieren. Wenn er nur hart genug dafür arbeitete, würde sich der Löwe friedlich zum Lamm legen. Sie lebten in einer Zeit, wo ehrenhafte und vernünftige Männer eine von Regeln, Ordnung und Wohlstand geprägte Welt errichten konnten, aber dafür mussten sie den Mut aufbringen, den Kriegstreibern entgegenzutreten.

Er erreichte den Kartenraum. In ihrer förmlichen weißen Bluse und dem schmalen schwarzen Binder sah Anna hinreißend aus. Sie hatte ihn noch nicht bemerkt und so beobachtete er, wie sie am Tisch saß und sich Notizen machte.

„Wie ich sehe, hast du einen Platz für meine Drachenkarte gefunden", sagte er und nickte in Richtung der antiken Karte, die er ihr vor Monaten geschenkt hatte. Sie hing gleich neben Annas Schreibtisch und passte mit ihrem drolligen Drachen und dem Eisungeheuer so gar nicht zu der wissenschaftlichen Ordnung im Raum.

„Von hier aus kann ich sie besser sehen." Anna schenkte ihm ein kurzes Lächeln zur Begrüßung, stand aber nicht auf. Es herrschte nach wie vor eine gewisse Distanz zwischen ihnen, eine Reserviertheit, die er nicht aufgebrochen bekam. Die Tatsache, dass sie die Karte direkt in ihrer Nähe aufgehängt hatte, war ein Hinweis darauf, dass sie ihn noch nicht ganz zurückgewiesen hatte, aber in die Arme fiel sie ihm ganz gewiss nicht. Nicht wie in jener Nacht im Mondschein. War das wirklich erst einen Monat her? Die magische Nacht schien zu einem anderen Leben zu gehören.

Er schlenderte in den Raum. Die meisten Arbeitsplätze waren besetzt, also musste er sich zusammenreißen. Er zog sich einen Stuhl heran und nahm neben ihrem Tisch Platz.

„Die Karte war eigentlich für dich", sagte er leise. „Das Letzte, was ich wollte, war, dass du sie einer Bibliothek spendest, die gerade mehr Geld für Prunk und Kunst ausgegeben hat als der Louvre."

Anna lächelte höflich. „Wie kann ich Ihnen heute behilflich sein, Sir?"

Luke warf einen schnellen Blick in Richtung der Leser. Sie waren beschäftigt. „Du solltest wissen, dass es bei mir zu knistern beginnt, wenn du so förmlich und geschäftstüchtig tust. Sehr bezaubernd, O'Brien."

Sie schien ein Lächeln zu unterdrücken. „Wenn du mit *knistern* die Entladung zwischen negativ und positiv geladenen Teilchen meinst, bin ich überrascht über dein Wissen über Elektrizität. Wenn du die niederen männlichen Instinkte meinst, bin ich leider sehr enttäuscht."

Genau für diesen Humor mochte er sie. „Dann stell dich lieber auf eine Enttäuschung ein, Anna. Ich meine so niedere Dinge, dass sie zu deinen Füßen liegen. Aber auch so hohe, dass sie am Himmel kreisen. Meine Gefühle für dich sind so tief, so hoch, so weit, als meine Seele blindlings reicht."

Sie legte den Kopf schief. „Kupferst du etwa bei Elizabeth Barrett Browning ab?"

„Ganz ungeniert. Sie kann viel besser dichten als ich."

„Ist das so?", erwiderte sie. „Du hast mir ja nie etwas von dir gezeigt."

„Ich respektiere dich viel zu sehr, um dich damit zu belästigen."

Jetzt musste sie fast lachen. „Würdest du mir wohl endlich verraten, warum du überhaupt hier bist? Ich warte ganz atemlos auf etwas Vernünftiges aus deinem Mund."

„Sogar wenn es mit dröger Politik zu tun hat?"

„Dröge Politik ertrage ich seit meinem ersten Tag hier. Raus damit."

„Der Auslandsausschuss braucht einen Rechercherefenten." Er erklärte ihr, wen der Ausschuss an Stabsmitarbeitern hinzuzog und dass sie jemanden aus der Library of Congress dabeihaben wollten. Diese Person sollte Fragen notieren und sie an die jeweiligen Bibliothekare zur Recherche weiterleiten. „Kannst du mir jemanden empfehlen, der anstrengende Sitzungen durchhält und nicht gleich zum nächstbesten Reporter läuft, um Details auszuplaudern? Wir brauchen jemanden, der weiß, was Schweigepflicht ist."

Anna legte ihren Stift hin und faltete die Hände im Schoß. Zuerst dachte Luke, dass sie über seine Frage nachdachte, aber je länger es dauerte, desto mehr bekam er den Eindruck, sie würde beten. Er rutschte etwas unbehaglich auf seinem Stuhl hin und her.

„Der Ausschuss wird jemanden brauchen, der sich mit Karten auskennt", sagte sie schließlich. „Ich bin dafür am besten geeignet und ich bin auch mit allgemeinen Recherchen vertraut. Ich bin wohl die beste Kandidatin."

„Ich dachte, du kannst so etwas nicht ausstehen."

„Das stimmt auch, aber ich möchte nicht den Feigling spielen. Ich möchte meinen Teil dazu beitragen, und wenn du mich für qualifiziert genug erachtest, will ich meinem Land gern dienen." Dabei glitzerten kleine Schweißperlen auf ihrer Stirn. Verlegen rieb sie sich den Hals. Luke wusste, wie viel Überwindung sie das Ganze kostete, und er liebte sie dafür umso mehr.

„Danke“, sagte er. „Allein zu wissen, dass du mit im Raum bist, macht die Sache schon ein bisschen leichter.“

In der Nacht vor ihrer ersten Sitzung machte Anna kein Auge zu. Welcher unüberlegte Impuls hatte sie da geritten? Eben noch hatte Luke die anstrengendsten und nervtötendsten Aufgaben beschrieben und einen Augenblick später hatte sie sich schon freiwillig gemeldet.

Auf dem Weg durch die marmornen Korridore lagen ihre Nerven blank. Sie war sich sicher, im Konferenzsaal die fahrigste, nervöseste und angespannteste Person zu sein.

Sie lag falsch. Die Luft knisterte vor Spannung, während Senatoren, Generäle, Abgeordnete und Diplomaten nacheinander den Saal betraten und an einem imposanten Tisch in der Mitte Platz nahmen. Luke saß mitten zwischen den anderen, vor sich Akten- und Papierstapel. Er hatte dunkle Ringe um die Augen und die Energie, die er sonst immer versprühte, fehlte heute. Er sah aus, als wäre er um zwanzig Jahre gealtert. Kurz trafen sich ihre Blicke. Er nickte und wandte sich wieder dem General neben sich zu. Anna setzte sich zu den anderen Stabsmitarbeitern in den äußeren Stuhlkreis.

Cornelius Jones rief zur Ordnung und eröffnete die Diskussion. Schnell wurde klar, dass der Ausschuss in Kriegsgegner und Kriegsbefürworter gespalten war. Anna schrieb fleißig mit, notierte unzählige Recherchefragen und gab sie auf Zetteln an Dienstboten weiter, die sie zu den bereitstehenden Bibliothekaren in der Library of Congress brachten. Die Antworten trudelten den ganzen Tag über wieder bei Anna ein und sie reichte die Informationen an den jeweiligen Fragesteller weiter.

Ihr harter Holzstuhl wurde Stunde um Stunde unbequemer, aber Anna war viel zu sehr in die Debatte vertieft, um sich daran zu stören. Die Männer, die um den Tisch herum versammelt waren,

waren alle so sprachgewandt. Mit jedem neuen Redner wankte sie in ihrer Überzeugung. Luke stellte direkte Verhandlungen mit der spanischen Regierung zur Diskussion und bestand darauf, dass ein Krieg das allerletzte Mittel sein müsse. Anna konnte sich nicht vorstellen, dass jemand etwas dagegen haben könne, bis ein General dagegenhielt, je länger man warte, desto mehr Zeit habe Spanien, um seine Verteidigungsanlagen in Kuba auszubauen. Im Interesse der amerikanischen Soldaten, deren Leben man schließlich aufs Spiel setze, müsse man schnell handeln.

Der Tag schritt voran und Annas Mut sank. Luke hatte sie gewarnt, dass die täglichen Sitzungen häufig länger als zehn Stunden dauern konnten. Es gab einige Pausen, aber selbst dann fanden sich die Politiker in kleinen Grüppchen zusammen und verhandelten weiter. Anna ging nach draußen und tankte etwas Sonne und frische Luft, bevor sie wieder in den fensterlosen Saal zurückkehrte für die nächste Runde.

Auf ihrem Stuhl fand sie ein Buch. Hatte ihr einer der Dienstboten die Antwort auf eine der Rechercheaufträge hingelegt? Sie hob den dicken Band auf und bemerkte, dass es sich um eine Lyrikanthologie handelte. Ein eingelegter Streifen wies auf eine Seite mit angestrichenen Zeilen.

Komm, leb' mit mir und werde mein
und alle Freud' wird unser sein,
die Täler, Hügel, Wald und Feld
und steiler Berg bereit uns hält.[1]

John Donne, 1610

Ihr Blick huschte zu Luke, der am Tisch saß und ihr zuzwinkerte. Die fantasievollen Zeilen waren ein flüchtiger Blick auf die Schönheit der Welt und hielten Anna für den restlichen Nachmittag über Wasser.

Als die Sitzung auf den nächsten Morgen vertagt wurde, war es längst dunkel. Die Straßenbahnen fuhren nicht mehr und Luke be-

---

1 Deutsche Übersetzung von Walter Aue: http://www.lieder.net/lieder/get_text.html?TextId=60007

stand darauf, dass sie mit einer Droschke direkt nach Hause fuhren. Anna wehrte sich nicht. Das weiche Leder und der leichte Zitronenduft in der Kutsche waren eine Wohltat. Anna setzte sich Luke gegenüber und hielt ihm in der sanft schaukelnden Kabine den dicken Gedichtband hin.

„Danke für den John Donne", sagte sie. „Ich habe dir eine kleine Antwort von Emily Dickinson angestrichen."

„Ehrlich?" Luke blätterte grinsend. Er musste das Buch schräg ans Fenster halten, um lesen zu können. Die Zeilen schienen ihm bekannt vorzukommen, denn er nickte und lächelte sofort. Zum ersten Mal an diesem Tag spürte Anna wieder Energie in ihm.

„Sie konnte wirklich schreiben, nicht wahr?" Luke klappte das Buch zu. Anna hatte die ganze Nachmittagspause dafür aufgewendet, das beste Gedicht zu finden, aber das war es wert gewesen. Sie hatte Luke das einzige Lächeln des Tages beschert.

Dieser Tag bestimmte den Rest der Woche. Die Sitzungen waren angespannt, zugleich endlos und langweilig und die Nerven lagen blank, während der regelmäßig hin und her wandernde Gedichtband eine wunderbare Möglichkeit bot, miteinander zu kommunizieren. Lukes große Kenntnis der Lyrik machte es ihm einfach, innerhalb von Minuten die passenden Zeilen zu finden. Anna verbrachte meist ihre ganze Mittagspause damit, in dem dicken Buch zu blättern, bis sie fündig wurde. Lukes Verse waren typisch Luke: extravagant, verwegen und voller Feuer. Anna wählte bedächtigere Zeilen aus, die eher von Hoffnung sprachen als von brennender Liebe.

Auf die Passage, die sie am Ende der ersten Sitzungswoche entdeckte, war sie besonders stolz. Sie saß nach der Mittagspause bereits wieder auf ihrem Stuhl, als Luke eintrat und auf seinem Platz ein dünnes Heft entdeckte. Er schlug sofort die angestrichenen Zeilen auf: *Skeptiker und Zyniker, deren Horizont bei der offensichtlichen Realität endet, werden die Probleme dieser Welt nicht lösen. Was wir brauchen, sind Männer, die von Dingen zu träumen wagen, die es noch nie gab.* Luke starrte so lange auf die Zeilen, dass Anna meinte, er habe ganz vergessen, wo er war, aber dann sah er sie an und legte eine Hand aufs Herz. *Danke,* formte er mit den Lippen und wandte sich wieder der Sitzung zu.

Der einzige Grund, warum Luke die angespannten Wochen nach dem Untergang der *Maine* überlebte, ohne wahnsinnig zu werden, war Anna. Genauer gesagt, die Hoffnung auf Anna hielt ihn auf Kurs.

Doch sie hielt nach wie vor Abstand. Er durfte sie noch nicht einmal auf der abendlichen Kutschfahrt berühren. Sie saßen sich gegenüber und litten vor sich hin. Trotzdem brauchte Luke diese Minuten mit ihr, denn er spürte, dass er im Kongress auf verlorenem Posten kämpfte. Der Ruf nach Krieg wurde lauter und der Traum vom Frieden schien weiter weg denn je.

„*Glückselig die Friedensstifter, denn sie werden Gottes Kinder heißen.*" Luke klammerte sich an diesen Text wie an einen Rettungsring, wenn die Spannungen zunahmen und die Kriegsbefürworter die Oberhand zu gewinnen schienen. Am Ende jedes Sitzungstages taten ihm vor Erschöpfung alle Knochen weh, aber Annas sanftes Lächeln war wie Balsam für seinen matten Geist.

Das änderte aber nichts daran, dass der Druck auf die Regierung wuchs. Die Probeabstimmung im Abgeordnetenhaus an diesem Morgen hatte den Kriegstreibern 280, den Kriegsgegnern nur 37 Stimmen beschert, und selbst die 37 Stimmen waren wacklig. Jeder, der für Frieden stimmte, riskierte seine politische Karriere, aber Luke weigerte sich aufzugeben. Die Versuchung war groß, aber ihn holte immer wieder die Erinnerung an das zerstörte Maisfeld ein. Nur noch einzelne Strohhalme und Staub waren durch die Luft gesegelt, als das Geschütz verstummt war. Luke durfte nicht aufgeben.

Auf dem Weg in sein Zimmer hatte er das Geräusch des Repetiergeschützes immer noch im Ohr. Um diese Uhrzeit lag Philip meist im Bett und zeichnete mit Kohle Skizzen auf einen großen Zeichenblock.

Nicht so an diesem Abend. Die Tür zu seinem Zimmer stand offen und er warf Kleidungsstücke in einen Koffer. Luke blieb im Türrahmen stehen.

„Was machst du da?"

„Ich packe und fahre nach Hause."

Im Koffer lagen erst wenige Hemden, aber Philip war eifrig dabei, stapelweise den Inhalt seiner Kommode hineinzubefördern. Der Junge hatte offensichtlich erst angefangen, als er Lukes Schlüssel in der Tür gehört hatte.

„Warum willst du denn nach Hause?“

Philip griff nach der Zeitung und schleuderte sie in Richtung Luke. *„Deswegen.“* Luke brauchte gar nicht hinzusehen. Die politischen Karikaturisten hatten Luke und Cornelius Jones auf Knien gezeichnet, wie sie dem spanischen König als liebestolle Verehrer Blumen darreichten.

„Onkel Gabe hätte keine Angst vor einem Krieg“, sagte Philip. „Ich will nicht mehr bei einem Feigling wohnen.“

Lukes Nacken versteifte sich. Diesen Vorwurf hatte er im Kapitol in der vergangenen Woche immer wieder gehört, aber dass man ihn in seinem eigenen Zuhause so angriff, hatte er nicht erwartet.

„Und du glaubst, ich bin ein Feigling, nur weil ich keinen Krieg mit Spanien will?“

Philip warf ein Paar Socken in hohem Bogen in den Koffer. „Ich habe die Fotos von den toten Matrosen im Hafen gesehen. Sie waren regelrecht verkohlt. Ich werde bei Onkel Gabriel wohnen. Der ist wenigstens ein richtiger Mann.“

Luke wollte nicht mit einem Vierzehnjährigen über den Krieg diskutieren. Philips Unzufriedenheit in Washington hatte nichts mit politischen Überzeugungen zu tun; sie rührte von Bangor und all seinen Versuchungen. Seit Jasons Beerdigung wollte der Junge nach Bangor zurück, aber dass er ihn persönlich angriff, um seinen Willen zu bekommen, das war neu.

Luke setzte sich mit schweren Gliedern aufs Bett, neben den halb vollen Koffer. „Philip, ich möchte, dass du die Augen schließt und mir alles sagst, woran du dich im großen Salon im Haus in Bangor erinnerst.“

Nach kurzem Zögern stieß Philip die Schublade zu und zählte auf. „Der große Kamin. Holzbalken an der Decke. Der große Teppich an der Wand, damit es im Winter nicht zieht. Großmutters Schaukelstuhl und Onkel Gabes Wendeltreppe.“

„Die berüchtigte Treppe ins Nichts“, sagte Luke. „Begonnen voller Tatendrang, aber nie vollendet, und das wird auch nicht geschehen.“

„Das weißt du doch gar nicht ...“

„Doch, sehr wohl“, erwiderte Luke. „Ich mag deinen Onkel Gabe. Er war ein Held und ich glaube nicht, dass ich es geschafft hätte, wenn er damals nicht auf mich aufgepasst hätte. Aber diese Treppe, dieses Kleinod der Ingenieurskunst mit Intarsien und handgemachten Nägeln ... Gabe hat sie nicht einmal annäherungsweise fertig gebaut. Sobald ihn irgendein anderes Thema faszinierte, gab er auf.“

Endlich hatte er Philips Aufmerksamkeit. Der Junge lehnte mit verschränkten Armen an der Wand und wartete.

„Ich bin nicht vollkommen“, fuhr Luke fort. „Gabe ist es nicht und deine Mutter auch nicht. Wir alle wollen nur dein Bestes und die Zeit wird kommen, wo du deine eigenen Entscheidungen treffen musst. Du hast so viel Feuer in dir. Ich möchte es nicht löschen, glaub mir. Ich möchte dir beibringen, es für deine Zwecke zu nutzen und es zu kontrollieren, damit du mehr aus deinen Talenten machst als nur eine Treppe ins Nichts.“

Es kostete Luke Kraft aufzustehen. Er wusste nicht, was er mit Philip machen sollte. Oder mit Spanien. Wenn es nach ihm ging, würde er am liebsten zu Anna laufen und ihren Rat einholen, aber sogar sie hielt ihn auf Abstand. Und er musste Philip in die Schranken weisen. „Der einzige Ort, wo du morgen hingehst, ist die Schule“, sagte er mit ernstem Blick. „Wenn du es am Ende des Schuljahres noch immer nicht bei dem Feigling aushältst, begleite ich dich persönlich nach Maine. Aber wenn du mich fragst, bleibst du lieber hier.“

Er schloss die Tür leise hinter sich. Anstatt sich auf sein Bett fallen zu lassen, schleppte er sich den Flur entlang. Für die Treppe fehlte ihm die Kraft. Er zog am Hebel für den Fahrstuhl und ließ sich vom Metallkäfig vier Stockwerke nach unten in die Lobby bringen. Dort nahm er eine Kutsche und kehrte ins Kapitol zurück. Das Telegrafenamt war rund um die Uhr besetzt. Luke schickte einen kurzen Einzeiler an Julia.

Bitte komm nach Washington. Ich brauche dich.

KAPITEL 21

Anna lief zum Kapitol und sah, wie das Verlangen der Washingtoner nach Krieg wuchs. Jeden Tag wehten mehr amerikanische Flaggen in der Stadt. Schneider fertigten fast nur noch Uniformen an, Frauen rollten Verbände für die Lazarette und überall liefen Spendenaktionen für den Krieg. Im Sitzungssaal beendete zu ihrem Erstaunen Cornelius Jones die Arbeit des Sonderausschusses und bestand darauf, dass man jetzt direkt mit den Spaniern verhandeln müsse.

Mehrfach betätigte er den Sitzungshammer und rief die Versammelten zur Ordnung. „Der erste Punkt auf der Tagesordnung ist die Wahl zur Verhandlungsdelegation." Alle Versammelten wussten, dass er für die Delegation Männer suchte, die zum Frieden tendierten, und Luke war seine erste Wahl.

Anna war stolz, als Luke seine Wahl mit einem Nicken bestätigte, aber sogar von ihrem Platz aus konnte sie sehen, wie müde er war und wie wenig Hoffnung er noch auf eine friedliche Lösung hatte. Fünf weitere Männer wurden der Delegation zugeteilt. Die meisten davon waren gemäßigt, aber Anna entdeckte auch Kriegstreiber darunter. Das Treffen der Delegationen sollte in Florida stattfinden, in Saint Augustine. Der Ausgang war völlig ungewiss. Spanien hatte empört die Vorwürfe zurückgewiesen, auf der *Maine* Sabotage betrieben zu haben, und wollte erst in Verhandlungen treten, wenn die Vereinigten Staaten den Vorwurf zurücknahmen. Trotz allem waren einige spanische Diplomaten ausgewählt worden, um eine Annäherung vorzubereiten, und das geheime Treffen in Saint Augustine war vielleicht die letzte Chance auf Frieden.

Anna wollte keinen Krieg, aber es machte ihr auch nichts aus, wenn es dazu kam. Dann würde es endlich Rache für die *Culpeper* geben. Ob sie anders denken würde, wenn ihr Vater nicht von den Spaniern hingerichtet worden wäre? Die Matrosen der *Maine* verdienten genauso Gerechtigkeit. Während der Kutschfahrt versuchte sie auf Luke einzuwirken. „Die *Culpeper* darf zwar nicht erwähnt werden, aber Spanien hat sich so einiges in den letzten Jahren geleistet. Vielleicht ist es an der Zeit, etwas dagegen zu tun. Meinst du nicht, dass –"

„Anna, bitte. Ich möchte für ein paar Minuten mit einem Menschen reden, der nicht von Hass angetrieben wird, von Rachegefühlen oder vom Streben nach dem eigenen politischen Vorteil. Du bist mein sicherer Hafen, Anna. Bitte, mach das nicht kaputt."

Er sah müde aus und sein Blick war düster. Er versuchte, gegen den Strom zu schwimmen, und wurde dabei immer tiefer unter Wasser gedrückt. Anna schämte sich, in dieselbe Kerbe zu schlagen. Es tat ihr leid zu sehen, wie dieser dynamische, vor Energie sprühende Mann zu einer erschöpften, desillusionierten Gestalt wurde. Als die Kutsche vor ihrem Logierhaus hielt, stieg Luke aus, um ihr Lebewohl zu sagen. Am Morgen würde er nach Florida aufbrechen, und wann sie sich wiedersahen, war ungewiss.

Es war nach Mitternacht und Philip schlief längst. Luke saß mit Julia im bescheidenen Salon seiner Hotelsuite, der nur vom Kaminfeuer erleuchtet wurde. Julia war vor zwei Tagen eingetroffen und Luke war froh, dass sie sich in seiner Abwesenheit um Philip kümmern würde.

Seine Schwester saß mit angezogenen Beinen auf dem Sessel und ein feiner Rauchfaden stieg von ihrer Zigarette auf. Julia hatte angefangen zu rauchen, nachdem sie sich das Trinken abgewöhnt hatte. Luke hatte nichts dazu gesagt. Dass eine Frau rauchte, war noch immer ein kleiner Skandal, aber im Gegensatz zu ihren früheren Vergehen eine Lappalie.

Heute Abend brauchte Julia offensichtlich die Zigaretten. Sie fürchtete sich davor, auf Philip aufpassen zu müssen. Natürlich hatte sie ihren Sohn über die Jahre häufig gesehen, aber es waren immer Verwandte in der Nähe gewesen, auf die sie sich stützen konnte. Solange Luke in Florida war, würde sie nun die alleinige Verantwortung für Philip tragen. Und der Junge kam gerade in ein schwieriges Alter.

Julia nahm einen Zug. „Stell dir vor, wie Vater reagiert hätte, wenn er von einem von uns als Feigling beschimpft worden wäre."

„Wir wären noch im Morgengrauen an die Wand gestellt worden", antwortete Luke trocken.

„Du unterschätzt ihn", meinte Julia. „Habe ich dir je erzählt, was passiert ist, nachdem ich ihm erzählte, ich sei mit Philip schwanger?"

„Ich weiß, was passiert ist. Er hat den Geschirrschrank umgestoßen und dabei ist Mutters ganzes neues Porzellan zerbrochen."

„Nein, danach."

Luke sah erstaunt auf. Er konnte sich nach Edgars Wutausbruch an jenem Nachmittag an nichts Besonderes erinnern. Aber er wollte den Rest der Geschichte unbedingt hören.

„Er hat mir befohlen, ihn in die Scheune zu begleiten", sagte Julia nachdenklich. „Ich wusste überhaupt nicht, was mich erwartete. Würde er mich jetzt halb totschlagen oder mir ein paar Scheine in die Hand drücken und mich verbannen? Aber es kam anders. Wir waren kaum in der Scheune, da nahm er mich in den Arm und weinte. Er weinte so sehr, dass ich dachte, er bekäme keine Luft mehr. Als er sich wieder gefangen hatte, gab er sich die Schuld. Er meinte, wenn er ein besserer Vater gewesen wäre, hätte ich mich gar nicht erst auf Vincent Hanover eingelassen."

Luke war verblüfft. Er kannte nur den wütenden Edgar Callahan, den fröhlichen, den gescheiten – aber nicht den schwachen.

„So schlimm war er gar nicht, Luke. Als Philip auf die Welt kam und sich die ganze Familie für mich schämte, was tat er? Er setzte eine Geburtsanzeige in die Zeitung."

Luke tat es heute noch leid, wie sie damals mit der Situation umgegangen waren. Er war so wütend darüber gewesen, dass Julia den nächsten Familienskandal perfekt gemacht und ihre Chance auf eine anständige Ehe zerstört hatte, aber wie sonst auch hatte er den Ärger heruntergeschluckt und sich nichts anmerken lassen. Sein eisiges Schweigen war mit Sicherheit wenig tröstend und er war auch noch stolz darauf gewesen, ihr nicht noch Vorwürfe gemacht zu haben. Dass sein Vater Julia gegenüber mehr Anstand und Mitgefühl gezeigt hatte als er, brach ihm nachträglich das Herz.

Julia war noch nicht fertig. „Eine Zeit lang war er der Vater, den ich uns immer gewünscht hatte. Aber es hielt nicht lange an. Nach Philips Geburt war er wieder ganz der Alte, wenn er nicht seinen Willen bekam oder wenn wir nicht gehorchten. Nur konnte er die, die er liebte, nicht dazu zwingen, sich von ihm formen zu lassen. Und deshalb starb er einsam. Es war der Rum, der seine Dämonen entfesselte, und ich kann diese Versuchung gut verstehen. Wenn ich getrunken hatte, war ich für einige Stunden keine Schande mehr für die Familie. Ich war nicht mehr das Mädchen, das sich hatte verführen lassen und das dann im Stich gelassen worden war. Und wenn ich durch die Straßen von Bangor ging, dann gab mir der Rum den Mut, dies erhobenen Hauptes zu tun, auch wenn anständige Damen ihre Röcke zur Seite rafften, weil ich vorbeiging."

Ein Holzscheit im Kamin fiel um und ließ Funken regnen. Es roch nach Kiefer. Luke starrte ins Feuer, wo die Funken in der Hitze tanzten. Sein ganzes Leben hatte er sich bemüht, voranzukommen und erfolgreich zu sein. Er wollte beweisen, dass er besser war als sein Vater, der Trunkenbold. Er wollte nicht zulassen, dass die Wut ihn zerfraß. Wut war eine Schwäche, die man ersticken und unterdrücken musste.

„Ich habe Vater vor langer Zeit vergeben", sagte Julia. „Von wem kann man schon erwarten, dass er fehlerlos ist? Vater war es nicht. Philip auch nicht. Und noch nicht einmal du, Herr Abgeordneter Callahan."

Luke starrte unbeirrt ins Feuer. Er hatte das Gefühl, Monat für Monat seinem Vater ähnlicher zu werden. Immer wieder fuhr er aus der Haut und geriet in Zorn. Dem Ärger keine Beachtung zu schenken, funktionierte nicht mehr. Wenn er es versuchte, stieg der Druck in ihm immer weiter an und dann genügte schon eine Kleinigkeit, um den Kessel zum Explodieren zu bringen. Er hatte die Impulsivität und Leidenschaft seines Vaters geerbt, ein großes Geschenk, aber ein furchtbarer Wegweiser. Er würde wohl für den Rest seines Lebens mit diesem Charakterzug kämpfen müssen. Vielleicht musste er aufhören, die Wut einfach zu ignorieren. Vielleicht konnte er dann lernen, sie zu zähmen.

Er dachte an Annas Worte. *„Jesus hat uns aufgetragen, unseren Feinden zu vergeben, und das allein ist schon Grund genug, es zu versuchen. Auch wenn dein Vater es nicht verdient hat."*

Luke senkte den Kopf und gestand sich ein, dass sie recht hatte. Gott hatte seinen Sohn gesandt, damit die Welt die höchste Form von Liebe und Vergebung erleben konnte. Vergebung war ein Geschenk, ein Segen. Wütend zu sein, war keine Sünde, aber man brauchte das Gegengewicht aus Liebe und Mitgefühl. Und bis er dem Beispiel Jesu folgen konnte, war es ein Fehler, ihm die Verantwortung für Anna, Philip oder sonst jemanden zu übertragen.

Es wurde die längste Woche ihres Lebens. Die Verhandlungen in Saint Augustine waren geheim und in der Zeitung stand kein Wort darüber. Es war unmöglich zu erfahren, ob die Diplomaten einander annäherten oder ob bald Krieg herrschen würde. Während der Verhandlungen waren die Sitzungen des Sonderausschusses ausgesetzt und Anna war froh, an ihren Schreibtisch im Kartenraum zurückkehren zu dürfen.

Am Freitag nach Lukes Abreise erreichte sie eine äußerst ungewöhnliche Rechercheanfrage. Eine gut aussehende, gertenschlanke Dame mit einem jungen Mann an ihrer Seite schlenderte in den Kartenraum. Sie war ganz in Schwarz gekleidet und hatte dunkle, hochgesteckte Haare.

„Sie müssen Anna O'Brien sein", sagte die Frau. „Ich bin Julia Callahan, Lukes Schwester."

Anna stand der Mund offen. Julia sah nicht aus wie eine Ausgestoßene. Sie war so kultiviert und elegant wie die Kameebrosche, die an ihrer hochgeschlossenen Bluse steckte.

„Unsere Fragen sind rein privater Natur, aber ich habe gehofft, Sie würden uns vielleicht trotzdem Auskunft erteilen", sagte Julia. „Mein Sohn ist davon überzeugt, dass Sie ihm bei einem seiner Projekte weiterhelfen können."

Anna hatte es noch immer die Sprache verschlagen. Was diese hübsche Frau an Ächtung erfahren hatte, stellte ihre eigenen Erfahrungen bei Weitem in den Schatten. Philip trat derweil einen Schritt nach vorn.

„Ich möchte wissen, wie man eine Freske malt", sagte er. „Eine echte, meine ich. Mein letzter Versuch ging leider gehörig schief."

Luke hatte ihr von Philips nächtlichem Experiment erzählt. Anna hörte geduldig zu, während Philip ihr sein Dilemma schilderte.

„Ich möchte meinem Onkel beweisen, dass ich jemand bin, der eine Sache auch zu Ende bringen kann. Der Hoteldirektor hat mir schon die Erlaubnis erteilt. Ich darf es noch einmal an einer Wand in der Waschküche versuchen. Er möchte eine Gartenszene für die Frauen, die dort arbeiten, aber ich weiß nicht, wo ich anfangen soll."

Endlich hatte Anna ihre Stimme wiedergefunden. „Da bist du hier genau richtig."

Gemeinsam verbrachten sie eine Stunde beim Bibliothekar der Kunstabteilung, der ihnen Bücher über die alte Malerei und zeitgemäße Ersatztechniken heraussuchte. Alles, was Philip brauchte, war eine dünne Schicht Gips auf der bestehenden Wand. Das war günstiger, einfacher und viel sicherer als Philips erstes Experiment.

Julia stand neben Philip, der begierig das Rezept zum Anrühren von Gips und die Vorbereitungsschritte für die Wand abschrieb. Anna holte derweil Bücher mit berühmten Landschaftsgemälden, die Philip als Inspirationsquelle verwenden konnte. Die Begeisterung des Jungen war ansteckend.

„Wann findet denn das große Ereignis statt?", wollte Anna wissen.

„Morgen", erwiderte Philip. „Ich möchte es gern fertig haben, bevor Onkel Luke aus Florida kommt. Am Montag soll er wieder da sein, also muss ich mich beeilen."

„Soll ich dir helfen?", fragte Anna und biss sich erschrocken auf die Zunge. Nur weil sie einsam war, hieß das nicht, dass sie sich Lukes Familie aufdrängen konnte. Für Julia und Philip war sie eine Fremde.

„Das würden Sie tun?" Philip klang fast erleichtert. „Aber verraten Sie Onkel Luke nichts. Das soll eine Überraschung werden."

Anna und Julia verbrachten das Wochenende damit, Philip zu assistieren. Gips wurde angerührt, Wasser herbeigeholt und Pinsel gewaschen, während auf dem frischen Wandbelag eine wunderschöne Gartenszene entstand. Anna genoss es zu sehen, wie der talentierte junge Mann die kahle Wand in ein Kunstwerk verwandelte. Angesichts des drohenden Krieges war Anna für diese Ablenkung dankbar.

Als Anna am Montagmorgen im Kartenraum ankam, war sie erstaunt, Neville dort anzutreffen. Seit seiner Verlobung hatten sie sich nicht mehr so häufig gesehen und so, wie er über seiner Zeitung auf dem Arbeitstisch hing, musste er schon sehr früh hergekommen sein.

„Hallo, Neville“, sagte Anna.

„Anna!“ Neville faltete die Zeitung zusammen und sprang auf. Seine Zuckungen waren unübersehbar und er war blass. „Es tut mir so leid.“

„Was tut dir leid?“

„Hast du noch keine Zeitung gelesen?“

„Du weißt doch, dass ich die Zeitungen nicht anrühre. Vor allem jetzt, wo es nur schlechte Nachrichten über Kuba gibt.“

Seine Schultern sackten herunter. „Dann weißt du es noch gar nicht.“

Anna bekam es mit der Angst zu tun. Sie warf einen Blick auf die Zeitung, die mittlerweile unter seinem Arm klemmte. Mit zitternden Fingern streckte sie eine Hand danach aus. Neville faltete die Zeitung so, dass sie die Schlagzeile lesen konnte. „Es tut mir leid“, wiederholte er. „Ich wusste das nicht.“

In großen schwarzen Lettern stand da: *Spanien für Mord an Besatzung der „USS Culpeper“ verantwortlich.*

Ihre Beine gaben nach und Neville fing sie gerade noch auf, bevor sie zu Boden sackte.

„Du wusstest davon?“

„Luke hat es mir erzählt“, bekannte sie. Neville führte sie zu einem Stuhl. Ihr war so übel, dass sie vornübergebeugt sitzen blieb. „Ich musste ihm schwören, dass ich niemandem davon erzähle. Er wusste, dass das nur noch mehr Öl ins Feuer gießt, wenn das herauskommt.“ Gab es einen schlechteren Zeitpunkt als jetzt?

Vielleicht war es aber auch keine Überraschung, dass die Sache zu den Reportern durchgesickert war. Jetzt, wo große Spannungen zwischen den Ländern herrschten, genügte eine einzige Person mit bösen Absichten, um das Feuer weiter anzufachen. Es gab Dutzende Mitwisser in der Regierung, und so wie es aussah, wollte einer davon das Zünglein an der Waage sein und einen Krieg vom Zaun brechen.

Neville hielt ihr die Zeitung hin, aber sie wandte den Kopf ab. Sie wollte nicht lesen, wie ihr Vater hingerichtet worden war, sondern dachte nur daran, wie verzweifelt eine Handvoll Pazifisten versuchten, die Kriegsabstimmung so lange hinzuhalten, bis die Gemüter sich beruhigt hatten. Diese Schlagzeile allerdings machte ihre Bemühungen womöglich zunichte.

„Alle Zeitungen bringen Extraausgaben am Abend mit neuen Einzelheiten", sagte Neville. „Die Kriegstreiber weiden sich geradezu an der Geschichte. Sie mag fünfzehn Jahre alt sein, aber sie hängen sie trotzdem an die große Glocke. Das nimmt kein gutes Ende."

Anna wusste, dass Neville recht hatte.

Am Abend saß sie eingequetscht zwischen schnatternden Frauen auf der Bank am Esstisch im Logierhaus. Wie üblich war der Geräuschpegel unerträglich. Eine der Frauen war mit Lippenstift am Arbeitsplatz erwischt und von ihrem Vorgesetzten abgemahnt worden. Die anderen Frauen am Tisch waren empört und diskutierten über Techniken, wie man trotzdem Kosmetik verwenden konnte.

Ratlos starrte Anna auf den kalt werdenden Hammelfleischeintopf vor sich. Hammelfleisch gab es jeden Montag. Sie wünschte sich, der heimliche Gebrauch von Kosmetik wäre ihr einziges Problem. Über Politik wurde hier am Tisch fast nie gesprochen und auch die *Culpeper* blieb unerwähnt, obwohl die Neuigkeit in den Abendausgaben der Zeitungen für wütende Artikel gesorgt hatte. Niemand hier wusste, dass ihr Vater auf der *Culpeper* gedient hatte, und Anna wollte, dass das so blieb.

Eine der Frauen holte den verbotenen Lippenstift hervor und eine andere lehnte sich über den Tisch, um ihn zu fassen zu bekommen. Dabei warf sie beinahe Annas Wasserglas um. Anna schob das Glas beiseite und überlegte, mit ihrem Teller nach oben zu flüchten.

„Anna O'Brien!" Eine dröhnende Stimme aus dem Flur übertönte das Geschnatter.

Es war Luke. Er platzte in den Speisesaal, gefolgt von Mrs O'Grady.

„Sie dürfen hier nicht einfach reinmarschieren, Sir! Das ist ein Frauenhaus!"

Luke ignorierte die Vermieterin und streckte eine zusammengerollte Zeitung nach Anna aus. „Warst du das?", fragte er mit kaum verhohlenem Zorn. „Hast du die Sache mit der *Culpeper* den Reportern gesteckt?"

Annas Muskeln verkrampften sich und sie musste gegen den inneren Impuls ankämpfen zu fliehen. Der alte Luke war wieder da. Der schnaufende, wütende Mann mit dem rasenden Blick. Schockierte Stille kehrte ein. Anna stand auf und stützte sich am Tisch ab, um ihr Zittern nicht zu offenbaren.

„Was denkst du?", gab sie zurück.

Seine Kiefermuskeln traten hervor und er hatte Mühe, ruhig zu atmen. „Ich frage dich, Anna. Höflich und klar. Hast du mit dem Reporter geredet?"

Er war kurz davor zu explodieren. Mit nur einem einzigen Wort würde sie ihn beruhigen können, aber was dann? Es würde der Tag kommen, an dem sie ihn enttäuschen musste. Würde er dann seinem Zorn freien Lauf lassen? Anna wollte sich nicht freiwillig einem Mann anvertrauen, der sein Umfeld mit Gewalt regierte. Sie musste herausfinden, ob er so jemand war.

„Du weißt, wie sehr ich wollte, dass die Welt die Wahrheit über die *Culpeper* erfährt", sagte sie.

Er zuckte zusammen, als hätte man ihn geschlagen. Die Zeitung fiel zu Boden und er ließ den Kopf hängen. Alle warteten und hielten die Luft an, als würde gleich ein Sprengsatz explodieren.

„Ich verstehe", sagte er schließlich müde und mit Enttäuschung in der Stimme. Der Zorn war verflogen. Er sah unentwegt zu Boden. „Ich verstehe", wiederholte er. „Es ist nicht so schlimm. Wir finden einen Weg."

So niedergeschlagen hatte er noch nie geklungen, so traurig. Anna stieg über die Bank und ging auf ihn zu. „Vielleicht klären wir das lieber draußen", sagte sie leise.

Er nickte und folgte ihr. Sie führte ihn über den Korridor aus dem Hintereingang in die kleine Gasse, wo sie allein waren. Dann zog sie die Tür hinter sich zu.

Niedergeschlagen und entmutigt sah Luke auf die leeren Gemüsekisten neben den Müllbehältern. „Das hättest du nicht tun dürfen", sagte er mit belegter Stimme. „Das wird Konsequenzen haben. Wir werden einen Weg finden, mit den Kriegstreibern umzugehen, und wir werden nicht aufhören, Vergebung zu suchen, aber ich wünschte, du hättest das nicht getan."

„Habe ich auch nicht", antwortete sie leise. Lukes Kopf drehte sich ruckhaft nach oben und sie sah Hoffnung in seinen Augen aufkeimen. Behutsam legte sie ihm eine Hand auf den Arm. „Ich habe geschworen, niemandem etwas zu verraten, und ich würde dich niemals so hintergehen ..."

Er nahm sie fest in die Arme. „Gott sei Dank", raunte er.

Sie legte die Arme um ihn und spürte, wie die Anspannung aus seinem Körper wich. Wenn er je Grund gehabt hatte, ihr gegenüber ausfällig zu werden, dann jetzt. Sie hatte ihm den Grund auf einem Silbertablett geliefert, aber er hatte den Köder nicht geschluckt. Anna war stolz auf ihn.

„Seit wann bist du aus Florida zurück?"

„Seit zwanzig Minuten." Seine Stimme klang erschöpft.

„Und wie ist es gelaufen?"

Luke ließ sich auf die Hintertreppe sinken. „Schlecht. Der kleine Rest Hoffnung, den wir vor den Verhandlungen noch hatten, ist verschwunden."

Annas Herz wurde schwer. Sie war nach wie vor hin- und hergerissen, was diesen Krieg anging, aber es tat ihr weh, Luke so niedergeschlagen zu sehen. „Und was passiert jetzt?"

„Spanien hat alle diplomatischen Beziehungen abgebrochen. Cornelius Jones wird versuchen, die Abstimmung im Kongress so lange hinzuziehen, bis sich die Gemüter etwas beruhigt haben, aber viel mehr können wir nicht tun. Die Abgeordneten werden haushoch für den Krieg stimmen. Und ich habe versagt."

Anna setzte sich neben ihn und nahm seine Hand. „Ich zweifle nicht im Geringsten daran, dass du dein Bestes gegeben hast", sagte sie. „Mehr verlangt Gott nicht von uns."

„Schon seit der Kindheit habe ich mir immer vorgestellt, wie ein Löwe sich friedlich neben ein Lamm legt, auf einer grünen Wiese, an einem plätschernden Bach. Ich wollte fest daran glauben, dass dieses Idealbild Wirklichkeit werden kann. Jeden Tag habe ich gehofft, einen Weg dahin zu finden." Er strich ihr zärtlich über den Handrücken. Seine Finger waren von der Sonne braun gebrannt. „Und jetzt wird es nie so weit kommen."

„Da wäre ich mir nicht so sicher", flüsterte Anna. Vielleicht konnte Luke keinen Frieden zwischen den Nationen schaffen, aber die Wildheit in ihm selbst hatte er gezähmt. So zu tun, als wäre seine stürmische, leidenschaftliche Art nicht vorhanden, war hoffnungslos und eine Verschwendung einer seiner großen Stärken. Aber er konnte sie zähmen und sie für gute Ziele einsetzen.

„Es tut mir leid, dass ich dich so angegangen habe", sagte er. „Du hast etwas Besseres verdient, als dass ich dich gleich nach meiner Rückkehr niedermache."

Anna war nicht entgangen, dass er zu ihr gestanden hatte, obwohl sie ihn das Schlimmste hatte glauben lassen. Dieses Mal hatte er gegen seine Wut angekämpft und gewonnen.

„Warst du schon im Hotel?", fragte sie.

„Nein, ich bin direkt hierhergekommen, nachdem ich die Schlagzeile gelesen hatte. Was für ein Empfang, gleich am Bahnhof."

„Philip wartet nämlich schon auf dich."

Luke sah sie fragend an. „Woher kennst du Philip?"

Anna erklärte ihm, dass Julia mit ihrem Sohn wegen einer Frage in die Bibliothek gekommen war, verriet aber nicht, worum es ging. Die Freskenmalerei war seine Überraschung, nicht ihre.

„Ich weiß, du bist müde, aber Philip möchte dir etwas zeigen. Am liebsten noch heute Abend. Es wäre schön, wenn du ihm den Gefallen tun könntest."

Luke seufzte, nickte aber. Er war so erschöpft, dass sie ihm beim Aufstehen helfen musste. Sie brachte ihn zur Haltestelle und wartete mit ihm auf der Bank.

„Das habe ich fast vergessen", sagte Luke und griff in seine Brusttasche. Hervor kam ein Zweig mit extravaganten Blüten. Einige matte Blütenblätter segelten zu Boden. „Das ist eine Bougainvillea. Aus Florida. Ich habe sie vom Frühstückstisch im Hotel mitgenommen."

„Du hast sie gestohlen?"

„Sie werfen sie sowieso nach dem Frühstück weg. Aber ich dachte, sie würde viel besser an dir aussehen." Vorsichtig steckte er ihr den Zweig ins Haar.

Anna berührte die samtigen Blüten. „Ich bin keine Dame, die Blumen im Haar trägt."

„Solltest du aber. Die Welt ist schon hart und düster genug. Wir sollten die Schönheit festhalten, wo immer wir sie entdecken."

„Du meinst stehlen?"

Er lächelte und nickte. „Wenn du so willst. Die Blüten waren so schön, dass ich nicht widerstehen konnte. Lange werden sie nicht mehr halten, vielleicht noch nicht einmal bis zum Morgen."

Es war ein kalter Abend und ein Windstoß riss weitere Blütenblätter ab, aber Anna freute sich über dieses außergewöhnliche, unerhört hübsche Geschenk. Sie nahm sich vor, die Schönheit dieser Blüte so lange zu genießen, wie sie konnte.

Luke starrte verblüfft auf die Wand in der Waschküche. Die Verhandlungen in Florida hatten in einer Katastrophe geendet, er hatte Anna wie ein tollwütiger Hund angebellt, aber nun eröffnete sich vor ihm eine wunderschöne Szenerie. Philips Gartenszene hatte die trostlose Waschküche verwandelt. Auf einmal gab es hier Farbe und Leben. Tannen, Zypressen und blühende Granatapfelbäume standen unter einem idyllisch blauen Himmel. Es erschien ihm wie das Paradies.

„Ich habe auch eine Taube mit einem Ölzweig gemalt", sagte Philip. „Weil du Friedensgespräche mit den Spaniern geführt hast, während das Bild entstanden ist."

Der stolze Unterton in Philips Stimme überraschte ihn. Luke betrachtete die Taube, die auf einem tief hängenden Ast saß und in den Garten schaute. Sie war lebensecht gemalt, von der Form bis zur Schattierung, und ihre Alabasterfedern bildeten einen klaren Kontrast zum tiefblauen Himmel. Luke fühlte sich wie ein Versager.

„Ich dachte, du würdest dich dafür schämen, dass ich für Frieden mit Spanien eintrete."

Philip trat von einem Bein aufs andere. „Ma hat mir ordentlich den Kopf gewaschen“, bekannte er. „Ich war einfach wütend. Und weil alle anderen den Krieg wollen, wollte ich ihn auch, aber Ma hat mir einiges erklärt. Über meinen Großvater und warum du immer willst, dass ich die Dinge mit Worten kläre und nicht mit Fäusten.“

Lukes Muskeln waren so müde, dass er sich kaum noch aufrechthalten konnte. Und nur mit Mühe konnte er seine Augen offen halten, aber das war ihm egal. „Ich bin stolz auf dich, Philip.“

Er war wirklich stolz auf den Jungen. Das Desaster vom letzten Oktober hatte er nicht auf sich sitzen lassen. Stattdessen hatte er die Schulden abbezahlt, sich in Büchern schlaugemacht, geübt und nun dieses erstaunliche Bild geschaffen, das den Gemälden im Smithsonian das Wasser reichen konnte.

Philip zeigte auf einige Wolken am Horizont. „Die habe ich gemalt, um dem Bild Tiefe zu verleihen. Siehst du, sie sehen aus, als wären sie meilenweit entfernt. Das liegt am Winkel. Miss O’Brien hat gesagt, dass die Renaissancemaler so ihren Bildern Dreidimensionalität verliehen haben. Ich finde, meine Wolken sind genauso gut wie die in den Kunstbüchern.“

„Wir wollen es mal nicht übertreiben, Michelangelo“, sagte Julia lächelnd hinter ihnen.

Luke sah Julia dankbar an. Philip hatte allen Grund dazu, stolz zu sein, aber auch er musste lernen, sich unter Kontrolle zu halten.

Dennoch berührte ihn die Schönheit der Freskomalerei zutiefst. War es Freude oder war er kurz davor, vor Erschöpfung und Niedergeschlagenheit in Tränen auszubrechen? Luke wusste es nicht. Er wusste nur, dass er Philip liebte wie einen eigenen Sohn und dass diese Waschküche mit Sicherheit die schönste im ganzen Land war. Sein Neffe hatte seinen wilden, ungestümen Charakter in gute Bahnen gelenkt.

Luke hustete, um den Kloß im Hals loszuwerden. „Ich hoffe, das Wandgemälde bleibt hundert Jahre erhalten“, sagte er. „Möge es den Menschen, die hier schwer arbeiten, noch lange Freude bereiten, wenn wir schon längst im Grab liegen.“

Philip bekam große Augen und schluckte. „Das hoffe ich auch.“

„Na komm, gehen wir“, sagte Luke und zwang seine müden Beine, sich in Bewegung zu setzen.

Philip lief neben ihm her. „Onkel, ich wollte noch etwas anderes mit dir besprechen."

„Hat das auch Zeit bis morgen?"

Philip und Julia tauschten Blicke. „Der Junge hat den ganzen Tag seinen Mut zusammengenommen", sagte Julia. „Hab Erbarmen mit ihm."

Philip sah tatsächlich etwas blass um die Nase herum aus. Luke wollte zwar nur noch ins Bett fallen und diesen Tag aus seiner Erinnerung tilgen, aber er schuldete es dem Jungen.

„Schauen wir, ob wir ein ruhiges Plätzchen im Frühstücksraum finden. Um diese Uhrzeit ist da für gewöhnlich niemand mehr." Luke ging mit Philip in Richtung Lobby. „Kommst du nicht mit?", rief er Julia zu.

Julia schüttelte den Kopf. „Ich denke, das solltet ihr lieber unter euch ausmachen."

Die Anspannung in ihrem Gesicht war kein gutes Omen. Luke machte die Tür zur Lobby auf und fühlte sich im Gegensatz zu den anderen Gästen mit ihren steifen, gestärkten Krägen schmuddelig und zerzaust. Wie erhofft war der Frühstücksraum leer und dunkel. Luke ließ die Tür einen Spalt offen, damit etwas Licht hereindrang, und zog zwei Stühle an einen der bereits eingedeckten Tische.

Philip war sichtlich nervös und rutschte auf seinem Sitz herum. Er sah aus, als warte er auf die Axt des Scharfrichters.

„Ich werde dieses Gespräch nicht anfangen", sagte Luke.

Philip nickte und atmete tief durch. „Erinnerst du dich an die Wendeltreppe im Haus in Bangor, die nirgendwo hinführt?"

„Natürlich."

„Ich habe beschlossen, Großmutter zu fragen, was damit geschehen soll. Wenn sie will, dass sie bleibt, werde ich ein Obergeschoss entwerfen und es bauen. Ich will es unbedingt selbst machen, und wenn ich einen Zimmermann anheuern muss, der mir zeigt, wie es geht."

Luke zog eine Augenbraue hoch. „Und wenn sie kein Obergeschoss über dem Salon will?"

„Dann reiße ich die Treppe ab. Mutter kann sie sowieso nicht ausstehen und du hast recht, sie ist gefährlich."

Lukes Bauchgefühl meldete erste Alarmsignale. Die Richtung, in die das Gespräch führte, behagte ihm nicht. „Und was führt zu deinem plötzlichen Interesse an der Treppe?"

„Ich möchte gern zurück nach Hause."

Sein Gefühl hatte ihn nicht getrügt. Der Junge war alt genug, um selbst zu entscheiden, und Julia hing nicht länger an der Flasche. Sie hatte alles getan, was Luke von ihr verlangt hatte. Sie war eine nüchterne, verantwortungsvolle Frau geworden, die für ihren Sohn sorgen konnte. Luke hatte nicht mehr das Recht, Philip in Washington zu behalten.

„Ich habe darüber nachgedacht, was du über Onkel Gabe gesagt hast und dass er nie etwas zu Ende bringt", sagte Philip. „Ich werde mich um die Treppe kümmern, eine gute Ausbildung machen und aufhören, mich in der Schule zu prügeln, egal, was die anderen über mich oder meine Mutter sagen. Und ich werde die Dinge zu Ende bringen. Ich möchte Künstler werden und vorher gebe ich nicht auf."

„Warum bleibst du dann nicht hier?", fragte Luke und versuchte vergeblich, beiläufig zu klingen. „Hier kann ich dir alles bieten. Museumsbesuche, Kunstunterricht, Kontakte zu den richtigen Leuten ..."

„Aber hier bin ich ein Außenseiter und mir fehlt unsere Familie." Philip rieb sich die feuchten Hände an der Hose. „Onkel Luke, ich glaube, du bist der einzige Mensch, der mich wirklich versteht. Ich habe mir immer gewünscht, du wärst mein richtiger Vater, aber das bist du nicht und ich muss lernen, genauso gut mit Ma auszukommen. Ich habe alles gelernt, was du mir beibringen wolltest, aber ich gehöre einfach nicht hierher. Ich möchte nach Hause. Bitte ... es hat mich so viel Überwindung gekostet, dir das zu sagen."

Luke kämpfte mit seinen Gefühlen. Er wollte Philip nicht verlieren, aber die Zeit war gekommen. Dass das so sehr wehtun würde, hatte er nicht erwartet. Aus einem ihm nur zu bekannten Impuls heraus wollte er Philips Bitte abschlagen, ihm erklären, dass er als Einziger wisse, was am besten für die Familie sei, und seine Umgebung zwingen, das zu akzeptieren.

Aber er tat es nicht. Demut hatte er in den vergangenen Monaten zur Genüge gelernt.

Die Blüten der Bougainvillea hatten die Nacht nicht überlebt. Am Morgen waren die letzten Blütenblätter welk geworden und Anna brachte den Zweig nach draußen zum Abfall.

Auf dem Weg in die Bibliothek erstand sie die Morgenausgabe der Zeitung und überflog sie in der vollen Straßenbahn. Noch immer war die Empörung über den *Culpeper*-Skandal auf der Titelseite zu lesen, aber in einem kleineren Artikel in der unteren Hälfte. Trotzdem schien die Schlagzeile allgemeines Stadtgespräch zu sein.

Das Abgeordnetenhaus und der Senat stimmten heute über den Krieg mit Spanien ab. Dass die Abgeordneten für den Krieg stimmen würden, stand so gut wie fest, während der Senat, der sich von der öffentlichen Meinung weniger unter Druck setzen ließ, gespaltene Ansichten vertrat.

Luke musste einen fürchterlichen Tag haben. Sie hatte seine Verzweiflung und Mutlosigkeit gesehen und gehört. Manchmal war es nicht genug, etwas mit jeder Faser seines Körpers zu wollen, und heute wartete die wohl härteste Prüfung seiner Karriere auf ihn. Natürlich bestand noch eine kleine Chance, dass die Abgeordneten bei der Abstimmung ihre Meinung änderten. Säbelrasseln war ein Leichtes, solange kein Leben auf dem Spiel stand, aber das Votum des Kongresses würde junge Männer von überall aus dem Land auf eine Insel in den Krieg schicken, die die meisten noch nicht einmal auf einer Karte finden konnten.

Anna wollte die Abstimmung auf dem Besucherbalkon miterleben. Hatte Luke nicht gesagt, dass schon ihre Anwesenheit ihm Kraft gab? Es gab keinen Ort, an dem sie gerade lieber sein wollte.

Vor dem Kapitol hatten sich so viele Menschen wie noch nie eingefunden. Überall auf den Stufen drängten sich die Massen und machten ein Vorwärtskommen fast unmöglich. Fahnen flatterten im Wind, irgendwo spielte eine Kapelle und Zeitungsjungen brachten die Morgenausgabe an den Mann. Einige Männer verteilten Pamphlete mit Argumenten für den Krieg, andere mahnten zu Gelassenheit. Diejenigen, die sich lautstark für den Frieden starkmachten, wurden beschimpft und ausgebuht.

Anna duckte sich an breitschultrigen Männern vorbei und arbeitete sich die Stufen zum Kapitol hinauf, aber als sie fast oben war, bemerkte sie den Grund für den Andrang. Die Polizei des Kapitols hatte den Eingang abgesperrt und ließ niemanden hinein. Nur die gewählten Volksvertreter und eine Handvoll autorisierter Besucher.

Anna hatte sich schon damit abgefunden, hier auf der Treppe auf das Ergebnis der Abstimmung zu warten, als sie Jack Wilkerson entdeckte. Er brachte Nachrichten zur Polizei.

„Jack!“, rief sie, aber ihre Stimme wurde von der Kapelle und einer Gruppe von Zwischenrufern verschluckt, die einen Demonstranten beschimpften.

Kurz entschlossen knüllte Anna die Zeitung zu einem Papierball zusammen, zielte und traf den Dienstboten am Kopf.

„Hey!“, rief Jack und fing das Papiergeschoss auf. Er fuhr wütend herum. Als er Anna erblickte, grinste er.

„Miss O'Brien!“, rief er und kam herbeigetänzelt.

„Warst du schon drin?“

„Heute kommt niemand rein“, erwiderte Jack. „Ich soll hier nur Botengänge machen, falls die Polizei irgendetwas braucht.“

„Und weißt du, was da drin gerade vor sich geht?“

„Die Abgeordneten stimmen gerade ab. Der Senat ist direkt danach dran.“

Anna schnappte nach Luft. Also erlebte Luke in diesem Augenblick, wie Hunderte Männer sich erhoben, um ihre Stimme abzugeben. „Und wie läuft es?“

„Der letzte Stand, den ich gehört habe, lag bei achtzig Stimmen für den Krieg, zwei dagegen. Aber es kann noch eine Weile dauern.“ Anna wurde bleich. „Was ist? Sind Sie etwa dagegen? Die haben unsere Matrosen umgebracht, Miss O'Brien!“

Anna wusste, dass er sich auf die Besatzung der *Maine* bezog, aber sie dachte nur an ihren Vater. Sie sah gen Himmel. Kein Wölkchen war zu sehen. Hätte ihr Vater das hier gewollt? Wollte sie es? Sie wusste nur, dass sie jetzt nicht allein sein wollte. Jack blieb neben ihr stehen und sie lehnten sich an eine der kalten Granitsäulen. Anna griff nach seiner Hand und er grinste vor Aufregung. Jack Wilkerson hatte ihr von Anfang an das Leben in der Bibliothek schwer gemacht, aber heute war er nur ein Junge, der genauso neugierig auf das Ergebnis der Abstimmung wartete wie sie.

Zwanzig Minuten später war es vorbei. Der Sergeant at Arms trat vor den Eingang und pochte mit dem zeremoniellen Zepter auf den Boden. Die Menschentraube um ihn herum wurde still, aber die Geräusche im allgemeinen Volksauflauf waren so laut, dass man ihn kaum verstehen konnte.

„Das Abgeordnetenhaus hat die gemeinsame Resolution verabschiedet, Spanien den Krieg zu erklären", übertönte er den Lärm. „Die Abstimmung ergab 311 Ja- und sechs Nein-Stimmen. Die Resolution wird nun im Senat verhandelt."

Selbst in ihren kühnsten Träumen hatte Anna sich nicht vorgestellt, dass die Abstimmung derart eindeutig ausfallen würde. Es war eine brutale und niederschmetternde Niederlage für Luke. Außer ihm und Cornelius Jones hatten sich nur vier mutige Männer für den Frieden ausgesprochen. Anna ließ den Kopf hängen und dachte an Lukes Lieblingsvers aus der Bergpredigt: *Selig sind, die Frieden stiften; denn sie werden Gottes Kinder heißen. Selig sind, die um der Gerechtigkeit willen verfolgt werden; denn ihrer ist das Himmelreich.*

Lukes politische Karriere war nun sicher vorbei. Er hatte sich so beherzt für den Frieden eingesetzt; das würde bei der nächsten Wahl Konsequenzen haben. Anna hoffte, dass Luke diese Niederlage verkraften würde. Er war seinen Überzeugungen treu geblieben, obwohl der Druck nicht größer hätte sein können. Welche Ironie des Schicksals, dass er und Cornelius Jones gemeinsam mit wehenden Fahnen untergingen.

Der Krieg lag nun in den Händen des Senats. In der wartenden Menge begannen Gerüchte zu kursieren. Cornelius Jones, seit über zehn Jahren Sprecher des Repräsentantenhauses, habe sein Amt niedergelegt und es sei unsicher, ob er nächstes Jahr überhaupt für den Kongress kandidieren würde.

„Im Senat dauert die Abstimmung bestimmt nicht so lange", sagte Jack und kaute auf einer Lakritzstange. „Die Senatoren haben bessere Manieren und diskutieren nicht so ewig."

Er behielt unrecht. Eine Stunde später trat der Sergeant at Arms wieder vor die Menge. Die Resolution war mit knapper Mehrheit von 42 zu 35 verabschiedet worden. Die Vereinigten Staaten zogen in den Krieg.

Die Menge jubelte. Hüte flogen in die Luft, Fahnen wurden geschwenkt und die Kapelle stimmte ein fröhliches Lied an. Die Ersten liefen schon die Stufen hinunter und drängten begeistert in die Straßen, um ihren Sieg zu feiern.

Sie musste Luke finden. Die Polizei versperrte nach wie vor die Tür und an ihnen vorbeizukommen, war hoffnungslos. Aber früher oder später würde er am Hotel Willard auftauchen. Das Kapitol zu verlassen war, als würde man stromaufwärts treiben. Anna wurde von lauter Ellbogen vorangestoßen und ihr Haarknoten hatte sich längst gelöst, bis sie aus der Menge tauchen konnte.

Sie nahm die Straßenbahn bis zur Fourteenth Street, wo keine jubelnde Menge mehr war und alles seltsam normal schien. Eine Nonne kaufte einem Straßenhändler einen Apfel ab und ein Mann mit Melone ließ sich die Schuhe polieren. Bis hierher war das Ergebnis der Abstimmung noch nicht vorgedrungen und am liebsten hätte Anna die Normalität festgehalten. Aber bald würde auch hier der Ausnahmezustand herrschen.

Sie betrat das Hotel und ging zur Rezeption. „Ich möchte gern eine Nachricht für Luke Callahan hinterlassen. Würden Sie ihm bitte sagen, dass Miss O'Brien ihn sprechen möchte?"

Der Rezeptionist sah sie über den Rand seiner Brille an. „Er ist bereits abgereist, Ma'am."

Anna blinzelte. „Abgereist?"

„Vor einer Viertelstunde, zum Bahnhof der Potomac Train Company. Seine Koffer und sein sonstiges Gepäck mussten mit einer Eilkutsche gebracht werden."

Wollte Luke wirklich so überstürzt aus Washington fliehen? Seine politische Karriere war zu Ende, aber dass er noch nicht einmal seine Amtszeit beendete, hatte sie nicht erwartet.

Sie dachte an sein eingefallenes Gesicht. Was war aus dem lachenden, selbstbewussten Mann geworden, der vor Monaten in den Fischereiausschuss stolziert war? Damals strotzte er nur so vor Energie und Optimismus. Dieser Mann war im wichtigsten Kampf seines Lebens vernichtend geschlagen worden und sogar sie hatte sich gegen ihn gestellt, als sie das Geheimnis um die *Culpeper* um jeden Preis erfahren und publik machen wollte.

Luke war ein impulsiver Mensch. Wenn er das Gefühl hatte,

nicht mehr nach Washington zu gehören, würde er seinem Herzen folgen und gehen. Schließlich hatte Cornelius Jones sein Amt als Sprecher niedergelegt und auch zu Luke passte so ein theatralischer Protest. Würde sie ihn je wiedersehen? Würde sie nicht mehr für ihn sein als eine schöne Erinnerung an eine kurze Liebschaft wie Violet Desjardins?

Anna konnte nicht untätig herumsitzen und darauf warten, wie es ausging. Die vergangenen Monate hatten ihr gezeigt, dass sie ihren sicheren Kokon verlassen und für das kämpfen musste, was sie wollte. Der Weg zum Bahnhof war nicht weit und Anna machte sich auf einen Kampf gefasst. Sie war bereit gewesen, ins Yukon-Territorium oder bis nach Kuba zu fahren, um Antworten auf ihre Fragen zur *Culpeper* zu finden. Also würde sie auch nach Maine fahren, um Luke aufzuspüren. Ihm nachzulaufen, war vermutlich ein teures und peinliches Unterfangen, aber sie musste das Risiko auf sich nehmen. Sie liebte ihn zu sehr, um ihn einfach ziehen zu lassen.

Auf dem Bahnhof herrschte geschäftiges Treiben. Schwere Lokomotiven kamen zum Stehen und stießen Dampf- und Rauchwolken aus. Drei unterschiedliche Bahnlinien trafen sich hier und Anna war nicht bewusst gewesen, wie laut ein Dampfross sein konnte, bis neben dem Depot ein solches mit Quietschen seine Kolben und Zylinder zum Stehen brachte und zischend die hydraulische Bremse gelöst wurde.

Anna lief zum Schalter und fragte nach dem nächsten Zug nach Maine.

„Tut mir leid, Ma'am. Der letzte Zug nach Norden ist bereits voll. Er wird jeden Augenblick abfahren." Der Fahrkartenverkäufer nickte in Richtung eines Zuges am anderen Ende des Bahnhofs. Anna wollte am liebsten zum Bahnsteig stürzen und einsteigen, aber sie hatte kein Geld dabei und nur die Kleider, die sie am Leib trug.

„Und wann fährt der nächste?", fragte sie. Der Mann am Schalter sah auf den Fahrplan hinter sich an der Wand und erklärte ihr, dass sie am nächsten Tag um vier Uhr nachmittags wiederkommen solle.

So lange konnte sie aber nicht warten. Luke brauchte Trost und Unterstützung und sie wollte diejenige sein, die an seiner Seite war. Luke sollte wissen, dass sie ihn liebte und dass sie stolz darauf war, wie tapfer er gekämpft hatte, auch wenn ihm der Sieg nicht vergönnt gewesen war.

Ohne nachzudenken, machte sie kehrt und rannte in Richtung Zug. Ihre Absätze klangen dumpf auf den Holzplanken des Bahnsteigs und sie geriet immer mehr außer Atem, bis sie nach knapp einhundert Metern den Zug erreichte. Er war viel größer als sie und sie konnte kaum durch die Fenster hineinsehen. Nur die Passagiere direkt am Fenster waren zu erkennen. Anna suchte den Zug nach Lukes Profil ab. Die Dampfventile begannen zu singen und die Lokomotive machte sich zur Abfahrt bereit. Anna hatte noch nicht einmal die Hälfte des Zuges geschafft, als ein großer Dampfstoß aus dem Kessel drang und sich die Kolbenstangen in Bewegung setzten.

„Bitte nicht ...“, murmelte Anna und lief schneller, während der Zug allmählich Geschwindigkeit aufnahm. Die Gesichter an den Fenstern glitten ihr davon und schließlich fuhr der Zug aus dem Bahnhof.

Anna sah ihm nach, bis er um eine Biegung verschwunden war. Wieso konnte Luke nicht bleiben und sich wenigstens anständig verabschieden? Nun war er fort, ohne dass sie ihm ihre Liebe gestehen konnte. Am liebsten würde sie sich auf den Bahnsteig werfen und heulen.

„Anna? Was machst du denn hier?“

Ihr fiel die Kinnlade herunter. Luke stand leibhaftig vor ihr, elegant gekleidet, vom Wind zerzaust und mit einem neugierigen Funkeln in den Augen.

„Ich dachte, du bist weggefahren!“

„Ich habe nur meiner Schwester und meinem Neffen mit dem Gepäck geholfen. Julia war für eine Woche hier und hat zwei Koffer mitgebracht. Zwei Koffer voll! Sie muss die bestgekleidete Frau an der Ostküste sein.“ Er hielt inne. „Augenblick, dachtest du, ich würde mich einfach so geschlagen geben und wie ein Feigling nach Maine fliehen?“

„So in der Art, ja.“ Was sollte sie jetzt sagen? Er war noch da und sah keineswegs niedergeschlagen und trübselig aus. Müde, ja, aber ... auch frohgemut. Er setzte dieses Lächeln auf, das ihr Herz erobert hatten.

„Ich gebe zu, dass ich ein leidgeprüfter Verlierer bin, aber ein Feigling, das bin ich nicht. Warum bist du hier?"

Weil sie ihn liebte. Weil sie den Rest ihres Lebens mit ihm verbringen und endlich aufhören wollte, ihn auf Distanz zu halten, aus Angst, nicht gut genug für ihn zu sein.

Ein neuer Zug fuhr in den Bahnhof ein und das Schnaufen der Lokomotive erfüllte den Bahnsteig mit ohrenbetäubendem Lärm. Aber ihr Herz quoll über und sie konnte nicht länger schweigen. Sie räusperte sich, holte tief Luft und brüllte aus Leibeskräften.

„Weil ich dich liebe!"

Luke schüttelte den Kopf. „Ich kann dich nicht hören." Er beugte sich vor und legte sich eine Hand ans Ohr. Das Dampfross donnerte an ihnen vorbei, aber nun hatte sie sich einmal ein Herz gefasst. Wer wusste schon, wie lange der Mut anhielt.

„Ich liebe dich! Und ich will dich heiraten!"

Quietschend kam der Zug zum Stehen und das laute Pfeifen und Zischen und die Dampfwolken sorgten für ein verärgertes Stirnrunzeln auf Lukes Gesicht. Er nahm sie am Ellbogen und führte sie ein wenig abseits.

„Anna, ich habe kein Wort verstanden, aber ich glaube, ich habe das Wesentliche aufgeschnappt. Vielleicht spielt mir mein Verstand hier gerade einen Streich ... aber hast du mich gerade gefragt, ob ich dich heirate?"

Annas Anflug von Mut war wie weggeblasen und ihr schnürte sich die Kehle zu. Alles, was sie tun konnte, war nicken.

Sein Lächeln brach wie ein Sonnenstrahl durch dichte Wolken. Er hob sie hoch und drehte sich mit ihr im Kreis, während sein Lachen durch den Bahnhof hallte und sie glücklich machte.

„Es wäre mir eine Ehre", raunte er ihr ins Ohr und setzte sie wieder ab. Dann legte er beide Hände um ihr Gesicht und sah sie mit einem warmen, strahlenden Glanz in den Augen an. „Komm, lass uns feiern."

Seine Laune gab ihr Rätsel auf. „Ich dachte, du wärst verärgert", sagte sie. „Wegen des Krieges ..."

Lächelnd schüttelte er den Kopf. „Ich habe alles gegeben, um den Krieg zu verhindern, aber nun wird er kommen und ich kann nichts dagegen tun. Ich weiß nicht, ob er eine Woche, ein Jahr oder ein

Jahrzehnt andauern wird, aber eines weiß ich: dass ich dich liebe. Dass wir zusammen unschlagbar sind und dass ich dich an meiner Seite haben möchte, Anna. Egal, was die Zukunft bringt."

Sie waren so ungleich wie nur möglich. Er war hart und unerbittlich, sie war weich. Er auffällig, sie schlicht. Er hatte dank seiner Impulsivität und Leidenschaft eine öffentliche Karriere gemacht, sie arbeitete lieber still in einer Bibliothek, verborgen vor den Augen der Öffentlichkeit.

Sie würde ihre Anstellung aufgeben müssen und das würde wehtun. Aber sie würde etwas anderes finden, wo sie ihre Talente einsetzen konnte. Jetzt, wo das Geheimnis der *Culpeper* kein Geheimnis mehr war, hielt sie niemand mehr davon ab, über die Errungenschaften ihres Vaters auf dem Gebiet der Kartografie zu schreiben. Die Wahl im November würde darüber entscheiden, ob sie Washington verlassen und nach Maine zurückziehen würden. Das bedeutete zwar, Neville und der Stadt, die sie liebte, Lebewohl zu sagen, um in eine ihr völlig neue Welt vorzudringen, aber letztlich würde alles gut werden. Sie hatte endlich ihren Platz im Leben gefunden und das war kein Lesesaal. Er war anders, unbekannt und vielleicht ein wenig Angst einflößend, aber sie war bereit.

EPILOG

Drei Monate später

Anna wollte alles, nur nicht im Mittelpunkt stehen, aber wenn sie jemals Mrs Luke Callahan werden wollte, musste sie da durch. Die Kirche war voll und Luke stand bereits vorn am Altar. Sie nestelte noch einmal an ihrem Schleier, als Neville an ihre Seite trat.

„Hallo, Anna", flüsterte er und reichte ihr seinen Arm. „Wie es aussieht, treten wir also doch gemeinsam vor den Traualtar."

Anna lächelte. Da setzte die Musik ein und Neville führte sie nach vorn, um sie dort Luke zu übergeben, der in seiner lavendelfarbenen Seidenweste und der Krawattennadel mit rosafarbener Turmalineinlage so attraktiv aussah wie noch nie. Erst vor zwei Wochen hatte Neville Mrs Norquist geheiratet, die sofort nach Bekanntgabe von Lukes und Annas Verlobung wie ausgewechselt gewesen war. Mittlerweile hatten sie sich alle vier angefreundet, auch wenn sie so unterschiedlich wie die Jahreszeiten waren. Diese Freundschaft, spürte Anna, würde Jahrzehnte halten.

Lukes Bruder Gabriel war sein Trauzeuge und Cornelius Jones hatte einen Ehrenplatz in der ersten Reihe. Er hatte sein Amt als Sprecher des Repräsentantenhauses tatsächlich aus Protest gegen den Krieg niedergelegt, war aber Mitglied des Kongresses geblieben. Er und Luke hatten ihre Meinungsverschiedenheiten über die Handelszölle, den Haushalt und fast alle anderen politischen Themen mittlerweile wieder ausgegraben. Tagsüber waren sie harte politische Gegner, aber nach Sitzungsschluss waren sie wieder Freunde. Die beiden waren der Beweis dafür, dass Männer mit Charakter unterschiedlicher Meinung sein konnten und trotzdem dem anderen Anstand und Würde ließen.

Sie knieten vor dem Traualtar nieder und Anna hörte Lukes selbstbewussten Schwur, ihr treu zu sein in guten und in schlechten Zeiten, in Freude und Schmerz, in Überfluss und in Mangel. Er versprach, sie zu lieben, zu beschützen, zu trösten und zu hegen, bis in alle Ewigkeit. Für eine Frau, die fast ihr ganzes Leben allein gewesen war, klang es fast zu schön, um wahr zu sein.

Zuerst hatte Anna Bedenken gehabt, während des Krieges zu heiraten, aber Luke hatte dagegengehalten. „Gibt es einen besseren Zeitpunkt, die Freuden des Lebens zu genießen, als im Krieg?", hatte er gesagt.

Hunderte nahmen an der Hochzeit teil. Washingtons Gesellschaft schien sich über die Gelegenheit zu freuen, den düsteren Nachrichten über die Kampfhandlungen mit Spanien zu entfliehen. Der Krieg war in vollem Gange. Amerikanische Streitkräfte in der Karibik und in Fernost waren mobilisiert worden. Die Amerikaner hatten bereits Guam und die philippinischen Inseln besetzt und der Kampf um Puerto Rico stand bevor. Spanien keuchte bereits und hielt vermutlich nicht mehr lange durch, aber auf beiden Seiten waren Tausende Opfer zu beklagen.

Den Hochzeitsempfang veranstalteten sie in einem Garten. Es war ein wunderschöner Sommertag und der Garten war mit weißen Wimpeln und Blumen geschmückt. Anna hatte Mrs Zanetti überzeugt, auf dem Empfang zu singen. Jetzt, wo das Geheimnis um die *Culpeper* gelüftet worden war, konnten die Zanettis ihr frostiges Exil verlassen. Sie waren vergangenen Monat nach Washington zurückgekehrt, um ihr normales Leben wiederaufzunehmen. Mrs Zanetti ließ ihre fröhliche Sopranstimme erklingen und ihr Mann Silas begleitete sie auf dem Cello.

Tante Ruth hatte sich erst gesträubt, zur Hochzeit zu kommen, weil sie angeblich nichts zum Anziehen hatte. Aber nachdem Luke ihr die Aufwartung gemacht hatte, war wie von Zauberhand ein neues Kleid erschienen und Tante Ruth hatte ihre Meinung geändert. Von da an hatte sie Anna dabei geholfen, das Menü zu planen und den Blumenschmuck auszuwählen. So eng wie Mutter und Tochter würde das Verhältnis nie werden, aber sie waren auf dem Weg, einen lange schwelenden Konflikt beizulegen.

„Die Hochzeitstorte ist da", sagte Luke. „Du musst mir helfen, sie anzuschneiden. Das ist deine letzte Aufgabe. Danach kannst du wieder in ein stilles, anonymes Leben entschwinden."

Anna lächelte erleichtert. Luke hatte Wort gehalten und sie nicht unter Druck gesetzt, irgendeine öffentliche Aufgabe als Frau eines

Abgeordneten wahrzunehmen. Sie hatte ihre Anstellung in der Library of Congress gekündigt, war aber fast täglich dort, um für die umfangreiche Biografie der großen Kartographen zu recherchieren. Sie besaß eine nagelneue Schreibmaschine und lernte, wie man sie benutzte. Ob Luke im November wiedergewählt werden würde, wusste niemand. Deswegen versuchte sie so viel Recherche wie möglich zu schaffen, falls sie in wenigen Monaten nach Bangor zogen.

Aber egal, was passierte, das vergangene Jahr hatte ihr gezeigt, dass sie keine zarte Bougainvillea-Blüte war. Sie hatte endlich den Mut gefunden, die sicheren Wände der Bibliothek hinter sich zu lassen und sich in die Welt hinauszuwagen. Sie hatte sich eine neue Aufgabe gesucht: ein Buch zu schreiben, das einst einen Platz in Bibliotheksregalen überall im Land finden würde.

Luke half Anna auf und zusammen gingen sie zum Tisch mit der Hochzeitstorte. Anna nickte Neville heimlich zu, der das Tuch von einer kastenförmigen Apparatur entfernte, die in etwas Entfernung auf einem Stativ stand. Luke bemerkte es glücklicherweise erst, als sie mit dem Messer in der Hand vor der mehrstöckigen Hochzeitstorte standen. Neville spähte durch den Sucher.

„Näher an Luke, sonst habe ich euch nicht beide im Bild", rief er.

Luke schreckte zurück, kaum dass er begriffen hatte, was da vor sich ging. „Genug", sagte er und ging beiseite, um nicht aufgenommen zu werden. „Können wir nicht einfach den Augenblick genießen, ohne dass ihr ihn mit diesem Monstrum ruiniert?"

„Schnell, komm her!", lachte Anna. „Das ist ein Kinetograf und der Filmstreifen läuft bereits. Du siehst aus wie ein Bär."

„Eines Tages werdet ihr mir danken", sagte Neville und kurbelte und Anna wusste, dass er recht hatte. Solange sie nicht reden musste, wollte sie diese fröhlichen Augenblicke ihrer Hochzeit gern für alle Zeiten festhalten. Sie strahlte und winkte in die Kamera und knuffte Luke, es ihr gleichzutun.

„Ich habe dir eine Schreibmaschine gekauft", knurrte dieser. „Das ist das Höchste der Gefühle und mehr als genug von diesem neumodischen Firlefanz. Neville soll aufhören, an diesem Kasten herumzukurbeln." Er verschränkte die Arme, runzelte die Stirn und blickte finster in Richtung Kamera.

„Unsere Kinder werden die Bilder lieben", lachte sie und Luke gab ihr einen dicken Kuss dafür. Mrs Zanetti erhob sich und applaudierte.

„Perfekt!", rief Neville und ließ vom Apparat ab. „Fünfzehn Sekunden Film, festgehalten für alle Zeiten!"

„Ich hätte wissen müssen, dass du mir nur Ärger machst", murmelte Luke und schnitt die Torte an. „Schon als du mir diesen entsetzlichen Kugelschreiber in die Hand gedrückt hast." Aber er lächelte dabei.

Luke war selbstbewusst wie kein anderer, hatte aber mit der Flut an neuer Technologie zu kämpfen. Damit würde sie ihm schon helfen, auch wenn seine romantische Verklärung altmodischer Zeiten etwas Charmantes an sich hatte. Aber machten es nicht gerade ihre vielen Unterschiede erst interessant? Gott hatte ihr jemanden an die Seite gestellt, der sie dazu herausforderte, ihre Fähigkeiten und Talente voll auszuschöpfen. Luke hatte ihr geholfen, die Wahrheit über die *Culpeper* herauszufinden, und er hatte ihr Mut gemacht, das Buch über Kartografen zu schreiben, egal, wie unmöglich es ihr erschien. Wenn sie sich zusammentaten, würden sie die Stürme des Lebens überstehen und ihre kühnsten Träume noch übertreffen.

HISTORISCHE ANMERKUNG

Der Spanisch-Amerikanische Krieg dauerte von April bis Dezember 1898. Kuba hatte seit Jahrzehnten für eine Unabhängigkeit von Spanien gekämpft und die US-Regierung unterstützte dieses Vorhaben im Geheimen. Im Februar 1898 kochten die Spannungen hoch, als die USS *Maine* im Hafen von Havanna explodierte. Diese Tragödie ist bis heute nicht vollkommen aufgeklärt. Die Anzahl der Opfer auf amerikanischer Seite während des Krieges war relativ niedrig, wobei Krankheiten auf beiden Seiten für hohe Verluste sorgten. Schätzungen zufolge starben etwa 5.000 amerikanische und 60.000 spanische Soldaten während des kurzen Krieges.

Die *Culpeper* hat es so nie gegeben. Ihre Geschichte basiert auf der *Virginius*, einem unter amerikanischer Flagge segelnden Schiff, das 1873 mit einer geheimen Waffenlieferung für die kubanischen Rebellen aufgebracht wurde. Die Besatzung der *Virginius* wurde angeklagt, für schuldig befunden und zum Tode verurteilt. Als die Regierung der britischen Kronkolonie Jamaika davon erfuhr, eilte eine Gruppe von Diplomaten auf die kubanische Insel, um die Hinrichtungen aufzuhalten, aber als sie eintrafen, waren bereits dreiundfünfzig Mann von Erschießungskommandos hingerichtet worden. Präsident Ulysses S. Grant war nicht an einem neuen Krieg gelegen. Er spielte den Vorfall herunter und ließ sich auf hohe Reparationszahlungen Spaniens ein, um die Sache in aller Stille beizulegen. In den Wochen vor der Abstimmung über einen Krieg mit Spanien wurde die *Virginius*-Affäre wieder hochgespielt, um im Volk, das dem Krieg noch unentschlossen gegenüberstand, Ressentiments gegen Spanien zu schüren. Theodore Roosevelt begründete seinen Ruf während des Spanisch-Amerikanischen Kriegs. Nachdem er sein Amt als stellvertretender Marineminister niedergelegt hatte, gründete er das erste Kavallerieregiment der sogenannten „Rough Riders". Sein Einsatz als Oberst während der Schlacht von San Juan Hill brachte ihm großen Ruhm ein und resultierte in seiner Wahl als Gouverneur von New York Ende 1898. Seine Beliebtheit war so groß, dass er nur ein Jahr später Vizepräsident von William McKinley wurde. Nur wenige Monate nach seiner Wiederwahl wurde McKinley Opfer eines Attentats und Theodore Roosevelt wurde mit zweiundvierzig Jahren der jüngste Präsident der Vereinigten Staaten von Amerika.

Wenn Ihnen „Die Grenzen der Wahrheit" gefallen hat, werden Sie auch die folgenden Romane interessieren

Elizabeth Camden
Ein Schritt ins Ungewisse
ISBN 978-3-86827-596-4
304 Seiten, Paperback

Washington 1891

Kate Livingston ist begeistert, als ihr eine Stelle in der Forschungsabteilung eines renommierten Krankenhauses angeboten wird. Doch dann erfährt sie, dass sich hinter dem weltberühmten Arzt Dr. T. M. Kendall, ihrem zukünftigen Chef, kein anderer verbirgt als ihr einstiger Widersacher Trevor McDonough. Ausgerechnet für den Mann, der ihr einst das ersehnte Collegestipendium wegschnappte und damit ihre einzige Chance zu studieren nahm, soll sie jetzt arbeiten?

Als Kate die Stelle wider besseres Wissen antritt, ahnt sie nicht, dass dieser Schritt ins Ungewisse ihr Leben komplett auf den Kopf stellen wird …

Lynn Austin
Töchter der Küste
ISBN 978-3-86827-625-1
398 Seiten, gebunden

Niederlande 1845

Geesje ist 15, als ein Stein im Schaufenster ihres Vaters ihre Kindheit zerstört. Wegen ihres lebendigen Glaubens werden sie fortan immer wieder angegriffen und schikaniert. Schließlich sehen ihre Eltern keinen anderen Ausweg, als nach Amerika auszuwandern. Doch Geesje ist alles andere als begeistert. Zumal sie den Mann, den sie liebt, in den Niederlanden zurücklassen muss. Wird sie ihn jemals wiedersehen?

Gut 50 Jahre später erinnert Geesje sich zurück. Sie ahnt nicht, dass unweit von ihr die junge Anna vor ähnlichen Entscheidungen steht, wie sie sie einst treffen musste. Vor allem aber ahnt sie nicht, dass ausgerechnet diese junge Frau ihrem Herzen endlich Frieden schenken könnte.

Ruth Axtell
Esperanzas Weg
ISBN 978-3-86827-631-2
349 Seiten, Paperback

Maine 1892

Esperanza Estrada träumt davon, mehr aus ihrem Leben zu machen. Seit Jahren sehnt sie sich nach höherer Bildung und schwärmt für den Erben des örtlichen Sägewerks. Doch die Einwanderertochter ist auf der falschen Seite der Stadt aufgewachsen. Früh musste sie die Schule verlassen, um sich um ihre zehn jüngeren Geschwister zu kümmern, und so arbeitet sie nun in einer Konservenfabrik.

Als sie die Gelegenheit erhält, als Haushaltshilfe bei den wohlhabenden Stocktons anzufangen, ist Espy überglücklich. Denn Mr Stockton ist Professor an der örtlichen Schulakademie und sie darf sich nicht nur seine Bücher ausleihen, sondern er gibt ihr sogar Privatunterricht. Mit einem Mal scheint ihr Ziel zum Greifen nah – zumal der Mann ihrer Träume endlich Notiz von ihr nimmt. Doch dann macht ein böses Gerücht die Runde …

Tamera Alexander
Rebekkas Melodie
ISBN 978-3-86827-661-9
490 Seiten, Paperback

Nashville 1871

Die junge Musikerin Rebekka kehrt nach ihrer Ausbildung in Wien in ihre alte Heimat zurück. Doch sie weiß, dass ihr ihr früheres Zuhause in Nashville keine Zuflucht mehr bietet. Dort herrscht mittlerweile ihr Stiefvater. Und so macht Rebekka sich auf die Suche nach einer Anstellung. Ihr größter Herzenswunsch ist es, im Sinfonieorchester ihrer Heimatstadt Violine spielen zu dürfen. Aber Nathaniel Whitcomb, der Dirigent, lehnt Rebekka ab. In seinem Orchester ist kein Platz für Frauen.

Nach und nach jedoch erkennt er, dass Rebekka nicht nur äußerst reizend ist, sondern auch eine außergewöhnliche Gabe besitzt …

Tamera Alexander
Wer zu träumen wagt
ISBN 978-3-86827-626-8
378 Seiten, Paperback

Timber Ridge 1877

Nach dem Tod ihres Mannes kämpft Rachel Boyd nicht nur mit ihrem Vertrauen zu Gott, sondern auch darum, die Rinderfarm aus eigener Kraft weiterzuführen – für ihre beiden Söhne. Doch als in Timber Ridge der neue Arzt Dr. Rand Brookston mit revolutionären medizinischen Methoden von sich reden macht, wird Rachel mit den Wünschen ihres Herzens konfrontiert. Denn eigentlich träumt sie von etwas ganz anderem als Ställe auszumisten und Rinder auf die Weide zu treiben ...

Die spannende Geschichte einer starken Frau mit Charakter und besonderen Gaben.

Tamera Alexander
Geliebte Fälscherin
ISBN 978-3-86827-490-5
544 Seiten, kartoniert

New Orleans 1866

Claire Laurent träumt von einem Leben als bekannte Malerin, doch ihr Vater macht eine Gemäldefälscherin aus ihr. Als Claire die Flucht gelingt, steht sie vor dem Nichts: Sie ist allein, hat kein Geld, keine Arbeit und aufgrund unglücklicher Verwicklungen noch nicht einmal mehr etwas zum Anziehen. Ihre Lage scheint aussichtslos.

Doch dann hört Claire, dass die reiche Mrs Adelicia Acklen eine Privatsekretärin sucht. Plötzlich blickt sie einer vielversprechenden Zukunft entgegen. Und selbst ein Liebesglück zeichnet sich am Horizont ab. Wäre Mrs Acklen nur nicht eine passionierte Kunstsammlerin. Und wäre nur der Mann ihrer Träume nicht ausgerechnet der Anwalt, der nach einem umtriebigen Kunstfälscherring fahndet …

Tamera Alexander
Unentdeckte Schönheit
ISBN 978-3-86827-601-5
579 Seiten, kartoniert

Nashville 1868

Eleanor Braddock ist eine pragmatische Frau, die gelernt hat zu kämpfen. Nachdem ihre Familie durch den Bürgerkrieg alles verloren hat, findet sie Aufnahme auf Belmont, dem herrschaftlichen Anwesen ihrer Tante. Diese ist eine der reichsten Frauen Amerikas. Doch Eleanor will nicht von Almosen leben und nicht den Mann heiraten, den ihre Tante für sie aussucht. Sie träumt von einem eigenen Restaurant. In dem gutaussehenden Architekten und Botaniker Markus Geoffrey findet sie einen Freund und Unterstützer. Doch Markus ist nicht der, der er zu sein vorgibt …

Tamera Alexander
Wie ein Flüstern im Wind
ISBN 978-3-86827-524-7
556 Seiten, kartoniert

Nashville 1866

Seit dem schändlichen Tod ihres Mannes ist Olivia Aberdeen gesellschaftlich ruiniert. Deshalb willigt sie dankbar ein, als die beste Freundin ihrer Mutter ihr anbietet, bei ihr auf der berühmten Belle Meade Plantage zu leben. Olivia hofft auf die Stelle als Hausdame, aber ihre Erwartungen werden bitter enttäuscht. Rasch merkt sie: Sie ist auf Belle Meade mehr geduldet als gewollt. Doch so schnell lässt Olivia sich nicht unterkriegen. Sie will zeigen, was in ihr steckt. Genauso Ridley Adam, der zeitgleich mit ihr nach Belle Meade gekommen ist. Er will von dem berühmten Pferdetrainer des Gestüts alles lernen, was es über Pferde zu wissen gibt. Doch Ridley hat ein dunkles Geheimnis. Sollte es ans Tageslicht kommen, würde er alles verlieren: seine Anstellung, seinen Traum vom eigenen Gestüt, seine Hoffnung auf eine Zukunft mit der Frau, in die er insgeheim verliebt ist …

Tamera Alexander
Wie die Weiten des Himmels
ISBN 978-3-86827-513-1
473 Seiten, Paperback

Colorado 1876

Hals über Kopf gibt Dr. Molly Whitcomb ihre Stelle als Dozentin für moderne Sprachen auf und reist in den Westen, um an einer Dorfschule in den Rocky Mountains als Lehrerin zu arbeiten. Aber warum kauft sie sich in einem Juwelierladen einen Ehering? Welches Geheimnis umgibt diese talentierte junge Frau?

James McPherson, der sympathische Sheriff von Timber Ridge, ist von den ungewöhnlichen Unterrichtsmethoden der neuen Lehrerin beeindruckt. Bald redet das ganze Dorf von ihr und Timber Ridge verändert sich. Aber wie lange wird es dauern, bis ihr Geheimnis ans Licht kommt? Und wie wird der Sheriff dann reagieren, der in der attraktiven Lehrerin inzwischen mehr sieht als nur eine begabte Pädagogin?

Rosslyn Elliott
Das Glück, von dem ich träume
ISBN 978-3-86827-559-9
364 Seiten, Paperback

Ohio 1826

Ann Miller träumt von einem Leben an der Seite von Eli, der Arzt werden will und Literatur und Poesie genauso liebt wie sie. Doch als er ihr einen Heiratsantrag macht, verspürt sie nichts als Panik. Sie weiß, dass ihr Vater gegen eine Eheschließung ist, zumal sie sich seit dem Tod ihrer Mutter um die zwei kleinen Schwestern kümmert.

Eine Reise nach Pittsburgh soll Ann auf andere Gedanken bringen. Und tatsächlich stellt diese Reise ihr Leben auf den Kopf. Sie kommt hinter lange gehütete Geheimnisse ihres Vaters, lernt einen jungen Mann kennen, der tagtäglich ums Überleben kämpfen muss, und gerät in Lebensgefahr. Mit einem Mal stellt Ann alles infrage, was ihr bisher wichtig war. Worauf kommt es im Leben wirklich an?

Rosslyn Elliott
Süßer als das Lied der Lerche
ISBN 978-3-86827-628-2
334 Seiten, Paperback

Ohio 1855

Als eine der ersten weiblichen Studentinnen träumt Kate Winter von einer selbstbestimmten Zukunft – weit weg von ihrer kaputten Familie. Doch zwei Dinge stehen diesen Träumen im Weg: die Absicht ihrer Mutter, Kate reich zu verheiraten, und Kates unüberwindbare Schüchternheit. Nur ihrem Kommilitonen Ben Hanby gelingt es, Kate mithilfe der Musik aus ihrem Schneckenhaus zu locken.

Eine turbulente Reise stellt Kates Welt auf den Kopf. Unvermutet findet sie ihre Bestimmung darin, gemeinsam mit Ben für das Ende der Sklaverei zu kämpfen. Doch können ihre Gefühle für Ben alle Hindernisse überwinden?